本书为：

2014 年度国家社科基金一般项目"20 世纪中国诗性小说的叙事传统研究"成果，项目批准号：14BZW137

2021 年度江苏第二师范学院资助项目成果

国家社科基金丛书
GUOJIA SHEKE JIJIN CONGSHU

20 世纪中国诗性小说的叙事传统研究

The Narrative Tradition of China's Poetic Fiction
in the 20th Century

席建彬 著

人民出版社

结构、语境与叙事学视野

——关于中国诗性小说批评的方法问题

（代　序）

一直以来，关于中国诗性小说的释读往往纠缠了过重的感性色彩，美感之中透出空灵兴味的寻索旨趣，一度流行的情境、意象、氛围等范畴包含着诸多不确定性和模糊性，凸显出印象批评的心灵"奇遇""探险"的主观、抽象色彩。印象批评是一种偏重感悟描述的批评方法，相对于客观冷静的实证分析，很难进入小说的功能结构、生成语境以及内在的关系问题，并不利于阐明诗性叙事的精神肌理、历史建构等方面的内容。有鉴于此，结构性的叙事理路、交互性的语境分析有助于规避虚蹈、缥缈的一面，深入诗性小说的语义运思与话语生产机制，在内部结构的破裂与重组、文学与社会文化的"交相混合"中辨识、厘清诗性话语的生成与流变，完善、提升批评的研究品格和价值。作为一种抒情文学，诗性小说也在"讲故事"，只不过"故事"已经改变，表明叙事规范的现代转型以至一种意蕴结构诗学的形成；与历史语境之间的审美互动，是话语活动的产物与结果，反映出文学生产的复杂性与丰富性。相当意义上，在叙事学等理论思路中考察 20 世纪中国诗性小说的审美生成与流变，互文性、过程性的诗学观照突出了从宏观到微观、虚泛到具体、内在的方法转变，一定程度上打破了印象批评、传统抒情理论以及经典效应等方面的束缚，为研究在结构张力、历史观察上的突破,充分揭示审美话语的诗性规范及其历史变异,提供了一条综合、兼容的方法论路径,标识出诗性小说批评的"诠释的界限"与前景。

一

诗性小说是一种蕴含审美诗情的小说文类。在 20 世纪中国文学中,主要涉及鲁迅、郁达夫、废名、沈从文、萧红、冯至、孙犁、茹志鹃、汪曾祺、史铁生、迟子建等的小说创作,构成最重要的小说现象之一,常被认为是"艺术水准最高的作品"①。多年来,在传统抒情理论的主导下,淡化叙事、消解情节等一系列论断存在着明显的"无事化"倾向,助长了印象感悟的散文化、空泛化甚至"玄学化"倾向,一度引发关于诗性小说在文类归属、界限上的困惑。应该说,20世纪 80 年代以来凌宇、方锡德等对于抒情小说的意境化、意象化与写意化等特征的确认②,对于诗性小说的印象批评范式的确立起到了主要作用。"意境说"是一种以传统诗论为理论基础的批评方法,"借助'意境'这一诗学范畴把这些不同流派、不同作家创作的文本归结在一起来研究"③,关注的往往是文体学意义上的诗意氛围与格调,对于内在感受性的偏重有着彰显心智自由的优势,然而相对感性化、率性化的文学思维与行文方式也放大了审美体验的含混性,存在方法上的偏失,"在领悟到作品的某种风格特征、韵味、深意之后,不能对这种直观感受作进一步的调整,不善于借助令人信服的批评语言对领略到的印象作出进一步的分析,也不能将探得结论的过程展示出来,因此这种结论往往成为未经论证的悬空结论"。④ 至于以这一类概念去言说叙事,又

---

① 钱理群:《文学本体与本性的召唤》,《涪陵师范学院学报》2001 年第 4 期。

② 凌宇、方锡德分别在《从边城走向世界》《中国现代小说与文学传统》等论著中,提出"意境"为现代小说家的"自觉的创造"和现代小说的"重要范畴""审美追求目标"等观点,对相关研究影响很大。

③ 郑家建:《中国文学现代性的起源语境》,上海三联书店 2002 年版,第 198 页。

④ 王先霈主编:《文学批评原理》,华中师范大学出版社 1999 年版,第 100 页。

基本是"同构异名","将抒情诗学范畴直接作为叙事范畴去使用,在说明抒情诗学之于叙事研究的强势和屏蔽的同时也多少表明这一研究理论资源的某种局限"①。

"意境化"是诗性小说的重要特征,反映出小说体式的现代转变。诗性小说同样是叙事的艺术,只是"故事"已然不同,"用现代人的语言来表现现代人的思想"②,相对抽象的抒情性逐渐成为叙事的基本内容。诗性叙事的生成源于松动、裂变的线性结构所提供的话语势能,体式元素的功能性调整与转变,为超越性的审美吁求创设了条件,也就是"文体内部占支配性的规范的移位"改变了叙事的语义空间③。一般而言,叙事性取决于情节、人物、环境等元素之间的结构关系。传统小说以情节、人物为主导,追求情节的完整与戏剧性效果,过程一波三折,人物形象生动;而诗性小说则淡化情节、人物,赋予环境更多情感、思想属性,扩展了自然、景物、氛围等的喻示功能,"此消彼长"之间的功能转变成就了意境化的诗学基础,反映了叙事"在历史文化中的功能"变化。应该说,印象批评在此充分发挥了优长,有着切入"现代生活之经验"以及"体裁的多样性"的本然优势,对于诗性小说"向诗倾斜"的跨文体融合等都不乏令人瞩目的"探索与建树"。然而多年来的缺乏突破,也制约了研究的发展,形象化的描述、感悟式的判断并不具备深入诗学运思与文学生产等问题的优先性与有效性,意蕴化的批评也每多重复、单调之感。由此,以结构性的叙事学思路,去"收拢"相对缥缈的意蕴张力,也就不失为一种完善、提升诗性小说研究,促进"学术批评与印象批评的双向进取"④的有效途径。

事实上,叙事学看重的结构主义思路,并不局限于情节性的因果链条,还

---

① 席建彬:《论现代小说抒情转向中的叙事建构》,《文艺理论与批评》2012年第3期。

② 王瑶:《对"五四"新文学的文化反思——〈在东西古今的碰撞中〉序》,《王瑶全集》第八卷,河北教育出版社2000年版,第110页。

③ 陶东风:《文体演变及其文化意味》,云南人民出版社1994年版,第15—17页。

④ 段崇轩:《"印象批评"的窘境与前途——兼谈李健吾的文学批评》,《文艺报》2020年9月11日。

指向深刻、内在的语义秩序，"总是存在着一种恒定不变的'内核'将那些故事统一在一起"①，也就是"隐藏在一切故事下面那个最基本的故事"②。在现代文学"轰轰烈烈"的"人的觉醒"的深刻影响下，"生活的丰富性"已为"故事的叙述结构提供了一个开放空间"，"所依据的完全是一种心理逻辑"③。这就标识出"内核"性的语义关系——意义结构模式，突出了"那个最基本的故事"，意味着诗性小说终将"臣服"于文学生活的对立、融合与超越性征，叙事攫住了生命的理想意旨，生成诗性诉求的张力结构。诗性叙事反映了生命结构的深层对立，构成一种对立与融合中的人生美学。按照诗化哲学的观念，文学的意义就在于从"一个异己的世界"和"被抛"的状态中觅求积极自为、理想浪漫的真义，"领悟真正存在的可能性，以及打破虚伪存在而进入实存的可能性"④。而生命的意义即便千变万化，但积极/消极作为总体性征，一直在凸显这一"人类生存的本质对立"。在叙事学意义上，这也正是对格雷马斯等人观念的证明，"二元对立是产生意义的最基本的结构，也是叙事作品最根本的深层结构"⑤，"结构主义分析中最重要的关系又极其简单：二项对立"⑥。相当意义上，这构成了语义矛盾、冲突的调和或克服，虽不一定达成和谐的诗学效果，但却以内在的紧密性将相对零散、率性的生存印象和飘忽的人生体悟"统一"在叙事空间内，生成现实与理想相纠缠的独特语义关系。

结构性的语义关系凸显了文学意蕴的精神脉络，诗性小说并不突出的情节结构，已无多少实质意义。鉴于主题意义的有所侧重和审美个性的差异，以对立与融合为特征的结构机制往往有着多层面、多方位的赋形，诗性叙事也显

---

① 格非：《小说叙事研究》，清华大学出版社2002年版，第59页。
② 罗钢：《叙事学导论》，云南人民出版社1994年版，第22页。
③ 格非：《小说叙事研究》，清华大学出版社2002年版，第48页。
④ ［美］赫伯特·马尔库塞：《〈审美之维〉译序》，李小兵译，广西师范大学出版社2001年版，第5页。
⑤ 申丹：《叙述学与小说文体学研究》，北京大学出版社2004年版，第41页。
⑥ ［美］乔纳森·卡勒：《结构主义诗学》，盛宁译，中国人民大学出版社2018年版，第15页。

露出不尽相同的形态和特质。首先，乡土叙事"吹着""不同方向"的田园风。乡土蕴藉着传统与现代、革命与现实、个体与社会、文学与政治等多重内涵，生存图景与伦理的沦落和变异构成了审美诉求的基本阻碍，田园借由本体意义的比照凸显为叙事结构上的超越环节，小说的诗化程度也就取决于这类结构调适的重心与效果。其次，灵与肉之间的审美调适也是一种欲望的诗化建构，存在着净化、转化生命本能的超越伦理，以及释放与满足的自然机制。最后，宗教叙事的诗性表达，多在于终极关怀的精神辐射与意义深化，诠释了沉沦与救赎、漂泊与皈依等人生对立之间的审美选择。诗性叙事一般都会触及终极意义，然而只有形成叙事层的"聚焦"，才可能成就本质性的抽象，进入宗教美学的范畴。诗性叙事的语义对立与融合属于一种张力性的结构范式，时而清晰，时而隐约，反映出诗性诉求及其美学效果的具体与多样。这多少又是因为，任何经典性叙事都不会是简单的二元或多元对立，必然存在着语义的含混和不确定之处，纠缠着精神波动以及自足性的开裂甚至失衡。应该说，这不仅是诗性作家在诸多精神资源之间有所矛盾、游移的结果，也是他们独特人生境遇与文学情怀的反映，还是时代变革与文化嬗变的应和与投射，其间的精神认同和意义归属影响到了叙事形态的内在变化，以至叙事诗学的风貌与品格。

二

一种文类的发生演变，注定与历史语境相关联，目前的诗性小说批评也难以回应这类问题。20 世纪的中国社会波谲云诡，从西方到东方，从启蒙到救亡，从人道主义、集体主义到个性主义，从精英文化、政治文化到商业文化，从传统、现代直至后现代的纷纭变化，为诗性小说的发生、发展设定了总体语境。凝结着特定的情感记忆、社会心理与文学期待，诗性小说从单纯、厚重、抽象到碎裂、泛化的历史演进，不同语境下的风格趋同与精神开裂，凸显了审美话语的过程性与互文性、复杂性和丰富性。

"五四"时期的诗性小说相对单纯与率直,受制于"情感革命"强烈的非理性倾向,自我解放的"生机"中也孕育着转型期的局限,"质直得近于天真,坦白到过分单纯"①,"滞留于低层次的个性解放的启蒙水平上"②。早期诗性小说的不够成熟与此有关,或借景抒情、情景交融,或托物言理、直抒胸臆,"最大限度"地表现了来自心灵世界的时代感受性,却也导致了风格的平浅率意,境界不够开阔,"诗文不分,文体模糊,写作的随意性潜在的意识,是五四'自由'时代精神的指归"③。现代启蒙也是一场审美的"解放"与"召唤",就其本性而言,也"指向未来、代表着进步和创新的现在"④。人文精神的觉醒开启了新的世界图景,不仅重塑了国民性的社会认知与人生感受,也将生命哲学、身体意志与宗教关怀等引入精神世界,奠定"审美解放"的主体与思想前提;而社会、文化断裂与震荡又是如此之强,知识分子普遍陷入身心多重困境,也为超越美学提供出充沛的情感动力。从热烈"呐喊"到痛苦"彷徨",奔放、恣肆的情感表达导致了"过度"的浪漫主义,乃至盛极而衰的感伤与颓废主义,"那时觉醒起来的知识青年的心情,是大抵热烈,然而悲凉的,即使寻到一点光明,'径一周三',却是分明的看见了周围的无涯际的黑暗"⑤。由此,文学愈加凸显代偿、拯救功能,展露理想彼岸的诗意抚慰;而以"诗性小说"为主要"载体"与"工具",则主要在于西方小说自由、开放的跨文体启示与影响,加之短篇小说的不尚铺展与"易操作"也便于思想情感的表达与宣泄,契合个体抒情需求。相当程度上,20 世纪 20 年代诗性小说回应了近、现代以来历史语境的转

---

① 赵园:《艰难的选择》,上海文艺出版社 1986 年版,第 42 页。
② 袁阳:《溺于情感的理性——五四理性的觉醒与迷失》,《青海师范大学学报》2001 年第 3 期。
③ 杨洪承:《政治文化理念与现代文体的生成取向——20 年代中国文学创作的一种文化解读》,《齐鲁学刊》2003 年第 5 期。
④ 徐岱:《现代性话语与美学问题——论当代文化批评的思想语境》,《社会科学战线》2002 年第 1 期。
⑤ 鲁迅:《〈中国新文学大系·小说二集〉导言》(影印本),上海文艺出版社 2003 年版,第 5 页。

变,现实与理想之间的语义对立与融合,密切联系着一个敏感、情绪化的新文化建构过程。

在近乎"无限"的语境力量中,主流文化反映了语境的基本框架与走向,规约着文学的发展。20世纪30—40年代的社会语境与"五四"有所不同,政治文化已开始取代启蒙主义,构成文学演变的"大语境"。由于恰逢战争时期,人们对文学的要求"更多的是一种政治情绪的宣泄"①,能够坚守诗性写作的作家,多出于审美自觉,在与现实的"疏离"或"联姻"中探索着文学话语的运作方式。政治文化的权力控制与社会学建构,不仅触发了诗性作家的边缘心态与自主认同,也使得前期就已显露"成效"的文学关怀转入更为高远、普适性的存在体悟与文化探求,拓殖了诗性叙事的深度、广度乃至长度。在主体"累积"的基础上,诗性小说向文化审美主义转变:从一己性的情感世界转向厚实、抽象的意义寻求,审美追求与社会关怀并重,"从尽可能广阔的范围去把握时代",与社会历史意识以及更广阔的文化意识形成深入沟通②。姑且不论短篇愈写愈长,篇幅明显增加,长篇也开始显露重要性,相对深远的时空关系有助于文化内容的承载与表达,发掘"新的叙事模式的美学功能",一时成为显著标志。1926年初刊于《语丝》的废名的《桥》,是这一过程的重要节点。小说前后写了十年,废名说这是他"学会作文,懂得道理"的作品③,表明了《桥》的"转折"意义。小说采用"短章串联式"体例,勾连小林与琴子、细竹的情感纠葛和生活日常。每个短章都以意象为题,聚合观念,凝结趣味,在留白、省略中扩充领悟,人物的"行动"只是淡淡的脉络和背景,成为经营叙事的主要手段。若干这样的意象被编织进一个长篇的形式共同体,揭示出"桥"的观念"结晶"、生命沟通以及文化谕示意义,为"意蕴美学"提供了一份最生动的诠释。从《桥》到《长河》《呼兰河传》,从《边城》《迟桂花》到《果园城记》《伍

① 朱晓进:《政治文化心理与三十年代文学》,《文学评论》2000年第1期。
② 朱晓进:《略论30年代文学的社会科学化倾向》,《文学评论》2007第1期。
③ 废名:《〈桥〉序》,陈振国编:《冯文炳研究资料》,知识产权出版社2010年版,第91页。

子胥》,等等,叙事的意蕴功能被更大限度强化,思想内容的拓展与诗学形式的变化也趋于"和谐",使得诗性小说处于一个经典"喷发期"。就此而言,"30年代以后的小说艺术上是比'五四'小说成熟"①。

20 世纪 30—40 年代的政治文化渐成主潮,但尚未形成对公共空间的绝对控制,这为诗性小说的成熟提供了一种基础性的语境庇护,然而不利也已显现。外向性的文化关怀本身就包含异质性的元素,集体性的政治要求也容易损害作为形象美学的文学自身,而随着政治语境的日渐强化,相对自由的文学氛围也将逐步消失。由此,50 年代以后,诗性叙事的"终结"也是一种必然,除了散落在丁玲、茹志鹃乃至少数"红色经典"作家笔下的诗性元素,以及汪曾祺的《看水》《羊舍一夕》等偶然出现的作品,已很难再现精神脉动。在普遍意义上,宗教已被指称为一种"迷信",欲望则一直为阶级学说所贬抑、丑化,文学与政治的直接挂钩,有所表现尚且不可,更妄论追求诗情的寄寓;重拾当代流脉,只能从新时期文学开始②。新时期以来,在"文学复归"的大背景下,汪曾祺的《受戒》、刘绍棠的《蒲柳人家》、何立伟的《白色鸟》、史铁生的《我的遥远的清平湾》、迟子建的《北极村童话》等一批清新淳朴的乡土小说的出现,表明了诗性传统的"当代化"。然而在一个即将进入(或已进入)消费主义的时代,文学又将"失却轰动效应",衰退无可避免,"复归"似乎也只是短暂、表面的繁荣。20 世纪 80—90 年代的诗性叙事已表现出不同程度的变异,开始偏离传统的思想规范与形式约束,鉴于乡土主题在 20 世纪中国文学中的普遍性,乡土叙事的衰变、颓圮更能说明这一点。

如果说 20 世纪 20—40 年代的社会动荡与现实损毁,50—70 年代的乡土政治化和新道德化,仍属于乡土的局部之变,那么新时期以来日益加速的城市化进程,从根本上改写了乡土世界的传统伦理,动摇乡土价值与精神认同。世俗幸福的寻求开始取代朴实感性,自然与传统变得愈加杳远,城市身份的重建

---

① 陈平原:《中国小说叙事模式的转变》,北京大学出版社 2003 年版,第 241 页。

② 新时期惯指 20 世纪 80—90 年代,出于行文需要,本书有时又称为 80 年代、90 年代。

已使大多数作家成为"身心一致"的"去乡"之人。诸如贾平凹等作家虽不乏深切的乡土体验与记忆,但随着时间推移和文化身份的成功转换,原本的乡土情怀逐渐被都市生活的世俗耐性以及新的身份要求消抹,即便乡土仍是一种文学资源,但之于这一代人波荡、炫目的人生际遇,似乎又不算什么,已难以保持创作心理上的持续"兴奋"。贾平凹的"商州系列"将在"传统乡土文明的挽歌"中逐渐耗尽诗意;从《一潭清水》《秋天的思索》到《九月寓言》,张炜的大地民间也在现代文明侵袭下发生卑陋蜕变;迟子建的小说"看似温情,却能品出其中的冰凉和哀怨"①,"现代文明的伤怀者"的乡村景象已陷入驳杂与异变。"贾平凹们"的乡土叙述往往投射着文化转型的困顿与迷惘,对于颓废、虚无心理的放大,印证了一时代文学的颓势。90年代以后乡土叙事的一个重要走向是"个人叙事"。诸如徐则臣、鲁敏等一批较为年轻的作家,他们的乡土经验往往包含着过多教育经历的文化教谕和集体无意识的记忆传承,乡土书写主要是一种"超现实"性的想象与建构,在一己世界中进行自在心灵格局的勾勒,纾解自我与世界、社会的紧张关系,缺乏能够真正面向历史与现实的"镜像"意义,自我言说的局限每每限制了深广气度的提升。所谓理想主义已脱离传统所指,有时甚至自己也搞不清楚,正如一位"70后"作家所言,"可能我们自己都不明白理想主义究竟是个什么东西"②。而在不远的将来,人们或将陷入普遍"无乡"的时代,乡土叙事愈加成为一种"个人的事情",是"与私人经验的呈现、挖掘相关的经验化美学的登场"③。较之欲望、城市题材小说中常见的诗性"颠覆"与异化模式,乡土书写虽还不致就此走入某种极端,但理想主义激情的弱化、颓异已近常态,精神尺度趋于模糊、摇摆,很难再凝聚出诗性叙事的统一性。

---

① 贺仲明等:《乡土伦理与乡土书写——20世纪90年代以来的乡土小说研究》,人民出版社2017年版,第159页。

② 郝敬波:《中国新时期短篇小说论稿》,生活·读书·新知三联书店2016年版,第90页。

③ 吴义勤:《自由与局限——中国"新生代"小说家论》,《文学评论》2007年第5期。

20 世纪 80 年代以来,文学面临的危机主要是世俗化语境的渗透与整合,大众文化"正在吞噬过去文化所确立的各种边界,它像能量巨大的'黑洞',把任何其他异质文化的能量都吸引进去,并改变着它们原来的形态"①。初期诗性叙事的短暂复苏,很大程度上是因为这一态势还不明朗,以至《受戒》等小说脱颖而出,迎合了"文革"后亟须慰藉的社会心理。同样,这也引发了对于沈从文等人的重评,"经历'文革'浩劫,文学史家精神生活和文学生活最缺少的是什么?就是面对苦难、荒诞时坚持自我的勇气,就是对'纯文学'的执著和那种极其浪漫、理想的爱情传奇",而"这些东西"却正是沈从文们的"强项"②。然而一个趋于"透明化"的时代,"'世俗化'促使文化日益普及,同时也促使文化日益浅薄"③,纯文学既无力对抗,也难以自保,最终不得不与大众文化发生融合,形成某些同构。语境的世俗化演进激发了个性写作的"自由",日常生活的"率性"切割与诗性泛化,主体已无须在精神家园中进行生命与意义的追问,感官快感与欲望满足的追逐,开始成为审美的主要趋向。由此,即便在"乡土中国"拥有着"无以复加"的文化基础的乡土叙事也无法规避这一命运,何况本就缺乏根基的欲望叙事与宗教叙事,欲望表达已普遍肉身化,审美的宗教之维也愈加淡薄。"一切坚固的东西都烟消云散了"④,这也是诗性话语命运与前景的一种申明。20 世纪中国诗性小说的兴、衰是一个复杂的历史过程,"注定与超出文学自身的诸多因素相关联"⑤,在时代精神的影响、制约下,表现出阶段性的风格嬗变,纯文学风貌掩映着社会话语的综合性生成,与历史文化有着内在、密切关联。

---

① 周宪主编:《世纪之交的文化景观——中国当代审美文化的多元透视》,上海远东出版社 1998 年版,第 5 页。
② 程光炜:《新世纪文学"建构"所隐含的诸多问题》,《文艺争鸣》2007 年第 2 期。
③ 胡晓明、袁进:《现代化=世俗化?:中西结合的多元考察》,《社会科学报》2003 年 1 月 30 日。
④ 贺仲明等:《〈乡土伦理与乡土书写——20 世纪 90 年代以来的乡土小说研究〉内容简介》(封三),人民出版社 2017 年版。
⑤ 乔以钢、宋声泉:《近代中国小说兴起新论》,《中国社会科学》2015 年第 2 期。

三

在叙事学视野中,意蕴的结构赋形是审美感性的逻辑归理,突破了抽象、模糊的印象化描述与感悟式判断。对于意义范式的开掘,强化了功能结构与文化语境之间的关联性与共生性,又是一种文化诗学视野。"故事是生活的比喻"①,作为人类把握世界的文学方式,叙事的关键显然在于生存"本事"。在相当意义上,摆脱了情节中心论的叙事观照,不仅显豁了审美话语的精神理路,也揭示出纯文学现象与思潮的社会历史意义,使得诗性小说的重评有了诸多可能。就此而言,大致有三。

首先,文学意蕴中的结构诗学标明了一种内在、微妙的语义建构,突出了叙事(抒情)的结构性侧重与风格生成之间的呼应关系,为诗性小说批评的深化提供了一个稳固支点。多年来,诗性小说批评主要指向鲁迅、废名、沈从文、萧红、孙犁、汪曾祺等"诗化小说谱系"作家作品的品读,"经典"性强化了印象批评的范式地位,也"模糊"了通向话语生成的具体路径,导致对诗学复杂生态的遮蔽。事实上,诗性风格并不"和谐""统一","诗情画意"也常包含着文学性的矛盾与冲突,结构性的"此消彼长"突出了审美运思的语义肌理,有助于突破相对笼统的诗化限定,揭示风格的变化与发展,重评诗性经典。比如,鲁迅小说的审美颓变问题就可视为一种"共时性的意义冲突与渐序性转变",记忆的抚慰对现实的否定带来了叙事的诗化格调,逐步强化的理性反省与批判意识则驱动了乡土诗情的颓变与溃解;从作为审美"潜文本"的《域外小说集》到《社戏》《故乡》《在酒楼上》《伤逝》,随着"对抗性的叙事空间"的理性转化,"也就预示了审美诗情的结构性隐退"。郁达夫小说从"颓废的气息""人性的优美"到"一点社会主义的色彩"的风格转变,未尝不是面向肉欲本

---

① [美]罗伯特·麦基:《故事:材质·结构·风格和银幕剧作的原理》,周铁东译,天津人民出版社2016年版,第18页。

能、生命诗意以至社会革命等意义的"阶段性"开放、侧重甚至交缠。不同时期的汪曾祺小说也"存在美学旨趣、风格形态的阶段演化与变异，表现出有所侧重的通联与转变"；而《百合花》这一"战争小说的纯美绝唱"，则"隐含了更为内在的欲望冲动及至转化的理路"，人性"与政治文化心理、观念乃至思维样式相纠缠，生成一种能够兼容政治意识与欲望气息的审美空间"；同样，诗性语言问题也与"意义对立和纠结"的显微、强弱有所"一致"，可从语义结构中觅得线索；等等①。结构诗学的辨析超越了虚泛、飘忽的文学感受，也打破了固化经典的研究惯性，突出了风格生成的差异性、互文性和过程性，由此，作家创作才成为一个有机整体，经典才能作为"有源之水"充分焕发活力。以抒情诗学为理论渊薮的印象批评，容易将个体变化、风格波动与差异、话语"缝隙"等复杂性消融于诗化泛义之中；情绪化的批评趣味映现着审美意绪的窄化与表层化，对文本阐释与世界、读者之间的深切互动这一文学辩证法多有偏离。事实上，经典多是主体累积至某种艺术高度、标示"成熟"的作品，作为一些节点性的存在，并不足以代表作家风格的全貌；而借助于结构诗学特质的整合与归理，进入经典的"内里"，兼顾其"前世今生"以及互文性勾连，有助于昭显"诗性小说谱系"高度的艺术水准及其绵延不绝的文学传统。

其次，叙事学思路考虑到了小说的功能结构与生成语境之间的关系，有助于深入文学的生产机制，揭示诗性小说的社会文化性征。多年来，人们惯以"逃避现实""脱离时代"、躲进"象牙塔"等文化片面性去质疑甚至否定诗性小说的社会属性，面对不乏政治功利性的误解或偏见，印象批评一直未能提供有力的回应。虽有学者指出过这一点，但也基本止于语焉不详的姿态性声明，"通过他们虚构的理想，向人们展示他们的反叛精神。在这种情况下，追求艺

---

① 关于此类小说的分析，可参见拙文《诗情的"蛊惑"——鲁迅诗化小说的叙事读解》（《鲁迅研究月刊》2014年第6期）、《论郁达夫小说的欲望叙述理路及文学史意义》（《文学评论》2010年第2期）、《〈百合花〉中性情的隐潜与转化》（《中国现代文学研究丛刊》2020年第9期）等。

术的美也会成为一种对丑恶现实宣战的武器"①。诗性小说固然缺少宏大的革命、政治色彩,但文学的社会学意义又何尝拘限于此,"文学是社会表现",是一种开放的话语生成。较之社会学的"庸俗"设限,诗性小说对于政治功利的游离,拓殖了自身的文化效力,理应更具社会普适意义。在"人的文学"意义上,诗性小说"情感觉醒"的本真一面,正是时代精神的重要方面,"是正面的,写这理想生活,或人间上达的可能性"②。或许,这不具有民主、救亡等命题的公共轰动效应,但更能穿透世俗人心的障壁,展现诗性精神与时代现实之间的文化关联。一定意义上,20世纪20—30年代诗性小说的叙事"游曳",主要为人道主义、启蒙主义所导引,情绪解放、田园色彩与"一时代"的人性觉醒、传统转型富有关联,乡土破败与文化忧思则通连着"五四"落潮之后的迷惘与探求等时代心理;40—70年代向着一元化约的方向收束,反映了一种政治、革命话语"裂隙"中的文学性生成,突出了政治文化的审美设限及能提供的文学张力,伴生着明显的政治乌托邦色彩。置身于"众声喧哗"的语义空间,社会语境之于文学生产的决定性并不是虚泛、笼统的,往往会透过某些具体方式发挥作用,诗性小说凸显了审美吁求在文化"角力"中的胜出,"美总是随着关系而产生,而增长,而变化,而衰退,而消失"③。新时期以后,诗性叙事的变动融入更为复杂的时代元素,消费主义的解构造就了文学精神的泛化,语境化程度更为突出。欲望叙事陷入肉身的分裂与"力比多"的扩张,后现代性的身心解缚侵夺了生命力与美的文化空间;宗教叙事也普遍缺乏神圣救赎与家园、伦理、艺术等意义的融通,在世纪末的精神危机中,"也面临着如何处理启示和审美、信仰和叙事的关系问题"这一"神性写作内部的艺术难题"④。至于乡土叙事,从眷恋的挽歌到离乡、逃乡的"强烈愿望"与"主动姿态",从城

---

① 陈思和:《中国新文学发展中的浪漫主义》,《学术月刊》1987年第10期。
② 钟叔河编订:《周作人散文全集》第2卷,广西师范大学出版社2009年版,第88页。
③ [法]狄德罗:《狄德罗美学论文选》,张冠尧等译,人民文学出版社1984年版,第29页。
④ 荆亚平:《神性写作:意义及其困境》,《文艺研究》2005年第10期。

乡二元对立到多元混杂中的精神颓圮，投射的正是"中国历史上前所未有"的"失乡"语境及其导致的文化困局。在中国文学的百年迁变中，诗性小说与历史变革"同声呼应"，总是能以自身的方式与时代话语形成共鸣，影响到叙事空间的结构性变奏。作为一种文学生产，诗性小说同样是社会文化合力的产物，印象批评反映的主要是主体性的生命感悟，并不长于文化丰富性的表现；而以一元化的政治通约去判定诗性小说的社会学意义，所谓中心/边缘、正/反的设限也会构成对文化生成性的遮蔽。由此，引发质疑或误解就在情理之中。

最后，不乏实证色彩的叙事学思路在深入小说结构理路、呈现风格生成的同时，也有利于改观当下批评的理想化以及主观与自我异化等倾向。文学批评总是难免主观，这是由批评的主体性所决定的，然而诗性批评似乎尤为突出。一方面，彰显抒情性的诗性小说与以传统诗论为理论资源的印象批评本身都不乏感性表达的优势，很容易在对象化过程中放大主体意识，张扬主体感悟；另一方面，依托于个性体验与文学趣味的印象批评也多率意、随性，由于缺乏方法论的内在规约，于此并不具备确切的纠改效力。"和谐化"一直是关于诗性小说风格的主要论断，这固然包含着田园牧歌、生存自适、乐园净土等诗性意旨的反映与揭示，但诗化的感性癖好往往超越了具体、内在的理性辨析，形成游离对象实际的理想化偏向，就此而言，诗性小说存在着"被和谐"甚至"和谐过度"的现象。比较典型的就是关于废名、汪曾祺小说的评价问题。废名是一个有着浓厚悲剧意识的作家，不仅自承为"厌世派"，小说中也布满"哀愁"和"眼泪"，然而却多被指认为田园牧歌、诗情画意的极致，而很少关注情感矛盾与精神颓变问题。其中虽不乏以"少"代"多""以点盖面"的方法论问题，但更主要的是田园化的自然风景、人伦和谐更切近感性体验的诗化趋向，使得批评主体自觉不自觉地轻漠了其中的复杂性。而围绕《受戒》的"美轮美奂"，世人更乐于"梦境"的复述，也很少顾及作家风格的阶段性"裂变"与具体差异。事实上，在《受戒》之外，汪曾祺小说的"明净"特征并不突出，更多时候则是存在的自欺与迷乱、精神的困惑与落寞，后期创作更是充满了死亡的"辩证法",与和谐之美大相径庭。在普遍意义上,正如前文所述,诗性小说的美感并不虚静与统一,变异是一种常态。当下的诗性批评与小说对象之间对接不够,"和谐"化突出了先验的集体无意识,自动化的心理属性,很容易肯定、放大诗意,而于实际的错位、风格复杂性、研究客观性等问题少有触及。诗性批评并不局限于单纯诗意的"眷顾",从主体性、矛盾性等角度出发,必然是开放、复杂的人生思考与诗学表达,"冲破"诗化的乐观想象与理想认同。目前诗性小说批评的"和谐"构架主要基于 20 世纪 80 年代"重读""重写"的文学思潮,一批不乏理想主义色彩的研究成果对于美学风貌的塑造,其时文学批评还拥有较强的权威性与公信力,由此,也容易成为一种批评领域的"公共言说","重复"建构对象的经典性,回应百年中国文学对于审美价值、意义的寻找与确证,以及时代心理的诗性吁求。而消费主义语境下的诗性批评,也容易沾染浮躁、功利气息,相对零散、片段化的评价方式多是碎片化的,职业化的批评常有着较为现实的目的,大众化的阅读又比较看重感官化、浅表层次的精神感觉,等等,都将影响文学批评的有效性。综合来看,中国诗性小说展现了一种意蕴诗学的历史性生成,凸显出现代小说的抒情转向及其文学传统的绵延、嬗变;叙事学视野致力于深入审美话语的结构运思,打破了印象批评、经典效应等方面的局限,突出了叙事观念与研究方法上的转变。

目　　录

绪　论　问题与方法

20世纪中国诗性小说展现了叙事诗学的现代转型，"人的文学"意域中的规范移位与体式流变，生成一种以意义的对立与纠缠为结构性特征的现代文学传统。目前这一"谱系"的诗学特征、美学风格以及艺术水准已为学界所认可，然而当论者们普遍在意象、意境、氛围化、情节淡化等方面谈论叙事问题时，却面临着抒情诗学的重复与泛化的局限①。相关研究往往停留在相对虚泛的抒情诗学层面，将意境、意象等一类范畴直接或间接视为叙事的主导范畴，在构成叙事"误读"的同时也导致了对其转型价值、意义的认识不足。事实上，20世纪中国诗性小说的叙事转变，昭示了一种别样的叙事样态，强化了功能结构与生成语境之间关系的叙事活动，激发出现代人生表达的空间性和自由度，面向抒情话语的针对性，凸显出国人的现代性境遇与存在意义。作为现代小说的文体要素，故事的面目已不同过往，叙事也已融入发展、变化的文

①　"情节淡化"等观点具有代表性。方锡德在《文学变革与文学传统》一书中曾指出现代抒情小说"对诗意诗境的追求，淡化了小说的情节要素，突破了小说要以情节为结构中心的形式规范"（北京大学出版社2003年版，第351—352页）；杨联芬认为此类作品缺乏故事的完整叙述或典型性格的刻画，是"'小说性'丢失较多、距离小说最远的那部分'不大像'小说的小说"（《中国现代小说中的抒情倾向》，北京师范大学出版社1996年版，第6页）；等等。相关观点多指出"叙事"已经弱化甚至"退隐"，故事处于一种边缘性地位，轻视"叙事"甚至否定作品的"小说"性。

学现代化过程,发生适应性的转化。由此,在结构诗学、文化诗学的思路上进一步审视、归理 20 世纪中国诗性小说的叙事问题,开掘其间的文学经验与历史贡献,对于改观已趋定型的诗性叙事研究,推进现代抒情小说乃至现代文学研究具有重要的价值、意义。

第一节　有待厘清的“叙事”转变

一般而言,小说要有故事,否则就不能成为叙“事”。福斯特说过,“小说就是讲故事。故事是小说的基本面”①。作为小说文体的“最高要素”,故事是叙事研究的基本问题,由于传统诗学的影响,其已被普遍理解为人物与事件之间的情节联系与秩序,属于一种按时间链条组合、排列起来的“事件的叙述”。而对叙事研究而言,把握的也主要是故事情节的功能性存在问题,用阿伯拉姆的话说,“叙事学的主要兴趣在于叙述的‘谈话’是如何将一个‘故事’(简单地按时间顺序排列的事件)制作成有组织的‘情节’形式的”②。情节模式表明了一种时间性的故事期待和话语表达,反映出历史时间哲学和正统意识形态对于叙事及其研究的影响,有其自身的适用范围与领域,并不具备涵盖现代小说的必然性和普适性。与现代小说发展之间的抵牾,决定了传统叙事范式的转变。

传统的情节叙事往往被认为源于亚里士多德的“模仿说”。出于对古典戏剧的关注,亚里士多德指出:“悲剧是对于一个严肃、完整、有一定长度的行动的摹仿”,“最重要的是情节,即事件的安排;因为悲剧所摹仿的不是人,而是人的行动、生活、幸福”,“情节乃悲剧的基础,有似悲剧的灵魂”③。亚氏在

---

① [英]爱·摩·福斯特:《小说面面观》,苏炳文译,花城出版社 1984 年版,第 23 页。
② [美]阿伯拉姆:《简明外国文学词典》,曾忠禄等译,湖南人民出版社 1987 年版,第 119—120 页。
③ [古希腊]亚里士多德、贺拉斯:《诗学·诗艺》,罗念生等译,人民文学出版社 1962 年版,第 19—23 页。

肯定艺术反映生活属性的同时,也指出"情节"在艺术表现中的主体地位。这一观念为后世所尊崇,形成了传统叙事的情节"轴心"观念,故事被视为一系列、高密度事件之间的冲突与变化,有着开头—发展—高潮—结局的时间脉络。这种因果关联的线性叙事将生活"削足适履"地塞进戏剧化的故事冲突之中,叙事完全按照程序化的情节链条加以展开。福斯特将此定义为"按时间顺序排列的事件的叙述"①,塞米利安认为"所谓情节,是精心结构起来的具有严密因果关系的故事,即戏剧性的情节"②。俄国形式主义代表人物什克洛夫斯基虽然说自己"没有一个界定故事的定义",但在《故事和小说的构成》中却一度流露出对于戏剧性故事冲突的钟爱③。中国小说的叙事观念一般被认为脱胎于史传文学,注重社会历史事件的"征实"与记录,"凡小说家言,若无征实,则稗官不足以供史料"④,"在很长时间内,叙事技巧几乎成了史书的专利"。受此影响,情节化也就构成了传统叙事的主要性征。正如陈平原在《中国小说叙事模式的转变》中所言,"'以全知视角连贯叙述一个以情节为结构中心的故事'这么一种传统叙事模式,正是中国古典小说的主潮——章回小说——的基本形式特征"⑤。囿于情节逻辑,传统叙事比较狭隘,每每为戏剧性的起伏、跌宕乃至传奇性的追求所主导,虽说也反映出人类认知、把握生活世界的特殊的审美需求,但偏于历史认知与传达的情节叙事存在过于刻意的人为痕迹,明显封闭的因果链条排斥了现实反映的偶然、琐碎乃至复杂、多样的价值生活的可能性,缺乏对内在的人生体验与意蕴的丰富揭示,束缚了叙事空间的延展与深化,在意味和情调上陷入匮乏。随着小说的发展和文学观念

① 　[英]爱·摩·福斯特:《小说面面观》,苏炳文译,花城出版社1984年版,第26页。
② 　[美]塞米利安:《现代小说美学》,宋协立译,陕西人民出版社1987年版,第87页。
③ 　[俄]维·什克洛夫斯基:《故事和小说的构成》,[英]乔·艾略特等:《小说的艺术》,张玲等译,社会科学文献出版社1999年版,第85页。
④ 　林纾:《剑腥录》,陈平原:《中国小说叙事模式的转变》,北京大学出版社2003年版,第208页。
⑤ 　陈平原:《中国小说叙事模式的转变》,北京大学出版社2003年版,第246页。

的转变,其机械和僵化也受到越来越多的质疑。福斯特将传统小说中的故事视为一种"具有低级的、反古的吸引力,从而可以满足我们身上幼稚的原始的趣味";伊蒂丝·华尔顿则主张一劳永逸地削平所有故事情节,认为"情节如被用来说明所有人物带给读者的迷惑的话,那么它就已经走向因循守旧的'废屋子'里"①。福楼拜说过,完美的短篇小说应当"无事"发生,曼斯菲尔德也曾借小说《泡菜》的创作,以一些缺乏因果关系的生活"片断",去证明"堆砌"一系列连续事件的无意义。情节叙事的"守旧"与滞后,表明了它与现代小说话语之间的"隔膜","大大妨碍了作家审美理想的表现及小说抒情功能的发挥"②,"情节这一概念本身是与传统故事和通俗小说的常备手段连在一起的,由于这些程序化的东西是非现实主义的,现代小说家通常都躲避它们"③。

事实上,作为一种历史产物,"叙事"本身并非稳定不变,"讲故事在历史文化中的功能也一直处于变化之中"④。随着现代小说的发生,小说叙事的空间变革已然展开,"现代小说的发展(尤其是福楼拜以来的一系列叙事革命),为故事的叙述结构提供了一个开放的空间。作家在讲述故事时,不再依赖时间上的延续和因果承接关系,它所依据的完全是一种心理逻辑","对故事的叙述结构进行了必要的调整"⑤。通过这种改变,现代小说实现了叙述重心的转移,情节的淡化使小说结构更富弹性,更适应现代生活体验的表达,也就是所谓"用现代人的语言来表现现代人的思想"⑥的"现代性变迁","个人被解

---

① 参见汤定军:《作为纯粹叙事艺术的短篇小说之情节扫描》,《外国语言文学》2004 年第 3 期。
② 陈平原:《中国小说叙事模式的转变》,北京大学出版社 2003 年版,第 184 页。
③ [美]华莱士·马丁:《当代叙事学》,伍晓明译,北京大学出版社 2005 年版,第 7 页。
④ 耿占春:《叙事美学:探索一种百科全书式的小说》,郑州大学出版社 2002 年版,第 183 页。
⑤ 格非:《小说叙事研究》,清华大学出版社 2002 年版,第 48 页。
⑥ 王瑶:《在东西古今的碰撞中——对"五四"新文学的文化反思》,《王瑶全集》第八卷,河北教育出版社 2000 年版,第 110 页。

放至一种新形式的主体性激动。与其被解释为理性个体，主体宁愿成为一系列互不关联、不成系统的经验之接续，他或她自我的断片；甚或是自我在其内失落的此类断片的网结。现代生活之经验成为转瞬即逝的、仅凭印象的和不完全的"①。事实证明，现代生活的裂变，消融了传统"载道"意义的宏大叙事，内在的、心性化张力的拓殖，文学主体也被愈加错综、复杂的生活话语所唤醒，促进了小说叙事功能的适应性转化。

华莱士·马丁说过，"我们每个人也有一部个人的历史，亦即，有关我们自己生活的诸种叙事，正是这些故事使我们能够解释我们自己是什么，以及我们正在被引向何方。如果我们从一个不同的视点来解释这个故事中的各种事件，从而修改这个故事，那么很多可能都会改变"②。在一定意义上，这就指出了故事形态以及叙事指向的转变，表明了叙事功能的现代转向问题。现代性的生活吁求导致了叙事与精神体验之间更为自由的沟通，叙事获取了认识世界、理解现代人生的普遍意义，由此，也就需要突破因果逻辑的线性封闭，改变情节、环境与人物等叙事要素的传统功能，淡化情节以及人物性格的塑造，突出环境、情态、氛围的语义张力，向"生活的诸种叙事"延伸与调适。从文体演变的角度看，这主要是既有小说"文体内部占支配性的规范的移位"③，形成适应现代人生话语的结构关系变化。按照什克洛夫斯基的说法，"叙事作品史就是文学结构的几条基本规律的精致化，复杂化，简单化和颠来倒去"④。"非情节化"的规范移位和变形，有利于叙事空间的扩展，由外在现实的"模仿"转向内在人生的表现，进而介入心理意识、情感体验以及意义蕴涵等无限生活内容的表达，而传统完整、充满戏剧性且富有社会学意味的故事，由于轻忽生活的诸多可能，就是一种"反生活"叙事，缺乏历史展开的自由度，必然面临改

① ［英］弗格森：《幸福的终结》，徐志跃译，中国人民大学出版社 2003 年版，第 244 页。
② ［美］华莱士·马丁：《当代叙事学》，伍晓明译，北京大学出版社 2005 年版，第 1—2 页。
③ 陶东风：《文体演变及其文化意味》，云南人民出版社 1994 年版，第 15—17 页。
④ ［美］华莱士·马丁：《当代叙事学》，伍晓明译，北京大学出版社 2005 年版，第 37 页。

变。正如罗兰·巴尔特所指出,故事如果逃脱一种无限言语的领域,现实就会因而贫乏化和熟悉化了①。

　　这一转变表明生活"意识形态"已上升至现代叙事的中心。小说抓住了人类生活经验的故事性特征并以故事形式呈现出来,成为一种展现人生体验以及生活意义的文学张力结构,就像哈维尔所说的,生活总有让自己进入故事的道路,我们总以我们的行动书写我们的故事②。人类生活基本是故事经验,"有了人类历史本身,就有了叙事"③,"讲故事是一种围绕生活的比喻而举行的仪式"④。而我们不仅置身故事之中,也是故事的创造者、参与者和传播者,进入故事,其实就是进入生活本身。当生活通过各种故事性元素被组合成多样故事时,隐藏在故事后面的价值意义便会被揭示出来,"叙事让人重新找回自己的生命感觉,重返自己的生活想象的空间,甚至重新拾回被生活中的无常抹去的自我"⑤,"从最根本的意义上说,任何叙事所要表达的首先就是贯穿在叙事内容中的世界观"⑥。"叙事"构成了人们理解生活的基本途径,对于生活和世界本身的丰富性表达,包含着深切、普遍的文化透视⑦;"情节"不过是通向生活的诸多途径中的一种而并非唯一。这也是叙事伦理学的重要观点⑧。

　　叙事转变提升了小说的表现空间,虽说对"叙事"有所泛化,但仍保持了

---

① 〔法〕罗兰·巴尔特:《符号学原理——结构主义文学理论文选》,李幼蒸译,生活·读书·新知三联书店 1988 年版,第 79 页。
② 参见徐岱:《故事的诗学》,《江汉论坛》2006 年第 10 期。
③ 〔法〕罗兰·巴尔特:《叙事作品结构分析导论》,王泰来等编译:《叙事美学》,重庆出版社 1987 年版,第 60 页。
④ 〔美〕罗伯特·麦基:《故事:材质·结构·风格和银幕剧作的原理》,周铁东译,天津人民出版社 2016 年版,第 192 页。
⑤ 刘小枫:《沉重的肉身——现代性伦理的叙事纬语》,华夏出版社 2004 年版,第 3 页。
⑥ 高小康:《中国古代叙事观念与意识形态》,北京大学出版社 2005 年版,第 17 页。
⑦ 谭君强:《叙事理论与审美文化》,中国社会科学出版社 2002 年版,第 236 页。
⑧ 叙事伦理学是"讲述个人经历的生命故事,通过个人经历的叙事提出关于生命感觉的问题,营构具体的道德意识和伦理诉求。"(参见刘小枫:《沉重的肉身——现代性伦理的叙事纬语》,华夏出版社 2004 年版,第 7 页)。

相对稳定的故事所指。首先,小说仍在"讲故事",只不过形态、功能有所变化。随着情节淡化,人物的性格特征也被削减,包容性的抒情元素得以凸显。行动性可能只是一种事件性的框架和背景,也可能只是某些生活场景与细节的断续,故事在或显或隐的情节性之外发生了开放性的发散。叙述进程趋于放缓、停滞甚至中断,故事构成发生了结构性的消长,与传统故事形态有所区别。其次,"心理性事件"得到了加强,表明叙事的主体性和空间化,线性的时间结构为共时性的开放关系所取代,获得了与现代生活更为密切的转喻关系,情意化的人生表达成为叙事的重点。如果说传统小说视线性结构为叙事的"组织者",那么现代小说则以心理逻辑为"枢纽",而由于涉及话语体式、价值观念、艺术趣味和文化蕴涵等多方面内容,叙事将充分深入生命存在的整体性与多样性、差异性与不确定性,表现出开放与多元、复杂与变异。

就现代中国小说而言,这一变革仍源于那场"轰轰烈烈"的"人的觉醒"运动。"人的觉醒"不仅唤醒了现代化的国民意识和民族意识,也激活了现代人的个体意识和人类(世界、宇宙)意识,释放出现代人生的多样意义与丰富图景。"五四时代人的解放,不仅是思想意义和道德意义上的解放,更是情感意义、审美意义上的解放,人的一切情感——喜、乐、悲、愤、爱、恨……都被引发出来,在空前广阔的审美天地里,作自由的、奔放的、真实、自然的表现。"[1]虽然叙事转变不能被简单地归结为社会文化的变迁,但一定有其相对应的集体心理和文化语境,现代作家仿佛轻易地适应了这一进程,不但叙事变得更有生活意味,而且更新了小说的理论架构,创作实践与理论探讨并行不悖,在文学世界中也收获颇丰。现代叙事介入了历史精神的深刻表达,不仅是对中西、传统和现代冲突、交汇的社会背景和文化心理的深层反映,而且极大拓展了小说的审美空间,促进了叙事的意蕴化建构;在宽泛的文学生产意义上,"一个文本究竟是否构成叙事文取决于文本特征、文类规约、作者意图和读者阐释的交

---

① 　钱理群:《试论五四时期"人的觉醒"》,《文学评论》1989年第3期。

互作用"①。小说叙事理论一直处于主体和现实、形式和内容、接受和阐释等交互影响的动态过程之中,文学本身的继承性以及文学生产的复杂性、具体性孕育出叙事观念的现代性转变,终而昭示了传统叙事范式的没落。

第二节　20 世纪中国诗性小说的"叙事结构"

就方法论特征而言,叙事学研究通常需要借助于结构主义的方法考察作品,然后从中提取它们的基本结构,建立一个具有普适性的阐释范式,"小说的叙事学所要加以把握的主要对象,是小说世界中的叙事结构与体系,其目的是揭开支配着小说叙事艺术的各种因素与奥秘,以及由此而产生的各种具体的叙事法则和规律"②。如果说面对情节性较强的故事,传统叙事学可以作普洛普式的功能分析,从而用多达 31 个因果链条式的"行动"去实现这一目标,那么这种方法显然不适用于诗性小说这样的对象。由于情节的淡化,诗性叙事的重点在于叙述过程中的生活感知、生命情怀以及意义蕴涵,并不具有相对紧凑的因果性事件,展开类似的"行动"叙事分析,似乎并无多少意义。这一方面是因为小说并不着意于虚构一种时间哲学的社会学故事,讲述跌宕起伏的故事情节;另一方面又在于作家总是有意无意地引导读者偏离"行动性"的"迷恋",叙事别有"怀抱"。若仍固执于此类分析,也就可能背离文本自身的旨趣,从而削弱研究的客观性和科学性。在此意义上,或许可以换一个角度,做更深层、内在的辨识,以寻求叙事的"结构与体系",亦即支配具体叙述的意义秩序,找到"隐藏在一切故事下面那个最基本的故事"③,或者说"找出(某一类)叙事文学的普遍框架和特性"④。赫尔曼说过,"如果叙事分析不结合

① 申丹等:《英美小说叙事理论研究》,北京大学出版社 2005 年版,第 257 页。
② 徐岱:《小说叙事学》,商务印书馆 2010 年版,第 25 页。
③ 罗钢:《叙事学导论》,云南人民出版社 1994 年版,第 22 页。
④ 申丹:《叙述学与小说文体学研究》,北京大学出版社 1998 年版,第 7 页。

故事内容的话,那么叙事分析也就失去了价值"①;而在现代解释学看来,叙事"可以是一个故事,也可以是一种'自我叙说'",是某种关于自己(人)、关系与生活的"解释"②。

叙事与语义的内在关联,表明了叙事的"价值模式",普遍"框架和特性"也就成为研究的"主要对象"。鉴于生活"本事"的现代转变,不妨从布满冲突与纠结的叙事演进中辨析出一些普遍性的文化对立(诸如人生的现实困顿和理想超越、乡土的和谐与破败、人性欲望的健康和颓废等等)以及处于这些对立之中的其他意义关系。这些对立虽有着复杂的意义转化,但往往可以浓缩为人生在普遍分裂中的冲突和融合,审美调和在这一过程中发挥作用并引导了诗性风格的演化和生成。相关表达往往存在规避(也不乏逃避意味)人生困境的理想化诉求,而人的历史性、现实性以及其他的有限性作为一种普遍的制约力量,一般又阻碍了这一动力的艺术实现;最终,借助一系列意义的交替、转换与调适,得以突破语义矛盾,形成对于消解性因素的相对克服或转化。相关脉络可以大致表述为:①理想性的人生诉求(叙述动力)→②受挫(困境中的受阻)→③满足与失败(实现与否)。其中①"理想性的人生诉求"可以看作制导意义结构的基本力量,相当于叙事行为的发送者,推动着叙事活动的演进,可以是悠远的乡土体验与记忆、生命力的满足与自由吁求,也可以是虚幻、超验的人生乐园图景与意味,或者是相对抽象的存在探求和精神关怀,等等。而②则主要作为对立性的反对者或"敌手"在发挥作用,阻碍意义诉求的实现和表达,可以是某些现实性、历史性因素,也可以是心理上的某种创伤性记忆乃至道德伦理、社会意识形态观念等等,属于人类生存中的不自由因素。至于③则是叙事的结果,指向诗性诉求的最终存现状态,或愉悦、单纯,或矛盾、异变,或清新、优美,或抽象、玄奥,或单纯和谐,或繁复混沌,等等,诸如情感、语

---

① 参见尚必武:《异质叙事与同质叙事的分野:嵌入叙事的二分法研究论略》,《西安外国语大学学报》2008 年第 2 期。

② 参见费多益:《认知研究的解释学之维》,《哲学研究》2008 年第 5 期。

义与理路等方面的差异性、流动性,意味着诗性精神与形式特征的多样化和复杂性。这一机制作为内在秩序普遍发挥作用,表明诗性叙事不得不游走在诸多矛盾对立之中,觅求冲突性的调适与演化,而对于审美尺度及其"分寸"的把握与呈现,也就影响、决定着叙事形态和走向。

在相当意义上,诗性小说虽有着不同程度的情节性,但如果轻视了审美的冲突和调适在叙事生成和阐释过程中的主导作用,将不仅意味着叙事时空的窄化,同时也是对情意逻辑的"遮蔽",将难以达成"捕捉人生模式"的"深层需求"。诗性机制的存在,表明相对虚泛、飘忽的抒情文学表达也存在着结构化的秩序与脉络,为叙事研究的展开提供出方法论的依据。当然,相对稳定的结构特征,并不总是意味着叙述逻辑的清晰与单纯,相反,受制于叙事生成、发展的独特语境,相对复杂、抽象的人生话语与心灵运思也会影响乃至弱化、模糊叙事的结构形态,造成不同程度的衍化甚至游离。在某些情况下,需要对叙事结构作灵活处理,有时甚至又很难区分。

作为 20 世纪中国文学史上"艺术水准最高"的小说谱系,"诗性小说"是一种富有诗意的抒情小说文类,不仅包括鲁迅、郁达夫、废名、萧红、师陀、冯至、孙犁等人"诗性特征"明显的"现代诗化小说",也涉及 40—50 年代后茹志鹃、汪曾祺、贾平凹、莫言、张承志、北村、史铁生、刘绍棠、张炜、迟子建、何立伟等当代作家的诗性小说创作,在普遍意义上,还关联一些包含诗性片段、"闪露"诗意的现当代小说作品。"诗性"是这类小说的基本特征,"诗情画意"的诗学表征之下,掩映着理想主义的审美自觉;对生命的美感及其深层意义的探求与赋形,包含着审美论、人性论、存在论、宗教论等多样意涵;标识了文学人生的本体性关怀,构成一种有着巨大穿透性和包容性的叙事"元范畴"。基于人生分裂的超越诉求,审美的调适表现出对叙事进程和语义表达的功能性规约,影响到文本的诗学效果,彰显了文学人生和文本生态等层面的平衡性建构。叙事与意义内核之间的深刻关联,不仅构成理解、阐释 20 世纪中国诗性小说的基本思路,客观上也印证了格雷马斯等人的叙事观念,"二元对立是产生意义的最基本的结构,也是叙事作品最根本的深层结构"①。在普遍意义上,"这种潜藏在不同故事背后的共同意义模式便是一定文化环境中叙事的核心要素"②。

作为一种有着二元对立特征的叙事结构模式,这可以从列维·斯特劳斯、格雷马斯等人的结构主义叙事研究中获得理论支持。列维·斯特劳斯在对神话进行研究之后,发现"神话素"就像词素中的一些二元对立现象一样,也是按照二元对立的原则建立起来的,其中的变项就是一些文化对立(如神与人、生与死、天堂与尘世,等等)以及处于这些对立项之间的象征符号,神话的意义就存在于这些"神话素"的变化、组合之中。在列维·斯特劳斯看来,"二元对立"是人类思维的基本结构,神话只是对于这一无意识结构的语言表现,反映着原始人类意欲克服矛盾和了解宇宙世界的本能愿望。列维的研究虽主要以神话故事、传说为主,但关于神话以及原始人类思维"二元对立"性质的结构人类学思想无疑对后来的叙事学研究有着重要影响。格雷马斯提出一套"融合性"的"二元对立"叙事规则,为神话、童话、民间传说等作品设想了三对二元对立的"行为身份":主体与客体、发送者与接受者、助手与敌手,并且还归纳出了三组结构:契约结构(建立和破坏关系)、完成结构(考验和斗争)、离合结构(离别和到达)③。乔纳森·卡勒则说得更为明白,"其实,结构主义分析中最重要的关系又极其简单:二项对立"④。在相关理论观念的影响下,人们也开始用"二元对立"的结构模式去解读影视文本和文学作品,比如威·赖特就曾为西部片界定出一些诸如内在和外在、坚强和脆弱、荒野与文明等结构

---

① 参见申丹:《叙述学与小说文体学研究》,北京大学出版社 1998 年版,第 41 页。
② 高小康:《中国古代叙事观念与意识形态》,北京大学出版社 2005 年版,第 9 页。
③ 参见唐伟胜:《国外叙事学研究范式的转移——兼评国内叙事学研究现状》,《四川外语学院学报》2003 年第 2 期。
④ [美]乔纳森·卡勒:《结构主义诗学》,盛宁译,中国社会科学出版社 1991 年版,第 15 页。

性对立,并作了细微综合的阐释①。至于小说等叙事文学中的二元对立,不仅元杂剧、明清话本中常见的善恶、忠奸的尖锐对立,而且诸如霍桑的《红字》、福克纳的《我弥留之际》、莎翁戏剧等外国文学作品中的光明与阴影、美丽与丑陋、犯罪与赎罪、恶魔与天使、身体与灵魂、生存与死亡、存在与非存在等一系列形态,也已为研究者所注意②。显然,叙事结构的对立意义一直受到学术界的关注,已成为文学研究的重要理论资源。

作为神话、小说等叙事作品的结构特征,对立性的结构关系其实也是处于普遍对立与分裂之中的人类存在状况的映照,显示了人类生存的本质特征和基本法则。我们的生存总是介入不断的对立之中,在普遍的分裂中寻求着人生的超越与解放。从理论上讲,人生及其表达方式是多种多样的,但就整体而言,不外乎积极和消极两类,前者在于超越困境的努力,后者则在于顺从现实的自欺与不承担。由于人性对于消极人生状态的固有排斥,我们暂且可抛开后者不谈。虽然说社会学意义上的人类进步一直被认为是积极人生的基本方式,但并没有削弱甚至排除审美人生的理想意义。用存在主义的话说,我们的生存只能在消极"自在"和积极"自为"的普遍对立中谋求存在的价值与意义;而在马尔库塞看来,就是一种"审美解放",从"被抛入和沉沦的现象"中,确立"领悟真正存在的可能性,以及打破虚伪存在而进入实存的可能性"③。当然,神话中一系列诸如水与火、天与地、自然与文明等之间的对立,往往服从于宗教正统以及集体理性强制等方面的要求,而现当代文学中的人生对立已不像神话那般彻底、强烈与明晰。现代性的"文学人生"往往是生活化的、体验性的,具有个性心理和精神空间的自由度,反映出生存境遇的丰富性和复杂性,

---

① [美]威·赖特:《西部片的结构》,齐洪译,《世界电影》1984 年第 6 期。

② 参见冯季庆的《二元对立形式与福克纳的〈我弥留之际〉》(《外国文学评论》2002 年第 3 期)、毛凌滢的《冲突的张力——〈红字〉的二元对立叙事》(《国外文学》2010 年第 4 期)、傅隆基的《〈三国演义〉中观念的二元对立与价值取向》(《华中理工大学学报》1998 年第 4 期)等。

③ [美]赫伯特·马尔库塞:《〈审美之维〉译序》,李小兵译,广西师范大学出版社 2001 年版,第 5 页。

意味着更为繁复的矛盾与冲突,不得不在现世泥泞的跋涉、纠结中辛苦辗转,求取诗意的超越。

　　二元对立与冲突的普遍性凸显了文学追求的理想价值与意义,诗性叙事的结构机制也就依赖于这样的审美需要。这是一个富有"意味"的过程,叙事作为一种审美活动,最终取决于各类对立"项"之间审美意义的"此消彼长",反映出"叙事功能之间的相互关系"①。狄德罗说过,"美总是随着关系而产生,而增长,而变化,而衰退,而消失"②。由于文学主体性的差异,加之审美表达的不确定性,叙事诗学与人生美学之间存在复杂、微妙的共生关系,而受到个体意志、现实反映、思想意涵以及 20 世纪文化语境等多种力量的"综合"作用,作家作品也各有具体性和特殊性,叙事的"对立"关系又必存在主题、形态、意义以及形式的相对性和复杂性。开放性的叙事机制很好地诠释了诗性小说的美学特征,不仅具有阐发现代叙事的针对性和普遍性,同样,面对 20 世纪风起云涌、波澜起伏的社会变迁,也拥有介入人文情怀以及文化思潮的空间性和自由度。

第三节　20 世纪中国诗性小说的"叙事传统"

　　"传统"意味着连绵不断。希尔斯在《论传统》一书中为"传统"下的定义是,"代代相传的事物",认为延传三代以上,被人类赋予价值和意义的事物都可以看作"传统"③。这里不仅包含时间性的度量,还有着价值尺度和承传方式等方面的考虑。就"叙事传统"而言,结构机制是决定性的因素,具有协调、规约创作主体、文体形式、美学风格等多方面的叙事学功能。20 世纪中国诗性小说"叙事传统"的存在,不仅表明相关叙事范式在现当代小说史进程中的

---

①　罗钢:《叙事学导论》,云南人民出版社 1994 年版,第 28 页。
②　[法]狄德罗:《狄德罗美学论文选》,张冠尧等译,人民文学出版社 1984 年版,第 27 页。
③　[美]E.希尔斯:《论传统》,傅铿等译,上海人民出版社 1991 年版,第 15—18 页。

稳定性、长期性和经典化,而且长时段的赓续和转化,也将导致叙事诗学的多重形态与丰富美感,而由于融入独特、多变的心路历程,其间的体式之变、精神之变、文学史风貌之变,又将深入文化语境的历时性转换,构成解析文学现代化、当代化的重要场域。在此意义上,对于"叙事传统"的观照,就是一种打通现代、当代的文学史整合研究①,拟在现代叙事转变的理论视野中,辨析、归理20 世纪中国诗性小说复杂、多样的结构形态与文学图景,在力求系统地勾画勾勒诗性叙事的生成路向与历史流脉、谱系的同时,深入不同类型、不同时期的诗性文本的阐释,最终呈现一种有着时间、机制以及精神一致性与整体性的"叙事传统"。作为一种融合了结构诗学、文化诗学的文学传统研究,研究自足性的构建,指向诗性叙事的理论自觉、诗性文本的重评以及文学史意义的发掘与呈现。

具体看来,这里的"叙事传统"主要关乎以下内容。

一、叙事传统是一种时间性的文学现象

现代小说的叙事变革源于"五四"时期社会语境的催生,不仅"人的觉醒"提供了直接的思想资源与文化动力,而且一批"意境高明"的小说的出现,也呼应了叙事的历史性发展,落实了小说文体的转变。就此而言,传统文学(包括晚清)由于文化结构中整体性的"人的意识"缺失,并不体现清醒、自觉的人生意识,叙事仍局限于相对单一的价值观和叙述声音。"五四"小说开始突破这一点,"人的文学"观念的提出,彰显了主体性的人生自觉,在注重文学社会启蒙功能的同时,也不偏废文学的审美价值,成就了现代文学的诗性选择。传统单极的伦理个体转向矛盾性的现代主体,复杂的情义关系开始取代传统小说相对单一的情节结构,以对立与超越为表征的语义秩序,成为现代诗性小说

---

① 本书沿用一般性的"现代"概念,与"当代"相区分。打通后的"现当代"则指向"20 世纪"这一中国文学时间,一般又以"现代",而非"现当代"来指称 20 世纪中国文学精神的整体变革。

的叙事逻辑。如果说,"从五四以来,以清淡朴讷文字,原始的单纯,素描的美,支配了一时代一些人的文学趣味"①等小说的出现标识了"叙事传统"的"开端",那么随着现代小说历史进程的展开,革命化、政治化、商业化等时代文化精神的融入,则表明了思想幅线的"振动"与"变奏",文学体验趋于多样化,牵涉了繁杂的个体与社会、文学与革命、审美与功利、理想与世俗的对立与矛盾,在诗性欲求与历史需要之间形成不同程度的纠缠与冲突、沟通与背离,有所丰富的同时,又将孕育出文学精神的变异与转化。

在此意义上,从 20 世纪 20 年代鲁迅、郁达夫、废名等对于诗性小说体裁的开拓,到 30—40 年代沈从文、师陀、老舍、孙犁、萧红、冯至等人的经典之作,50—70 年代孙犁的《风云初记》、汪曾祺的《看水》、茹志鹃的《百合花》等小说的写作,直至 70 年代以后汪曾祺《受戒》的出现,与刘绍棠、贾平凹、张炜、北村、张承志、史铁生、迟子建等新时期作家的小说创作一道标识了"叙事传统"的发生、发展、成熟直至转化的历史脉络。相应时段的郭沫若的自我小说、苏雪林的宗教小说、丁玲等的土改小说、曲波等的"红色"小说,80 年代的寻根小说,90 年代一批"70 后"作家的乡土小说,等等,虽与这一主线有所游离,但仍散发出不同程度的诗意,表现出隐微的关联。相对而言,20—40 年代的诗性小说丰富而多元,是"叙事传统"的"繁盛、经典"时期,出现了一批最具代表性的作家作品。新中国成立以后,在政治文化主潮的整合下,诗性叙事进入了"潜伏期",只在为数很少的小说创作中有所闪现,且多包含浓厚的政治伦理意义,风格并不理想。新时期可以视为这一传统的"复苏、裂变期",诗性小说重新获得时代话语的指认,开始自身的"回归";90 年代之后,伴随日常生活的审美化、城乡一体化进程的加剧,私人写作、身体写作、商业写作成为时尚,乡土诗意在现实变异中愈益失落了传统依据;宗教成为这一时期文学的重要存在,幽秘的信仰凸显了一个时代迫切的终极关怀;而欲望叙述已普遍背离生命

---

①　沈从文:《论冯文炳》,陈振国编:《冯文炳研究资料》,知识产权出版社 2010 年版,第167 页。

的灵性,在都市的迷乱中沉迷、放纵。叙事传统的整体性已然陷入碎裂与异变。

二、叙事传统是一种开放性的文学思潮

叙事传统反映了现代人生的丰富性,对立与超越的结构特征是处于普遍对立与分裂之中的现代生活、生命的本质映照,也是文学心理的主体性与矛盾性的深刻投射。诗性主题表现出多样性与差异性。具体看来,主要包含三个层面的内容。

其一,诗性乡土的向往与疏离。诗性小说对于乡土文化的表现,本然地包含着对于传统田园形态的"借用",但相对古典的诗性趣味,已无法掩盖文化内涵上的现代转化,不再限于传统形态或集体无意识下的消极和"懵懂",而转向主体性的文化自觉。乡土叙述不仅将个人的生存体验、心灵历程与时代精神的嬗变融于一体,也赋予语义世界以丰富的哲思内涵与理性深度。乡土的诗意从传统田园的和缓、宁静与温情,扩展到土地的复杂蕴涵,审美基调也不囿于怀旧与感伤,也融入了苦难与怨恨、迷茫与困顿、审视与批判,表现出美学意味的多元与深入。这打破了乡土的封闭与缺失,面向广阔的人生世界,看似和谐、古朴的诗情画意,不得不经受现实损毁、现代异化以及文学想象的改造,理想主义情怀只能在诗意与创伤、记忆与现实等交相冲突、纠缠的语义关系中加以表现,很难保持"纯粹"。认清这一点,将有助于在复杂的文化背景中,澄清乡土(田园)小说叙述的美学重心与风格差异,重读鲁迅、废名、萧红、师陀、孙犁、贾平凹等一系列乡土作家的小说创作,呈现他们对于乡土文化及其命运的思考与探索,同时也可以将废名、沈从文、汪曾祺、贾平凹等从"田园、牧歌"等一类论断中"解放"出来,开掘其文学话语的多样面貌。

其二,含混的欲望美学及其可能性。作为"人的觉醒"的后果,身体性本能上升为文学人生的基本内容,由此生成的欲望美学,构成叙事传统的另一形态。相对于现当代欲望叙述普遍的非理性化倾向,欲望美学指向本能的诗化

调和,肉身的焦虑在社会理性、生命灵性等制约、引导之下,或将欲望叙述逐步导向"净化"境界,或将生命本能的叙写诉诸生命力与美的建构,在欲望的实现与转化之中,趋于灵与肉的相对统一。欲望叙事的诗化品格反映了肉身本能的灵性向度,不仅有助于分疏 20 世纪中国小说思潮中的本能主义的颓废、病变以及禁欲主义的异化等欲望表达,更有助于深入欲望叙事的内在波动与意义缝隙,赋予欲望美学更为生动、鲜活的人性化背景与内容。

欲望叙事的审美调和,包含着人性与兽性、身体与精神、俗性与灵性等之间的矛盾与冲突,在 20 世纪的革命化语境中,还不可避免地受到政治文化主潮的改写与遮蔽,很难维持自身的感性维度;随着城市文化的逐步风行,也容易走向它的"反面",陷入无度、失序的动荡之中,其间的含混之处隐含着欲望异变的诸多可能与风险。在文学生产机制中看待这一问题,最终取决于文学主体看取、处理欲望主题的态度与方法。这一方面,郁达夫与沈从文小说有着典范意义,或在"净化"中压抑,或在舒展中唤醒生命的力与美,成为诗化欲望的范本之作。郁达夫小说一直有着背离欲望的原动力,"颓废的气息""人性的优美""一点社会主义的色彩"等主题的交织与演变是这一理路合乎逻辑的展开,欲望被逐步"净化"和置换。沈从文调和一致的灵肉观念,则展现出自由精神的建构。总体而言,20 世纪普遍"禁欲化"的道德、政治叙述,颓废主义、个人主义的非理性叙述,多陷入"去欲望化"与"泛欲望化"的精神误区,理想性的匮乏不仅在于作家人性观念、精神立场的残缺与偏失,也在于文学经验的简单、贫乏与写作艺术的不足,导致欲望叙述的"边缘"化或"反面"化。在此背景下,郁达夫、沈从文又显得"曲高和寡",除了《月牙儿》《百合花》《红高粱》等不多的文本在某些层面上有所"回应"、带来一些"异样"色彩之外,并无多少实际的"追随者"。

其三,宗教关怀与神性体验。生存意义的探索是现代文学的根本内容,而宗教无疑是其"精神之鼎"。面对现当代小说普遍存在的宗教色彩,只有在诗性意义上,才可能彰显宗教关怀的本真意志,而不致陷入泛宗教化的政治热情、世俗性的信仰虚无等"疏远化病症",引发精神"钙质"的流失。宗教叙事的诗性意义在于超验的彼岸世界为现世生存提供了一种无限性的高远和神秘,通过"这种超然性",把人引向神秘的"存在之源"①。神性光辉的烛照,包含终极关怀的意义与功能,关涉一系列神圣命题。现代时期以冰心、许地山、冯至等为代表的一批作家表现出了基督教、佛教或宗教存在主义等多样化的神性情怀;当代诗性小说在相当长的时间内缺乏这一内容,新时期以后才重又呈现,北村、张承志、张炜、史铁生等分别表现出与基督教、伊斯兰教、民间宗教以及泛义的个人宗教的精神关联,以自身的创造标识、丰富甚至深化了当代宗教叙事的诗性精神、诗学形态以及美学意义。虽说这类文学创作与一个日益世俗化的时代显出"格格不入",但其中的哲理幽思,仍属于一时代文学的"高峰体验"。

诗性主题的差异反映了"叙事传统"生命伦理的多元向度②。作为一种功能性的意义构架,也有着相应的结构表现,即乡土的沦毁与诗情召唤、欲望的异化与灵性向度、俗世的沉沦与神性测度。在普遍意义上,既存在较为确定的诗性超越,也不乏相对泛化的文化精神乃至叙事形式上的超越;而由于文化语境的现、当代整体差异,以政治文化、商业文化语境的整合为标志,不仅包含理想化的叙事形态,也不乏程度不一的转化甚至异变;在时段上,还有着"现代时期"的明显,"十七年时期"的隐微,"新时期"的复苏、裂变,乃至世纪末审美界限的模糊与消弭等历时性风貌。叙事传统与 20 世纪文化思潮之间存在着深切的"共鸣",后者对于叙事功能与意义的改写,影响、制约了文学精神的表

① [法]雅克·马利坦:《艺术与诗中的创造性直觉》,刘有元等译,生活·读书·新知三联书店 1991 年版,第 139 页。
② 本书在乡土、欲望、宗教三个方面进行叙事传统的主题学分类。由于诗性创作往往意蕴丰富,这种划分也比较相对。要认识这样的对象,相对的"分类"是一种比较有效的方法,"归类"后的对象和内容并不是互相隔绝的,不仅有着共同的人生旨向,相间也可能出现重叠与交集,田园的、欲望的、宗教的也可能同时表现在某一个作家身上或某一部作品中。应该说,作如此归类时,考虑的主要是诗性话语的侧重点。

达。在一定程度上,战争文化、政治文化以相对稳定的集体性要求简化、规约着个体的美学情怀,叙事不得不牺牲精神的自由与文本的诗意去迎合一体化的意义整合;城市文化、商业文化的世俗主义、消费主义在消解人生理想与文学灵性的同时,既导致了乡土中国传统伦理的颓圮,消解了人们的乡土情怀,也助长了庸俗性的享乐主义与功利主义;而伴随着20世纪末期中国社会转型的加速与文化的喧嚣,纯文学的境遇将更加艰难。大致而言,作为一种意涵丰富、形式多变的小说思潮,叙事传统的生成、流变受到文学、政治、历史与社会等诸多因素的影响与制约,表现出话语空间的开放性与丰富性。

三、叙事传统还是一种诗学理论范畴和文学史范畴

"叙事传统"凸显了诗性结构、精神范型的历时性和经典性,叙事在功能形态、美学品格等方面的发展与变化,既扩展了叙事自身的精神"自由度",也表现出叙事学研究路线上的针对性,对于深化、完善20世纪中国诗性小说的诗学理论研究、作家作品研究以及文学史研究具有重要意义。

首先,借助于精神理路、逻辑的辨识与阐述,有助于澄清创作风格的具体转变与整体建构,呈现诗性小说叙事研究的结构主义旨趣。诗性小说创作是主体文学心性、智慧的艺术赋形,虽说这一过程包含着模糊、混沌等不确定性,但作为一种文学生产活动,必然有其赖以生存的运思规律。诗性结构的存在就体现了这一点。诗性"生产"表现为一种曲线运动,诗性区间内的起伏、震荡,是文学内、外的诸多元素、信息的"合力"作用的结果;既包含主体自身的完满与自足问题,也涉及审美与社会、个人与集体、内容与形式等诸层面的关系。其核心在于,诗性结构如何形成对于差异性文学精神的调适,生成叙事的诗意特征。这一思路下的作家作品研究,既要关注小说叙事的规范常态,还要突出其间的个体差异性与特殊性。作为一种结构主义的叙事观照,结构功能与模式的稳定性和普遍性,不仅有助于对相对泛化、飘忽的阅读感悟加以归理与限制,也有利于深入叙述话语的细部与缝隙,呈现差异和复杂,凸显诗性叙

事的个性化侧重与变异。不难发现,以对立、纠结为表征的叙事范式的确立,在较为具体的诗学理路和方式中辨析诗性文本的审美表达,揭示相对宽泛、笼统的美学意义的生成路向,进一步凸显出叙事活动的精神维度。

其次,作为一种"叙事的解放","叙事传统"更多考虑到了功能结构与生成语境之间的关系,表现出叙事学研究的文化期待与"预设",保持了一种与文化诗学相融通、面向外在社会语境与文化变迁的开放性的研究视野。诗性理想的实现在于摆脱非诗化的牵制,由于心灵世界的主体性、矛盾性与历史性,诗性风格其实并不纯粹,精神冲突与语义失衡是一种常态,需要在理想与现实之间加以审美调适,"理想与现实之间的张力是现代叙事作品的核心"①。由于受到诸多因素的影响和制约,对于结构性矛盾与冲突的弥合程度决定了叙事的美学旨向,或理想化,或现实化,更多时候是在理想与现实之间的困惑、迷茫与游移中觅求诗意的表达,存在着具体性、多样性与复杂性。而沿着时间的脉络审视这一问题,叙事转变及其历史命运的沉浮则牵涉 20 世纪中国社会的历史文化语境,反映出近一个世纪的社会、思想之变的深入投射与微妙作用。叙事传统不仅是一种诗意显微的机制、形式之演变,也是一种叙事观念、精神范型、生命意识与人生情怀的延传与演化,更是诗与非诗、个体与社会、文学与文化等不同文学话语冲突、交汇与"共振"的复合性的艺术呈现。由此,系统辨析诗性小说的叙事演进,在揭示出不同作家作品叙事肌理及其历史形态的同时,就将进一步彰显诗性小说在不同历史时期、不同主题意域中的审美坚持与创造,诗性传统乃至纯文学的价值与意义也将在具体与抽象、外部与内部、微观与宏观相融合的视域中得到充分观照。现代小说"向诗倾斜"获得的抒情现代性,表面看来似乎是诗体因素进入小说体式使然,本质上却是人生本体意义的影响与制导。钱理群先生曾直言诗性小说"艺术水准最高",也就含此判断②。

---

① [美]华莱士·马丁:《当代叙事学》,伍晓明译,北京大学出版社 2005 年版,第 30 页。
② 钱理群:《文学本体与本性的召唤》,《涪陵师范学院学报》2001 年第 4 期。

最后,作为一种关于经典文学现象与思潮的系统审视,"叙事传统"深入了 20 世纪诗性小说的叙事演进和建构,理论清理、历史观照与文本细读并重的思路包含着推进、完善相关研究的学术预期与意义。首先,叙事传统为现当代小说提供了一种以诗性叙事为结构特征的诗学范型。在此视野下,诗性小说谱系内的作家作品都可能得到不同程度的重新阐释,叙事内容、形式及其演进的复杂化,表征了一种纯文学传统的生成与演变,彰显出自身在 20 世纪文学史上的经典意义与贡献。其次,叙事传统在主体构型、文学意蕴与文化功能等层面的意义嬗变,有助于深入现当代文学心路与 20 世纪文化思潮之间相离、相融的矛盾共生关系。在此维度上,中国小说的现代性变革、文学诉求的本体精神、审美与文化、社会现代性的融合与变异等问题,也将得到较为充分的审视和确认。最后,叙事传统对于小说叙事的观照具有方法论的意义,为抒情小说研究提供了一种"本体性"的尺度,以之为参照,并不局限于解决目前相关研究的抒情诗学研究误区,也有利于沟通小说叙事的体式研究、文化研究与文学史研究,谋求相关研究的方法、境界与格局等方面的提升与突破。

总之,依托对立与融合的叙事理论,力求避免以简单、机械的方式去结构、描述研究对象,系统、开放的"叙事传统"观照将深入 20 世纪中国诗性小说思潮的整体考察与辨析。所谓"结构",主要是确立诗性叙事文本"因果"关系、建构"价值模式"的逻辑依据和理论工具,其实质在于对既有研究视野的突破与重建,以一种重新整合、编织的方式进行相对规范化的叙事学研究,呈现诗性叙事的美学与历史张力。进入 20 世纪以来,"讲故事"的方法愈加多元化,而故事也正以不同的形式来到现代人面前。作为小说的规约性要素,必然要融进变化、发展的文学现代化过程,传统叙事的历史性特征发生了变异。故此,也就有必要对"叙事"的外延和内涵、叙事文学的历史演变与实践等作进一步的审视、归理与调整。本书在整合、打通的思路上提出"叙事传统"的命题,并以之为理论视域,择取"诗性小说"为研究对象,致力于探讨其在 20 世纪多元历史文化语境下的叙事学贡献,意在为抒情小说研究提供一种独特的理论思路。个中既有着关于叙事诗学问题的深入探讨,也有着叙事理论问题向小说史、文学史问题的学理性转化;不仅对"叙事传统"进行了相对系统、细致的梳理,也对小说谱系内、外的诸多作家作品进行了重新阐释,突出了一种"别样"的文学传统对于 20 世纪中国小说现代化进程的理论价值与文学史意义。

第一章　叙事传统的历史考察

　　"叙事传统"的诗性旨归,决定了"人的觉醒"将成为其发生的前提。伴随着晚清以来的社会转型,"人的文学"也成为引导"五四"小说乃至20世纪中国小说发生、发展的"价值理性",在延续、深化晚清小说社会启蒙功能的同时,又兼顾了文学人生的审美情怀,促进了诗性小说传统的生成。从"五四"时期诗性小说的涌现,到30—40年代文体的趋于成熟,及至在50—70年代政治文化语境中的沉潜,80—90年代的整体性破裂与变异,这一传统一直处于发展、变化之中。作为一种重要的现代文学思潮,标识出叙事变革与转化的历时性与长期性,释放出多样、综合的美学品质,展现出20世纪中国诗性小说的本体建构。在文学史的视野中披露演化的大致轨迹,转变源于晚清以来中国小说在"人的文学"向度上的诗化追求,叙事传统的生成则表明这一取向已超越一般性的体式转化,建构出自身的主题形态、意义空间与文体特征。当代化的叙事传统则更多受制于政治文化、商业文化语境的变迁,由于纯文学精神被普遍挤压,已失去舒展空间,从"十七年"的"沉潜"到"新时期"直至90年代以后从短暂的"复苏"中走向简化,终将在"非文学的世纪"陷入"衰减"。在一定意义上,当代文学的政治化与商业化又是以对审美本性的消解为代价的,逐步偏离文学的"理想生活",很难提供集中、规模性的诗意,叙事传统的碎裂与式微已不可避免。

第一节　晚清：过渡期的小说叙事问题

在历史性进程中考察诗性叙事范式的生成，中国传统文学提供了一个缺失性的背景。古代中国的小说传统并不发达，长期居于"丛残小语"、"小道"与"闲书"等被歧视的地位。相关考证认为，班固以后，小说还是一种"杂撰"文体，"各种内容的著作，只要不是宏论大文，都有可能归于此类"，直到明中叶才形成"很接近"现代小说的概念①。而传统文学的忠奸、善恶、才子佳人等故事程式所反映的也基本是家国社稷、道德伦理与政治教化等正统文化观念，臣服于情节逻辑的叙事话语"堆积"了过多戏剧性的起伏，"不险则不快，险极则快极"②，本然地排斥着个性体验、自由追求等内容。相当意义上，依附于历史叙述的传统小说，一直深受诗史互证的史传传统的影响与制约。至于蔚然风气的山水田园诗派，诗情更多属于一种缺乏人生自觉意识的感性山水和自我消遣，也难以融入传统小说的叙事格局③。正如梁实秋、夏志清所言，"偶以人为点缀"，"表现的只是一种意境，一种印象，一种对于实际人生之轻蔑"④，"对人生问题倒并没有作了多少深入的探索"，"主要也是自得其乐式的个人享受，看不出伟大的胸襟和抱负来"⑤。

传统小说离现代叙事还有较远的距离。这不仅因为，小说远未获得相对独立的文学地位，有待摆脱史传传统的约束；在更深层次上，作为现代叙事思想基础的"人的发现"，传统文化尚无法提供。众所周知，中国传统文化不过

---

① 谢昭新：《中国现代小说理论史》，安徽大学出版社 2003 年版，第 3—4 页。

② 饶芃子等：《中西小说比较》，安徽教育出版社 1994 年版，第 139 页。

③ 在古代文化传统中，田园诗是作为一种士文人的风雅传统而存在的，而传统小说则是"小道""街谈巷语"，其底层性的浅俗历来为士文人所轻视。如果前者是"阳春白雪"，后者显然属于"下里巴人"，文化差异性的隔膜和社会心理上的阶层区分使得田园诗传统与传统小说被"人为"隔绝。

④ 《现代文学论》，徐静波编：《梁实秋批评文集》，珠海出版社 1998 年版，第 158 页。

⑤ 夏志清：《新文学的传统》，新星出版社 2005 年版，第 33 页。

是一种"非人"的文化,以伦理纲常为基本标志的文化秩序造就的是封建权力关系中的依附性"臣民"和奴性人格,而非主体性的生命个体。在此背景下,不可能产生真正意义上的"人的文学",所谓"淳人欲、美人伦""哀而不伤""乐而不淫",等等,突出文学的道德、教化功能。"人"往往被理解为"帝王将相"或"才子佳人",一直难以走出"经""道"人生观的窠臼,小说仅是"载道""传道"的工具与手段。而作为人性"根本"的肉欲本能,也一直被视为道德禁忌,要么是一个讳莫如深的"黑洞",要么就是一个滋生阴暗心理的"温床",以致中国文化成为一种禁欲主义的"没有身体的文化"①。晚明以来,一批如李贽、王夫之、龚自珍的有识之士虽不乏个性解放、身体觉醒等方面的"求变思想",但又是"在传统中变",并没有形成突破"道统"束缚的"人的觉醒"②。朱光潜曾指出过这一点,认为"中国人用很强的道德感代替了宗教狂热。……他们的文学也受到他们的道德感的束缚。对他们说来,文艺总是一件严肃的事情,总有一个道德目的"③。显然,在儒家道德原则的排斥之下,个体的正常人性诉求普遍处于被贬抑、压制的状态,受到主流文化的不公对待。而相对自由的归隐思想也与士大夫"穷则独善其身,达则兼济天下"的"儒道互补"的人格模式密切相关,隐居的诗性智慧常为传统文人消极避世的人生哲学所浸染,反映了一种"犬儒"的生活态度,并不体现积极自为的生命意识和文学情怀。在一定意义上,"人"的整体性失落,导致传统人生观的"失衡",在封建威权主义的压制之下,个性主义失去发生基础,难以催生主体性的"文学人生"样式。

这一状况一直持续到了晚清,社会语境有了较大改观,然而作为一个古老王朝的"尾巴",在相当长的时间内,既有文化结构并不会发生根本变化,"时

---

① 汪民安主编:《身体的文化政治学》,河南大学出版社 2003 年版,第 192—193 页。
② 程文超等:《欲望的重新叙述——20 世纪中国的文学叙事与文艺精神》,广西师范大学出版社 2005 年版,第 50—56 页。
③ 《悲剧心理学》,《朱光潜全集》第二卷,安徽教育出版社 1987 年版,第 426—427 页。

光还早。新文化运动的先驱们还在历史的通道上赶路,他们出场的时间还未到"①。而且,特殊的社会文化现实也限制了文学的发声。由于近代中国历史的创伤性记忆,促使了民族主义意识的高涨,"救亡图存"已成为一时代之主题。严复、梁启超等人提出的鼓民力、开民智、新民德、兴自由等所谓从"民"到"人"的"新民"措施,都是实用性的社会话语,并未赋予人性、人生以合情、合法的文化地位。作为一种"新"文学体裁②,小说虽从"丛残小语"逐步转为"大道",也主要是对"群治"有"不可思议之力支配人道故"③;从"近之可以激发国耻,远之可以旁及夷情,乃至宦途丑态,试场恶趣,鸦片顽癖,缠足虐刑,皆可穷极异形,振厉末俗"④,到"欲新一国之民,不可不先新一国之小说"⑤,等等,局限于政治功利,主要是在工具论意义上被认识和反复强调的。晚清文学可以视为一种古旧传统的历史惯性和"回声",表明"文以载道"观念的延续,实用性的社会话语仍将主导文学的发展,获得对其他话语的优先权。然而历史毕竟已在改变,传统文化格局也在松动。在一个社会动荡、转变的时代,由于社会变革的现实需要以及部分新文学"先驱们"的积极倡导,小说地位有了明显提高,已足以为现代叙事的"觉醒"提供思想和文类支撑。虽一时难以摆脱传统的束缚,促生本质蜕变,但已引发变化,融入"新"小说家对于小说文体的重新审视和实践,形成"孕育"诗性叙事的可能。

　　一般来说,小说若要营造诗意,需要淡化叙事的情节性,"当作家只是诉

---

① 程文超:《〈1903:前夜的涌动〉小引》,山东教育出版社 1998 年版,第 1 页。
② 虽说有观点认为梁启超等人的"小说"与现代"小说"不是一个概念,但并不能就此否认二者之间的一致性。对此,有研究者曾加以探讨,如乔以钢、宋声泉的文章《近代中国小说兴起新论》(《中国社会科学》2015 年第 2 期)等。
③ 梁启超:《论小说与群治之关系》,陈平原等编:《二十世纪中国小说理论资料》第一卷,北京大学出版社 1997 年版,第 50 页。
④ 《变法通议·论幼学》,张品兴主编:《梁启超全集》第一册,北京出版社 1999 年版,第 39 页。
⑤ 《论小说与群治之关系》,陈平原等编:《二十世纪中国小说理论资料》第一卷,北京大学出版社 1997 年版,第 50 页。

说一段思绪、一个印象、一串画面或几缕情丝时,读者的关注点自然转移到小说中那'清新的诗趣'",景物、场面、印象、梦幻等,都"容易体现作家的美学追求"①。在相当意义上,只有让渡于叙事的非情节化,突出情趣、体验感悟以及文学意蕴等方面的表现,才可能促进叙事的空间化拓展与创造。就晚清"新小说"而言,由于还有着比较明显的传统特征,叙事话语所涉及的空间诗学因素并不具有显在的主观情绪、精神漫漶等现代抒情特征,而主要是一些与写景相关联的叙述内容和技巧,引发文体的部分改变,向现代叙事靠拢。

写景是现代叙事的重要内容,不仅是故事发展和人物塑造的依据和手段,而且包含了情感投射、主题表现以及文体建构等方面的功能与意义。作为诗意的"写景状物","借景抒情""即景抒情"是个性表现的需要,反映出诗化自然的审美态度与精神取向,"'皈返自然的思想'又往往以写景的文学表现得最清楚"②。它显形于传统小说的历史并不长,只是到《西游记》《红楼梦》《官场现形记》《聊斋志异》等白话小说才有一定程度的显现。胡适说过,"古来作小说的人在描写人物的方面还有很肯用气力的;但描写风景的能力在旧小说里简直没有"③。虽然绝对了些,但至少说明"写景"在传统小说中并不流行。在相当长的时期里,传统小说并不需要景物的修饰与点缀,类型化的人物行动与故事框架就可以承担起对文化道统的表达与传播。景物的体验性与线性、封闭的情节结构明显不相吻合,"由于说唱文学注重其商业性,以及观众的大众化、审美趣味的世俗化使得景物描写不可能大段的出现;而史传文学对言行的关注以及尽量客观化的叙事方式也限制了景物描写"④。事实上,即便是被鲁迅誉为打破了"传统的思想和写法"的《红楼梦》,写景的技巧也并不被看好,"至于说到《红楼梦》的价值,……其要点在敢于如实描写,并无讳饰","它

---

①　陈平原:《中国小说叙事模式的转变》,北京大学出版社 2003 年版,第 131 页。

②　《现代文学论》,徐静波编:《梁实秋批评文集》,珠海出版社 1998 年版,第 157 页。

③　胡适:《〈老残游记〉序》,刘德隆等编:《刘鹗及老残游记资料》,四川人民出版社 1985 年版,第 383 页。

④　汪花荣:《章回小说景物描写及其转变》,《重庆社会科学》2009 年第 2 期。

那文章的旖旎和缠绵,倒是还在其次的事"①;胡适也曾说过,"《西游记》与《红楼梦》描写风景也都只是用几句烂调的四字句,全无深刻的描写"②。显然,景物描写并不是传统小说的有机要素,即便有所存在,也难免程序化,零散而随意,缺乏心理体验和氛围气的渲染,个性化程度不足。

晚清新小说的写景一时还难以摆脱传统文学的局限。按照陈平原的说法,"小说中充塞的是从古书中抄来的'宋元山水'。山是纸山,水是墨水,全无生趣可言,咏之不知今世何世","只是基本停留在'表态',而没有真正落实到创作中"③,而且"骈文诗词"色彩很重,未脱程序化的"格套"。胡适说过,新小说家"一到了写景的地方,骈文诗词里的许多成语便自然涌上来,挤上来,摆脱也摆脱不开,赶也赶不去"④。不可否认,"新小说"的写景还"令人失望",然而新小说家已开始意识到风景的重要性,景物描写的分量有了明显增加,也逐渐趋于自觉。《新小说》取"图画"入小说,"其风景画,则专采名胜、地方趣味浓深者,及历史上有关系者登之","每篇小说中,亦常插入最精致之绣像绘画,其画皆由著译者意匠结构,托名手写之"⑤,"若风景则山川树木也,而一经描画,则峰峦秀气,江湖水景,如在目前。而阅之者性情为之旷达,襟怀为之活泼者"⑥。作为一种"新的表现手法",写景对情节叙事形成冲击,在一定程度上改观了晚清新小说的文学气象,虽还存在诸多不足,但已开始参与故事的发展、人物心理乃至文学意蕴的表达,与主题、情绪的表现建立了功能性关

---

① 《中国小说的历史的变迁》,《鲁迅全集》第九卷,人民文学出版社 2005 年版,第 348 页。

② 胡适:《〈老残游记〉序》,刘德隆等编:《刘鹗及老残游记资料》,四川人民出版社 1985 年版,第 383 页。

③ 陈平原:《中国小说叙事模式的转变》,北京大学出版社 2003 年版,第 111—113 页。

④ 胡适:《〈老残游记〉序》,刘德隆等编:《刘鹗及老残游记资料》,四川人民出版社 1985 年版,第 384 页。

⑤ 新小说报社:《中国唯一之文学报〈新小说〉》,陈平原等编:《二十世纪中国小说理论资料》第一卷,北京大学出版社 1997 年版,第 59 页。

⑥ 棣:《小说种类之区别实足移易社会之灵魂》,陈平原等编:《二十世纪中国小说理论资料》第一卷,北京大学出版社 1997 年版,第 239 页。

联。比如：

> 只见对面千佛山上，梵宇僧楼，与那苍松翠柏高下相间，红的火红，白的雪白，青的靛青，绿的碧绿。更有那一株半株的丹枫夹在里面，仿佛宋人赵千里的一幅大画，做了一架数十里长的屏风。（《老残游记·第二回》）

> 走过秦淮河的下岸，正是夕阳欲下，和风扇人，一带垂柳，阴阴水次，衬着红霞碧浪，顿豁心胸。那河里更是画舫笙歌，悠扬入耳。对面河房，尽是人家的眷属，倚窗半开，珠帘尽卷……（《文明小史·第四十回》）

> 山之麓，水之滨，牧童樵叟，行歌互答，往来点缀于其间。桥边老树数株，杈桠入画。归鸦点点，零乱纵横，哑哑之声，不绝于耳，似告人以天寒日暮，归欤归欤。（《玉梨魂·第四章》）①

写景延缓了叙事的节奏和速度，弱化了叙述话语的线性结构，一抹自然、风物的诗意，也意味着语义矛盾的短暂弥合与消融，强化了小说的艺术情趣和审美效果。苏曼殊的《断鸿零雁记》，也常见情景交融的文字，"人与景，景与情，共融互生，一派诗的意境"，形成"中国小说审美表现空间的新开拓"②。从整体上看，写景虽不乏程度性的差异与区别，但确已构成新小说的"新"意之一，"行文结构显得自由，增添了人物心理描写和自然景物烘托主题种种新的表现手法"③，地位与价值有了显著提升。《老残游记》《文明小史》《玉梨魂》等中的写景已不限于故事发展、人物塑造的场景和手段，

---

① 此处所引小说分别参见刘鹗《老残游记》[《中国近代文学大系·小说集》(4)，上海书店1992年版]、李伯元《文明小史》，百花洲文艺出版社1989年版)、徐枕亚《玉梨魂》(江西人民出版社1986年版)。

② 杨联芬：《晚清至五四：中国文学现代性的发生》，北京大学出版社2003年版，第240—242页。

③ 时萌：《〈中国近代文学大系·小说集〉导言二》，吴组缃等主编：《中国近代文学大系·小说集》(一)，上海书店1991年版，第39页。

还包含着心理情绪、命运、意义的某些折射与投影,隐现着现代叙事意识的"觉醒","这一时期小说艺术的更新,正符合整个文学由旧变新的过渡过程中的辩证发展,也意味着小说家们的艺术思维正在向现代化方面日益靠拢"[1]。

新小说对于田园(桃源)图景的描写,也使分散的写景获得较为集中的呈现,相对明晰的诗学形态和主题寄寓表明了诗性话语的初步实现。在中国传统文化中,"田园风"代表了诗性文化的基本形态,桃源式的山水自然栖居,"自愿、消极地受领"自然的诗意,一般不脱下述内容:其一,和谐、静寂的生活图景,反映出乡土自然的客观属性和传统文化伦理的道德属性的融合;其二,清静无为的日常生活,一切顺从自然和伦理的节奏,表明了"天人合一"的思想基础;其三,相对封闭、自足的文化空间,规避了现实、社会等外在力量的侵袭和纷扰,渲染了一种稳定、避世的隐逸哲学。这是一种缺乏主体性和矛盾性的古典诗性形态,虽在今天看来,多是传统文人无奈、被动的"出世"姿态与空想,但并不损害它的理想意义;即便晚清新小说对于田园图景的描绘还散发着过重的实用主义色彩,诗学表现上也有其自身的局限性,但已逐步显露出景物描写的美学功能,离现代叙事更近了一步。

刘鹗在《老残游记》中虚构了一个名为"桃花山"的理想世界,"月色又清又白,映着那层层叠叠的山,一步高一步的上去,正是仙境","上去有块平地,都是栽的花木,映着月色,一场幽秀。且有一阵清香,清新肺腑";男女皆仙风道骨,"有林下风范",女子更是仙女一般:"眉似春山,眼如秋水,两腮浓厚,如帛裹朱,从白里隐隐透出红来";其间人伦谐和,"发乎情,止于礼仪",且"诱人为善","爱河"与"功德水"相得。苏曼殊《绛纱记》《断鸿零雁记》《焚剑记》等小说中也多有世外之境:"余"昏睡醒来,但见竹篱茅舍,"周环皆水,海鸟明灭,知是小岛,肆其近崖州西南。……及归,见老人妻子,词气婉顺,固是盛德

---

① 时萌:《〈中国近代文学大系·小说集〉导言二》,吴组缃等主编:《中国近代文学大系·小说集》(一),上海书店1991年版,第39页。

人也","明日,天朗无云,余出庐独行,疏柳微汀,俨然倪迂画本也,茅屋杂处其间。男女自云:不读书,不识字,但知敬老怀幼,孝悌力田而已;贸易则以有易无,并无货币;未尝闻评议是非之声;路不拾遗,夜不闭户"。或隐或显的田园描写,投射出人物的性格侧影与心理变化,在景物与人物命运、叙事题旨之间形成一定的同构性,而一定规模的景物描写也有助于语义的延展,一旦故事链条被分割,文化象征效应也就得以强化。《老残游记》寄寓着对"社会矛盾开掘很深"的"理想主义"的"救世"心态,"桃花山"是一个指向封建大同社会的"想象复合体",其中"宋儒"被肯定为社会的基本原则,"发明正教的功德","理""欲""主敬""存诚"等"虽皆是圣人之言,一经宋儒提出,人尽由此而正,风俗由此而醇",人欲之"发乎情,止于礼仪"且"诱人为善",真正一个儒教的伦理之邦;而"桃花山"本身也是一次出于改变的现实寻访,探访一位能够除暴安良的"救世者"。田园"背后"还是一种社会现实问题的解决方案,并不限于传统"小国寡民"境界中的"自得其乐",精神指向已发生改变。《绛纱记》浸透着苏曼殊的"难言之恫"和浪漫感伤,"余"在落难中的"田园"逗留与现实离散、生死未卜的妻子五姑和好友"梦珠事"以及"争端起矣""海贼"等构成了明显的对照,昭示着对于"举世污浊"的感愤以及人生"出路"的寻找,正所谓"人谓衲天生情种,实则别有伤心处"。在一定意义上,田园形态的变化,表明了写景的功能性转变,景物已不再是单纯的环境元素或审美对象,作为一种"综合想象物"和"意义共同体",构成叙事的组成部分。当然,这并不是要"拔高"新小说写景的现代价值,相较而言,这类表现仍然比较"初级"。一方面,诗意色彩"过于单薄",审美超越在内容构造上并不突出,景物(田园)和社会话语、现实之间的比附关系比较简单、直接,也缺乏心理、生理与哲理方面的深入①。另一方面,作为新小说的"描写技术",还显出"生硬"与粗疏,外向生活情景的"真实模仿"、历史

---

　　①　老舍认为,"景物与人物的相关,是一种心理的,生理的,与哲理的解析。"(《老舍论创作》,上海文艺出版社1982年版,第76页。)

性的"载道"仍是叙事的主体,景物、人物感受、主题意义等叙事元素尚未充分情调化与功能化,缺乏美学风格的整体构建。郁达夫曾批评苏曼殊小说"太不自然""做作得太过"①,鲁迅说其近乎"颓废派"②,而《老残游记》也曾被视作"封建理想主义的小说"的代表作③。这与后世"诗性小说"还有较大差异,而晚清文学也未能提供更多弥补的机会,"人的觉醒"仍处于阙如或"沉潜"状态,涉及写景的小说也就那么"寥寥"几部,而在流行的"鸳鸯蝴蝶派"以及狭邪、公案侠义、科幻等小说中则基本看不到景物的身影。历史似乎注定,晚清小说还处在向现代过渡的"前叙事"阶段,诗性追求又必然陷入现时性的孤独与寂寞。

在此背景下,或许可以将《域外小说集》看作晚清小说的一种突破。作为周氏兄弟人道主义情怀"不合时宜"的"早产儿",《域外小说集》的一个显著特征就是个体的生命体验和普遍、抽象的人性书写,有着诗化的意境与语言表现,叙述比较"前卫","作品所体现的对心灵世界的关注,以及象征、隐喻、诗化叙事等表现方式,不但超越了晚清,即便在当时的西方文学中,也是前卫的"④。《晚间的来客》《月夜》等小说多由思绪漫漶而成,写景状物,语言清新,意味悠远,淡化情节的语流往往濡染了个体的生命体验,有着场景的渲染与诗意的氛围。固然它们并非本土意义上的中国小说,但作为一种译介过来的诗性写作,反映出周氏兄弟对于文学审美的本质体认与尝试。一种"异域文术新宗,自此始入华土"⑤,构成现代中国小说"诗化叙事的范本和先例"⑥。

---

① 郁达夫:《杂评曼殊的作品》,柳亚子编:《苏曼殊全集》第5卷,北京市中国书店1985年版,第120页。

② [日]增田涉:《鲁迅的印象》,钟敬文译,湖南人民出版社1980年版,第48页。

③ 时萌:《〈中国近代文学大系·小说集〉导言二》,吴组缃等主编:《中国近代文学大系·小说集》(一),上海书店1991年版,第26页。

④ 杨联芬:《晚清至五四:中国文学现代性的发生》,北京大学出版社2003年版,第143页。

⑤ 周树人:《〈域外小说集〉序言》,陈平原等编:《二十世纪中国小说理论资料》第一卷,北京大学出版社1997年版,第376页。

⑥ 杨联芬:《晚清至五四:中国文学现代性的发生》,北京大学出版社2003年版,第156页。

不过,这种文学趣味仍然游离于晚清时代的审美习惯,缺乏社会接受基础,"这种浓烈的现代意味似乎出现得过早,在当时的社会文化环境中无法弥漫开来,注定了《域外小说集》无声无息的孤独命运"①;杨联芬也曾指出,"这种既缺乏情节、也缺少故事性的小说","确实超越了中国读者的审美限度"②。由此,也就沦为一种"梦幻似的无用的劳力",注定将被时代遮蔽,难获普遍认同。

晚清并非一个能够促成小说叙事根本变革的时代。作为一种现代意义上的文体转型,诗性小说需要的是社会文化层面的普遍的"人的觉醒",而这显然要等到"五四"时期。然而在新小说的"众声喧哗"中,诗性叙事已然隐约可辨,并开始累积性变化,借助写景的技艺乃至域外小说的诗化资源,形成传统观念和规范的冲击与突破,向现代叙事"过渡"。

第二节　20世纪20—30年代:叙事传统的生成与发展③

现代叙事变革不仅是一种文体规则的功能转变,还是一种文学精神的内在变迁,受到现代文化主潮的影响和制约。固然有其多样化的资源,但要真正激发小说精神的根本转变,"人的文学"无疑是一种决定性的思想条件。这是因为,现代文学与批评都可以被视为"人的文学"追求与建构,"用人的文学来概括二十世纪中国文学的发展方向,用人的文学的批评理论来助成这一方向的实现,以致用人的文学来建二十世纪中国文学批评的体系,都是符合实情的。如果把二十世纪中国文学批评看做是二十世纪中国文学理论的活的核心

---

① 张新颖:《现代困境中的语言经验》,《上海文学》2002年第8期。
② 杨联芬:《晚清至五四:中国文学现代性的发生》,北京大学出版社2003年版,第138页。
③ 这里的年代划分,依据的是通常意义上的"现代30年"。在一个大致的脉络上,诗性小说创作的发展、变化也表现出了与时代变迁的明显对应关系。

的话,人的文学同样是二十世纪中国文学思考的主要对象与建构自身理论体系的内在尺度"①。传统小说以至晚清新小说体制内的"局变"未能满足这一要求,而"五四"时期"人的觉醒"也就激活了这一"内在尺度",催生了中国小说的现代变革。

"人的觉醒"是近代西方"文艺复兴"运动的产物,"近代欧洲自文艺复兴、宗教改革以迄启蒙运动的文化转型,可谓一部'个人的发展'的精神史"②,个人主义也是西方现代文明的精神表征。"五四"初期,新文学先驱们多方译介了西方个人主义思想,掀起了一场"个人主义"思潮,"人的觉醒"逐渐成为一时代的中心议题,"个人的发展"开始替代"人的依赖关系",扭转了传统人生对于儒家威权、宗族的依附局面,真正意识到了"人"之自身。虽然由于历史条件的限制,还未形成社会体制、民众层面的普遍觉醒,但作为一场以知识分子为主体的文化启蒙运动,它对西方人道主义、个性主义等概念的规模化"借用"和讨论,"导致的知识分子范围内人的意识的全面觉醒,则可以看作是对晚清启蒙运动现代性的重要提升,在中国思想和文学史上具有重要意义"③。如果说此前"中国人从来没有人的观念"还说得通的话,那么随着"五四"时代的到来,这一情况得到了改变,而作为启蒙文化的基本载体,小说也在"当首推文艺"的呼声中被赋予"人的文学"功能,确立起现代乃至 20 世纪中国文学的"价值理性"。

"人的文学"是一种"人道主义"文学,"以人的经验作为人对自己,对上帝,对自然了解的出发点"④,肯定人的尊严、人性解放以及生命意义,追求生

---

① 刘锋杰:《"人的文学"发生研究刍议——从〈中国现代文学批评发生史〉谈起》,《文艺理论研究》1999 年第 2 期。

② 高力克:《五四的思想世界》,学林出版社 2003 年版,第 1 页。

③ 参见杨联芬:《晚清至五四:中国文学现代性的发生》,北京大学出版社 2003 年版,第47—49 页。

④ [英]阿伦·布洛克:《西方人文主义传统》,董乐山译,生活·读书·新知三联书店 1997年版,第 12 页。

命完满、幸福的艺术实现。以之为参照与指引,现代知识分子才得以认清传统文学的"症结",确认现代文学的人文特性。沈雁冰说过,中国文学之所以未达到西方文学那种"近代水准"的主要原因也就在于"我们一向不知道文学和人的关系"①,文学就是"综合地表现人生";鲁迅认为,"若再留心看看别国的国民性格,国民文学,再翻一本文人的评传,便更能明白别国著作里写出的性情,作者的思想,几乎全不是中国所有"②;郭沫若也说过,"其实任何艺术没有不和人生发生关系的事"③,"生命是文学底本质。文学是生命底反映。离了生命,没有文学"④;郁达夫以为"艺术就是人生,人生就是艺术,又何必把两者分开来瞎闹呢?"⑤"人的文学"的发现,既是西方现代文化启示下的收获,也是新文学家对于文学价值的现代反思的结果;伴随着观念上的流播,人生与文学表现之间的密切关系也获得了普遍认同,而一旦深入创作,也就将开启现代文学持续、深刻的变革进程。

对于现代小说来说,"人的文学"是一个牵涉广泛的命题,不仅有着多样化的思想蕴涵,也包含不同的功能诉求,而要突破传统观念的限制与束缚,获取诗性叙事的品格,需要强化心理、哲理等意义的寄畅与抒写,深入文学人生的本体思考和复杂表现。只有这样,才能形成与社会、政治、都市等文学话语的联系与区别,凸显自身的审美特质。事实上,"人的文学"在发生伊始就有着从社会性、政治性、民族性向审美性的分流与转化,存在着文学功能的诗化取向。周作人在《人的文学》中曾将"人的文学"分为"正面"与"侧面"两大类:"正面"的"理想生活"诉求于"人间上达的可能性",指向文学的形上超越意义,表现出与文学审美价值与功能的显在沟通;而"侧面"的"平常生活,或

① 贾植芳等编:《文学研究会资料》(上),河南人民出版社1985年版,第56—57页。
② 《"圣武"》,《鲁迅全集》第一卷,人民文学出版社2005年版,第371页。
③ 《艺术家与革命家》,《郭沫若全集》第15卷,人民文学出版社1990年版,第191页。
④ 《生命底文学》,张澄寰编选:《郭沫若论创作》,上海文艺出版社1983年版,第3页。
⑤ 《文学上的阶级斗争》,《郁达夫文集》第5卷,花城出版社、生活·读书·新知三联书店香港分店1982年版,第135页。

非人的生活"透着浓厚的现实主义色彩,突出文学的社会价值,则归属于集体化、功利化的人生理解和叙述。

> 用这人道主义为本,对于人生诸问题,加以记录研究的文字,便谓之人的文学。其中又可以分作两项:(一)是正面的,写这理想生活,或人间上达的可能性;(二)是侧面的,写人的平常生活,或非人的生活……①

周作人指出了"人的文学"在主题、形态与功能方面的差异,以及不同文学指向之间的分裂与对峙。显然,后者并不必然具有超越前者的文学价值,至少在倡导"抒情诗的小说"的周作人看来,"理想生活"更为"正面"和重要。1920 年,周作人提出了一种"不仅是叙事写景,还可以抒情"的"抒情诗的小说","虽然形式有点特别,但如果具备了文学的特质,也就是真实的小说"②。形式上的"有点特别",意味着由"叙事写景""抒情"所导致的某些体式变化,"抒情诗的小说"保留了《域外小说集》的印记,延续了早期的诗化惯性,却更为具体与自觉。作为"京派文学"的导师级人物,周作人的文学观念无疑与诗性文化有着较多"合拍","文学的本领原来在于表现及解释人生","我们相信中国将来的新兴文学当然的又自然的也是社会的、人生的文学"③,"多面多样的人道主义的文学,正是真正的理想的文学"④。周作人与"五四"社会主潮之间的疏离"由来已久","抒情诗的小说"与启蒙、救亡的文学主流并不一致,为动荡、挣扎之中的现代知识分子提供了一份纾解、释放"人生焦虑"与"创伤性记忆"的精神空间。对于文学与时代精神之间矛盾的诗性调和,在"五四"

① 《人的文学》,钟叔河编订:《周作人散文全集》第 2 卷,广西师范大学出版社 2009 年版,第 88 页。
② 《〈晚间的来客〉译记》,钟叔河编订:《周作人散文全集》第 14 卷,广西师范大学出版社 2009 年版,第 466 页。
③ 《文学上的俄国与中国》,钟叔河编订:《周作人散文全集》第 2 卷,广西师范大学出版社 2009 年版,第 260、263 页。
④ 《〈点滴〉序》,钟叔河编订:《周作人散文全集》第 2 卷,广西师范大学出版社 2009 年版,第 236 页。

时期也颇有共鸣。庐隐对"创作内容倾向的意见"是"必于悲苦之中寓生路"①,瞿世英说得更加明白,"小说作家从人生之流中拈出一断片来,制成他的作品……真正成功的,要使人感觉着在现实生活之上(或之外)还有一理想化的生活存在"②;这一时期"为人生"还是"为艺术"的文学论争,本质上也是文学的功利性和理想性之争。而现代诗性小说的出现,唯其普遍、浓郁的诗意色彩,"以清淡朴讷文字,原始的单纯,素描的美,支配了一时代一些人的文学趣味"③,也就表明了诗化的"人的文学"从相对抽象的文学观念向形象诗学的赋形,预示着"叙事传统"的发生与形成。

如果说晚清小说由于现实语境的限制,诗性叙事只能沦为一种"潜文本"的话,那么"五四"时期显然已成长为新文学的一股脉流,突破传统、历史的遮蔽而"正式"出场。郑伯奇说"达夫的作品,差不多篇幅都是散文诗"④,成仿吾认为冰心的《超人》"比那些诗翁的大作,还要多有几分诗意"⑤,蹇先艾以为王统照的《春雨之夜》"好像是一篇很美丽的诗的散文,读后得到无限的凄清幽美之感"⑥。一切也正如杨义所言,"在一定的意义上说,意境高明的一批小说的出现,为开端期现代短篇小说趋于成熟的一个标志","创造出一种深远的、气韵生动的真实境界来"⑦。这些小说虽不乏风格的个性差异,但都表现出淡化情节,情调化、意蕴化的诗学特征。鲁迅的小说《故乡》《社戏》,突出乡土

---

① 卢隐女士:《创作的我见》,严家炎编:《二十世纪中国小说理论资料》第二卷,北京大学出版社 1997 年版,第 189 页。

② 瞿世英:《小说研究(中篇)》,严家炎编:《二十世纪中国小说理论资料》第二卷,北京大学出版社 1997 年版,第 256 页。

③ 《论冯文炳》,陈振国编:《冯文炳研究资料》,知识产权出版社 2010 年版,第 167 页。

④ 郑伯奇:《〈寒灰集〉批评》,王自立等编:《郁达夫研究资料》,知识产权出版社 2010 年版,第 284 页。

⑤ 成仿吾:《评冰心女士的〈超人〉》,范伯群编:《冰心研究资料》,知识产权出版社 2009 年版,第 294 页。

⑥ 蹇先艾:《〈春雨之夜〉所激动的》,冯光廉等编:《王统照研究资料》,知识产权出版社 2010 年版,第 140 页。

⑦ 杨义:《中国现代小说史》第一卷,人民文学出版社 1986 年版,第 149—150 页。

生存的印象与体验,拉开与现实的距离,"对质朴自然乡村生活的眷恋"①,使其成为诗性叙事在乡土题材上的"真正"开篇②。废名的《竹林的故事》《浣衣母》《河上柳》等小说,不仅展现了乡土生存的安宁和人事的和美,也反映出田园世界的现实损毁与颓势,意欲在现代与传统、理想与现实的冲突之中弥合人生困境,哀愁与悲情掩映着虚无、厌世的精神蕴涵。郁达夫在苦闷、扭曲中表达自我体验与感受,身心"净化"构成了"自叙传小说"的基本意指。仲密认为《沉沦》的苦闷,是"生的意志与现实的冲突是这一切苦闷的基本;人不满足于现实,而复不肯遁于空虚,仍就这坚冷的现实之中,寻求其不可得的快乐与幸福"③。虽说一时还处于"欲望净化"历程的起点,但透过细微、内在的生存感受去表现内心的迷乱、人性的扭曲,围绕肉身冲动的起伏,颓异的身心体悟成为叙事的中心,伤感、零余的情调也上升到了主题表现的地位。王统照、冰心、许地山等的小说吁求"爱和美的实现",在"爱的哲学"中想象"理想化的生活存在",展露出宗教叙事的诗性特征。王统照的"烦闷混扰"的人类向着"乐其生"而"得正当之归宿"提升,沐浴在"爱"与"美""交相融而交相成"的光照中④;冰心以"爱的哲学"救助人生,"文字的美丽与亲切"成为"最动人"的内容;许地山小说以"宗教的调和"构建出"同'人生'实境远离,却与艺术中的'诗'非常接近"的境界⑤,散发出宗教的神性光辉,等等。

　　"五四"是现代小说的发生期,也是诗性小说的生成期。20 世纪"20 年代

---

　　① 杨联芬:《晚清至五四:中国文学现代性的发生》,北京大学出版社 2003 年版,第 152 页。

　　② 如果不考虑小说作品的历史代差,单从叙事风格上来看,似乎有理由将诗性叙事的成形追溯至周氏兄弟的《域外小说集》。然而,我们显然又不能忽视历史语境的特殊性以及创作接受的社会效果,而将"未能实现的审美追求"视为 20 世纪诗性小说谱系的"真正"开源。毕竟,作为一种审美的文学活动,其价值的实现,还须以文本的传播、社会的接受为前提,而且,《域外小说集》作为一部译作,更多属于一种来自异域的文学风格的参照和借鉴,并非本土创作上的内化与自觉实践。

　　③ 仲密:《沉沦》,王自立等编:《郁达夫研究资料》,知识产权出版社 2010 年版,第 267 页。

　　④ 茅盾:《〈中国新文学大系·小说一集〉导言》(影印本),上海文艺出版社 2003 年版,第 23—24 页。

　　⑤ 《论中国创作小说》,《沈从文全集》第 16 卷,北岳文艺出版社 2002 年版,第 204 页。

初,文学革命已取得了初步的胜利,新文学开始从一般的综合的新文化运动中分离出来,以纯文学的姿态独立向前发展,进入了一个更加注重自我建设的新阶段"①。文学人生的审美价值与诗化功能不仅获得了普遍的认同,而且在观念和创作之间形成互动、承继的长效态势,预示了诗性小说创作的成形。叙事传统已表现出乡土、欲望、宗教等主题的分布,表明了意义格局的初步确立,语义空间投射着主体情感与文化意蕴,多义性的诗性叙事开始成为事实。然而毕竟还是"起步"阶段,作家的文学观念和人生体验有待沉淀,文学想象常为时代感伤情绪所影响或侵蚀,叙事开掘也不够深广,还在不断摸索、尝试。比如废名小说处于"苦闷"和"思想的波动"之中,离"梦境"与"幻象"还有明显距离;郁达夫小说害着"情感泛滥"的时代病,散发出自伤自悼的颓废,甚至病(变)态的非理性色彩,在"晦淫"的声浪中,心性净化与"一点社会主义色彩"还暧昧难辨。至于沈从文,还在湘西或城市的一隅为生计而发奋,在生存的困顿、焦虑中"挣扎"前行。而随着"五四"后期国内形势的急剧变化,这一脉络上的作家群体也会有所分化与转向。冰心开始放弃"爱的哲学",写出了《分》这样"告别过去"的作品;许地山也将逐步疏离宗教的调和与升华,转向《在费总理的客厅里》这样"批判现实主义"作品的写作。

文学观念的转变是一个渐进的过程,面对现代小说的抒情转向,人们对淡化情节、结构散文化等形式变化也会有所不适、疑虑乃至排斥。比如,20 世纪20 年代初期发生在郑振铎、宓汝卓等人之间的关于小说"写"与"做","以诗的态度做小说"的论争②;时人对郭沫若的《橄榄》、郁达夫《茑萝行》等小说"情调结构"的质疑③;等等,都可以看作这类分歧、冲突之间的某种交锋。一度曾主张作家要有"理想生活的憧憬"的沈雁冰,在《文学者的新使命》中又说

①　解志熙:《美文的兴起——从纯文学化到唯美化》,《文学评论》1997 年第 5 期。

②　宓汝卓:《小说的"做"的问题》,严家炎编:《二十世纪中国小说理论资料》第二卷,北京大学出版社 1997 年版,第 225 页。

③　赵景深:《短篇小说的结构——在新华艺术大学讲演》,严家炎编:《二十世纪中国小说理论资料》第二卷,北京大学出版社 1997 年版,第 499 页。

道,"文学者决不能离开了现实的人生,专去讴歌去描写将来的理想世界"①,也有着现实主义的主题调整。而 1925 年前后出现了作家的"出集热"现象。根据《中国新文学大系·史料·索引》(1917—1927)收录的小说别集的出版时间来看②,1921 年 1 部,1922 年 2 部,1923 年 10 部,1924 年 5 部,1925 年是 18 部,1926 年是 20 部,1927 年是 30 部。从 1925 年之前的年均不足 5 部到 1925—1927 年的年均 22 部强。"出集热"的兴起意味着个人创作的检视和总结,多少表明了诗性小说创作也已进入新文学的一个新陈代谢时期,面临着观念、风格的发展、转化以及人员构成的调整。由此,叙事传统的历史面貌也将发生变化。

20 世纪 30 年代属于诗性小说逐步走向成熟的发展、创化时期,贡献出了自身乃至在 20 世纪中国文学中都可能最具"经典性"的一批作品。这虽与 20 年代后期社会环境的变化,现实对文学有着新的历史要求有关,但更主要的原因或许在于,由于"人的文学"理论的深化和完善,现代作家对于人生的思考和表现已进入一个新阶段。在相当意义上,这又可以归功于 30 年代文坛关于"抽象人性"等问题的论争,为诗性小说的叙事演进提供了更为明晰、有利的理论背景。关于那场"抽象人性"的论争在文学史上已有定论,似乎无须赘述,然而围绕论争的展开,人性的审美吁求、文学的"永久价值"以及诗性小说的跨文体性问题都得以讨论与归理,文体意识更为自觉。宗白华提出了"诗意人生"的观点,主张用审美眼光来看待人生;朱光潜认为美的特质"在它能够给我们很好的理想境界",反映了人性深处的"慰情"要求③;李健吾视小说家为人性精华的"提炼者",文学创作是一种"灵性活动"和"性灵的开花结实"④。出于新人文

① 沈雁冰:《文学者的新使命》,《茅盾全集》第 18 卷,人民文学出版社 1989 年版,第 540 页。
② 参见阿英编选:《中国新文学大系·史料·索引》(影印本),上海文艺出版社 2003 年版。
③ 《无言之美》,商金林编:《朱光潜批评文集》,珠海出版社 1998 年版,第 10 页。
④ 刘西渭:《〈边城〉与〈八骏图〉》,吴福辉编:《二十世纪中国小说理论资料》第三卷,北京大学出版社 1997 年版,第 391—394 页。

主义思想的宣扬,梁实秋认为抽象"人性"才是"永久普遍的",并标举小说的"诗意"标准,"以基本的普遍的人性为对象者,其感动人的力量,便是永久普遍的","在小说的范围当中,一般公认为最优美的小说,对于人生有深刻的描写者,大概即是最富诗意或剧意的小说"①。较之20年代相对观念化的"人的文学"倡导,在理论深度上显然更进一步,而强调小说的"优美"与"深刻",虽与"抒情诗的小说"一脉相承,却又对"诗意"提出了更具体的要求。

对于人性深度和审美诉求的关注,是这一时期文学理论的重要收获。这类变化反映出20世纪30年代文学理论的审美自觉,与此相适应,创作实践也十分突出,诗意成为衡量小说文本的一种尺度和标准,激发出创作的主体性。李健吾认为废名小说展现了"一种超脱的意境,意境的本身,一种交织在文字上的思维者的美化的境界"②,沈从文"是抒情的,然而更是诗的"③;苏雪林以为沈从文小说是"散文诗的题材";萧乾认为这一时期小说在解脱了"五四"初期常见的"诗词中的抒情字眼""旧诗词的窠臼"以后,有着"向着象征主义道上奔驰"的趋势④。作为和传统叙事不同的艺术形式与手段,现代叙事的本质在于对国人现代性境遇与艺术心理的投入与关注,是对丰富、复杂的"现代人的思想"的开掘与表现,必然关联"共通的人性"以及文学的美学功能、接受效果等一系列问题。30年代文学理论的审美追求为现代诗性小说的"经典"化确立了思想和理论基础,对于叙事传统的发展、深化有着不可或缺的意义。

诗性小说的艺术境界趋于开阔,清新的文字,悠远的意蕴,对创伤性记忆

① 《现代文学论》,徐静波编:《梁实秋批评文集》,珠海出版社1998年版,第162页,第175页。

② 《〈边城〉——沈从文先生作》,张大明编:《李健吾创作评论选集》,人民文学出版社1984年版,第445页。

③ 刘西渭:《〈边城〉与〈八骏图〉》,吴福辉编:《二十世纪中国小说理论资料》第三卷,北京大学出版社1997年版,第393页。

④ 萧乾:《小说》,吴福辉编:《二十世纪中国小说理论资料》第三卷,北京大学出版社1997年版,第254—255页。

趋于显露的规避性姿态,形成对叙事形态、功能与意蕴的拓展与丰富,进一步弥合了小说与诗、散文等文体之间的界限,审美追求已充分风格化。如果说20世纪20年代还多为"氛围"小说,抒情色彩相对飘忽,那么30年代的经典名篇则基本是"意蕴"小说,深沉、稳定的诗性风格包含着对时代文化精神的多方迎应,诗化情感的延展与象征意味的拓殖表明了主体性思考的深化,小说创作达到了诗性风貌和历史地位的"高点"。废名的《桥》《桃园》是如此摇曳多思,幽远的田园记忆融进玄妙的生命哲理,梦境的"极致"掩映着幻灭、虚无的精神蜕变①。芦焚的《果园城记》以一种近乎极端的"荒原上的诗意",表征出乡土叙事的意义对立与困境。郁达夫写出了自己最诗意的小说《迟桂花》,观念与风格的调整与转变预示着"欲望净化"之路的完成。老舍的小说《月牙儿》,借助一个女性肉身的沦落与精神的挣扎,揭示出商业化原则对于生命本真的普遍异化,展现了自身小说创作的诗性底质。沈从文不仅营造了田园牧歌一般的"边城"世界,又在生命的"力与美"中走向欲望叙事的"高峰体验",成就了诗性小说谱系乃至20世纪小说史上一道最为绮丽、独异的风景。30年代沈从文小说的"经典性"还不乏宗教叙事的意味,《龙朱》《神巫之爱》等小说包含着"美和爱的新宗教"意义,延续了"五四"时期小说"爱的哲学"主题。这一时期的诗性小说已普遍缺乏宗教主题的投入,原有作家多已转向,由于历史条件的变化,社会文化主潮限制了文学的宗教关怀;在根本上,或许还在于中国文化本身就匮乏宗教背景与哲学根基,缺少世界观、价值观方面的深厚积淀,难以进入"形而上"的层次。这是导致文学宗教"钙质"不足的重要根源②。

拉马说过,"一切形式体系都是有效地与产生它的一定社会形态相联系

---

① 席建彬:《论废名田园小说的厌世心理与叙述困境》,《中国现代文学研究丛刊》2012年第9期。

② 贺仲明等:《乡村伦理与乡土书写——20世纪90年代以来的乡土小说研究》,人民出版社2017年版,第137页。

的","必须适应于一种文化自身的形式及环境条件(民族化)。不做到这点,就会毫无存在价值"①。显然,作为现代语境的产物,诗性小说也是如此,以自身的方式强化着与时代精神的通联。废名的"哀愁"一直为现代乡土生存的晦暗光影所交织,十年造《桥》不仅要提供一种彼岸的"过渡",还在"中国偏远农村普通农民原生形态的生活方式中寻找中国民族和知识分子的出路"②。沈从文的"人性小庙"隐含着重建民族道德的理想,郁达夫的欲望净化又何尝不是向现实的靠拢之路,等等。诗性小说的审美追求并非一种"不切实际的幻想",而是以"逆方向"的方式去建构与时代、现实精神的"独特"话语联系,对于现代人的心理变迁、生命意义的探索、文化境遇的转换等多元意义的调和与兼容,必然释放出"人的文学"的多重蕴涵。用陈思和的话来说,"这些作家在污秽现实中虚构一个理想净土的真实感情与求索精神。……通过他们虚构的理想,向人们展示他们的反抗精神。在这种情况下,追求艺术的美也会成为一种对丑恶现实宣战的武器"③。

20世纪20—30年代的诗性小说已逐步奠定了自身的精神意旨、主题类型与文体形式,标识出叙事传统的"成功"构型。早先相对感伤、表露和狭窄的叙事空间,逐渐转入深远、复杂的情义寄畅与表现:乡土的诗意包含着理想失落与建构中的眷恋与怨恨、冲突与焦虑、困顿与迷茫等精神深味;欲望的发现解放了肉身性的生命本能,"净化"并非单纯的灵肉一致问题,作为一种"苦闷的象征",也是一种充满精神性、社会性与政治性的文学、文化现象;宗教关怀唤醒了审美话语的形上功能,神秘意味的超验性衍化与提升,又预示诗性小说与终极命题的内在沟通。诗性叙事逐渐彰显出开放性、丰富性与复杂性,在多方位的文学追求与融合中,构建出文学传统的经典性。

---

① [乌拉圭]安赫尔·拉马:《拉美小说作家的十个问题》,陈光孚选编:《拉丁美洲当代文学论评》,漓江出版社1988年版,第44页。

② 钱理群编:《〈二十世纪中国小说理论资料〉前言》第四卷,北京大学出版社1997年版,第8页。

③ 陈思和:《中国新文学发展中的浪漫主义》,《学术月刊》1987年第10期。

第三节　20 世纪 40—70 年代:叙事
传统的转化与沉潜

20 世纪 40 年代的社会形势发生了巨变,在深化人生体验的同时,也迫使着诗性小说家的转向,理想和现实、个体和集体、文学与政治之间的游移、矛盾乃至冲突与对决,影响到了叙事传统的延续。在相当意义上,极端的战争体验虽有助于诗性表达的抽象深化,但也可能"穷尽"文学诗意的形象美感,而政治化的单极规约最终又将侵夺本已趋于蜕减的个性诗情,"阻断"诗性叙事的发展。凡此,折射出诗性文学话语的政治文化"心路",进一步演绎了诗性叙事的历史可能性,凸显出叙事传统的边缘化境遇与阶段性特征。

此时的废名开始陷入"近乎哲学家"的理趣,变得更加晦涩与抽象,文学感性湮没在过多的观念性之中,预示了诗性文学的背离。借助于人生苦难和温馨记忆的比照诗学,萧红的《呼兰河传》表现出既往"所不具备的思想锋芒和哲理深度"[①],悲悯情调的渲染,透出巨大的艺术感染力。孙犁在革命背景下想象、表现乡土,诗性情怀与政治文化的错位与疏离,与革命话语之间形成一种微妙的结构关系。在欲望叙述上,郁达夫的"净化"之旅即将走到"尽头",在《迟桂花》的诗意沉迷之后,"一点社会主义色彩"终于得以放大,转向革命诉求中的无欲人生。沈从文素来就反对文学与商业、政治的合流,他写不出"与抗战有关"的血泪,革命叙述也无法吸引他,随着"边城"世界的颓败,沉入"抽象的抒情"。《长河》《雪晴》等作品不仅要对"'生命'能作更深一层的理解",还要把"自己一点力量,粘附到整个民族向上努力中"[②],在形上意义上理解人生、社会与艺术,形成从"人性"到"神性"的飞跃,等等。至于宗教叙事,已基本看不到具体色彩的诗性文本了,冯至的《伍子胥》把一个古老的复

---

① 邹午蓉:《新时期萧红研究述评》,《文学评论》1988 年第 4 期。
② 《白话文问题》,《沈从文全集》第 12 卷,北岳文艺出版社 2002 年版,第 63 页。

仇故事加以"存在主义"翻新,展现出一种"无形宗教"的关怀,探索的迷思中包含着现代生存的超越与反思,表现出文学资源的复杂性。

20世纪40年代的诗性小说创作已然面临愈加不利的社会文化语境的限制,虽说还存在着某些自我文学风格的发展与深化,但已逐渐失去相对自由的创作空间。有的"成为不可重复的绝唱",如冯至;有的"在历史中断以后重又获得后续"①,如汪曾祺;有的试图继续表现理想主义的革命诗意,如孙犁,注定又是"革命文学中的'多余人'"②。这一时期政治文化的一体化趋势明显加速,审美话语已与民族抗战、解放战争等历史语境大不相宜,诗性小说家对于文学自足性的营造和维系也渐渐"力不从心",代偿性的文学超越愈加缺乏可能,诗性叙事陷入普遍的"开裂"与"异变","叙事传统"也进入一个阶段性的"迟暮"时期。政治文化凸显出超越、整合其他文学话语的优先性,当代文学评价机制也将据此确立自身的标准和"方向"③,形成对文学格局的掌控。历史似乎注定,40年代是一个审美诉求逐渐淡出直至沉潜的文学时代,文学人生的思考与表现,不得不面对更为强势、专断的政治文化要求,诗性小说群体已开始事实性的"告别"。一代才女萧红1942年病逝于香港,永离文学;废名在1947年的《莫须有先生坐飞机以后》,在之后长达15年的岁月里,除了一些议论性文字以及与别人合出的诗集《水边》等篇章,几乎看不到小说作品;沈从文被定性为"一直是有意识地作为反动派而活动着"的作家④,最终"封笔试纸",放弃小说创作;芦焚改名"师陀",告别"旧我";冯至沉入德国美学研究;等等。相关作家或辞世,或沉寂,或转向,在相当长的时期内,文学将沉落在政治想象里,被动接受历史安排的命运。

相当意义上,转入政治文化征途的当代小说,在个性化的审美体验与集体

①　钱理群编:《〈二十世纪中国小说理论资料〉前言》第四卷,北京大学出版社1997年版,第13页。

②　杨联芬:《孙犁:革命文学中的"多余人"》,《中国现代文学研究丛刊》1998年第4期。

③　工农兵文学方向。

④　《斥反动文艺》,《郭沫若全集》第16卷,人民文学出版社1989年版,第289页。

性、政治性的文学想象之间构筑了本然的冲突与对峙。在理想主义的革命诉求下，小农经济的原始诗意与淳朴伦理、乡土生存的现实深度与多元矛盾、人生体验的复杂波动，等等，和个体生命诉求相一致的含义不仅不被"鼓励"，反而被大加排斥与批判；而欲望作为一种灰色的非理性力量被贬抑与丑化，一直就是革命文化所欲"剪除"的对象，去欲望化的人性限定已成为当代文学的基本特征；至于宗教则被视为"迷信"与"精神的鸦片"，有所寄寓尚且不可，更妄论文学诗情的追求表现，同样处在"失语"的状态之中。

虽与现代文学还隔着很近的时间距离，1949 年以后的新中国文学却并未留有多少诗性的"余温"。由于众所周知的原因，此时已不再需要这种"资产阶级色彩"的文学旨趣，即便还有所存现，也无法与那份"过去"的自信与"荣光"相比。孙犁的《山地回忆》《铁木前传》还有一丝乡土生活的诗意，然而只是短暂的逗留，缺少笔触上的流连，景物的篇幅、体验功能明显弱化，语气间更多记忆的凭吊与隔膜；至于《风云初记》，则逐渐淹没在一种"真实、完整的保留"革命"历史"的情节性之中，虽不乏"朴素的面貌"，但也淡去诗意的浓度，显示出审美意识、境界等方面的粗疏与不足。《百合花》也只是一首"没有爱情的爱情牧歌"①，景物的诗意还未及回味，爱情几乎未及生长就已毁于战火，外在力量的绝对化隐喻了诗性精神的相对性以及普遍困境。在此背景下，汪曾祺、刘绍棠等为数不多的小说创作，以对这类诗性因素的集中呈现，表现出诗性小说谱系的某些接续，也就显得尤为可贵。汪曾祺的《羊舍一夕》《看水》有着对乡土风物的清新感触，写出少年在果园、牧羊以及灌溉、看水等过程中的细微体验，游戏化的生活场景与劳动过程、朴实的人性人情以及乡下生活的本色风味，渲染出一股温馨情调。尤其是《看水》，淡去道德教谕色彩的社会行为伴生了新奇、轻松与畅快的心理感受，乡村夜景在儿童目光下焕发出静谧、"清凉润泽"的气息，"耳目一新"的风格"在'十七年'的文学语境中，是很

---

① 茹志鹃：《我写〈百合花〉的经过》，《青春》1980 年第 11 期。

难能可贵的"①。作为一种历史"中间物",这反映出汪曾祺创作上的某些诗化惯性,儿童视角、淳朴人情形成对政治记忆或人生伤痕的某些诗化,时代性的现实面貌相对淡化,不过趋于平俗的叙事、抒情,也表现出游离初期深度模式、现实化的美学转向。为时代精神所染,《羊舍一夕》的四个孩子、《看水》的小吕、《王全》的马倌王全无一不具有政治化的社会理想与自我完善行为,作为孩子的天真、率性或农民的朴实、憨厚纠结了明显的时代色彩,相对实化的语义空间并不提供细腻、复杂的主体感受。那种相对高蹈、抽象的意义探求消弭在不失真诚、乐观的生活态度之中,是一种"诗化"现实主义。或许,这就是"只有薄薄的一册"的《羊舍的夜晚》的历史价值所在。

而作为"荷花淀派"在当代的代表作家,这一时期的刘绍棠虽"还脱不掉那种孩子气的幼稚"②,但作品散发的诗意,在一定程度上,又要比汪曾祺清晰、突出一些。刘绍棠的作品多取材于京东北运河一带的农村生活,乡土气息浓郁,不仅有类似于鲁迅式的写实,也不乏周作人式的写意。相较之下,后者更为明显。作家擅于将运河人的命运起伏与自然风光、民俗风情的描写相融合,所写多是普通的农家院落、日常的水边生活,格调清新质朴,一度被后人称为"社会主义美文学"③。刘绍棠说过,要"永远坚持写农民,写田园牧歌,写光明与美"④,"使读者确信不疑:在共产党领导下的新中国,生活是美好的,未来是光明的,社会主义道路是宽阔的"⑤。《中秋节》虽以农业合作化为背景,讨论的也是要把沟洼引入麦地、防止春旱这样的农事,但作家巧妙地通过风景的描画,消减了乡土政治化言行的枯燥与乏味,客观的乡村景物被赋予生命的灵性;《私访记》中被虚化的横亘在恋人之间的阻力,《山楂村的歌声》中被淡

---

① 王彬彬:《"十七年文学"中的汪曾祺》,《文学评论》2010 年第 1 期。

② 丁帆:《试论刘绍棠近年来作品的美学追求》,《文学评论》1982 年第 5 期。

③ 郑恩波、张明主编:《刘绍棠纪念文集》,中国展望出版社 2006 年版,第 225 页。

④ 刘绍棠等:《刘绍棠、陆文夫、张弦谈创作》,《长春》1981 年第 10 期。

⑤ 郑恩波:《刘绍棠传》,社会科学文献出版社 1995 年版,第 393 页。

化的阶级对立矛盾,《中秋节》中被夸大的人的创造力,无一不透出相关理念的投射。然而,过于直接的政治乐观情绪,显出夸张和煽情的描写,似乎"浪漫过了头"。淳朴的人性人情又往往成为一种政治象征,美学风格有着模式化、情绪化倾向,与政治理想主义多相联系的叙事空间,在思想性与艺术性上也显出局限,文学想象多少又是苍白的。事实上,即便新时期之后,刘绍棠小说也未能消除这种政治理想主义,有时甚至更为明显。或许,正是这种文化姿态的坚持,导致刘绍棠一直难以获取真正意义上的边缘与自由,而这也是刘绍棠小说难以与他所景仰的沈从文小说相提并论,艺术成就一直不大被"看好"的一个重要原因。

"十七年"是一个对文学的思想、精神、语言与思维方式加以政治化约的时代,最终要求"将一切复杂、丰富的事物,极端性地变成一种'概要和轮廓'"①,叙事传统已不可能再保有自身的连续性与一致性。诗性叙事包含着复杂、纠结的美感,不仅是内在的精神焦虑与文化冲突的后果,也是阅读、接受过程中的意义"开显",复杂、矛盾的文学感受与体验正是叙事的潜力所在;所谓和谐、纯粹的诗性小说作品其实并不存在,很难被简单、片面地归化与清理②。在此意义上,"十七年"小说的诗意色彩注定是淡薄的③,从散落在丁玲、茹志鹃乃至部分"红色经典"作家等人笔下的诗性元素,到诸如汪曾祺、刘绍棠等为数很少的作家作品对于诗性精神的某些集中表现,可以明显感受到叙事传统的"失落",即便还有一缕遗脉,张力与深度也已淡化、褪色,更多情

---

① 洪子诚:《材料与注释》,北京大学出版社 2016 年版,第 210 页。

② 事实上,一些被称为"远离尘嚣的田园牧歌"的作品,也经不住推敲,比如废名小说、汪曾祺小说。这将在后文专节分析。

③ 近年来,学术界也在重评"十七年"小说。如陈思和的《中国当代文学史教程》(复旦大学出版社 1999 年版)、李杨的《50—70 年代中国文学经典再解读》(山东教育出版社 2003 年版)等专著对于"十七年"小说的重读;又如王彬彬的《"十七年文学"中的汪曾祺》对于汪曾祺的《羊舍一夕》等"十七年"小说创作美学品质的发掘与推崇(《文学评论》2010 年第 1 期),贺仲明的《"十七年文学"评价与文学经典性问题》(《首都师范大学学报》2014 年第 6 期)等文章,都不同程度地涉及了这类问题。

况下，只能作为"暗流"有所涌动，难以冲决作家心防，浮出历史"地表"。废名早像"抹布"一样被"扔"到了东北，在 1967 年的伤病中"黯然"离世；沈从文在新中国成立后就已"跨界"文物研究，"一生由此断然分成鲜明的两段"①；汪曾祺在无奈、无助之下只好"转业"，从事京剧创作；1957 年的一场"政治风暴"，也让刘绍棠落入生活底层，"如同一朵凋谢的花，从此销声匿迹"②。

及至"文革"文学，强化了十七年文学中的极"左"路线，更无法形成文学性的突破。关于"文革"文学，陈思和曾这样评判，"'文革'期间公开出版的文学在总体上呈现荒芜、枯竭和畸形发展的局面"，"作家完全陷于工具化的机械劳动之中，他对时代和社会的个人感受几乎不可能通过文学创作去公开表达"③。洪子诚则认为这是一种"简化"运动，"去除了一切与'时代'不符的观点，去除事物之间细微的差异，去除难以理清、剥离的思想、情感，去除感性的血肉，去除对人性某些弱点的宽容，……而只留下教条式的，僵硬的观念、立场"④。或许也有人会认为浩然的小说也不乏"诗意情怀"，"在《艳阳天》中，又正是上述一些描写田园景色、民情风俗、乡村理想的诗意话语，显示了作者的诗意情怀，构成了小说中的另一种诗意氛围"⑤，"充满民间文化的泥土气息"⑥。然而，笔者却很难将其与诗性文学传统相关联。一方面，审美并不构成浩然的创作动机，哪怕是作为一种元素也不大可能，浩然是在表现"文革"的现实要求中投入创作的，一切都是"图解当时意识形态"的政治"所见"，即使涉及风景，也不体现主体性的艺术情趣和审美效果。另一方面，浩然小说也缺乏与诗性文化的人文牵连，孤立的"三突出"式的"样板小说"，难以被纳入任何一种人文传统。洪子诚曾说过，评论《艳阳天》的经历使自身的阅读、写

---

① 陈徒手：《午门城下的沈从文》，《读书》1998 年第 10 期。
② 丁帆：《试论刘绍棠近年来作品的美学追求》，《文学评论》1982 年第 5 期。
③ 陈思和主编：《中国当代文学史教程》，复旦大学出版社 1999 年版，第 164 页，第 167 页。
④ 洪子诚：《材料与注释》，北京大学出版社 2016 年版，第 211 页。
⑤ 杨守森：《"阶级斗争"背景的超越——重读〈艳阳天〉》，《河北学刊》2006 年第 2 期。
⑥ 木弓：《关于浩然的一点随想》，《新闻与写作》1997 年第 10 期。

作能力"受到很大打击,这种挫败感持续了很长一段时间"①。事实也正是如此。

不难发现,20世纪40年代以后,"叙事传统"就已开始了自身的"当代化",然而伴随着政治语境的日益强化,已匮乏了规模性的"建制",最终只能"散落"或"偶在"。这显然并不局限于这一时段,还是当代诗性文学的普遍历史境遇。凡此表明,40—70年代的诗性小说传统,"当代化"是非常有限的,透露出明显的相对性与局限性。

第四节　20世纪80—90年代:叙事 传统的复苏与变异②

在当代语境中,诗性传统注定将被遮蔽很长一个时期。这种状况一直持续到了20世纪80年代,随着政治文化格局的普遍松动,人们才重新认识到诗性文学的价值与意义,以沈从文、废名等为代表的作家作品开始洗去烟尘,一度演变为持续多年的热点。然而,此时人们面对的毕竟只是一种过往的文学对象,放大的研究"热度"并不能弥补历史的伤害,也无法使逝去的文学传统完全焕发生机与活力。虽说新时期以来,政治文化的单极格局已向人文主义、现代主义乃至后现代主义的多元格局转变,文学开始"回归自身",然而多年的政治宣传几乎熨平了复杂、丰富的人文传统,即便"回归"包含着文学本体精神的吁求,也难以弥合业已陷入简化、断裂的诗性小说传统。而随着后续向商业文化、消费主义语境的演变,这一趋势已难以扭转。

不妨指出,80—90年代小说创作的诗性色彩也是有限的,已不可能再现现代时期的风采。相对而言,乡土世界仍包含相对明显的诗性征象,这是因为

---

① 洪子诚:《材料与注释》,北京大学出版社2016年版,第204页。
② 这里的20世纪90年代是相对的,有时出于系统描述文学精神嬗变的需要,也可能将时间扩展到20世纪90年代以后。

乡土诗意一直是中国诗性文化的基本内涵,作为农业社会的一种精神标记,即便进入当代社会,工业文明有了高度发展,也不可能迅速改变。而且,随着乡土伦理的迅速颓圮,心灵故园的意味又会有所转化。欲望则进一步被凸显为城市邪恶的象征,陷入"性解放、性消费"的迷乱甚至癫狂;至于本已"失语"的宗教,虽然如一切神圣的秩序受到解构,然而一个贫乏的时代,或许又更加需要庄严、神圣的超验境界,由此,少数具有个性色彩的信仰叙事,投射出一时代的深层渴望,昭示了信仰意义的不可或缺。在很大程度上,叙事传统在世纪末的演变,主要是在乡土、宗教叙事的层面上获得辨识和理解的;在普遍意义上,则是作为一种渐趋泛化、退减乃至异变的文学品格与现象被描述与揭示的。历史面貌也由早前时期的清晰、简约转入发散、混沌甚至暧昧不清①。

20 世纪 80—90 年代乡土叙事的诗性诉求仍然延续了田园风的主题,由于代际经历、个体思维的差异,作家们的文化姿态、精神意旨、美学风格存在较明显的区别,与诗性传统的艺术关联也有所不同。大致而言,这主要涉及两类创作。其一,浪漫主义的"田园牧歌",可谓新时期小说最重要的诗性存在。"田园风"在新时期小说中的显现,印证了它在乡土文学中的本体地位。这一时期汪曾祺、刘绍棠、何立伟等的小说创作显然不乏这一特点,由于与现代诗性小说创作之间存在着不同程度的艺术渊源,也就习惯性地将之归入诗性传统。在多数人还在翻看、反思历史伤痕的时候,汪曾祺却"写的是美、是健康的人性",无异于一缕清风吹进尚处冷寂的文坛,延续着"清云"和"泥淖"之间的生活感悟,进入"更深邃、更广阔的意义"②。在辍笔多年之后,乡村也成为刘绍棠的精神安放之地。乡村在其人生最阴暗的岁月里,提供了躲避灾难、保全自己的避风港。坚持田园书写,不仅是平复记忆创伤的手段和对苦难的智

---

① 理论的域定并不总是与叙事传统的历史情状保持一致,而是在"对其一致性的追求与弥合中,理论与史论都得以向深度展开"(丁帆:《中国乡土小说史》,北京大学出版社 2007 年版,第 1 页),从而不断逼近 20 世纪中国诗性小说的叙事传统这一"巨大存在的本真"。

② 《认识到的和没有认识的自己》,邓九平编:《汪曾祺全集》(四),北京师范大学出版社 1998 年版,第 298 页。

慧回应,也是现实剧变下的精神归宿,工业文明造成的唯利是图、人性冷漠正需要农耕文明的田园牧歌来疗治。何立伟近乎一位田园的真诚歌者,"常化用古诗意境,使作品笼上一层情调的诗意的微光"①,抒写了浓郁、鲜明的风土人情。他们的趣味与诗性意趣多相一致,虚远、诗化的叙事格调融入了理想的生命感悟与追求。尤其是汪曾祺,此时已趋近一种"明净的世界观",《受戒》也成为其最"和谐"的小说作品。

不过,在新时期小说中,风格类似的作家并不多,确切地说,只有上述少数,"汪曾祺那样的自觉地恢复'田园诗风'乡土小说在'新时期'还属凤毛麟角"。此时更多的乡土作家进行的是"政治—哲学—文学过程的思考",从《芙蓉镇》《没有航标的河流》到《李顺大造屋》,透过人物命运去展现时代风云,"寓政治风云于风俗民情图画,借人物命运演乡镇生活变迁"②。乡土风俗与自然风景散发出明显的"地方色彩",意蕴含量不高,叙事功能也相对单纯与平面。新时期的乡土小说创作还是颇为繁盛的,诸如伤痕—反思小说、寻根小说、知青小说都曾涉足乡土叙事。然而由于时代精神的制约,往往热衷于历史、现实主题的深刻开掘,理性痕迹较重,缺乏诗性自觉。现实性的忧愤主题、社会与文学问题的疑虑与追问束缚了叙事传统的现时之旅,诸如伤痕—反思小说、知青小说、寻根小说,相对实化的叙事时空,影响到美学境界的营造,多是一缕诗情的闪现。至于先锋小说中的乡土体验,偏重文体形式与个人经验的"探险"与突破,显得过于"另类"。由此,新时期的乡土浪漫抒写也就止步于汪曾祺等作家,显出"相对冷落"。

其二,挽歌式的乡土书写,昭示了田园文化凋萎与陷落的历史命运。20世纪80—90年代,中国乡村社会发生了巨大变化,大量农民进入城市,呈现出"空心化"趋势,传统伦理遭遇了颠覆性冲击。正如有的社会学家所感叹,"中

---

① 杨剑龙:《寂寞的诗神:何立伟、废名小说之比较——中国现当代作家比较之一》,《中国现代文学研究丛刊》1990 年第 4 期。

② 丁帆:《中国乡土小说史》,北京大学出版社 2007 年版,第 245—251 页。

国乡村社会出现了巨变,可谓'千年未有之大变局'"①。身处其中,乡土作家深刻感知了这一点,留恋与感伤、失落与迷茫,挽歌意味的濡染,投射出文化转型期的矛盾与困惑。作为新时期文坛的一位"鬼才",贾平凹以对乡土叙述近40年的持续耕耘,展现了传统乡土伦理在新时期以后逐步沦落的历程,"欲以商州这块地方,来体验、研究、分析、解剖中国农村的历史发展、社会变革、生活变化,从一个角度来反映这个大千世界和人对这个大千世界的心声"②。80—90年代的贾平凹完成了从颂歌到挽歌的转变,随着乡土传统在现代工业文明冲击下的崩溃与没落,已缺乏守望乡土的理想性与坚定性;家园也在一系列"向城者"或决绝、或淡漠、或矛盾的进城行为中趋向涣散,流露出对乡土与未来的迷茫与虚无情绪。作家的乡土姿态变得如此犹豫与不彻底,既有个人气质的因素,也有文化身份转变的原因,但更可视为一种现实文化的要求与赋予,反映出面对乡村伦理颓败的无奈,以及走向城市的复杂心理等时代精神的深重投影。

在相当程度上,挽歌书写具有一种方向性的意义,代表的正是一种普遍的文学选择。迟子建被认为是一位"现代文明的伤怀者"③,对故乡四季风景与淳朴民风的出色描绘,自然质朴的生命光泽以及民间宗教的神秘气息,是《北极村童话》《沉睡的大固其固》《原始风景》等初期小说最具魅力的部分。而近年来的《采浆果的人》《雪坝下的新娘》《额尔古纳河右岸》等小说虽还有着对"在温暖中流逝的美"的追怀④,但"看似温情,却能品出其中的冰凉和哀怨"⑤,文化冲突中的人性扭曲与变异、生存境遇的压抑与挣扎、生命精神的困

---

①　贺雪峰主编:《回乡记:我们所看到的乡土中国》,东方出版社2014年版,第1页。
②　贾平凹:《在商州山地——〈小月前本〉跋》,参见《君子赠言重金石——贾平凹散文[卷六]·序跋》,江西教育出版社2012年版,第207页。
③　迟子建、郭力:《迟子建与新时期文学——现代文明的伤怀者》,《南方文坛》2008年第1期。
④　《在温暖中流逝的美》,《迟子建散文》,人民文学出版社2008年版,第153页。
⑤　贺仲明等:《乡村伦理与乡土书写——20世纪90年代以来的乡土小说研究》,人民出版社2017年版,第159页。

顿逐步显露,乡村景象陷入斑驳、杂色。迟子建在谈及《额尔古纳河右岸》时曾说道,"故乡对我来说,就是催生这部长篇发芽、成长的雨露和清风。离开它,我的心都是灰暗的"①。面对浮躁、失序的灰暗现实,传统伦理的沦陷已无可避免,乡土的诗意显然更加虚幻与脆弱。张炜的《一潭清水》《秋天的思索》《古船》等 20 世纪 80 年代小说既包含着对于近乎浪漫的乡间伦理的赞美,也寄寓了关于传统文化、当代历史、农村变革以及农民命运的关怀与思考;90 年代的《九月寓言》以大地民间为情感与价值基点,审视社会历史和人类生存,呈现现代文明侵袭下的卑陋与粗鄙,不乏矛盾与冲突的乡土世界既是民间生命的礼赞与悲歌,也是对于乡土世界未来走向的预言和"判定"。

土地自然、风土民俗、人性温情、童年记忆与生命意识,是乡土诗性精神的基本构成,乡土写作往往都会有不同程度上的涉及。80 年代以来的乡土小说创作对于乡土伦理的颓落表现出了相当的一致性,从乡村的赞赏、吟唱转向灰暗、颓败的审视与叙写,乡土的怀疑、游离直至否定构成了叙事演化的一种走向和基调。叙事的这一特征,既有着回忆、想象个人经验的因素,也不乏文化转型中的传统缅怀与守望。商业化、现代化的社会文化演进已充分彰显出乡土传统的虚幻性与历史性,乡土成为一种精神与情感的"遁逃薮";然而面对现代化的深入主导,普遍又无力或无心维系乡土的自足与自洽,难以建构乡土文化的立足之点,终而不得不落入现代化的"陷阱"。与以往有所不同的是,80—90 年代的乡土叙事并不缺乏现代化的自觉,诗性叙事又多与传统、现代的理性审视相联系,有意无意地传达出"弃乡入城"的文化选择。

作为"叙事传统"的当代流脉,这类"复苏"的诗性意义是有限的。乡土蜕变的加速进一步割裂了作家的乡土文化纽带,传统伦理与理想文化的消弭削弱了深层次的价值认同;即便还保有一定程度的诗性情怀,但普遍缺乏思想与精神的深层建构,对于乡土的质疑甚至叛离,已使得乡土失去与现代化相对

① 迟子建:《从山峦到海洋——〈额尔古纳河右岸〉跋》,北京十月文艺出版社 2006 年版,第 258 页。

立、抗衡的思想与精神"纵深"。对多数作家而言,乡土诗意往往是城、乡"流寓"过程中的情感记忆与文化回味,并不会动摇现代生存方式的选择与投入,而随着城市化生存境遇的改善以及文化身份的转变,也将失去言说乡土文化的动力与热情。与此相一致的是,90年代乡土小说"强调的不再是农民被赶出土地的被动性与非自主性,而是他们逃离乡土的强烈愿望以及开拓土地以外新的生存空间的主动姿态"①。相对而言,汪曾祺一类的"田园牧歌"的诗性脉络虽纯正得多,但显然不占主流,而贾平凹等的挽歌书写其实也存在诗性程度的差异,与"叙事传统"有着一定的错位与游移。首先,乡土伦理普遍有着陷入变异、颓圮的精神轨迹,人伦和谐的呼唤与生存的贫困、鄙陋与无望、现代文明的向往与质疑相互交织,乡土表现出前所未有的多向性与不确定性。如果说诗性叙事在于维系一种田园化的生存愿景,即便与现实、历史相对立,也充满矛盾与冲突,但诗化诉求仍是一种整体精神标识,那么上述乡土叙事已不再凸显这一点。乡土逐步为现实与历史所同化,消弭着叙事的诗性向度与界限。其次,并没有构建出独立、自足的乡土美学,不足以呈现鲜活、深刻的乡土美感与思想蕴涵,乡土生存的理想性已然疲弱甚至溃退。随着现代化境遇的深入,乡土诗意不再构成叙事结构的超越之维,融入城市后虽还在经历"阵痛",但已表现出对乡土文化的置换以及诗意的放逐。最后,乡土人生的沉浮与命运感怀往往附着在比较确切、因果性的故事情节之上,使得人事成为叙述结构的显在经脉。风景、意蕴等诗意的生成依附于人物的"喜怒哀乐",失却了影响文学美感的主体地位,趋于实化的叙述制约了语义空间的拓展与审美境界的提升。

20世纪80年代以来的乡土叙事延续了一条衰退、变异之路。由于乡土文化的开裂以及主体认同的深度消退,作家们愈加习惯于书写乡土人物在城、乡冲突中的生存焦虑与命运遭际。常见的"逃离乡土"模式的背后不仅是心

---

① 丁帆:《中国乡土小说史》,北京大学出版社2007年版,第334页。

灵故园的模糊与远去,也包含着走向城市的诸多不解、无奈与不由自主。乡土叙述开始游离淳朴、诗意的文学想象,民间性的粗俗、功利、蒙昧以至直白的性事描写等开始成为"地方色彩"的重要景观,极大地降低了作品的诗性意旨。比如,贾平凹 90 年代的乡土小说基本没有脱出神秘主义与颓废文化的范畴,真正鲜活、生动的乡土生活场景与意蕴感受明显匮乏,"弥散着颓废虚无的生活与文化态度"①。张炜注重于乡村秘史的建构,展现出来的乡土世界是神秘、焦虑、扭曲的,诸如《九月寓言》传达的是"千万年的秘史糅在泥中,生出鲜花与毒菇"的美学观念,显然疏离于诗性美学的理想超越之境。在《落英》等小说中,刘庆邦的乡土自足也未能抵抗"逃离"贫穷、渴望改变的固有愿望,诸多优美的乡土风景并不具备与诗性美学相谐和的旨趣。缺乏乡土文化的内在认同,风景也就沦为一种技术性背景,难以成为文本精神建构的重要诗学力量,陷入对日常世俗人事、情感以及生活细节、表象的编织与演绎,等等。乡土的诗化不是盲目、偏执的理想主义,不可能超越现实性的生存境遇与文化要求,随着 90 年代中国农村现代化进程的加剧,逃离乡土已成为一种不可逆的文化现象。故此,乡土叙事与诗性精神的游离也就是一种历史必然。

在世纪末的文化语境中考量乡土小说的诗意,显然包含历史文化的巨大惯性,而由于传统文化的"先天不足",加之当代文化的贬抑,关于欲望与宗教的诗化叙事本就"生命力"不足。莫言的《红高粱》以一种传奇化的历史叙述,将男女之间的野合写得酣畅淋漓,散发出欲望肉身的强力,成为新时期以来少有的欲望叙事的诗性"个案";而北村、张承志、史铁生也构成当代宗教叙事的三个最重要的作家,在基督教、伊斯兰教、个人宗教等宗教意域中辨寻文学的信仰向度,穿越在文学与宗教的迷雾之中。在相当意义上,欲望与宗教的诗化仍然延续着衰退的趋势。虽说新时期以来文学"回归"与人文精神的自由、张扬为这两类主题的诗性复苏创造了条件,然而事实却并非如此。多年来的文

---

① 贺仲明等:《乡村伦理与乡土书写——20 世纪 90 年代以来的乡土小说研究》,人民出版社 2017 年版,第 48 页。

学专制已对审美诗学造成了极大损伤,而后续的社会文化转型以及世俗文化的崛起则进一步强化了这一趋势,现代化逐渐抽空了人文情怀的现实基础,俗世主义的兴起又将之导向对世俗日常的关注,生活与审美、艺术相互渗透与混同,解构着自然、神圣的文学向度,彰显出诗意的弱化与背离。欲望在城市化、世俗化进程中迅速滑入非理性的文化洪流。随着身心结构的破碎,不仅欲望净化的伦理"适度与节制"不复存在,"力与美"的诗意也在"性解放、性消费"的迷乱中荡然无存。而在或"粗鄙丑陋、野蛮冷酷",或烦琐庸常、灰色无聊的当代生存"大幕"上,悠远、神秘的神性传统也必然衰减、变异甚至隐遁。社会文化转型中的信仰碎裂、颓变同样加剧了终极关怀的深度失落,现世的俗化生存已成为宗教叙事的最重要背景。

　　当然,除了上述的作家之外,诗性"微光"在20世纪80—90年代的小说创作中还是颇多闪现的,有关作家也可以列出一串名单。由于欲望、宗教与乡土一样同属于人性的结构与文学的母题,文学创作不可避免地会有所交集与表现。本书显然不可能详加辨析。更为关键的问题是,衡量诗性叙事的标准不仅在于是否包含诗意元素,还在于它们能否作为一种叙事秩序与机制构建出文本世界的审美自足性,进而摆脱片段、局部的"穿插和装饰",铺染出整体性的艺术情趣和审美效果①。偶在的、碎片化的诗情,在审美自觉与诗性特征上并不集中与突出,对于叙事风格的生成也影响不大,而且,为篇幅所限,也就基本回避了这类创作②。不难发现,乡土诗意的流变表明传统伦理已在现代化的极端语境中陷入败落,诗化乡土将日益以符码的形式凸显在文本中,而失却历史和现实的思想基础;欲望与宗教的诗意则进一步边缘化,在凸显出现代人精神与信仰贫乏的同时,也表明了叙事在肉身与灵魂风景上的"苍白"现

---

　　① 当然,出于系统、整体研究的需要,叙事传统视野下作家作品的择取并不一定都具有典型的诗性特征,还有必要关注不同类型的小说文本或显或隐、程度各异的诗性形态,呈现相关叙事的具体流变与转化。在注重作品举隅与分析的第四章至第六章中,将据此选择阐释对象。
　　② 这种散落状态其实也隐含着诗性精神的某些文学生存路径。本书虽有所涉及,但投入有限。

状。这与鲁迅、郁达夫、废名、沈从文、冯至、孙犁、汪曾祺等为深厚的文化素养、人文情怀所滋养的"经典"图景差异明显。世纪末文化语境对于文学审美的损毁,谕示了叙事传统的深度衰落与普遍困境。

　　总之,在近百年的文化演进中看待诗性小说叙事传统的发生、发展与演变,就是一个历史、动态的过程。大致而言,20 世纪 20 年代是其生成阶段,意味着叙事传统在"人的文学"精神觉醒下的跨文体摸索以及创作的开启与成形,文体形式的倡导和叙事意蕴的相对浅显是这一时期的基本特征;30 年代属于发展、深化时期,文化内蕴的兼容与理想转化表明了语义空间的深远拓展,文体形式和意蕴的诗化融合完成了自身的经典性建构。在 40 年代直至当代文学的政治化、大众化语境中,首先面临着文化专制力量的整合,继续有所创化、深入的同时,也走向了审美自足性的普遍开裂,60—70 年代陷入"沉潜",偶在的诗情已无法突破政治文化的坚硬"障壁";80 年代以来的"文学回归"虽说有利于诗性叙事的"复苏",但俗世文化的崛起又导致了文学审美话语的普遍颓圮,最终陷入变异与耗散,诗性精神趋向淡薄与模糊。相当程度上,这一传统的历史演变,也就是叙事文体规范由传统向现代、当代的持续移位与转化,借助于众多作家作品在叙事空间和体式等层面具体、微观的艺术行为,20 世纪中国诗性小说构建出了自身的叙事传统。当然,这一过程并不局限于现、当代小说叙事体式的转型、演化问题,也密切关联着"人的文学"精神的本质建构,存在着小说史、思想史乃至文化史等多维的问题向度。

第二章　叙事传统的存在形态

作为一种"经典化"的现代文学现象与思潮,叙事传统包含着多元化的主题形态。就诗性传统本身而言,主要关联土地、身体、宗教情怀等方面的内容;而作为文学话语,则是一个包含写作、文本与接受的综合过程,受到主体观念、艺术规则、社会变迁等多种文学、文化成分的拘限。前者强调了文学精神的生命属性与美学功能,后者则注重文学与时代、社会、政治环境的关系问题,二者之间的冲突与对抗、渗透与融合,成为影响、制约叙事传统发展、演化的文化机制与逻辑依据。文化构成的多质性,既表现在文本的内部结构里,也贯穿于叙事传统的始终,所引发的文学矛盾与不确定性,导致了叙事形态的复杂性;叙事的意义关系有着显/隐、常/异的程度差异,二元对立的背后往往是文学与文化、历史、体制等"他者"之间冲突、缠绕状态;在时而显出破碎的叙事结构中,透露出对于理想与现实、传统与现代、文学与非文学等精神资源的选择与处理、结构与表现等方面的独特性与复杂性。在相当意义上,考察20世纪诗性小说的叙事形态,也就是将叙事问题置于历史实践的境遇中,讨论思想观念、精神人格以及语境变化等力量对于文学生产的深刻制约与持续影响,深入诗性叙事的精神谱系,阐明叙事传统的生长动力与机制。其间展现的人生景观,纠结着文学主体的生命理想、审美意识、哲学观念以及"时代精神的多元性",不仅极大影响了叙事传统的文化面貌和艺术效果,而且构成小说文本中较为恒定的诗学因素,决定了叙事主题及其结构形态的多样性与丰富性,昭示出诗性叙事范型发生、转化的历史必然性。

第一节 叙事传统的生命伦理:
乡土、欲望与神性

从本质上看,作为"人的文学"语境的产物,诗性小说的思想特征在于人文精神的深刻体认与表现。人文精神虽然有点"变幻不定",但它的诗性意旨却是基本一致的,就在于以"人"作为价值主体,关注人生的价值意义,思考、探索人类的痛苦与解脱的问题。这是一种通向生命深处的本源情怀。雅克·马利坦曾指出,诗"是一种精神的自由创造……它超越一切艺术又渗入一切艺术之中","是在一种基本的、最普遍的意义上被理解的"[1]。维柯认为,一切艺术都起源于诗,"在世界的童年时期,人们按本性就是些崇高的诗人"[2],当代作家张承志也曾说过,"文学的最高境界是诗。无论小说、散文、随笔、剧本,只要达到诗的境界就是上品"[3]。诗性小说在多大程度上能够魅力长存,也就取决于对此的深入与表现程度。

诗性文学是综合心智的艺术反映与结晶,其本意在于"通过诗的活动穿透生活的晦暗不明的现象,揭示出超验的意义",亦即"对生命关联的意义的解释,是崭新的生命力量的敞开,是生命价值的强化"[4]。鉴于人的生活、生命总是与土地、肉身以及宗教关怀等密切相连,我们或许可以在文学人生的乡

---

① [法]雅克·马利坦:《艺术与诗中的创造性直觉》,刘有元等译,生活·读书·新知三联书店 1991 年版,第 294 页。
② [意]维柯:《新科学》,朱光潜译,商务印书馆 1989 年版,第 115 页。
③ 张承志:《艺术即规避》,《张承志作品系列·思想》(上),东方出版社 2014 年版,第 213 页。
④ 刘小枫:《诗化哲学——德国浪漫美学传统》,山东文艺出版社 1986 年版,第 167—169 页。

土、欲望与神性等主题上辨识这类生命的意义与价值,深入诗性叙事的精神规定性。在很大程度上,乡土承载着童年的记忆与故乡的温情,成为诗化情感的源泉,肉身负载着我们的本能欲望,也应在自然、健康的意义上得到释放与满足,而宗教情怀深入生存的"神性度测",则属于人类的"精神之鼎",指向人生得救的终极、无限之域。诗性叙事与乡土的优先关联,喻示着乡土中国的经济基础与文化传统在现当代文学精神上的深刻投射,而欲望的诗化书写,显然又以"人的文学"对于肉身本能的发现与尊重为基点,宗教文化视野的开启则与现代文学发生语境浓厚的宗教色彩有关,"各种宗教的传入"①,弥补了中国传统文化结构中的宗教缺失问题②。相当意义上,如果说诗性的乡土叙事揭示出田园牧歌的生命智慧,那么欲望诗化则将身心合一的身体美学标示为自身的理想品格,宗教叙事又激活了文学精神的神性限度。诗性传统的生命伦理也就源于这三类主题的表现,虽有所交集与融汇,但各有侧重,在不同层面上昭示出超越美学的本体内涵。

其一,怀乡的冲动与展望。

就人生的故事性构成来看,乡土无疑是至为重要的背景和内容。人总怀

---

①　谭桂林:《百年文学与宗教》,湖南教育出版社 2002 年版,第 3 页。

②　一种比较流行的观点认为,作为人生意识高度发展的产物,宗教是随着个体意识的强化而意识到"为了给渺小的自我找到克服广场恐惧的靠山"的产物(刘士林:《中国诗性文化》,江苏人民出版社 1999 年版,第 99 页)。然而这种说法有其自身的所指,并不能就此否定中国文化中宗教精神的匮乏。旧论认为中国缺乏宗教,说明的是中国传统文化难以回答"个体意识的强化"问题。夏志清就曾指出,"中国文学传统里并没有一个正视人生的宗教观。中国人的宗教不是迷信,就是逃避,或者是王维式怡然自得的个人享受"。(夏志清:《新文学的传统》,新星出版社 2005 年版,第 33 页)萧兵等则指出,中国文化趋"善"而务实,宗教"不怎么发育","儒学本非宗教却被宗教化",儒家思想注重道德修为和经世致用的儒家思想,实是一种伦理道德主义;而佛教文化同样侧重伦理性、社会性,慈悲为怀、与人为善、积德行善等一些基本观点与儒家基本相近;至于"对中华文化影响最大的是中国土生土长的道教",主张修身养性、修道成仙,惩恶劝善,报应昭彰,还吸收了许多佛教成分。由此,所谓"宗教文学"便是带着批判精神的"实写",以及忍不住的游戏人间或玩世不恭的调侃和幽默,也就被认为是缺乏终极性人生关怀意识(萧兵、周俐:《古代小说与神话宗教》,山西人民出版社 2005 年版,第 20—97 页)。固然这类说法不乏合理性,但抛开神义学的限制,中国的诸"宗教"也具有浓郁的神秘主义色彩,也是可以作为宗教文化被认识、讨论与接受的。

有乡土情结,难以割舍返乡的冲动。这是因为人生是由乡土开始的,乡土属于童年和记忆,象征了生命的源头、根基和家园,能够提供人生的亲近感和安全感,天然具有平衡人生的审美功能。在更深意义上,由于乡土和泥土、大地不可分割的依存关系,返乡具有回归"大地母亲"怀抱的神圣意味。米尔恰·伊利亚德在《神圣的存在——比较宗教的范型》中曾指出大地母亲具有"永不枯竭的产生硕果的权能",返乡是一种必然的行为,"人类和泥土的联系一定不仅仅在于人是会死的,所以他就是泥土,而且还意味着这样一个事实:正是由于从大地母亲(Terra Mater)那里出生,所以还要回到她那里去"①。从"安土重迁""叶落归根"的传统文化,到海德格尔的"诗意的返乡"、宗教的"原乡"神话等等,乡土已被视为人生的诗性根底。中国传统文学中一直存在着返乡、归隐的源流。从陶渊明"采菊东篱下,悠然见南山"的乡村栖居,唐代"王、孟、韦、柳"的"山水田园派",直至宋代范成大、杨万里的乡土诗风等等,都歌咏了理想化的田园生存。而西方文学有着悠久的"牧歌"传统。远在古希腊时代,诗人们就以之表现牧羊人在村野和自然中的纯朴生活,18 世纪以后"牧歌被用来泛指一切美化乡村生活的作品"。有学者曾指出,"构成牧歌的最本质的因素,可以超越文体的限制,永久地生存下来,因为它和人追求回归自然、回归乡土、回归单纯朴质生活的本性联系在一起"②。"返乡"意味着返归原初、大地以及与之相关联的事物,重新进入诗性时间。在普泛层面上,乡土也是一种弥散性的艺术元素,与土地相关的景物、民俗、人事往往难免乡土气息,构成文学人生厚重的文化底色。

就中国文化而言,小农经济结构以及人与自然在生理和心理上的感应习惯,使乡土人生倾向于自然主义的审美风度,农耕文明与土地的亲密关系孕育了传统文化的诗性精神。"日出而作,日入而息,逍遥于天地之间而心意自

---

① [美]米尔恰·伊利亚德:《神圣的存在——比较宗教的范型》,晏可佳等译,广西师范大学出版社 2008 年版,第 236 页,第 242 页。

② 刘洪涛:《〈边城〉:牧歌与中国形象》,广西教育出版社 2003 年版,第 87 页。

得"的生存形态,一直被认为是农业文明的审美境界,是"农业文明中所能理解的最高自由,因而它也就成了一种极有影响力的可观、可居、可以寄托的生活方式,成为一种最具现实意义的诗意栖居与自由活动的在世结构"①。可以说,传统"田园风"集中反映了农业文明对于乡土生存的审美向往,虽说还存在主体性的贫弱、境界的封闭等方面的局限,但仍是"乡土中国"的基本诗性智慧。就现代小说家而言,大多数人过早离开故乡,动荡、遇挫的人生际遇包含着太多的困惑和伤痛。对于他们,乡土首先是一种慰藉性的"怀旧"记忆,可以抚慰身心,帮助个人超越时间的绵延,重建自身与乡土现实的关系,即便存在诸多"他者"意义的寄寓,但理想化的审美意向仍是一种优先性的价值关怀。废名"用思乡的浓情对'乡'进行'诗'处理,最后凝聚在他笔下的都是一个美境"②,沈从文宣称自己是"乡下人",湘西世界近乎"原乡神话",萧红的"'温暖'与'爱'""憧憬与追求"始终根植于故乡呼兰河……而当代乡土虽说先后经历了政治观念、体制的一体化以及城乡融合的城市化进程,生产关系、权力体系、文化伦理发生了较为"彻底的结构重组",与以前有了"本质性的区别与变化",仍未能消解"返乡"叙述的重要性。乡关之恋已是一种深入骨髓的情感需要。汪曾祺一旦拿起笔,吐露的仍是对故乡高邮的温情;刘绍棠的"大运河文学"、贾平凹的"商州系列"、张炜的"融入野地"、迟子建的"北极村童话"等也皆源于故乡记忆的缅怀与指引;即便在"十七年"时期,土改、革命小说中也不乏乡土"诗意的穿插"与"民间社会的菁华"(如周立波、丁玲等),流露出返乡情愫。事实也正如墨西哥作家鲁尔福所言,"我非常怀念我的童年和我小时候住过的地方。对那些年代的怀念永远不会消失……怀念是一种冲动,使你回忆起某些事情。一心想回忆那些岁月,这就迫使我写作"③。乡

①　刘士林:《中国诗性文化》,江苏人民出版社 1999 年版,第 698 页。
②　范培松:《论京派散文》,《文学评论》1995 年第 3 期。
③　[墨西哥]鲁尔福:《回忆和怀念》,林贤治编选:《文化随笔:精神游牧者的世界》,花城出版社 2012 年版,第 435 页。

土代表了人类的原初、根源状态,乡土的诗意有着"掩蔽性记忆"的心理平衡功能,是人生完满的一种象征。诗性写作首先源于这种永恒的冲动。

当然,"返乡"的意义并不局限于此,也包含社会文化的焦虑,有着现实思考与精神反映的动机和出发点,同样属于"作家变革自我和变革世界的双重实践"①。"五四"一代诗性作家的启蒙心态是明显的,乡土的超越愿景虽具有一定的优先性,但也兼容了社会、文化启蒙等变革诉求。不囿于虚幻、超验的乡土乐园的营造,往往还怀有重建民族精神、社会公共理性等外在目的,审美诉求常常与社会性、政治性、民族性的文学功利主义形成不同程度的共生,所谓"自己的园地"里的情趣、情调,与现实关怀保持了多层面的沟通。当代作家的思考则突出了政治文化、商业文化、消费主义、世俗主义等(后)现代思想的浸染与影响,在人文向度、思想观念、文学心理、精神形态上显出特殊性。20世纪50—70年代的革命文学以阶级论为标准,解构农村既有的文化伦理体系,乡土叙事呈现出"单调苍白"的"变调";80年代以后对旧有观念的反思和文化价值的重估,使得乡土文化"整体性"在有所复归、延伸的同时,又在趋于强化的现代化冲击中转向碎片化、世俗化,发生了泛一体化的审美变异。显然,"返乡"冲动包含着生命情怀的开放性与综合性,"远离尘嚣的田园牧歌"将为焦虑与困顿、感伤与哀悼等灰色情感与记忆所濡染、渗透,乡土文明的吟唱也会伴随着现实、历史与时代的离乱与尘嚣,表现出"多声部"的交织、变奏与演化,形成诗性精神的多样性和流动性②。历史已然表明,20世纪中国诗性小说的乡土叙事将不断回应社会文化语境的变迁,在乡土世界日益激烈的对立、冲突中开掘诗意,在文学、文化思潮的精神"磨砺"中进行审美表达,建构自身的文学风貌。

其二,欲望的调和与净化。

① 洪子诚:《我们为何犹豫不决》,《南方文坛》2002年第4期。
② 西方牧歌的悲剧成分一般被认为源于现代文明的侵入。正是以城市为代表的外来的、迷乱的资本主义文化因素的侵袭,破坏了乡土传统、自然和宗法社会的稳定与谐和,使牧歌被注入了苦涩、伤痛等边缘性的人生情绪。中国现代小说的牧歌色彩似乎并不取决于西方牧歌文学的跨域性影响,而更多来自相似文化语境的激发,有其自身的特点。

　　欲望是人性的本质内容。按照叔本华的观点,人类就是"性望的化身",性欲是"人类一切行为的中心点","生存意志的核心,是一切欲望的焦点","一个人如果获得性欲的满足……就能使人觉得有如拥有一切,仿佛置身于幸福的颠峰",而"如果得不到这方面的满足,其他任何享乐也无法予以补偿"①。显然,以性欲为主体的欲望是人性的本质构成,性欲的满足能够调适人性的结构性矛盾与冲突,使本能冲动获得自然、松弛的节律,完善理想人性和人生的建构。作为人性固有的平衡机制,这意味着生命精神的获取和提升,"真正体验到他是一个自主的、具有完全生命力的人"②,"它使我们和我们的可能性结合为一,它使我们和促使我们自我完成的其他人结合为一……它引导我们,使我们奉献自己,去寻求高尚而善良的生活"③。而现代精神分析学的主要贡献也就在于深刻揭示了人类心理结构的欲望动力机制,指出性欲与"丰满人性"之间的密切关联,彰显了欲望的人性本源意义。

　　欲望的这一特性决定了欲望的诗化必然和本能冲动的宣泄、释放乃至转化带来的幸福感相联系,关乎"人类的'人性生命特质'的毁灭性和建设性的问题"④。在文化冲突中看待这一问题,欲望似乎一直没有停止过为实现这一"最终目标"而进行的努力,"被压抑的本能从未停止过为求得完全的满足而进行的斗争,这种完全的满足在于重复一种原始的满足经验"⑤,尼采说过,"至深的本能通常尊崇为最高、最令人向往、最有价值的东西,透露出了本能类型的上升运动;而本能实际上也就在力争这种境界。完满是本能的强力感的异常扩展"⑥。然而,本能的冲动又并非单纯的生理性存在,诗化之路并非

　　① ［德］叔本华:《爱与生的苦恼》,金玲译,华龄出版社 1996 年版,第 55—56 页,第 96 页。
　　② 封孝伦:《人类生命系统中的美学》,安徽教育出版社 1999 年版,第 186 页。
　　③ ［美］罗洛梅:《爱与意志》,蔡伸章译,甘肃人民出版社 1987 年版,第 99 页。
　　④ ［美］罗洛梅:《爱与意志》,蔡伸章译,甘肃人民出版社 1987 年版,第 84 页。
　　⑤ ［美］诺尔曼·布朗:《生与死的对抗》,冯川等译,贵州人民出版社 1994 年版,第 19 页。
　　⑥ ［德］尼采:《悲剧的诞生——尼采美学文选》,周国平译,生活·读书·新知三联书店 1986 年版,第 351 页。

通行无碍,还受制于诸多外在因素的影响与制约,不仅涉及自身的生活条件与身体状况,还是一种社会文化问题,牵扯到传统文化伦理、社会话语机制乃至历史语境,而且这种影响是根本性的。这一过程隐含着欲望的转化甚至异化的趋向,不仅可能导致一种非理性的肉体崇拜,也可能引发社会意识形态对于欲望的压抑甚至祛除,导致对人性肉身尺度的消解。由此,欲望的美学运动就是在异化力量的牵制、压抑中去谋求生命本能的自由舒张,在本能释放中趋向满足与松弛,获取身心的"相对"统一,"从整体看来,这恰恰就是那个未被撕碎的、也撕不碎的身—心统一体,就是被设定为审美状态之领域的生命体,即:人类活生生的'自然'"①。

诚然,作为人生的本质内容,欲望可能完善人生,也可能解构人生。因此,如何调适非理性的欲望释放与人生的形上追求的结构关系也就是欲望诗化的根本问题,"官能的快感不同于审美的知觉","美是一种最高的善,……是一种内在的积极价值"②。欲望的美学诉求也就在这类冲突中构建"丰满的人性"状态,试图把握欲望本能介入和表现的分寸问题:对感性鲜活的生命欲望的尊重,在适度关注生命本能的同时,克服欲望自身的压抑、扭曲、分裂与异化,谋求人性结构的相对平衡。正如尼采、刘小枫等所言,"创造的肉体为自己创造了精神,作为其意志的帮手"③,"肉身有自己的为灵魂所不具有的感受性和认知力,灵魂也有自己的为肉身所不具有的感受性和认知力"④,它们的内在统一才可能建构人性、人生的理想境界。理想人性、人生的建构只有以此为基础,方可能获取生命美学的本真意义。也就是说,欲望的存在不仅包含着身体性的肉欲本能,还有着对于健康自然的"身心统一体"的审美呼求,二者

---

① [德]马丁·海德格尔:《尼采》(上),孙周兴译,商务印书馆 2003 年版,第 104 页。
② [美]乔治·桑塔耶纳:《美感——美学大纲》,缪灵珠译,中国社会科学出版社 1982 年版,第 34 页。
③ [德]尼采:《查拉斯图特拉如是说》,钱春绮译,生活·读书·新知三联书店 2007 版,第 32 页。
④ 刘小枫:《沉重的肉身——现代性伦理的叙事纬语》,华夏出版社 2004 年版,第 93 页。

在矛盾、冲突之间的交织融合才形成了复杂的人性有机体。如果说人类基于道德伦理的外在观念造成了自然本能的冲突和分裂,现代社会文明的发展又进一步异化了人性的基本权利,那么欲望的诗化无疑形成对于欲望压抑的审美解放。在相当程度上,这构成了衡量诗性精神的一个重要尺度,反映出欲望美学的现代性旨归。

然而遗憾的是,由于这一原则在中西方文化传统中并无充分体现,欲望的美学精神一直处于一种边缘甚至是被压制的状态。受封建道德伦理的影响,传统文化的欲望问题属于道德上的禁忌,由晦暗性心理所驱动的欲望叙述指向一类女性肉体的猥琐想象。鲁迅的《肥皂》就反映了这样一种集体无意识,围绕女乞丐的"咯支咯支遍身洗一洗"的肥皂声反映了一种想象远超行动的意淫式的欲望病态,欲望不仅难以构成一种生命本真元素,而且是滋生晦暗性心理的"温床"。而西方文化出于男权制的文化二分原则,以女性为象征的欲望问题也被视为一种与理性文明和正统道德背道而驰的感性力量,受到普遍的排斥,西美尔曾说过,"我们的文化是从男人的精神和劳动中产生,确实也只适合于评价男人式的成功"①。男权化的文化传统在挤压女性主体地位的同时,就将消解身体性欲望的美学意义,肉身更多联系的是消极颓废、淫欲与癫狂等非理性的身心变形和扭曲,成为一种反文化正统的泛道德化的对象与问题。

从中国现当代文学史来看,产生于泛革命化语境中的欲望叙述,开始就挟带着沉重的社会性诉求,渗透了过多背离生命本性的历史现实因素。大多数作家一方面视欲望为人性的本然构成,有着追求释放和满足的文学主体性;另一方面对于欲望的非理性因素之于创作精神价值的侵蚀又不乏警醒和反思。这种矛盾心态中的游移、冲突很容易就延伸到了"表现半殖民地都市地畸形和病态"的社会学观念体系,形成欲望问题与民族、社会、群体以及道德等文

① [德]西美尔:《金钱、性别、现代生活风格》,顾仁明译,华中师范大学出版社2010年版,第142页。

化观念的纠缠迎拒关系。固然,一直存在着调适的尝试与努力,但现实语境并没有提供出足够的空间,这种调适最终也是失败的。高力克在考察"五四"知识分子的"非物质主义的伦理观"时,曾指出李大钊等的"革命的禁欲主义"倾向,就间接说明了这一问题①。而受阶级理论、道德观念等社会意识形态的影响,主流文学的欲望表达一度被贬抑、丑化为道德败坏、作风腐败等社会伦理问题,也就在当代化的政治想象中褪去生命本色,以一种极端化的理性方式驱逐了人性结构的本然要素。至于个性色彩较为明显的"自我表现"小说、都市小说等涉及欲望主题的小说创作,在都市化、生物化的世俗语境中,欲望遭遇了广泛的非理性异化。时至今日,即便已进入一个高度现代化的社会,肉欲的抒写在某种程度上仍被视为某种不文明的文学选项,至于消费语境下的欲望自主和张扬又存在着对于身体资源的普遍滥用,包括下半身写作在内的欲望叙述已经沦为当代文化感官化、商业化直至庸俗化的一种症候,进一步侵夺了欲望的美学意蕴。

文化上的贬抑反映出 20 世纪欲望表达的冲突性境遇,基本徘徊于两个极端的文化定位,即欲望的"伦理化祛除"和"非理性放任",不乏片面、极端的欲望理解和表现使得欲望逐步陷入非理性主义的本能放纵,抑或禁欲主义的精神压制和道德异化之中。在割裂人性完整性的同时,不仅束缚了生命本真意义的传播,忽略了灵、肉合一的欲望状态,也扭曲了伦理等意识形态因素在欲望诉求中的合理性尺度,导致欲望叙述的普遍困境。在此背景下,辨析 20 世纪中国诗性小说的欲望诗学问题,也就要突出作为生命意志的欲望的"源泉"意义,在"人性的丰满"向度的具体参照中,揭示欲望叙事的调适、演变的结构性理路,及其之于文学风格的影响与价值;不仅要考虑欲望的释放与满足问题,在本能解放的"力与美"意义上归理欲望的诗性形态,还要深入文化伦理对于欲望的净化、转化层面,关注本能冲动的道德约束和境界提升等问题,

---

① 高力克:《五四的思想世界》,学林出版社 2003 年版,第 56—57 页。

"在一定意义上,文学对于人的描写就不仅仅应该描写人的社会性因素,……同时也需要描写人的生物性因素,包括人的生命本能、生命体验、生命冲动,等等"①。在相当程度上,由于不同作家在肉身与家国、道德、政治等意义之间的位移和侧重,欲望叙事也表现出了诗性风格和形态的相应差异。

其三,宗教的信靠。

宗教是人类信靠的基本形式,内在的宗教感是一种普遍的精神现象。作为现实个体,人类总是为苦难、荒诞、虚无等阴影所笼罩,难以摆脱无休止的世俗困境和永恒死亡的否定,若想活得有尊严、有价值就必须有所信靠。现代心理学将之归于"集体无意识",舍勒认为是"有限个体之意识的本质","涉及每个人的形式的信仰财富"的"绝对之域"②。就基督教来看③,也存在着两类形态,一是以教会制度、仪式殿堂为特征的"有形"宗教,二是以个体认信的生命体验、感悟为基础的"无形"(个人)宗教。前者属于以教义、教徒、神权统治为基本构成的制度宗教,后者则孕育了一种以天使、圣恩、天堂、乐园、彼岸世界等为主要符码的泛义的宗教精神与宗教情怀。虽说判别是否信靠某种宗教往往需要得到具体教会建制的身份认定,然而宗教感的存在却并不完全取决于"有形"教会的身份指认,即便趋向教会严律论的加尔文也曾在《教会论》开宗就指出,基督徒的身份是以信基督而非信教会来确定的。统观基督教的发展,也是一种沿着从外在的、宇宙论的建制形式向内在的、心灵的、神秘的情感状态的"双重摆荡"运动④。对于现代人类而言,现实语境发生了很大变化,传统宗教生活虽在一定人群和范围内继续存在,但新的宗教生活和信仰方式已经

---

① 朱寨、张炯:《当代文学新潮》,人民文学出版社 1997 年版,第 319 页。

② [德]舍勒:《〈死·永生·上帝〉中译本导言》,孙周兴译,中国人民大学出版社 2010 年版,第 13—14 页。

③ 本书的"宗教文化"主要指向一种以基督教文化为主体的现代人文精神。虽然现当代小说对于儒、道、释、佛等多种宗教文化都有所表现,但就影响过程和程度来看,基督教仍是宗教叙述的主要思想资源。基督教文化的诗性色彩也是相对明显的。

④ [英]弗格森:《幸福的终结》,徐志跃译,中国人民大学出版社 2009 年版,第 297 页。

出现,即"一种被认为不局限于教会之中、与之并立且又高踞其上的外在于教会的宗教"。现代宗教不仅是一种客观的实体或外在的教会体制,也普遍被视为个体性的、内在的情感体验。固然,基督教的"来世安慰"具有明显的虚幻性,但并不影响其"生存本质"属性。或许,正如刘小枫所诘问的,"如果一个人的生命与基督的救恩发生了关系,是否被确认为基督教徒又有什么紧要?"①

相当意义上,现代宗教更倾向于"认信的生命感觉"。西美尔说,"宗教存在乃是整个生机勃勃的生命本身的一种形式,是生命磅礴的一种形式","宗教信仰最内在的本质,就是人之灵魂状态或情绪状态。宗教情绪是一种生命过程"②,显然指出了这一点。而按照施莱尔马赫等人的观点,宗教情感的依持,是有限人生的无限依托,"宗教感是一种依持意识,一种有所托付的情感:有限的个体在现世的生活中把自己的生活托付给一个可靠的无限"③,"上帝作为人类的'终极关怀'的象征,表明人类对于理想生活的信仰和向往","把人从堕落和绝望的状态中拯救出来,使人成为新造的人即新存在"④。作为一种神秘、神圣的精神力量,宗教的本质在于一种普适性的生命属性和人类精神,标示出人生的终极关怀。由此,朝向上帝的宗教文化也就构成审美人生的深度资源,神性的情感张力与诗性精神保持了内在的通约性和一致性,反映出人文情怀的神性维度。问题在于,当我们把一种宗教文化转化为生命赋形的情感之学时,这种人生信仰的审美表达机制是如何形成的,换言之,宗教是如何以自身的方式诗化人生,沟通美学意义的。

---

① 刘小枫:《圣灵降临的叙事》,生活·读书·新知三联书店2003年版,第89页,第86—87页。

② [德]西美尔:《现代人与宗教》,曹卫东译,中国人民大学出版社2005年版,第54页,第21页。

③ 刘小枫:《祈求与上帝的应答——奥斯维辛后的祈求实践的神学反思》,《基督教文化评论》(8),贵州人民出版社1998年版,第8页。

④ 王珉:《终极关怀——蒂里希思想引论》,新华出版社2000年版,第6页,第43页。

宗教的信靠行为隐含着人类诗化自身的深层动机,目的在于终极"幸福"状态的实现,以超验性的彼岸理想弥补、调和尘世的种种"不完美","身在不完美的尘世中的人只有在对完美存在的期待之中获得信仰的真谛"①,"要求弥补零散的此在,要求调和人自身中以及人与人之间的矛盾,要求替我们周围一切飘忽不定之物找到可靠的基点,到严酷的生命之中和之后寻求正义,到生命纷杂的多元性之中和之外寻求整合性,……所有这一切都孕育了超验观念"②。苦难是宗教存在的普遍"经验现实",也是审美人生的"共同难题",宗教诗化不得不面对这一事实。乌纳穆诺说过,"受苦是生命的实体,也是人格的根源,因为唯有受苦才能使我们成为真正的人",正是在苦难的纠结与克服中,超越的神圣光辉才得以凸显,"一个人越是领有受苦、或者是接受苦痛的能力,他就越具有人——也就是神性——的质性"③。诸多的宗教思想家也不止一次地说过,"在上帝与穷人的约之外没有拯救"④,"通过基督事件,上帝之爱亲临人类的受苦,与人类的苦难认同。……这种爱表明上帝以爱的受苦来承负受苦的努力,在受苦中创造无尽的爱的行为"⑤,"上帝是爱的啼泣,以最深深隐秘的手段溢向人的苦难"⑥。苦难和宗教的共生关系,意味着宗教对于悲剧性的转化,诗化将在泥泞的跋涉中构筑人生拯救之路。以此推延,道德的沦落与净化的艰难,灵与肉的冲突,社会伦理性的纠缠,现实人生的荒诞、无聊与庸常等悖论性的沉沦和异化,也都可能成为宗教超越性的阻滞。作为一种终极力量,宗教文化将在普遍层面上发挥拯救作用,"拯救性的圣灵也居住

① [法]薇依:《〈重负与神恩〉中译本导言》,顾嘉琛等译,中国人民大学出版社2003年版,第6页。
② [德]西美尔:《〈现代人与宗教〉编者导言》,曹卫东译,中国人民大学出版社2005年版,第38页。
③ [西班牙]乌纳穆诺:《生命的悲剧意识》,北方文艺出版社1987年版,第124—125页。
④ [美]保罗·尼特:《宗教对话模式》,王志成译,中国人民大学出版社2004年版,第186页。
⑤ 刘小枫:《祈求与上帝的应答——奥斯维辛后的祈求实践的神学反思》,《基督教文化评论》(8),贵州人民出版社1998年版,第16—17页。
⑥ [英]弗格森:《幸福的终结》,徐志跃译,中国人民大学出版社2009年版,第27页。

在诸宗教中"①。"此在"因宗教的"光照"而"获救",进入诗化轨道,沟通宗教的美学意义。

宗教美学的基本原则在于"爱的祝福",诸宗教都可以视为"拯救的道路、上帝拯救之爱的通道"②。作为"上帝的本质","爱"具有温暖、亲切、和谐、诗意的品质,是"最高形式的精神原则",推动人生向"新的存在"提升的动力③,"只要仁爱之惠临尚存,人将常川地以神性测度自身。只要此种度测出现,人将据诗意之本质而诗化"④。相当程度上,宗教诗化也就是"爱"的功能性赋予,"惟有在那爱中,真正的幸福才可向人敞开"⑤,"有了爱,一个新的形象便产生了,该形象虽然与某个实际人格息息相关,但就其本质和观念而言,它生活在一个完全不同的世界中,并非此人的自在现实性所能企及"⑥。本质之"爱"往往是明确的超越之极,"惠临"众生,"因爱得救"。如果说这种方式相对及物的话,那么,宗教美学所包含的终极意义,就显得抽象、虚泛得多,形上、无限的意义追索又反映出宗教叙事的"存在之思"。

现代哲学的特点之一就是宗教和存在主义的结合。西方有一个颇为流行的观点,就是将"上帝看作是存在的象征","存在"被看作"真正的基督教范畴,上帝存在"⑦,"神圣向人召唤,在召唤里显示自己,以人的存在——努力和欲求的存在——希望,带向存在的秘思"⑧。由此,存在主义也有了"宗教的存

---

① [美]保罗·尼特:《宗教对话模式》,王志成译,中国人民大学出版社 2004 年版,第 106 页。

② [美]保罗·尼特:《宗教对话模式》,王志成译,中国人民大学出版社 2004 年版,第 131 页。

③ 王珉:《终极关怀——蒂里希思想引论》,新华出版社 2000 年版,第 126—128 页。

④ 刘小枫:《拯救与逍遥》,上海三联书店 2001 年版,第 195 页。

⑤ [英]弗格森:《幸福的终结》,徐志跃译,中国人民大学出版社 2009 年版,第 100 页。

⑥ [德]西美尔:《现代人与宗教》,曹卫东译,中国人民大学出版社 2005 年版,第 109 页。

⑦ [英]弗格森:《幸福的终结》,徐志跃译,中国人民大学出版社 2009 年版,第 91 页。

⑧ 曾庆豹:《解放、乌托邦动力与神学的旨趣》,《基督教文化评论》(8),贵州人民出版社 1998 年版,第 231—232 页。

在主义"与"无神论的存在主义"之分①。存在主义对"沉沦""被抛""烦""畏""自欺"等"此在性"的超越,也就是"人之人生在世的栖息进入真境而留待"②。这种探询充满了终极意味,意味着"天、地、人、神的四重整体"的统一③,对于贬抑人之存在价值的现代文明的反动,表明了人生意义的神圣转换。在很大程度上,宗教美学也是一种有关存在的诗化哲学④。

宗教美学意图建立文学与隐秘世界的通联,神圣世界的幽玄、超验并非理性思维所能把握。这需要促成认识论的转变,超越客观外在的知性认知与时空、因果的清晰分析,追求本体论意义上的"意志的澄化",使认识论与人生论(生存论)"交溶统一"⑤。从知性认识论走向审美直观的本体论,在"沉思"中把握、领悟和体验与神性世界之间的隐秘关系。也就是说,只有借助一种以"信靠"意志为基础、本体论意义上的"诗思"方式,才有可能深入超验的形上之域。"信靠"是一种虔信的宗教态度,并不一定要皈依某种具体宗教,也可能是"灵魂情绪"在内心深处涌动的敬畏和认同。人类只有真正信靠,才能承纳神性"恩典","信心可以是与上帝的隐秘关系,但被真正持有的话,它就在始终如一的虔敬生活方式中显明其存在"⑥。"信靠"意志回应了人们的信仰吁求,是个体世界与宗教意域建立关系的前提和基础。"诗思"是感悟与冥想中的展望与洞见,属于本体论意义的思维方式,只有无限的"思",才能穿透晦暗不明的生存表象,辨明深入终极的通路。海德格尔曾对"思"的诗化本质作

---

① 参见樊星:《超越虚无主义的尝试》,《华中科技大学学报》2003 年第 5 期。

② 刘小枫:《诗化哲学——德国浪漫美学传统》,山东文艺出版社 1986 年版,第 239 页。

③ 存在探究的高峰体验通达了宗教关怀,在诗性小说谱系中审视这一点,冯至的存在主义有着与基督教以及信仰化诉求的明显关联,而汪曾祺等作家则多属于一般性的"现代派"。

④ 世界观就是人生观、生活观。刘小枫说过:"对生活之谜的解答,就是世界观"(《诗化哲学——德国浪漫美学传统》,山东文艺出版社 1986 年版,第 164 页)。而按照卢克曼的界定,"个人存在从超越的世界观中获得其意义。……(世界观)执行着本质上是宗教的功能,我们将它定义为宗教的基本社会形式"(《无形的宗教》,中国人民大学出版社 2010 年版,第 42 页)。

⑤ 刘小枫:《诗化哲学——德国浪漫美学传统》,山东文艺出版社 1986 年版,第 119 页。

⑥ [英]弗格森:《幸福的终结》,徐志跃译,中国人民大学出版社 2009 年版,第 189 页。

出过论断,认为"思必须在存在之谜上去诗化,诗化才把早被思过的东西带到思者的近处","思把我们带向的地方并不只是对岸,而且是一个全然不同的境地"①。在相当意义上,"思入存在本身"表明了本体论的沉醉,静观和超验的品质,有着无限开发的可能。薇依等人曾指出,"静思是注意力活动的最终形式,具有神性本质"②,"一种安息和宁静的状态,'一种灵魂在那里找到安息之所的状态,那里灵魂安全到足以建立自身并汇集其整个存在……只有一种单纯的生存感,一种全然充满我们的灵魂的感受'"③。由于"诗思"的洞见,神性光辉才得以显明,跨越时空的阻碍与现实的羁绊,为人类提供"安息之所"。"诗思"包含着悠远、含蓄、神秘的审美距离,内在的开放性、超越性引导了精神空间的拓展和衍生,必将影响文学人生的诗性表达。

在宗教意域中审视诗性小说的叙事传统,基督教是一种基本的思想资源,这显然与"五四"以来对于基督教文化的普遍接受有关。"现代作家们所接触和介绍的主要的部分应该说是以基督教精神为根本的"④,"被现代知识分子所理解,也成了新文学表现和关注的思想资源"⑤。基督教文化的救世和自救、信仰与反叛、人性和神性相统一的思想传统不仅迎合了现代启蒙和精神解放的历史需要,而且爱的信念、神秘的乐园图式以及存在诗思等也拓展了生命体验的思考和表达,为现代小说的审美生长提供了丰富的思想支持。对于 20世纪中国文学而言,基督教构成了一种宗教文化主潮,并不意味着其他宗教文化资源的匮乏,相反,佛教、道教、禅宗、伊斯兰教等具体、有形的宗教,也建立起了与中国文学的审美关系;此外,还包含普泛意义上的宗教氛围、生命神性、

---

① 参见刘小枫:《诗化哲学——德国浪漫美学传统》,山东文艺出版社 1986 年版,第234 页。

② [法]薇依:《〈重负与神恩〉中译本导言》,顾嘉琛等译,中国人民大学出版社 2003 年版,第 6 页。

③ [英]弗格森:《幸福的终结》,徐志跃译,中国人民大学出版社 2009 年版,第 216—217页。

④ 谭桂林:《百年文学与宗教》,湖南教育出版社 2002 年版,第 23 页。

⑤ 王本朝:《20 世纪中国文学与基督教文化》,安徽教育出版社 2000 年版,第 14 页。

抽象哲思,以及民族性的神话宗教、深邃的神性自然,等等。这是一个"因信得救"的过程,也是"神性度测"的诗思过程,"人能否诗化,取决于他的本质在何等程度上顺服于那垂青人因此而需要人的神"①。在此向度上,宗教文化精神必将唤醒文学的神圣、信仰意义,带来叙事的深刻转变。

诗性精神与审美体验密切关联,突出了文学人生的本体内涵。美是一种通往自由的"手段","使人由素材达到形式,由感觉达到规律,由有限存在达到绝对存在"②;而"从一切美得来的享受,艺术所提供的安慰",对于"在一个异己的世代中遭遇到的寂寞——孤独,是唯一的补偿"③。乡土、欲望、宗教的诗性之美指向了文学心智的和谐、生命的力量与感动以及神圣情怀,表现出对晦暗的现实、迷乱的肉身与有限生存的超越与转化,标示出诗性叙事的生命伦理。相当意义上,只有符合这一尺度才能进入诗性文学的构架。诚如马尔库塞所言,"人的解放"就在于"解放出人的美感、快感、被压抑的追求愉快的潜在本能"④;黑格尔也说过,"审美带有令人解放的性质,它让对象保持它的自由和无限"⑤。不难发现,20世纪中国诗性小说彰显了现代小说叙事的"审美之维"。

第二节　叙事传统的话语构成：
作者、文本与世界

作为一种文学话语,叙事也是内、外诸多力量交际、对话的产物和"总和"。其中,作者是话语行为的主体⑥,文本是话语的符码形态,而世界通向话

---

① 刘小枫:《拯救与逍遥》,上海三联书店2001年版,第195页。
② [德]席勒:《美育书简》,徐恒醇译,中国文联出版公司1984年版,第102页。
③ 参见刘小枫:《诗化哲学——德国浪漫美学传统》,山东文艺出版社1986年版,第113页。
④ [美]马尔库塞:《〈审美之维〉译序》,李小兵译,广西师范大学出版社2001年版,第10页。
⑤ [德]黑格尔:《美学》第1卷,朱光潜译,商务印书馆1996年版,第147页。
⑥ 主体一般还包括读者。出于论述需要,本书虽对读者问题有所涉及,但仍以作者为主体来处理、解决诗性文学话语的主体性问题。

语行为的生活源泉与文化语境①。诗性主体的存在表明"谁在写"与"为何写"的问题,反映出文学话语的身份、价值与意图,而文体和世界属于"怎么写"和"写什么"的问题,关注诗性文学风格及其发展、演变的文化场域。在这一图景上审视 20 世纪中国诗性小说的叙事传统,意味着在世界、作者、文本与社会的相互关系中辨识、理解诗性意义的恒定与流动,辨析"交相混合"的话语生成,终而进一步阐明诗性叙事的运动机制、内在原因与自我建构。在相当意义上,叙事传统突出了主体精神的现代站位,以情境化淬炼体裁的多样性,在与启蒙、政治、商业、消费等现代文化的历时性互动中,逐步凝聚出诗性小说的"传统"形态,多方位地展示出叙事话语的规范移位以及发展、变异。

一、开放的主体精神与边缘心态

诗性叙事的生成需要自身主体意识的唤醒,诗性小说之所以能够成长为一种经典性的文学传统,正是基于创作主体的审美自觉②。较之古典人格,诗性主体不再受制于"天人合一""存天理、灭人欲"等古典理性的"抑制性的统一",而是一种以人道主义与理性主义为核心、感性与理性的"自由的统一",主体意识发生了本质性的改观。由于一体化的封建伦理的规制,传统人格突出的是礼乐教化下的道德品性,现代人格则"获得解放",独立自主的精神个性建立起与现代人生的广泛关系,释放出审美人格的张力。

诗性主体包含着理想化的文学人格"设定","指一种人生哲学或伦理学

---

① 此处主要涉及影响、制约作者与文本取向的文化语境。在文学生产过程中,文化语境关涉作者的世界知识与信念系统,是历史进程的重要部分,对于具体创作起到影响与制导作用。

② 作为"人的觉醒"的产物,现当代小说一直不乏主体意识的差异,一是依附社会意识形态,张扬人的外在社会历史属性;二是追求文学精神自由、独立(相对)的实现。前者偏于宏大叙事的历史性承担,导致了感性动力的萎缩以及文学意义的销蚀,此处显然指向后者,突出诗性主体的精神分野。

对于最健康的人格,或最值得追求和向往的人格的看法。一种文化的理想人格设计体现了这种文化的文化精神"①。就感觉方式而言,这类人格往往浪漫、敏感、多思,对于内心状态的关注超越于外在现实的干预,对于时代现实的表达多是迂回、含蓄的投射、隐喻与象征,反映出人格的内倾性特征。按照荣格"外向""内向"的人格分类,诗性人格显然倾向于后者,是发生在"内向者身上的一切心理现象",往往敏感、自尊,好沉思、内省,且多偏于孤僻与害羞②。虽说就整个作家群体来看,并不尽然,但基本上都不乏这一特征。废名、郁达夫等比较"内向",而沈从文、冯至、孙犁、茹志鹃、莫言、贾平凹、北村、张承志、史铁生等作家则普遍"内、外"兼修。前者常偏感伤、清新,后者则多乐观、壮美,对于诗性人格的内倾特征有着不同程度的表现。如果说传统人格看重的是伦理德性,艺术视线常常投向道德理想以及感性化、印象化的文人才情,那么个性化的现代人格则面向丰富、复杂的生存与生命感悟,突出的是一种"内美"精神。相对"外向"人格对于现实、社会、历史与时代等"及物"式表现的看重,"内向"的主体精神彰显了与生命觉悟的同构性,成为现代人思想与情感的心灵"装置"。而在审美意向上,则既有着相对恒定的理想化愿景,也不乏深入的人性沟通与历史参照,既包含文学、人性的抽象探求,也有着现实问题的应答与转换。作为一种"有责任感的文学",主体性的文学认同"携带崭新的审美经验刺破、冲出社会惰性的重重包围"③,存在着美感形态、形上限度以及现实介入等方面的多样性与复杂性。

美的"需要"与"渴望"是人性结构的本质内容,是诗性形式中"涌现的决定性因素",总能穿透现世与语言的屏障,在生存的纷乱与修辞的遮蔽中展露出动人魅力。或显或隐的诗化存在削减了文学人生的非诗性一面,多数情况

---

①　许金声:《走向人格新大陆——健康人格的探索》,工人出版社 1988 年版,第 171 页。

②　[瑞士]荣格:《探索心灵奥秘的现代人》,黄奇铭译,社会科学文献出版社 1987 年版,第80—88 页。

③　王伟:《意义生产、文学话语及历史结构》,《江苏大学学报》2013 年第 4 期。

下,在"唤起"美感的同时,维系甚至建构出人生结构与文本生态的相对平衡。乡土空间的田园向往、身体美学的生命召唤、宗教性的乐园眺望等等,都体现了超越性的"诗性之美"。借助于形象的审美表达,可能呈现于风景的清新与优美,童年的回想和记忆,人伦、人性的自然与淳朴,也可能表现为本能的率性张扬与形上幽思;可能是某种具体的生存图景,也可能是某种飘忽、高远的情愫或意味;意义之间常常纠结缠绕,有时又显出模糊与暧昧。作为"产生美感的东西以及来自审美满足的印象",这是"十足的个性行为"①。审美活力的焕发是诗性主体的精神标志,叙事的魅力也就在于"美的需要与渴望"的呈现与展开。"好看的应该长远存在"②,汪曾祺对于沈从文小说"蓬勃的生命"的肯定,也就说明了这一点。

审美的"高峰体验"在于文学与人生的形上之境。按照马利坦的说法,诗是通过"美的、审美的这种超然性",把人们引向神秘的"存在之源"③;狄尔泰在谈到"诗"和"生活"的关系时也指出,"一切体验的主要内容是诗人自己对生活意义的反思。……它只是揭示在生活的巨大网络中某一事件所具有的普遍意义,或一个人所应具有的意义"④。如果说"诗情画意"是诗性小说的美学表征,那么,形上意义则意味着"内在的深度"。诗性叙事普遍包含着终极意义的探问与掘进,"对人的存在、人类的命运及生命意义的追问与探询"⑤,更深刻地勘入文学精神的内在。废名有着"不涉理路"的人生玄思,"从始至终都反映了作者对于生命意义与价值的严肃思考和艰苦探索"⑥:王统照小说

---

① [法]让·贝西埃等编:《诗学史》(下),史忠义译,百花文艺出版社 2002 年版,第 533—534 页。

② 汪曾祺:《晚翠文谈新编》,生活·读书·新知三联书店 2002 年版,第 213 页。

③ [法]雅克·马利坦:《艺术与诗中的创造性直觉》,刘有元等译,生活·读书·新知三联书店 1991 年版,第 139 页。

④ 参见刘小枫:《诗化哲学——德国浪漫美学传统》,山东文艺出版社 1986 年版,第 168 页。

⑤ 李扬:《现代性视野中的曹禺》,人民文学出版社 2004 年版,第 35 页。

⑥ 阎浩岗:《生命感伤体验的诗化表达——王统照、郁达夫、废名小说合论》,《天津师范大学学报》2003 年第 1 期。

是"'哲学的'象征的抒情"①；冯至钟情于"有弹性的人生"哲理图式，汪曾祺认为小说是"一种思考方式，一种情感形态，是人类智慧的一种模样"②；贾平凹的"商州"渗透着人性、历史、文明"出路"的深沉忧思；史铁生在"写作之夜"以残缺之躯说出了"最为健全而丰富的思想"；等等。诗性主体的文学表达往往有着抽象、无限的意义攀升，超验的精神向度标识出自身的深度与广度。用昆德拉的话说，就是"使小说成为精神的最高综合"③，把"存在带入言词"。

当然，审美理想的实现并非坦途。作为一种理想化的艺术诉求，诗性话语的建构还是异质文化冲突之间的"审美调适与中和"，有着现实的介入性和开放性。源于总体历史语境的复杂与多样性，也因为现代生活的创伤、离乱、整合与"涣散"，以及各自独立的个性体验，诗性作家一直不乏"干预"现实的主观冲动与客观需要，不得不在现实的纠缠与跋涉中，展开自我想象和文学实践。一面对于社会现实有着知识分子的关注与投入，一面又要拉开距离以便"理性"审视现实问题，一面有着理想主义的文学诉求，却又发现存在过多的掣肘，在思想与精神上又有着自我约束与质疑、矛盾与困惑，交织了过多异质性的"声音"。乡土诗学先为损毁、破败的现实困境所拖累，后又受到当代政治一体化与消费文化的束缚；身体美学对非理性生命力的"解放"，既受制于"灵与肉"的本然分裂与冲突，也为道德化、政治化的文化陈习与社会正统所"改写"，欲望的压抑与伦理净化成为基本倾向；宗教的神意过于幽远，迫切需要破除社会与民众的隔膜与误解，此岸与彼岸、自在与自为的人生对立与混杂成为语义空间的主要情景。糅合了生存的晦暗、精神波动、意义纠缠乃至身份

---

① 沈从文：《论中国现代创作小说》，吴福辉编：《二十世纪中国小说理论资料》第三卷，北京大学出版社 1997 年版，第 123 页。

② 《短篇小说的本质》，《汪曾祺全集》第 3 卷，北京师范大学出版社 1998 年版，第 31 页。

③ ［捷克］米兰·昆德拉：《小说的艺术》，孟湄译，生活·读书·新知三联书店 1995 年版，第 15 页。

形象的暧昧,独特的现实处理方式确立了诗性叙事的历史性征。在 20 世纪的具体文化语境中,这种审美追求的繁复性,与启蒙主义、政治革命文化、消费文化、个性主义等社会思潮有着密切关联,折射的正是时代精神的深刻变革及其复杂的文学影响。

诗性话语自然不需要也不可能"纯粹"。文学文本"不是简单地或被动地'表达'或反映它们所处的特定的时间和地点的意识形态,相反,它们是充满了冲突和差异的场域,在这个场域中,价值和前提、信仰和偏见、知识和社会结构既得到了表征,同时也在这个表征过程中被变形"①。"现实的逃避""隐士气"既非诗性作家的"初衷",也不符合文本的实际。一度流行的对于诗性小说"虚蹈"的非议更多出于片面的误解,缺乏"正宗文学观点平等相待的宽容与尊重"②,带有较强的功利、实用色彩。毕竟,人生结构中的"理想"和"现实"是一对永恒的矛盾,作为文学话语的基本维度,走向任一极端都会背离甚至丧失文学精神,要么成为一种虚妄的幻象,要么沦为政治、经济与现实的附庸,从而失却与"生命的学问"的对接意义。

与审美人生的有效"对话",意味着主体意志的"自由"实现,需要作家的创作心态与立场保持一定程度的"边缘化"。这不仅是文学"综合"表现的现实要求,也是人性结构趋于开放、独立的现代征象。李欧梵等说过,"一旦作家不再与政治疏离,便不再是现代文人"③,"只有在自处于边缘的状态和心态下主观和情感才需要得到夸耀的处理和眩异的强调,而且也只有疏离于中心、自处于边缘的主观情感才能是夸耀的合适对象和眩异的当然内容"④。相当意义上,"边缘"作为一种与"中心"对立、疏离的精神"占位",包含着不同程度的

---

① [英]安德鲁・本尼特、尼古拉・罗伊尔:《关键词:文学、批评与理论导论》,汪正龙等译,广西师范大学出版社 2007 年版,第 170 页。

② 陈思和:《中国新文学发展中的浪漫主义》,《学术月刊》1987 年第 10 期。

③ 李欧梵:《中国现代作家的浪漫一代》,王宏志等译,新星出版社 2005 年版,第 259 页。

④ 朱寿桐:《心态、姿态与情态——略论中国现代浪漫主义文学的基本形态与发展状态》,《文学评论》2005 年第 3 期。

文学自足性的持守,以及与正统、主流话语的矛盾和抗争,不仅意味着相对自主的话语空间,也表明了自我的身份和文化认同。当然,就诗性作家而言,"边缘"也有其"相对的品质":一方面,有利于保持各具个性的审美体验和精神追求;另一方面,基于环境与条件的特定变化,边缘的游离,甚至向中心的移位等现象也比较普遍,不同作家的边缘化程度有着一定差异。比如,随着从"零余人"到革命者的身份转变,郁达夫小说也融入"一点社会主义的色彩";早年的废名"独自走自己的路",写出了最好的作品《桥》,20世纪50年代却决心"表现伟大的时代";新中国成立后的沈从文同样表露出向"中心"的靠拢,一度想创作"革命题材的小说";而80年代以来的作家普遍有着体制化、市场化的人生轨迹,从偏安一隅、籍籍无名到进入正统或中心的体制人、文化人。"边缘"意味着地位、待遇与名望的忽视与遗忘,以及与城市文化的疏离,更何况随着社会"透明度"的日益提高,其实也无多少"边缘"可以"自处"。空间位置的变化,关联文学价值的调整和认定,影响到创作水准、质量的下降以及叙事传统的衰变与空疏。事实上,上述作家一旦进入中心①,普遍陷入艺术生命的缩减甚至终结。郁达夫小说在《迟桂花》以后,逐步滑入禁欲主义的泥潭,而废名写不出来了,沈从文"转向""历史文物方面",有了"重新安排"②;贾平凹也在城市生活中制造出一个个文化"热点",文学诗情普遍褪色,再难重现早年的动人情怀;北村的基督教"皈依",包含着过于直接的教义宣传的目的,张承志"回归"哲合忍耶之后,又是一部苦难教史的写作,都影响到了自身创作的诗性品质。

自在、自为的"边缘",属于审美表达的本真方位,一旦不能守住这份灵性空间,也就可能背离于文学自身。相当意义上,"叙事传统"之所以在20世纪20—30年代发生并走向成熟,主体精神的边缘化是重要原因;而40年代以后

---

① "边缘化"是一个相对的概念。世人似乎都有走向中心的冲动。就诗性小说家而言,边缘与中心的对话与换位是一个关联主体性与矛盾性的复杂过程,需要在创作心理、风格转化等层面加以具体、细致地把握,不能一概而论。

② 张新颖:《沈从文的后半生:1948—1988》,广西师范大学出版社2014年版,第10—11页。

受到政治一体化、商业世俗化等正统或主流文化的裹挟，"边缘"开始沦为"异端"，也就很难"当代化"。"由于二十世纪特殊的时代特点和特殊的历史任务，使这个时代的文学在整体上呈现出不利于纯文学发展的态势。二十世纪各种政治的、经济的、文化的需求，尤其是包括战争、国共政治斗争和党内斗争在内的政治原因，使二十世纪成为一个非文学的世纪"①。显然，置身于一个"非文学的世纪"，"边缘化"凸显了非主流、非中心的价值立场，对于文学性的守护，呈现出一种具有浓郁个性色彩的人文情怀和话语方式。这虽一度饱受诟病与责难，但正是这一份深切的关怀，得以穿透历史，确立自身的经典价值与意义。总之，诗性主体的自由也是一种"相对自由"，唯其如此，方才开放。文学性的追求不仅出于主体自觉，还保持了与"他者"话语之间持久、切实的"对话"，审美与现实、超越与沉落、诗与非诗、自由与不自由的交织与纠缠，表明了主体人格以及文学精神的深入、复杂与丰富。

二、情境化与文体规范的移位

叙事的意识形态化，引发了体式的适应性变化——情境化，使"小说变成了诗"。"情境"有着悠远、无限的品质，从画面、意象、情调的营造到意蕴的拓展、氛围气的渲染、人生况味的体悟与把握，标识出空间化的诗性文体风格。情境化意味着语义结构对立的相对消融与转化，正是审美调适与矛盾趋向"统一"的诗学表征，反映出文学世界的超越性旨归②，而和谐与波荡、抽象与

① 朱晓进等:《非文学的世纪——20 世纪中国文学与政治文化关系史论》,南京师范大学出版社 2004 年版,第 3 页。

② "意境"常被视为现代抒情小说的一种整体叙事特征看待。凌宇认为"中国古典小说重故事,重情节,少写景抒情。而在'五四'以后出现的中国现代抒情小说中,意境始成一种自觉的创造。"(《从边城走向世界——对作为文学家的沈从文的研究》,生活·读书·新知三联书店1985 年版,第 300 页)方锡德则认为"意境"是现代作家"小说创作的美学追求和审美原则",和"典型"一起构成现代小说"两个重要的审美范畴"(《中国现代小说与文学传统》,北京大学出版社 1992 年版,第 271—277 页)。为了区别于"意境"这一传统诗学范畴,本书则采取"情境"这一概念,意在突出抒情性在文学境界中的主体作用,强化现代人生情怀对于诗性小说叙事体式的内在价值规约。

实化、深远与狭隘的程度也就表明诗性融合与转化所能达到的艺术高度。如果说"意境"作为一种古典美学原则,更多属于传统文人"天人合一"的"忘我"境界,那么"情境"则指向现代人主体情怀的抒发,基于主体生命体验和审美选择的"有我"构建,已取代传统文人相对狭隘的文学趣味,超越于传统意境的封闭与单纯,意蕴化的品格有了哲思性的深化与拓殖。正如沈从文所言,"诗人欲表现'思想',得真正有深刻思想,欲'创造'情境,得真正有动人情境"①。情境化凸显了现代思想的理性规约,小说得以真正迈向自觉意义的"动人"境界②!

　　情境化的文体自觉有助于生存感受与审美体悟的容纳与延展,为文学意蕴的寄寓与表现创设出便利。一般而言,小说的叙事性取决于情节、人物、环境之间的结构关系。情节作为叙事的基本功能,不仅决定叙事过程的展开和具体状态,也制约诸如人物、环境等叙事要素的功能性表现。情节结构的完整(开始、发展、高潮和结局)将使故事的悬念、惊险、传奇等戏剧性场景显示得有声有色,叙事过程一波三折、起伏跌宕,人物立体丰满,生动形象;而如果淡化情节,戏剧性就会减弱,这种由线性动态过程产生的阅读快感就将消退。在这种情形下,能够维持叙事整一性的不再是情节,而是贯串文本内部的某种其他秩序。具之于诗性小说,叙事的因果链条被一条条"情绪流"所取代,人物行动的"场面或场景"转化为蕴含丰富、深远的"情境",起伏波荡的情节被不同程度地削平与转化,带来了含蓄、悠远的审美效果。相当程度上,这种变化也就取决于诗性精神作为一种抽象的价值观念在发挥作用,碎裂的因果链条不再构成画面、意象、情调、意义的束缚,为意蕴化的艺术表达提供出相对充裕的诗学空间。传统小说由于历史时间哲学的制约,偏重情节过程和人物性格的展现,艺术空间偏于戏剧化,显然难以达到这一标准。

---

　　①　《谈现代诗》,《沈从文全集》第17卷,北岳文艺出版社2002年版,第478页。
　　②　情境化指向一种理想化的艺术追求,具体风格很难纯粹。有时叙事的情调、情致特点要明显一些,有时又是一种氛围气的衍生,而一些比较经典的诗性小说,情境色彩则相对突出。

与之相适应,"人物"的地位也将发生明显变化,性格面目趋于单纯。作为叙事的另一要素,人物在传统小说观念中曾备受推崇,莱辛甚至宣称,"一切与性格无关的东西,作家都可以置之不顾。对于作家来说,只有性格是神圣的"①,在西方文学中,"从斯泰恩到普鲁斯特,许多小说家都把对个性的探索选作了自己的主题"②。在此背景下,以刻画立体丰满的人物性格为中心的"典型论"被广泛接受,一度成为衡量小说叙事的基本准则。然而在"情境化"的诗性小说文本中,人物显非如此。这是因为人物性格的成长和丰满是一个动态的过程,需要借助于情节的变迁展示"成长的历史",而情境相对"静止"的空间联想性质,已不能满足塑造典型人物的基本条件。亚里士多德早就指出,行动是性格的表现,"通过一个人的抉择或行动,人们可以看出他的性格"③,华莱士·马丁也认为,"行动、信息、个人特征这三股绳被编织在一起,形成了人物之线"④。这说明,如果缺乏了行动的支撑,人物就不可能成为福斯特所说的"圆形人物"。诗性文本中的人物往往比较单纯甚至"扁平",不似《子夜》的吴荪甫、《家》的觉新等一类"史诗性"人物丰满,也不具备"意识流"等小说人物复杂、起伏的心理活动与精神历程,基本处于相对静止的状态,成为与情境化、意蕴化同质的意象或符号。冰心《超人》中的何彬是一个有着特殊性格转化的人物,但也只有从"恨"到"爱"的简单变化,作家只是把他作为承纳、体现"爱的哲学"的符号,最终在一幅母爱"惠临"的诗意中"道成肉身";《最后的安息》中翠儿的存在似乎就在于以受难的方式去叩开彼岸世界的大门,接受宗教拯救,获得灵魂安息。许地山《命命鸟》中的敏明与加陵、《缀网劳珠》中的尚洁等人的坚贞与忍耐突出了一种宗教的虔信理念,也不看重人物性格的塑造。废名由于熔铸了唐诗的技巧,小说像一幅幅淡彩的水墨

---

① [德]莱辛:《汉堡剧评》,张黎译,上海译文出版社 1981 年版,第 125 页。

② [美]伊恩·P·瓦特:《小说的兴起》,高原等译,生活·读书·新知三联书店 1992 年版,第 15 页。

③ [古希腊]亚里士多德:《诗学》,陈中梅译注,商务印书馆 1996 年版,第 69 页。

④ [美]华莱士·马丁:《当代叙事学》,伍晓明译,北京大学出版社 2005 年版,第 112 页。

画,人物妥帖地融合在画意中,只求神似,不求形似。冯至小说《伍子胥》的重点显然不属于复仇与逃亡的焦虑与惊险,而是一种种生存样式的相继出场和退场,人物的不倦前行演绎了一种存在主义的文学理念。《百合花》《看水》《羊舍一夕》中的人物朴实、单纯,《我的遥远的清平湾》中的老人与孩子凝聚着往昔生活、情感的美好意念,点缀在唯美的乡土画卷之上,等等。固然他们不可能像沈从文在小说《断鸿》中那样"把人缩小到极不重要的一点上,听其全部消失于自然中"①,但都表明了人物的"写意化",人物性格不构成叙事行为的重心,人物只是抒情达意的一种媒介与手段。早在 20 世纪 30 年代,贺玉波就认为像沈从文的《松子君》那样的作品"是连人物,故事,景物,都不曾描写到的"②,而胡风等人也早就指出过萧红小说存在的"人物的性格都不凸出"的现象③。人物的虚(淡)化有助于规避心理波动和人生形态的失衡,最大限度地维持了文学情境的统一性。与情境、氛围相协调是诗性叙事"塑造"人物的基本原则,这虽会造成人物的符码化与平面化,但正是诗性小说文体充分意蕴化的需要,从具象走向抽象,从有限走向无限,从失衡趋向平衡,人物发生了相一致的功能性转变。

对于"情境"的强化,极大地提升了小说体式的环境要素的地位与作用。传统小说的环境往往只是人物活动的场所、事件展开的地域,处于背景性的边缘地位,并不具有整合、制导叙事的功能。但在诗性叙事中,随着情节的淡化、人物的单纯和"扁平"化,"环境"上升为影响、左右叙事进程与文体形态的结构性力量。富有体验性与联想性的环境描写,不止于故事发生、行进的地理背景,也是主体情怀熔铸出的美学空间,在功能上已超越了情节、事件与人物等叙事力量。废名的黄梅乡下,沈从文的边城,汪曾祺的里下河,史铁生的清平

---

① 《〈断鸿〉引言》,《沈从文全集》第 16 卷,北岳文艺出版社 2002 年版,第 340—341 页。

② 贺玉波:《沈从文的作品评判》,邵华强编:《沈从文研究资料》(上),知识产权出版社 2011 年版,第 71 页。

③ 胡风:《〈生死场〉读后记》,张毓茂等编:《萧红文集·中短篇小说集》,安徽文艺出版社 1997 年版,第 327 页。

湾,迟子建的北极村……环境的呈现与人事的发生、生命的流转保持了向度和节律上的内在统一。那一方天地,既是各色人物上演人生悲欢的客观场所,更是作家人生理想、文学观念演化出的"梦幻"之境,浸润了诗性情绪的客观存在,成为凝聚人生意趣、生命哲思的主观建构。而品味风景、民俗、人伦关系、情调氛围等"环境"元素背后的生命、社会、历史、文化等蕴涵,也就成为一种最为重要的阅读收获。宗白华说过,"以宇宙人生的具体为对象,赏玩它的色相、秩序、节奏、和谐,借以窥见自我的最深心灵的反映;化实景而为虚境,创形象以为象征"①,就不乏此意。显然,情境化焕发了环境的审美张力,各类环境元素突破了客观的局限,成为人生意义的象喻与寄畅、现实的转化与意蕴的深入,突出了叙事话语的超越品质,注定成为一种空间性的现代诗学范畴。

情境化改变了叙事要素间的关系,造成"支配性规范"的移位,导致了小说体式内部的诸多变化,使之能在整体上应和诗性叙事的意义转向。就叙述方式而言,相对虚泛的概述成为一种基本的文内话语行为。不难发现,诗性小说对涉及的具体事件,往往缺少过程性的展现,而常是简略带过,"对情节'场面'的取代和冲击",造成情节的收缩,出现明显的过程中断。由于这类"中断"比较普遍,就将拆解叙事的连续性,使事件沦为印象、体验的片段。诗性作家大多"不善于讲故事",倒不是不会讲故事,而是因为生命情怀的传达需要更大的叙事包容性,由此,传统意义上的"看戏"也就转向现代意义上的体验、想象与感悟,概述对事件的简略处理,有助于实境变虚、意义变远。

诗性叙事中的景物、民俗、风物、琐事属于一种"静力性自由意元",不仅强化了环境的形象性,而且生成了一系列富于隐喻、象征意味的意象,带来了叙事主题的深化、延宕与衍生。意象不仅仅是构筑情境的"砖石",还是"诗学

---

① 宗白华:《美学与意境》,人民出版社1987年版,第210页。

的闪光点"，蕴藏着丰富的"文化密码之矿藏"，"可以增加叙事过程的诗化程度和审美浓度"①，"给作品带来画龙点睛的功效，使作品的主题显得幽渺而深邃"②。意义的绵延与叙事的意蕴化保持了本然的同构性，繁复、细致的景物、风土等"环境"描写不仅可以延展叙事的空间体量，也会阻断情节进程，强化叙述的空间张力。诗性叙事展示了一种"破碎"的线性结构，时间秩序已不那么重要了，此消彼长之间，极大提高了文本话语的艺术表现力与感染力。沈从文在"表现人生向上的憧憬"中，最终进入"抽象的抒情"；废名认为"运用语言不是轻易的劳动"③；而汪曾祺也有着因为"描摹一个理想"寻找不到"合适的表现方法"的感慨④；等等，都包含着艺术方式的空间性诉求。这一脉作家往往也被称为"文体家"，内中缘由或许就基于此。

情境化克服了叙事的客观局限性，有助于文学意蕴的"洞见"。固然意蕴存在着不可捉摸的抽象性，但如果已成为叙述内容，并能为"叙事眼光"所捕捉乃至注视的话，那么叙述者也就能够"看"到。诚然我们可以用感受、体验、"象外之象"以及读者的创造性阅读等一类范畴来解释这一点，但并不足以从叙事学层面说明问题。叙事眼光的变化反映出视点功能的转变，影响到叙事效果的差异。传统小说重在对情节过程的戏剧性把握，视点常常停留在客观再现的层面，注重视点的认识论、反映论功能；而在诗性叙事中，由于作家多从自身的人生体验出发组织叙事，营造意味丰富的情境，自然偏重视点的主观联想功能，激发出视点对于艺术空间的拓展效果。确切地说，此间视点的认识论功能已在一定程度上为美学功能所取代，叙述眼光在有限"聚焦"的同时又存在着"无限"发散的现象。这主要表现在对于"聆听""回忆""冥想"等一些"诗性视点"的运用，较之一般"心理视点"更易洞入情感、意蕴的脉动，沟通广

---

① 杨义：《中国叙事学》，人民出版社1997年版，第276页。
② 黄发有：《跨越与融合：张承志的小说美学》，《创作与评论》2014年第22期。
③ 《废名小说选·序》，王风编：《废名集》第六卷，北京大学出版社2009年版，第3269页。
④ 《醒来》，《汪曾祺全集》第一卷，北京师范大学出版社1998年版，第74页。

远的人生意域。如果说一般"心理视点"有利于呈现人物丰富、复杂的内心世界,面向性格刻画和心理真实的感知与表现,较为细腻和生动,那么"诗性视点"显然并不看重内在心理的描画,而主要借助视点的心灵自由特性延展"有限"视线,超越时空限制,"看"向人生的幽远与深邃①。视点的这一变化,并不改变诗性叙事"节制"和"静态"的现象学性质,但又区别于传统叙述者的"无所不知",凸显出现代视点的人性限度,也就成为通向诗性精神的一种叙事学途径。这或许也就说明,现代小说已"进入了真正个人的、艺术的创作时代"。有论者就曾指出,这种视点是一种"自觉"的人物叙事,也正是中国小说现代化的一种表征②。

同样,语言也是小说体式的基本要素,不仅是文体的"建筑材料",还是作家"思想的血液"。由于意义所指的强化,启示性已成为诗性语言的一种追求,语言成为一种富有韵味的符号系统,而不仅仅是某种单纯的形式"媒介"问题。抽象的心理暗示与精神联想,改变着工具性语言的再现功能,赋予修辞更多"意味"。诗性语言的这一特性是有差异的,相对而言,越显诗意的文本也就愈加突出,也更具经典性,而一般意义的或者说诗意比较"微弱"的小说往往并不明显。诗性语言是一种"自由的语言方式",对形式局限的突破,将引导阅读过程进入复杂、抽象的人生感怀与意义体察,"倾听着并言说着的诗歌语言使存在敞开了,并将人带入'诗意的栖居'之中",构成"对存在的逼近"③,"是一种能够抚慰人的生存,'最贴己'地关心人生的语言方式"④。这将穿透工具性的制约,将语言与叙事一同带入生命话语的丰富喻示与纠缠之中,改观小说的诗学风貌。诗性语言确立了语言的本真维度,向深层运动和达

---

① 有限心理视点的转换往往隐约得多。多数情况下,视线受到叙述者情绪的左右,在情绪性的体验空间中游移,"聚焦点"并不十分集中和稳定。相对节制和静止的叙事眼光更多是在延伸和发散,而非是在所"看"对象间进行单纯的转换。

② 孟悦:《视角问题与"五四"小说的现代化》,《文学评论》1985 年第 5 期。

③ 马大康:《诗性语言研究》,中国社会科学出版社 2005 年版,第 13 页。

④ 李咏吟:《诗学解释学》,上海人民出版社 2003 年版,第 77 页。

成的内在机制,意义表达的具体性、叙事结构的相应变化影响到语言的形态、风格,展现出现代小说文体的深度变革。

三、多元文化会通与叙事传统的演变

"文学是历史进程的一部分"①。即便是边缘化、非主流的诗性话语,也不例外。所谓"凡一代有一代之文学","所有语言产品,都要联系它产生和接受的社会历史语境来理解"②。近现代以来的中国社会波谲云诡,从东方到西方,从启蒙到救亡,从人道主义、集体主义到个性主义,从精英文化、政治文化到商业文化、大众文化,从传统、现代直至后现代的繁复演变,文化面向的复杂、多样不言而喻,"其震荡之剧烈、变化之迅疾、覆盖面之广阔、影响之深远,在中国历史上前所未有,在世界历史上也较为罕见"③。多元文化的纠缠,为诗性小说的发展、演变设定了总体文化语境,叙事传统的历时性特征也就取决于此间历史文化的选择与回应,艺术风格的趋同与开裂一直为时代主潮所影响。大致而言,20 世纪诗性小说的发展延续了一条从单纯、厚重、抽象到碎裂、泛化的历史脉络,在不同语境下的艺术流变,凝结着特定时期的情感记忆、文化心理与文学期待,昭示出诗学风格的丰富、多样。

初期诗性小说显得相对单纯与率直,流露出"五四"时期的精神特点。作为一个以"科学"与"民主"为旗、尊奉"反抗"与"解放"的时代,"五四"的"情感革命"透出明显的躁动与焦虑,承载着表现自我、启迪民智、破除压抑与排解郁积等过于急切、功利的目标,"冲决过去历史之网罗,破坏陈腐学说之囹圄,勿令僵尸枯骨,束缚现在活泼泼地之我,进而纵现在青春之我"④。事实也正如梁实秋、李欧梵等所言,新文学运动的"情感就如同铁笼里猛虎一般,不

---

① ［加］弗莱:《批评之路》,王逢振等译,北京大学出版社 1998 年版,第 5 页。
② 参见徐杰:《空间的逻辑——文学语境空间层域的内部关系》,《文艺理论研究》2015 年第 1 期。
③ 黄曼君:《中国现代文学语境与古代文学资源》,《中国社会科学》2009 年第 4 期。
④ 李大钊:《青春》,《李大钊全集》第一卷,人民出版社 2006 年版,第 191 页。

但把礼教的桎梏重重的打破,把监视情感的理性也扑倒了"①,"一个浪潮的文人团体完全'陶醉于自我的再发掘'中。……全神贯注于他们自己的情感经验中"②。由于缺乏理性的有效规约,"五四"时期的理性自觉往往"滞留于低层次的个性解放的启蒙水平上"③。"五四"时期知识分子的情感革命既是一种理性启蒙,也是一种情感宣泄,由于"历史留下的种种物质与精神的包袱"过于沉重,一旦情感"闸门"打开,必将呈现"冲决"之势,导致某些局限。"敢于无所忌惮地狂歌或者痛哭,毕竟是心灵较为自由的人们。因而似乎不大谐调的是,'表现自我'一时成为时髦的文学主张,很有些作者孜孜于'向内','挖掘自己的魂灵',而整个时期的文学性格又是'外向'的。无论痛苦或者欢悦,作者们都那样乐于和盘托出,质直得近于天真,坦白到过分单纯。"④显然,情感"革命"并不必然通向现代理性秩序的建立,过于奔放、恣肆的情感表达只能导致"过度"的浪漫主义,或悲观的感伤主义,乃至看破世相的颓废主义。"质直""坦白"意味着相对单纯的时空关系,自然也不利于思想文化的整合,难以实现历史认知、生命感悟与抽象探求的意义共融。相当程度上,这一时期诗性叙事的不成熟也多与此有关,虽以清新、朴讷的诗意超越于时代性的宏大叙事,或借景抒情、情景交融,或托物言理,直抒胸臆,"最大限度"地表现了来自心灵世界的时代感受性,却也导致了抒情的平浅、率性甚至随意,"写作的随意性潜在的意识,是五四'自由'时代精神的指归"⑤;还不同程度存在着"主题大于形式""境界不够开阔"等局限。而随着时代"感伤病"的流行,又

---

① 《现代中国文学之浪漫的趋势》,徐静波编:《梁实秋批评文集》,珠海出版社 1998 年版,第 40 页。

② 史华慈:《五四的回顾——五四运动五十周年讨论集导言》,周策纵等:《五四与中国》,时报文化出版事业有限公司 1979 年版,第 277 页。

③ 袁阳:《溺于情感的理性——五四理性的觉醒与迷失》,《青海师范大学学报》2001 年第 3 期。

④ 赵园:《艰难的选择》,上海文艺出版社 1986 年版,第 41—42 页。

⑤ 杨洪承:《政治文化理念与现代文体的生成取向——20 年代中国文学创作的一种文化解读》,《齐鲁学刊》2003 年第 5 期。

势必感染苦闷、彷徨的悲观情绪,凸显幻灭与消沉。鲁迅曾描述过当时青年的这一矛盾,"那时觉醒起来的知识青年的心情,是大抵热烈,然而悲凉的,即使寻到一点光明,'径一周三',却是分明的看见了周围的无涯际的黑暗"①。

在叙事学意义上,这也关联着价值的"框架和特性",折射出现实与理想之间普遍的对立与冲突。现代启蒙也是一场审美的"解放叙事",就其本性而言,"自由的许诺"指向一种理想主义的未来愿景,"指向未来、代表着进步和创新的现在"②。一方面,人文精神的觉醒展开了一个全新的世界图景,不仅重塑了国民性的社会认知与人生感受,也将生命哲学、身体意志、宗教关怀等引入心灵世界,深化、完善着人生的"诗性之维",奠定出诗性叙事的主体性与思想性前提;另一方面,近现代以来的社会、文化断裂与震荡又是如此之强,知识分子普遍陷入身心的多重困境,也为超越美学提供出充沛的情感动力,从热烈"呐喊"到痛苦"仿徨","一切都来自于生活中伤痕累累的那一面,并且是如此的喧嚣躁动,使你不得不用一面放大镜才能找到其间的主题联系"③。由此,现代文学尤其是诗性小说愈加凸显出代偿、拯救的审美功能,展露出彼岸、理想的诗性召唤与抚慰力量。而之所以以"诗性小说"为主要"载体"与"工具",则在于小说家更多吸取了西方小说的跨文体理论,视小说为一种自由、开放的文体,加之短篇小说的短小、不尚铺展与"易操作"也更利于个性化的思想表达与情感宣泄,契合情感表现的时代需求。相当意义上,20 世纪 20 年代诗性小说的出现与流行回应了近现代以来历史语境的转变,这样的艺术生成密切联系着一个敏感、情绪化的新文化建构过程。

一种文类的发生演变,注定与历史语境相关联。在近乎"无限"的语境因

---

① 鲁迅:《〈中国新文学大系·小说二集〉导言》(影印本),上海文艺出版社 2003 年版,第 5 页。

② 徐岱:《现代性话语与美学问题——论当代文化批评的思想语境》,《社会科学战线》 2002 年第 1 期。

③ [瑞士]荣格:《〈尤利西斯〉:一段独白》,《心理学与文学》,冯川等译,生活·读书·新知三联书店 1987 年版,第 150 页。

素中,时代性的主流文化反映了语境的基本框架与视野,对文学的生成和发展起着制约、导向的作用。20 世纪 30—40 年代的社会语境与"五四"时期有所不同,政治文化已逐步代替启蒙主义,构成叙事传统演变的"大语境"。此时的中国社会处于革命战争时期,人们对文学的要求主要不是审美,"更多的是一种政治情绪的宣泄"①,能够留守诗性小说创作的作家,多出于审美自觉,在与社会、现实、政治的"疏离"与"联姻"中探索着文学话语的运作方式。政治文化的权力控制、社会学建构与艺术上的简单化、概念化,不仅触发了诗性作家的边缘心态与自主认同,也使得在"五四"时期就已露端倪的现实观照、人间关怀转化为深远的存在探求与文化开掘,拓展了叙事传统的深度、广度乃至"长度"。在主体文化"累积"的基础上,诗性小说开始消退激进的个人主义色彩,向文化审美主义转变;回应着政治文化心理的集体化诉求,个性化的情感世界转向厚实、抽象的意义寻求,审美追求与社会关怀并重,感性外观与理性精神辉映,"从尽可能广阔的范围去把握时代"②,审美意识与"社会历史意识以及更广阔的文化意识"形成深入沟通。思想内容的拓展带来了形式上的变化,篇幅容量明显增加,姑且不言短篇小说已愈写愈长,长篇小说也开始彰显文体的重要性。相对丰富、深远的时空关系有助于文化内容的承载与表达,深入发掘并体现"新的叙事模式的美学功能",成为这一时期诗性叙事的显著标志。

1926 年 4 月 5 日初刊于《语丝》的《桥》③,是这一过程的重要节点。小说分上、下两部,前后写了十年,废名说这是他"学会作文,懂得道理"的作品,"有一天我却一旦忽然贯通之,我感谢我的光阴是这样的过去了,从此我仿佛认识一个'创造'"④,表明了《桥》的"转化"意义。小说在体例上采用一种"短章串联式"结构,勾连起小林与琴子、细竹的情感纠葛和生活日常。每个短章

---

① 朱晓进:《政治文化心理与三十年代文学》,《文学评论》2000 年第 1 期。
② 朱晓进:《略论 30 年代文学的社会科学化倾向》,《文学评论》2007 年第 1 期。
③ 《桥》的章节最早刊于 1926 年 4 月 5 日的《语丝》,1932 年 6 月由开明书店结集出版。
④ 废名:《〈桥〉序》,陈振国编:《冯文炳研究资料》,知识产权出版社 2010 年版,第 91 页。

都以意象为题,凝结着人物的记忆、趣味、体验与感悟,人物"行动"只是浅浅脉络和淡淡背景。以意象去"结晶"观念,在日常生活中寄寓深意,在留白与省略中扩充领悟,成为经营叙事的主要手段。若干这样的意象被编织进一个"桥"的形式共同体,饱含张力的隐喻和象征为"意蕴美学"提供了最生动的诠释。从《桥》《莫须有先生传》到《长河》《呼兰河传》,从《边城》《迟桂花》到《果园城记》《伍子胥》①,等等,"长篇"样式受到青睐,标志了诗性小说文体的新变化。从"五四"时期的重短篇转为重长篇,叙事的意蕴功能被更大限度地强化,内在思想的伸展与形式美学的变化也在这一过程中达到了"和谐"。就此而言,"30 年代以后的小说艺术上是比'五四'小说成熟"②。

　　20 世纪 30—40 年代的革命政治文化已渐成主潮。由于还不属于统治性的意识形态,尚未形成对公共空间的绝对控制,这为叙事传统的"成熟"提供了一种基础性的语境庇护。不过,政治文化之于诗性话语的不利已然显现。一方面,外向性的文化关怀本身就包含着异质性的元素,抽象的观念也容易损害作为形象美学的文学性自身;另一方面,政治化的历史语境也在不断强化,相对自由的文化氛围将逐步消失。由此,随着 50 年代的到来,诗性叙事的"终结"就是一种必然。除了汪曾祺的《看水》《羊舍一夕》等"偶然"出现的少数作品外,已很难再辨识出叙事传统的历史脉搏,重拾其当代传统,只能从新时期文学开始。新时期文学的新启蒙立场推动了诗性小说的复出。如前所述,汪曾祺、刘绍棠、何立伟等的创作就具有这一意义,再现了叙事传统的当代流脉。不过这种重现却只是短暂、表面的"繁荣",在一个即将进入(或已进入)消费主义的时代,文学即将"失却轰动效应",衰退似乎无可挽回。80—90年代,从乡土、欲望到宗教叙事都表现出不同程度的变异,开始游离于叙事传统的思想规范与形式约束。鉴于欲望表达的普遍肉身化,以及宗教之维在新

---

　　①　这几部小说有的是短篇的加长,有的又是中篇的体式,反映出诗性小说篇幅体量的"长篇化"趋势。

　　②　陈平原:《中国小说叙事模式的转变》,北京大学出版社 2003 年版,第 241 页。

时期文学中的边缘化,诗性写作偏少,乡土叙事的衰变、颓圮显然更能说明这一问题。如果说从晚清到 40 年代乡土社会的动荡以及文化景观的荒原化还主要是一种现实性的损毁,50—70 年代的乡土政治化导致的是乡土文化的威权化和新道德化,乡土变化仍属"局部之变",那么 80—90 年代由于城市化进程的加速,不仅消解了乡土的自然与历史风貌,也改写了乡土社会的传统伦理,世俗幸福的寻求开始取代乡土的朴实感性与理想憧憬,从根本上动摇了乡土的价值认同与精神指向。传统变得愈加杳远,城市认同中的身份重建已使大多数作家成为"身心一致"的"去乡"之人。诸如贾平凹等一类作家虽不乏深切的乡土体验与记忆,但进入城市之后,随着时间的推移和文化身份的成功转换,原本的乡土情怀已逐渐为都市生活的世俗耐性以及新的身份和角色要求所消磨与取代,自觉不自觉地进行着文学转向。即便乡土仍是一种文学资源,但之于这一代人波荡、炫目的人生际遇,似乎又不算什么,已难以保持创作心理上的长期"兴奋"。而在不远的将来,人们或将陷入普遍"无乡"的时代,乡土叙事愈加成为一种"个人的事情",想象大于体验,而非出于切实、内在的乡土经验,"与私人经验的呈现、挖掘相关的经验化美学的登场"①,或许又意味着乡土叙事的根本败落。较之欲望、城市等小说中常见的诗性"颠覆"与异化模式,乡土叙事虽还不至于在短期内就走入某种极端,但浪漫主义精神的颓减渐成常态,淡化了理想激情,乡土愈加匮乏与大自然、质朴人情和朴实生活的关联,已很难凝聚出诗性精神的统一性。

这一时期文学面临的主要危机是世俗化语境的渗透与整合。大众文化"正在吞噬过去文化所确立的各种边界,它像能量巨大的'黑洞',把任何其他异质文化的能量都吸引进去,并改变它们原来的形态。在这种条件下,……审美变成为生活的一部分,而不再与生活保持绝对清晰的距离"②。80 年代初

---

① 吴义勤:《自由与局限——中国"新生代"小说家论》,《文学评论》2007 年第 5 期。
② 周宪:《世纪之交的文化景观——中国当代审美文化的多元透视》,上海远东出版社 1998 年版,第 5 页。

期诗性小说之所以有"短暂"复苏,一定程度上是因为这类趋势还不甚明朗,以致汪曾祺的《受戒》《大淖纪事》等小说能够"脱颖而出",迎合了"文革"之后急需慰藉的社会文化心理。同样,这也引发了对于沈从文等作家的重评,"经历'文革'浩劫,文学史家精神生活和文学生活最缺少的是什么? 就是面对苦难、荒诞时坚持自我的勇气,就是对'纯文学'的执著和那种极其浪漫、理想的爱情传奇。而80年代那一代文学史家的生命中是缺乏这些东西的",却正是沈从文们的"强项"①。新时期初期文学回归的审美动因是毋庸置疑的,然而大众文化的兴起似乎很快又改变了这一点,更通俗的趣味、更易懂的形式以及更便捷的生产方式使其迅速蔓延,动摇了本就"曲高和寡"的诗性存在。在一个"'世俗化'促使文化日益普及,同时也促使文化日益浅薄"的"透明化"时代②,边缘将不再成为"边缘"。纯文学既无力对抗,也无以自保,最终不得不与大众文化发生融合,形成某些精神上的同构。相当意义上,在世俗文化的侵袭中,诗性叙事的规范性已开始了普遍的非诗化异变,不仅精神尺度趋于模糊、摇摆,而且表现内容、情感基调和叙述方法也出现不同程度的模式化,影响到思想与艺术的高度。较为极端的是一些负面情感、恶俗场景、仇杀暴力、变态行为与两性关系的渲染,极大地损害了诗性叙事的意义。更为普遍的是世俗化的日常生活对于诗意的腐蚀与切割,开始消解文学的理想主义光泽,要么滑向廉价的美丽幻觉,要么妥协于琐碎、平庸的欲望生存。世纪末的语境转向激发出个性写作的世俗化"自由",文学主体已无须在精神家园中进行生命与意义的追问,对于感官快感与欲望满足的追逐,似乎成为审美的主要趋向,"随着人文精神的萎缩,文学越来越处在社会的边缘,同时也越来越走向物化,认同物欲横流,精英文化正在转变为流行文化。这几乎已是世界性的文化现象。如同特里·伊格尔顿所说,精英主义转变为大众主义,文化与商品紧

---

①　程光炜:《新世纪文学"建构"所隐含的诸多问题》,《文艺争鸣》2007年第2期。

②　胡晓明、袁进:《现代化=世俗化?:中西结合的多元考察》,《社会科学报》2003年1月30日。

密地结合在一起,流行的、商业的大众消费构成的市场,决定了文化的特征,文化的现代性正在与社会的现代性结合在一起,丧失它的批判意识"①。由此,即便在"乡土中国"拥有着"无以复加"的文化基础的乡土叙事都无法免除这一宿命,何况本就缺乏根基的欲望叙事与宗教叙事,只能在个别、少数的作家那里有所保留与表现。"一切坚固的东西都烟消云散了"②,这也是关于诗性传统的命运与前景的一种申明。

归根结底,20 世纪中国诗性小说的兴衰,并非一种单纯的文学现象,"注定与超出文学自身的诸多因素相关联"③,指向一个复杂的历史过程。将之纳入更为开阔的话语视野加以综合性把握,有利于进一步深入具体文化语境对于这一传统的影响与制约,呈现阶段性的文学品格、演变趋势以及历史特征,对于重新认识诗性小说在现代文学转型、发展过程中的位置、作用和价值,必要且大有裨益。

第三节　叙事传统的诗学实践:
结构的调适与变形

20 世纪中国诗性小说的绵延、代变表明了诗性叙事的历时性、互文性与整体性,文学资源的吸收与转化,终将落实于丰富的诗学实践,展露出叙事话语的完满度。由于主题意义的有所侧重和审美个性的差异,诗性叙事有着不尽相同的形态和特质,以对立与冲突为表征的叙事机制在不同层面上、不同题材背景上的叙事建构,又存在着生命场域、语义逻辑乃至艺术哲学等方面的风格变化,形成多样化的叙事实践。

---

① 胡晓明、袁进:《现代化=世俗化?:中西结合的多元考察》,《社会科学报》2003 年 1 月 30 日。

② 贺仲明:《〈乡土伦理与乡土书写——20 世纪 90 年代以来的乡土小说研究〉内容简介》(封三),人民出版社 2017 年版。

③ 乔以钢、宋声泉:《近代中国小说兴起新论》,《中国社会科学》2015 年第 2 期。

一、"不同方向"的田园风

作为传统诗性文化的基本形态,田园风也是 20 世纪中国乡土小说的主旨。只是由于现代语境的深刻影响,往往以乡土中国的历史境遇作为叙事展开的背景,纠结着诸多文化因素及其之间的矛盾、冲突,制约了诗性叙事的结构形态与诗学效果。相当程度上,自足的传统文化伦理不再是孕育诗意的唯一途径,相反,随着乡土世界的损毁,审美自足性的维系、沦落与比照过程中的感伤、悲观等心理内容,哲理诗思乃至叙事的形式要素都可能成为滋生诗情的重要源泉。乡土蕴藉着传统与现代、革命与现实、个体与社会、文学与政治等多重内涵,生存图景及其内在伦理的沦落和异变构成了审美诉求的根本阻碍,田园借由本体意义的比照凸显为叙事结构上的超越环节。在普遍意义上,由于主体意识以及创作过程的复杂性,弹性的叙事空间常常渗透着观念性的游移、矛盾等不确定因素,不一定达成诗性的理想境界,精神走向与表现形态也不尽相同。意义的繁复与风格的裂变已成为现代田园风的基本表征,"诗情画意"既可能与现实的冷峻生硬、原始鄙陋等相交织,亦可能与传统悠闲气度、现代焦虑心理等互有纠缠,而随着社会文化语境向政治化、商业化的演变,诗意的捕捉也将普遍陷入与革命话语、大众文化等相生相克的境遇,带来更为现实性的影响与变化。为文化冲突所纠缠的田园叙述,展现出多样的形态、风格。

田园风存在着苦难型、传统型、革命型、诗思型、世俗型等多样形态①,关联着与现实主义、传统文化、革命文化、现代主义、消费主义等多元文化的融合,结构调适的重心与效果也不尽相同。大致而言:第一,以鲁迅小说为代表,构成乡土诗学的苦难形态。较之传统意义上的诗意回望,乡土的现实颓败似乎更加普遍而深入。孟悦曾指出,现代文学对于乡土的描绘存在着一个"阴

---

① 区分是相对的。由于诗性叙事的开放性,蕴意的繁复与交织是一种普遍现象。本书依据论述需要,依作家的诗性表达侧重加以归属与阐释,以便结构形态的呈现。

暗悲惨的基调",“乡土成了一个令人窒息的、盲目僵死的社会象征"①。由此,田园抒写往往融入现代人生的痛楚体验,背负现实重压和"创伤记忆",表现为"残酷的诗意"②。这一点在鲁迅、师陀、萧红等的小说中尤为明显。田园世界穿插着高频度的废墟、荒原等意象,“诗意"和"现实"形成明显对立。苦难的介入拓展了田园的意蕴维度,这将有助于融入时代话语,进一步标识自身的社会价值和历史性征。第二,以废名小说为代表,往往有着传统和现代遇合的矛盾和优长,意欲在田园叙述中调和传统文化和现代文明的冲突,是这类抒写的基本诉求。传统情结的深重使其本然地倾向于乡土的古朴意味,在古老大地的文化延传与时代更变中开掘诗意,然而,由于传统"兴味"与现代情怀的固有矛盾以及审美调和的艰难与偏失,往往引发了田园风貌或悲观、或颓变的转向,形成不同程度的诗情裂变。第三,由于革命话语的影响,孙犁的田园叙述陷入了政治规训和人性、审美的冲突之中,政治文化背景上的诗性资源汲取,孕育出革命叙事的多种可能。由于民间艺术思维的深层运思,孙犁近乎从容地在革命化的乡土叙述中调适语义世界的冲突和矛盾,以不失粗糙的单纯与真挚、自然与素朴激发出乡土人生的诗情,彰显了作家在民间、传统、现代以及革命话语之间精神汲取和艺术表现的独特性。在普遍层面上,革命话语已改写了乡土的伦理版图,田园诗意在暴力与政治的整合之下趋于松散、零落。第四,以汪曾祺小说为代表,彰显了乡土记忆与现代主义的密切关联。视小说为一种探求人生价值与意义的智慧方式,“明净的"世界观面向越来越散文化的生存现状,不仅调适了审美人生与现实的矛盾与冲突,也构成了对生命意义的深入审视,持续近半个世纪的诗性小说创作表明了乡土诗学所能达到的某种意义深度。第五,以贾平凹小说为代表,形象地展现了乡土诗性在当

---

① 孟悦:《〈白毛女〉演变的启示》,参见李杨:《50—70 年代中国文学经典再解读》,山东教育出版社 2003 年版,第 139 页。

② 梁鸿:《论师陀作品的诗性思维——兼论中国现代乡土文学的两种诗性品格》,《中州学刊》2002 年第 4 期。

代世俗主义语境中的衰落,成为透视世纪末乡土文学命运的一个重要"窗口"。商州世界的衰败与泥泞化正是当代乡村世界在城市化进程中的缩影,美学风格的流变则是乡土传统伦理与城市文明、诗性理想与世俗文化的矛盾与冲突的一种调适与失衡。当乡土与都市一样都不再构成人类的精神家园,失落现实与文化根基,乡土叙事的全面溃散也就为期不远了①。上述文学实践构建了风格卓具的田园景观,成为 20 世纪中国诗性小说叙事传统的乡土诗学形态。

二、压抑与释放中的欲望调适

在叙事传统的视野中审视欲望的诗性存在,显然缺乏相对集中的规模化表现。20 世纪中国文学的总体语境并不利于欲望的审美表达,由于泛道德化与革命化语境的制约,欲望叙述一度处于被压制、贬抑的状态,而商业语境下的人性解缚又普遍导致了欲望的非理性放纵。然而,诗性叙事在这一方面也并非"无所作为"。虽然不同时期的主流话语对于欲望表达有着基本的设定,但并不能就此隔绝欲望本能的自然涌动,以及与"他者"意义生成、互见的可能性;而且,欲望自身的开放性与创造性也蕴含着自我突破的契机与方式。相对而言,诗化的欲望叙述在"灵与肉的冲突"之间既存在着净化、转化欲望的社会文化伦理,也有着释放与满足的自然机制,在不同向度上的表现,反映出诗性作家在调和欲望矛盾与冲突方面的艺术探索与建构。

总体而言,或压抑或释放的欲望调适有着两种比较经典的形态。第一,在

---

①　在世纪末语境中,开始出现了一些比较私人化的乡土叙事,将个人经验的追忆与怀旧的乡土感伤融为一体,提供了相对单纯、唯美的乡土表达。在某种程度上,随着乡土在城市化进程中的碎裂,乡已消退与当下、此岸对话的宏大性与庄重性,曼妙的田园似乎只能是缥缈的"空中楼阁",很容易与私人性的生存情思相沟通,成为一种个性化的意义赋予与建构行为,为现世生存提供某些生命的慰藉与疏导。由于缺乏深层的叩问,审美调和自然容易得多,叙述也更趋自如。这一类创作的结构性冲突并不明显,语义矛盾也多局限于日常性的琐碎悲欢,与叙事传统的深度范式有着较大程度的游离,但作为一种诗性文化的遗绪,在世纪末的后现代语境下仍流露出清新韵调。显然,这也为观照乡土叙事的进一步演变提供了选择。

道德与革命话语的规约中转化欲望,人格上的欲望净化与转向缓解了生命本能的紧张、扭曲,欲望冲突在伦理性的超越中趋于"平和"。这一类型以郁达夫小说为代表。在郁达夫小说中,本能性的欲望冲动一直存在着为社会意识形态所抵制的矛盾与对立,欲望的抒发更像一场肉体和灵魂的战争,是"性的要求与灵肉的冲突"①。个中伦理力量具有净化生理本能的明显态势,展现了一种为社会、政治意识形态所改造的欲望话语理路。第二,在生理意义上诗化欲望,标举欲望的生命伦理,当以沈从文为代表。沈从文小说中的欲望主体往往表现出生命本能自然释放的特征,湘西人物多依持生命本能的冲动而吁求着欲望的释放,甚至是城市题材小说中的人物在多数情况下也能在满足中获取欲望的诗意。沈从文的欲望表达指向生命意义的本能宣泄与满足,近乎顺畅的欲望释放突破了道德和文明等现实法则对于人性本能的禁锢和压抑,从而赋予欲望叙述以生命力与美的诗性意义。

　　不难看出,作为"人类的本质愿望",欲望在非理性冲动和伦理规约之间的冲突的消解意味着人性结构的趋于平衡,欲望主体不仅可能领略到超越非理性的"明朗及平静"的"内心的善良精神"②,也有可能感知自然人性的生命力律动。相当意义上,诗意也就是在伦理与肉身向度上调适人生矛盾与冲突的产物。诗性叙事的欲望调适显然是有限的,在郁达夫、沈从文之外,叙事传统似乎并没有提供出更多的诗性文本,城市化的困顿、革命话语的挤压以及世俗化的蜕变导致了欲望结构的普遍性失衡,欲望的活力往往只能作为一种生命暗流,潜伏在叙事之下,成为一种尚待辨识的人性元素和诗学成分。就此而言,蜕变中的欲望叙述也会不同程度地散发诗意的"微光",有时又能穿透"他者"文化的遮蔽,为欲望的诗化表达提供某些参照与选择。

　　这类相对微妙、变异的欲望叙事,主要涉及三个文本。老舍的《月牙儿》

---

　　① 《〈沉沦〉自序》,王自立等编:《郁达夫研究资料》,知识产权出版社 2010 年版,第151 页。

　　② [德]叔本华:《爱与生的苦恼》,金玲译,华龄出版社 1996 年版,第 72 页。

是一首隐含着"性欲与穷困的两重压迫"①的"悲剧抒情诗"②。肉身被迫成为城市谋生的手段,围绕着梦想与现实、堕落与上升的生存焦虑与精神抗争,展现了现代生存的欲望化境遇与生存的不自由。诗意来自精神层面的自我保持与意义叩问,而不是非理性的欲望因素,给本就欲望"稀薄"的诗性传统带来了一类都市化的欲望形态。沿着郁达夫的脉络,《月牙儿》同样展现出"灵与肉的冲突",只不过摆脱了肉欲的主动、病态与迷恋,已洗去郁达夫式的"颓废"面容,欲望问题也转化为作家之于底层女性命运问题的深切关注与思索。茹志鹃的《百合花》是一个关乎战争文化中的隐性欲望的个案,欲望在革命叙述的缝隙之中,隐约显示自身的存在。诗意貌似源于革命语境下的军民鱼水关系和奉献精神,实则关联着两性之间朦胧的情感冲动和性别意识。"一男二女"的人物模式隐含着欲望的信息,欲望的内在涌动与革命、道德的精神规制与文化惯性形成了微妙的矛盾与冲突,改观了小说的政治色彩。清新自然的风格也正是自然人性、人情的诗学表征,使之近于一个精神分析文本。莫言的《红高粱》在一场战事的叙述中引出一次高粱地中的"野合",突出了一种原始、粗粝的欲望诗化形态。战况的惨烈、土地的荒蛮、人性的粗陋与肉身本能的狂野冲动交相辉映,生命感性的飞溅既不失为一种"力与美"的本能宣泄与迸发,也熔铸了关于"种的退化"的当代文明危机的深度思考。小说透露出一些沈从文的路数,不过,由于"传奇性"的匪事、战争的衬托,北方民间文化的浸润,以及英雄情结、现实"不满"的投射,又更添了粗野、狂放的生命异彩,成就了新时期以来已趋"陷落"的本命本能的一道炫目的风景。

　　总体看来,叙事传统的欲望美学不可避免地受到社会文化语境的牵制,不得不在生存、文化的焦虑、纠缠与遮蔽中前行,即便如此,历史回响也十分有限。在普遍意义上,欲望仍被视为非理性的灰色人性意域,继续接受着文化的

---

　　① 《我怎样写〈大明湖〉》,曾广灿等编:《老舍研究资料》(上),知识产权出版社2010年版,第462页。

　　② 杨义:《中国现代小说史》第二卷,人民文学出版社1986年,第195页。

贬抑,虽说也有一些其他类型的作家作品牵涉欲望主题,个中也不乏一丝生命本能的自由与朴质意味,但人性、心理的剖析与探索往往与本能主义关联过密,存在较大程度的变形、扭曲甚至病态征候。或许,20 世纪中国小说的欲望诗意只能从属于少数人的文学想象,难以调和的灵、肉冲突注定了欲望将在释放、转化乃至压抑、异化之中陷入迷乱、焦虑和困顿。而这似乎更近欲望叙述的实情。

三、尘世的挣扎、救赎与超验的叩问

宗教叙事主要涉及某些以基督教或其他宗教文化为主题或背景的诗性表达,以及一些具有神秘主义色彩的存在叙事与玄奥叙事。其语义调适的"焦点"在于终极关怀的精神辐射与意义深化,不仅表现为相对具体的宗教之爱、乐园图景等对于现世生存的提升与改写,也包含着生存方式与生命意义的诗性开掘与抽象喻示,更为深刻地诠释了在沉沦与救赎、漂泊与皈依等人生对立之间进行审美选择与转化的过程性、复杂性与可能性。

首先,基督教文化背景上的诗性叙事,以"爱与美"为题材的"五四"小说为缘起,并在北村等人的小说中有所承续与实践,多有着较为明显的基督教色彩,以及"现实的困境—乐园的向往与超越"的语义逻辑。冰心、王统照、苏雪林等普遍视"爱和美"为救治社会与人生的"药方",表现出对于乐园世界的渴望。虽然"问题小说"的社会学动机在一定程度上冲淡了自身的宗教美学意味,但对于宗教之爱的历史性表达,仍构成宗教叙事的一次集中亮相。北村在当代文化语境中探求着宗教的救赎之路。《施洗的河》以一种神圣的皈依去摆脱生活与人性的阴暗,获得"新生",然而现世的挣扎、精神的焦虑和极端的否定等生命与文化乱象,却又在宣示现代人的"无家可归";情节性的宗教信靠正是对于当代信仰缺失的深度质疑。北村有着一名宗教徒的专断与"执念",《施洗的河》反映的更多是宗教皈依的排他性,构成透视叙事传统历史命运的一个独特参照。

其次,多元宗教文化调和、转化背景上的诗性叙事。这类小说包含着对于不同宗教文化资源的汲取,在主题上有着比较明确的宗教旨向。对于宗教文化的倚重,昭示出宗教精神对于人性、生存、现世的多方面"照亮",流露出丰富、多样的宗教意味。许地山是这类"调和"在现代诗性小说创作上的代表,"这调和,所指的是把基督教的爱欲,佛教的明慧,近代文明与古旧情绪揉和在一处,毫不牵强的融成一片"①;宗教情怀显得博大精深,在美学上也达到了一个较高境界。当代的张承志从政治化的冲动中走入信仰寻访之路,历经世俗权威、民间宗教、自然宗教、西方文化以及知识分子传统等文化精神的浸洗,终而皈依一神教的哲合忍耶;伴随着自我的不断超越,宗教叙事也"混合了不同文化的因素"②。《金牧场》成为作家信仰"心路"的一个综合性文本,而作为一部教史的《心灵史》,又包含着"全美了它"的意义。

最后,宗教叙事还包括了存在论的人生诗思,体现出深重的哲思蕴意。就此而言,冯至小说有着突出表现③。冯至在 20 世纪 20 年代就表现出"存在主义命题的初步自觉",30 年代在德国留学时则直接接受了存在主义思想和艺术的熏陶。创作于 40 年代的《伍子胥》无疑是一部存在主义的作品。伍子胥在伦理、自然、宗教等生存状态之间的意义探寻,使得一个古老的复仇故事被转化为一种存在主义观念的演绎,流露出终极意味④。而史铁生借助于《务虚笔记》等一系列"哲思小说"的创作,对"存在之谜"发出"超验之问",哲理结构的运思,玄奥的冥想、符号的编码、幽眇的意象、不确定的记忆等等的交织、

①　《论落华生》,《沈从文全集》第 16 卷,北岳文艺出版社 2002 年版,第 161 页。
②　陈国恩:《张承志的文学与宗教》,《文学评论》1995 年第 5 期。
③　汪曾祺也是一位具有存在意识的作家,文学观念上明净、和谐与痛苦、矛盾并存;创作上交织着诗意与苦难、悲愁等争执抗辩的多样声音;而贯穿其中的则是以人生诗化为基本旨向的或而高蹈或而沉重的生命精神,尤其是 20 世纪 40 年代的小说创作显然更偏重于现世沉沦、自欺状态的超越,对于现代生存处境有着深入思考和洞察。由于宗教色彩不明显,且已置于乡土诗学一章加以阐述,也就不再赘言。
④　《伍子胥》是冯至唯一的中篇小说。关于其存在主义意味的叙事特征将在下文设专节加以讨论。

纠缠,将叙事处理成一座座意义的"迷宫";理性思辨与感性心灵的诗性统一,昭示出宗教诗学的思辨、形上之境。不难辨析,存在主义固然都有可能表现"存在之思",但如果缺乏"存在"理想上的诗性构建,也就难以归入宗教叙事的诗性谱系。比如鲁迅小说表达的主要是人生"幻灭的体验和'黑暗'的思想",钱钟书表现的主要是"人生的困境与存在的荒诞",等等①,基本不在此列。存在之思也与叙事的观念化、本质化相关,诗性叙事一般都会不同程度地触及终极意义,然而只有形成叙事层的"聚焦",才有可能成就本质性的存在抽象,进入相对泛义的宗教美学范畴。

总之,诗性叙事的语义对立属于一种张力性的结构范式,时而清晰,时而隐约,反映出诗性诉求及其美学效果的具体性、复杂性与丰富性。这多少又是因为,任何叙事都不仅仅是简单的二元对立甚至多元对立,必然还有着意义表达的缝隙和不确定之处,普遍纠缠着内在的精神波动以及文本自足性的开裂甚至失衡。应该说,这不仅是诗性作家在多种精神资源间有所矛盾、游移的结果,也是他们对于文学抒写复杂心绪、情怀的表现,还是时代文化变革与嬗变的呼唤与应答,其间的精神认同和意义归属影响到了叙事形态的内在变化,从不同层面诠释、展现了诗性叙事及其作为一种文学传统的品格和风貌。

---

① 参见解志熙:《生的执著——存在主义与中国现代文学》,人民文学出版社 1999 年版。

第三章　叙事传统的乡土诗学

　　叙事传统的乡土诗学,标示了一种以田园为基本外观的生存诉求。这一由传统农耕文明孕育的诗性文化,在近现代社会转型浪潮的冲击下,以内在的精神转变在 20 世纪中国文学格局中得以延续,成为现代人生的综合想象。貌似统一的乡土"田园风"其实并不固守于理想世界的虚幻性和彼岸性,不仅很难再现自然、自足的传统文化伦理,也不一定走向稳定的诉求达成。由于文学语境、主体意识以及创作过程的非诗因素的制约,往往交织了审美理想与现实冲突、受挫的普遍性,诗性风格很难纯粹与和谐①。田园成为乡土诗意的某种"不确定"表征,审美诉求的诸多矛盾,不同思想资源之间的纠缠,注定了叙事形态与形式的多样性与复杂化。鲁迅小说中的短暂的乐园怀想与普遍的灰色情绪,预示着乡土诗情终将不敌于启蒙理性的审视,芦焚、萧红等的乡土批判还蕴含着俗世苦难的精神慰藉;废名的田园世界有着明显的波动和游移,由"哀愁"向幻灭、"厌世"的演变最终导致了创作的"终结";孙犁在革命语境中寻求诗意,民间资源的开掘隐含着对于政治文化的规避和无奈;汪曾祺的乡土记忆源于现实沉沦的触动,终而指向现代主义的生存思索;贾平凹从商州故土

---

　　①　"远离尘嚣的田园牧歌"有着过于理想化的偏向。由于现代文化因素的深刻影响,乡土传统、自然和宗法社会的稳定与谐和发生了明显转变,乡土叙事只有在普遍的人生对立中觅取超越性的审美诗情,形成对传统诗性文化精神的普遍重构。

的诗意缅想走向现实主义的文化反思与批判,写出了消费主义语境下传统文化伦理的衰变,预示着世俗时代对于乡土诗性的深度叛离,等等。凡此表明,乡土田园已成为一个"失落"的世界,曾经的温情光环已在 20 世纪的历史变迁中,为苦难、创伤的社会现实和政治化、世俗化的伦理改换所侵蚀与消减;在下滑性的语义衍变中,20 世纪中国诗性小说的乡土叙事已陷入碎裂与变异,渐行渐远。

第一节　苦难中的眺望:以鲁迅、
芦焚、萧红小说为例

在鲁迅小说中①,或显或隐的诗性情怀一直存在着结构性的迁变理路,如果说鲁迅小说最终呈现为一种理性叙事,那么显然是在与乡土诗情的意义关联与纠葛中构建起来的。这可以从《故乡》这一早期的诗性文本谈起。作为一篇乡土小说,《故乡》的明显特征是"返乡"语境下乡土诗情的失落与寻获,"萧索的荒村"、冷清的老屋,神色"凄凉"的母亲、"木偶人一般"的闰土,等等,展现了乡土普遍性的现实颓败,而乡土诗情则遗落在记忆深处,以对过去的温情缅想形式呈现出来。作为乡土空间的意义维度,二者之间的力量对比构成了影响叙事进程的主要因素。就此而言,清醒、冷峻的理性审视并没有构成压制乡土诗情的优势力量,《故乡》不仅缺乏鲁迅那种习惯性地反思"国民性"的强烈批判与荒诞色彩,而且也没有沉陷于死寂冷漠的灰暗叙述,乡土世界并未"固定在一个阴暗悲惨的基调上",伴随乡土的事实性荒芜,是对田园诗意绵远、沉郁的回忆与眷念。"我"在不好的心绪中返乡,深感现实的破败,故乡的灰暗令人"悲凉",然而也在唤醒"儿时的记忆","似乎看到了我的美丽的故乡","我的故乡好得多了",充满童趣的玩耍、"神异的图画"等旧日生活

---

① 本节所引鲁迅小说均参见《鲁迅全集》,人民文学出版社 2005 年版。

图景的"苏生",展示了被现实"耗损"的乡土温情。而叙事进程也就围绕着乡土的现实颓败与记忆诗情的对立与冲突展开,从曾经"熟识的"一切到眼前的荒芜,从少年时的快乐、纯真到现下的凄苦与隔膜,乡土人情、物事被置于童年与成年、过去与现在、诗意与悲凉、回忆与现实等对立性的情感与认知之上,一直未能摆脱"今不如昔"的情感模式,乡土记忆总是散发出超越当下的温情与诗意。如果说乡土的现实性颓败主要关乎作者对于乡土社会的失望与批判等理性意识,那么乡土记忆显然联结了温情美好、乡情眷恋等诗性情怀,差异性的文学感知形成对叙事过程的"分割",叙事空间的意义有所变化和侧重,改变了叙事的单一理性指向,表明叙事风格的内在迁变。

鲁迅小说的这一趋势其实从《域外小说集》时业已开始,《域外小说集》漫溢着普遍的诗化情绪,"常常以诗化的意境与语言,表达个体生命的体验","大都'不像'小说,而更接近诗"①的"诗化叙事的范本",伊始就将小说之路与诗意的生命情怀贯通起来。而在写作《故乡》的 1921 年,鲁迅也发表了《黯澹的烟霭里》《省会》等译作,这些多以革命者困顿境遇为叙事背景的作品都不同程度地存在着落魄者对记忆的温情缅想,过去的美好生活、感情对于困顿生存的精神抚慰展现了记忆的诗化功能。同样,作为鲁迅最显诗意的小说,《社戏》叙述了三次看戏的经历,差异性的情感体验拉开了童年赵庄看戏与成年后城市两次观戏之间的距离,在诗意与失望、清爽与昏眩等心绪、感受的对立中呈现童年乡土生活的美好与温情,生成"一幅记忆中理想的农村画卷"。不难看出,文学诗情起始就是作为鲁迅小说的一种主要内容和基本叙事动力而存在的,表明小说的理性进程与审美情怀的密切关系。当然,对于鲁迅这样的现代知识人而言,不乏虚幻色彩的文学梦境自是难以成长为叙事空间的主宰力量的,清醒的现代生存意识与社会责任诉求塑造了他们过重的理性意识,而无法沉湎于超脱性的乡土诗情,诗意的文学体验多为一种暂时性的记忆闪

---

① 杨联芬:《晚清至五四:中国文学现代性的发生》,北京大学出版社 2003 年版,第 139 页。

回,"与革命的信念的冲突"①,更多时候是"无所不在"的现实与社会文化使命的压力。由此,审美情怀与理性意识的纠葛与对立就将呈现为价值结构上的矛盾、紧张关系,诗化的叙事空间也会滋生出消解诗意的否定性倾向。《故乡》中的"我"最终"远离"故乡,搬到"谋食的异地去",泥淖性的现实"阻击"了缅想性的精神提升,而"希望是本无所谓有,无所谓无"的困惑,有、无之间的纠结也多少透露着一丝虚无主义的犹疑与失落,"地上本没有路,走的人多了,也便成了路",真的如此吗? 鲁迅似乎终其一生也未能提供答案。姑且不论《故乡》这一矛盾性的文学情怀,就是在《社戏》"赵庄看戏"这一看似同质的叙事单元中,也潜存着情调与价值诉求上的内在冲突。《社戏》追叙了少时与小伙伴们一次充满童趣的看戏经历,"乐土"的美好记忆似乎使其远远超越了后来城里看戏的压抑与不快,赋予叙事相对统一的诗意品质。然而"好戏""好豆"又似乎只存在于"昨夜"这一过去时间之中,即便第二天就已开始褪色、变味,"我吃了豆,却并没有昨夜的豆那么好"。"过去"的诗情似乎总是难以逃脱现实和理性意志的观照与评判,经受着诗化效果的消减,"一直到现在,我实在再没有吃到那夜似的好豆,——也不再看到那夜似的好戏",最终只能困隔于对往昔经验的回味,而无法彻底转化、提升现实,不得不陷入价值上的普遍冲突。

诗情的对立、冲突与转化,制约着小说的整体美学效果。当叙事空间耽滞于过去性的记忆温情,小说流露出明显的诗化韵味;反之,也就意味着对此的背离,逐步沦陷于文化启蒙心态的牵绊,表明诗意向社会意义的差异性转化。叙事的这一特征,反映出鲁迅文学精神与审美诗情的共生关系,文学诗情的独特存在方式也就昭示出诗化叙事的基本理路。如果说《社戏》等小说中的文学诗情尚属于叙事结构的重要一极,构成叙事空间的主体内容,那么一些理性意识相对突出的诗化小说则已弱化诗情,抒情笔调由明亮而为阴冷、伤感、愤

---

① 李长之:《鲁迅批判》,北京出版社 2003 年版,第 54 页。

恨、失望等灰色情绪伴生了过重的文化反思与批判等认识论意义。一般而言，叙事空间的意义容量是大致平衡的，某些意义的消减，必然会导致其他意义的强化进而填补意义退场形成的话语空隙。如此，强化的理性意识必然会削弱叙事的诗化色彩，造成叙事风格的转向，而随着叙事向理性层面的深入，文学诗情通常也就陷于隐微甚至被转化的命运。就此而言，《在酒楼上》《孤独者》以及《伤逝》等小说提供了很好的印证，沿着理性轨迹的叙事演进，对抗性的叙事空间转化为理性价值的"一方独大"，"今大于昔"的意义格局也就预示了审美诗情的结构性隐退。

《在酒楼上》通篇弥散着沉闷、压抑的情绪，一次简单的寻访与邂逅布满了主人公理想的破灭、境遇的窘迫、颓废等普遍性的精神挫败，"废园"象征了现实性的荒芜，故乡只能成为远隐的旧地，偶尔的"梦的痕迹"提醒着曾经拥有而今已无多少遗留的诗情与活力，"风景凄清，懒散和怀旧的心绪联结起来"，一道编织了叙事冷峻的理性氛围。现实与过去的巨大反差催生着幻灭情绪，难以回忆成为主人公的行为特征，诗情等虚幻的意识形态已不再构成推动叙事进程的力量。同样，《孤独者》的魏连殳沉陷于"死一般静"与"沉重"之中，"惨伤里夹杂着愤怒与悲哀"，仅有的童年的美好记忆在祖母的死亡与反讽性的葬礼中逐步"消耗殆尽"，虽然魏连殳对孩子还保有一份真挚与热情，但已被世俗同化的孩童此时已不具备童真、性灵的意义，现实无情地"非议"、嘲弄了他在物质和精神上的"付出"。最终，"觉醒"的叙述者与主人公一同陷入"精神逆境"，阴暗的生活与精神驱逐了诗情，铺染出非诗化的否定与批判。至于《伤逝》，叙事时段可大致分为涓生与子君的婚前与婚后，二者虽在情调上有所差别，但不过是一场婚姻的悲剧演变阶段与过程，叙述者显然不在于突出叙事的诗与非诗的区别，而主要是想以此探索、表现现代女性走出家庭的社会出路及其结局。其虽名为"诗化小说"，但已看不分明文学诗情的具体存在，诗情作为一种"无聊的事"，恰如《在酒楼上》那朵早已失去投送对象的"红色剪绒花"，已无处安放。弱化的诗情表明叙事诗化功能的失落，鲁迅小说就此基本转入了现实主义的宏大轨道。

不妨认为,审美诗情是影响《故乡》《社戏》等小说叙事进程的基本力量,在《在酒楼上》《孤独者》《伤逝》等小说中则逐渐为理性所淹没,而围绕诗情的"此消彼长",或在现实困顿中诉求文学情感的诗意愿景,或在自我的理性省悟中走向社会文化的叛离与决绝,不同程度地表现出诗意的偏离。在诗性意义的对立与转化中加以辨析,有利于厘清鲁迅小说的风格差异及其演变的大致趋势,形成对诗性叙事的深入理解。文学世界绝少是和谐统一的,诗性写作虽以和谐为目标,但也难以达成无冲突的圆融之境。由于创作主体精神的复杂性,几乎没有人能够保持一颗平和诗心,进而构建出真正如桃源般的文学世界。有着"丰富的痛苦"的现代知识分子鲁迅,自然也会将生活的复杂面相以及自身的焦虑、失望等情绪投射到小说创作中,令语义世界陷入对立与冲突,"虚幻"的诗情不得不经受理性意识的深切审视与评判,逐渐为其识破而影响到叙事意义序列的构成。

事实上,鲁迅的诗化小说在诗性程度上是有着很大差异的。如果说《故乡》展现了显在的诗情,《社戏》还算得上相对"纯粹",那么自其以下,"诗情画意"在理性意识的侵袭之下已呈现过重的灰色情调,《在酒楼上》的凄凉与落寞,《孤独者》的孤绝与绝望,《伤逝》的伤感与无助。伴随着共时性的意义冲突与渐序性转变,逐步强化的理性意识,在普遍层面上吸纳、同化着叙事的诗性元素,降解、转变着诗性叙述的美学功能。《在酒楼上》落寞的叙事氛围里,主人公意外地发现废园中"开着满树的繁花"的老梅,"密叶里显出十几朵红花"的山茶树,然而"值得惊异"的偶然与突兀,并没有唤醒人物的诗绪,相反,游离、发散的叙事目光流露出心境的空落与精神的颓唐,而老梅、山茶树"不以深冬为意""蔑视游人甘心于远行"的拟人化情态也让人感受到"怒其不争"的讽喻与愤激,诗意的寥落、虚浮反衬出理性现实的坚硬,已与理性叙事形成精神性的共谋。同样,《鸭的喜剧》《兔和猫》虽说不乏童趣生机,但又未尝不是无聊、浅俗乃至无意义的日常生活写照。相当意义上,这种发生在叙事中的诗意转捩,在鲁迅的小说创作中也有着不同程度的延展。《风波》开头的"农家乐",虽近乎"日出而作,日落而息"的田园生活图景,但其中却上演着剪辫子的封建闹剧,与国民性批判格格不入的乡土诗化场景,在反讽性参照中突出了乡土人事的鄙陋与荒诞;至于《采薇》中的首阳山"是一座好山","新叶嫩绿,土地金黄",诗化的笔触又突出了隔绝于时代进步的文化怪胎的可笑与陈腐;等等。

叙事的理性化凸显了对于审美本质的背离,在澄清鲁迅小说美学个性的同时,表明了叙事的非诗化演进。作为一种特定时期的乡土叙事,也就昭示出田园诗意在现代启蒙语境中的基本命运,面对着现实的困顿、人性的沦落、精神的颓败以及社会文化的挤压,再也无以经受渐趋浓重的理性精神的审视,转向势成必然。新文化对于乡土社会的表现,肇始于乡土社会、乡土人精神心态的"不现代而被表现为病态乃至罪大恶极"[1]的批判性观照,而"改造国民性"同样属于鲁迅小说的思想基点,启蒙理念以及改造社会、民族的责任意识等"内容的深切"不可能造就审美"自为性"的专注。于是,只能偶尔瞩目于田园的温情,更多时候则是直面乡土的荒凉和冷酷,最终导致现实对诗性的遮蔽,而不能调和。"常在"的重压限制了对诗性意义的表达,"偶在"的诗意隐喻了被普遍压制、改写的审美情怀。这一由启蒙带来的理性主义和社会批判的"为人生"立场突出了乡土人生的苦涩甚至是残酷的现实感,不仅打破了传统田园的乐感色彩,而且融入更为痛楚的生存体验,意味着叙事传统的田园想象将更多在痛苦中展开,背负时代和社会文化的压迫。

芦焚承继了这一点。只不过没有像鲁迅那样为了启蒙而自觉地淡化、降解乡土叙事的诗性意义,而更像荒原上的寻梦者、苦吟者,自觉地追求着乡土的诗性内容,这造成了乡土在诗意和破败两个维度上的明确对立。芦焚曾不止一次地表达过他对故乡的复杂感受,"我憎恨那里的人们,却怀念那广大的

---

① 孟悦:《〈白毛女〉演变的启示》,参见李杨:《50—70年代中国文学经典再解读》,山东教育出版社2003年版,第140页。

原野",李健吾也认为,"诗是他的衣饰,讽刺是他的皮肉,而人类的同情,这基本的基本,才是他的心"①。对于乡土,作家的心态显然是复杂的,既不愿意放弃乡土本然性的诗意感受,又不情愿片面美化现实的破败与萧条,这种爱憎交织的两难使得乡土世界散布着明显的语义对峙,荒原与诗意的并存与对立,导致了泾渭分明的田园想象。

　　天空下面,移动着云。于是,是发黑色的树林,是笼罩着烟尘的青灰色的天陲,是茅舍、猪、狗,大路,素姑上坟祭扫时候看见过的;是远远的帆影,是流霞,是平静的嫣红发光的黄昏时候的河,……她坐在中心糊着灯红纸的窗户底下,一只书桌前面。在她背后,顶着床一边摆了一个梳妆桌;另一边,一个橱柜,上面叠着两只大箱,整整锁着她的无数的岁月,锁着一个嫁不出去的老女的青春。(《果园城记·桃红》)

　　那里日已将暮,……落日在田野上布遍了和平,我感到说不出的温柔,心里便宁静下来。(《〈落日光〉题记》)

　　她苦行僧似的向前跋涉,而路却伸向宽广的沙漠,伸向渺茫的天际。这路没有止境。路畔没有花朵,没有生命。(《受难者》)

　　小河春,夏,秋三季缓缓流着泉水,石丸游鱼,历历可见。林子里彻宵鸣着不知名的鸟,在柔软的夜色里,象宁贴而甜蜜的催眠歌。穿进林子,一直向太阳升起的地方走,约一箭路的光景,林子尽了,景色忽然豁朗。(《谷》)

　　为什么这些年轻的,应该幸福的人,他们曾经给人类希望,正是使世界不断的生长起来,使世界更加美丽,更加应该赞美的他们,为什么他们要遭到种种不幸,难道是因为这在我们的感情中会觉得更

----

① 《〈里门拾记〉——芦焚先生作》,郭宏安编:《李健吾批评文集》,珠海出版社 1998 年版,第 148 页。

公平些吗？一种苦痛和沉默压着我们。(《颜料盒》)①

优美的景色描写占据了乡土叙述的主要部分,构成诗意的基本表征。朱光潜就曾指出芦焚小说"爱描写风景人物甚于爱说故事"的特征,"离开四围景物的描写,我们不能想象有什么办法可以烘托出《过岭记》或《落日光》里的空气和情调"②。然而这一世界却又布满人事的鄙陋与荒诞,道德、法制、习俗以及民众生活等之上的普遍性残缺,与"返还物境"的风景诗意形成明显对立,世事人伦的颓圮谕示着阴暗人性和病态生存的挥发升腾。《果园城记》是失去生命活力和灵魂的故人的委顿、惨淡和绝望;《谷》中是矿上教师和工人的被屠杀;而《女巫》则是"以巫代医"的陋俗造成的人性异化和死亡;《毒咒》是"这块地上有毒"的人性乖戾和变态;《百顺街》《三个小人物》《刘爷列传》是冷酷的父子邻里关系与做寿、行丧等乡村恶习;等等。正如朱光潜所言,"他所丢开的充满着忧喜记忆的旧世界,不能无留恋,因为它具有牧歌风味的幽闲,同时也不能无憎恨,因为它流播着封建式的罪孽"③。

芦焚的乡土书写也流露出明显的理性色彩,沉浸着对于乡土世界的批判性审视,只是更愿意把乡土的物境与人事相对峙,进而导致叙事语义的区别性承担。在《果园城记·新版后记》中作家曾说过,"我凭着印象写这些小故事,希望汇总起来,让人看见那个黑暗、痛苦、绝望、该被咒诅的社会。又因为它毕竟是中国的土地,毕竟住着许多痛苦但又是极善良的人,我特地借那位'怪'朋友家乡的果园来把它装饰的美点,特地请渔夫的儿子和水鬼阿嚏来给他增加点生气"④。相当意义上,风景体现的正是作家"装饰的美点"的诗性自觉,构成叙事诗化的主体动机,而泥潭般的现实与文化劣根性的批判、揭露显然牵系于深切的社会关怀,又使之收获了启蒙主义的深度。虽然理性与情感、历史

① 此处所引芦焚(师陀)小说参见《师陀全集》第一、二卷,河南大学出版社2004年版。
② 《〈谷〉和〈落日光〉》,商金林编:《朱光潜批评文集》,珠海出版社1998年版,第74页。
③ 《〈谷〉和〈落日光〉》,商金林编:《朱光潜批评文集》,珠海出版社1998年版,第72页。
④ 《果园城记·新版后记》,《师陀全集》第8卷,河南大学出版社2004年版,第269页。

和道德、现实和诗性之间存在着普遍的意义悖反与共生,诗意伴生了显在的荒原意象和荒诞、虚无的文学情感,但两类截然不同的生存图景却仍能维系语义结构的大致平衡,达成诗性精神的相对共融。由此,诗意仍是"他的第一个特征"①。

　　类似的还有萧红。萧红一直就对"'温暖'和'爱'"的主题,"怀着永久的憧憬和追求"②,要"发掘生命的幽微隐秘,寻出被拘囚被锤楚得体无完肤了的人类的真理!"③即便是《生死场》,在明显的阶级性、革命性倾向中也不乏对中国人生命价值的痛彻感受和改造生活方式的热切希望,形成对一体化叙事结构的某种切分。而从她拒绝丁玲"到延安去"的相邀,又因萧军的革命性而离开,都表明她并不愿做那种阶级表现的类型化作家。萧红小说也包含着艺术精神上的审美对立与超越,与现实性内容的语义冲突是其乡土叙事的基本矛盾,构成个性化叙写的重要特征。《呼兰河传》无疑是这一品质的集中体现,人生苦难和温馨记忆的对峙与张力构成了叙事的显性结构。一边是有二伯凄凉的哭声,"小团圆媳妇"屈死孤魂的悲诉,"大泥坑子"里外上演的人与动物的生死,父亲和祖母对"我"的冷漠;另一边是给予爱和温暖的祖父,后花园无拘无束的嬉闹,吃祖父用黄泥烤出来的小猪和鸭子,看唱秧歌、野台子戏、晚饭后的火烧云……。乡土记忆被分割成明显的两块,苦难出于对过去与现在之间底层悲苦和个体多舛命运的深切体验,感伤与凄凉源于诗意的远去与虚缈,反衬出对诗意的渴望与难以释怀。带着痛苦的记忆逃离了"父亲的家",又带着"半生尽遭白眼的冷遇"的悲愤与无奈,在漂泊、短暂的人生苦旅中,那双忧郁的眼睛总想穿透记忆的迷障,寻求温暖与安全。诸如《家族以外的人》《后花园》《小城三月》《红玻璃的故事》等作品,也"反刍"在乡土记忆的

---

　　① 《〈里门拾记〉——芦焚先生作》,郭宏安编:《李健吾批评文集》,珠海出版社 1998 年版,第 146 页。
　　② 《萧红自传》,江苏文艺出版社 1996 年版,第 3 页。
　　③ 季红真:《萧红传》,北京十月文艺出版社 2000 年版,第 383 页。

两极,《家族以外的人》不仅瞩目于有二伯的悲凉,还浸染着小女儿时代月夜中的微微胆怯、烧鸡蛋、爬树的顽皮的遥远与甜蜜,《后花园》以同情的语调诉说着冯二成子坎坷而不乏温情的人生,又穿插了后花园开着黄花的倭瓜、滴滴嘟嘟的黄瓜等景物的风情,《小城三月》的感伤记忆渗透着童年三月小城的田野嬉闹、女儿心事以及命运的揣测和惋惜等微妙心绪与感触。这些作品基本以儿童视角看取乡土人生的生死悲欢,往往表现出向"对美好怀了永远的憧憬"的凝视,深沉的生命体验、悲悯的诗情深深感动了世人。

近现代的社会动荡是一场深广、持久的人间灾难,现实性的侵蚀是导致乡土生存困境的根本力量。乡土的冷酷、凄凉和丑陋是现代作家所必然面对的,抽去这一点,也就背离了现代叙事的本意,从而带来乡土接受的困境。显然,鲁迅、芦焚、萧红等的小说在诗性和荒原之间的对峙、游移乃至失衡,很好地诠释了诗性叙事对于时代和现实精神的介入性,展现出诗性文学空间的动态性和开放性。现代乡土的诗性叙事既不是对于传统田园伦理的单纯回归与再现,也不属于某种乐观、封闭、"超稳定"的片面理想,转入了心灵、体验、人事、意义及其关系的复杂建构。就其美学意义而言,虽说诗意往往与时代、现实之间的非诗性因素相互交织与混生,但诗性精神的适时观照,有助于精神重压的纾解和宣泄。这就是一种直面现实的精神自由与审美选择,诗情焕发出对于现实力量的安抚、调解与转化态势,将把人生从压抑的现实原则中"解放"出来。"真实的天堂就是人所失去的天堂"①,或许,眺望中的天堂才是最有意义的,一旦得到,也就失去了它的本义。"常在"的荒原恰又成为"偶在"诗情的对比性力量,意义在比照中滋生和增补。这是文学的永恒主题,上述作家作品对于叙事传统而言,提供了诗性叙事在乡土人生两极对峙的典范意义。

---

① 尚杰:《归隐之路——20 世纪法国哲学的踪迹》,江苏人民出版社 2002 年版,第 51 页。

第二节　幻灭的田园及其困境：
以废名小说为例①

对于废名而言,田园叙述被指称为一种"写梦",然而却始终达不到相对纯粹的诗意。梦境一直为个体悲愁与历史风尘所浸染,存在着精神认同的危机,难以调和的语义矛盾与纠结,引导了田园在幻灭向度上的衰败与失落。早在《竹林的故事》自序中,废名就期望读者能从他的小说中理出自己的"哀愁"(《〈竹林的故事〉序》)。《讲究的信封》《病人》《柚子》《少年阮仁的失踪》等初期作品无一不浸染着浓郁的愁绪。这些作品虽缺乏田园色彩,但已然将"感伤"植入创作。感伤并不一定导致幻灭,但它是幻灭直至厌世的早期征候。作为与作家心路历程紧密关联的情感趋向,感伤具有明显的消极特征,史蒂文斯等人认为"感伤是一种情感的失败"②,"感伤,首先是对现实绝望的一种情绪性的投影"③,而西方文学传统一般也视其为"软弱的"甚至"病态的"情绪而予以排斥④。一定意义上,感伤本然地蕴含着滑向悲观乃至幻灭、厌世的因素。在这种否定性情绪笼罩下的废名小说,起始就是一个矛盾的存在,诗化与损毁的显性冲突使得田园意味变得淡薄且相对愁苦。《浣衣母》作为废名初期"田园小说"的代表作,田园色彩不仅并不纯粹甚至有点背道而驰。李妈作为"公共母亲"的存在展现了乡土伦理和谐、古朴的一面,但这一世界并

---

① 本节所引的废名作品均参见王风编:《废名集》,北京大学出版社2009年版。

② [美]华莱士·史蒂文斯:《徐缓篇》,陈东飚等译:《最高虚构笔记:史蒂文斯诗文集》,华东师范大学出版社2009年版,第254页。

③ 尚学峰等:《中国古典文学接受史》,山东教育出版社2000年版,第232页。

④ 西方美学传统往往视感伤为一种"软弱的"甚至"病态的"情感而予以排斥。比如柏拉图在《理想国》中就指出恐惧和怜悯是悲剧的负面影响,是"无理性的无益的成分,是懦弱的伙伴",餍足人们的哀怜癖与感伤癖,所以要驱逐出理想国(商务印书馆1986年版,第403—406页);而黑格尔则指出了感伤主义的"内在的软弱",认为《少年维特之烦恼》的主人公是"一个完全病态的性格"(《美学》第一卷,朱光潜译,商务印书馆1979年版,第308页)。

非祥和无碍,反而自始至终布满了异化力量,一方面"匪的劫掠""兵的骚扰""富人的骄傲,穷人的委随,竞争者的嫉视,失望者的丧气",构成了侵袭这一世界无所不在的显性压力;另一方面作者也由李妈之口表达了自己的"空虚",以及面对"不可挽回的命运"的无奈。古朴的田园短暂而飘忽,布满冲突的乡土注定不能成为梦境。而李妈作为表征田园的"符号",所谓"公共母亲"也不过是社会性生活中的假象,并不具备传统田园伦理的美好品质,相反,自私、爱讨点便宜、有点虚伪和小算计的精明构成了明显反差。透过小说对其命运相对平静的叙述,不难感受到作家的清醒、冷峻以及诗化乡土时的矛盾。同样,《河上柳》中的陈老爹过着近乎"盘古说到今"式年复一年的日子,然而也在衙门的催逼下陷入生活和精神的窘迫与危机,不得不为生计砍掉带给他人生安慰和美好记忆的柳树。现实驱逐着田园,田园处于夹缝之中且匮乏生长空间。

应该说,这样的乡土叙述是符合历史实际的。现代乡土社会早已突破了传统诗性伦理,即便在文本世界中,桃花源式的空间也已基本绝迹于晚清小说。作为一个现代知识分子,废名对此自然十分清楚,因此《浣衣母》等更多是将田园作为已然或即将沦落的过去记忆加以表现的,在田园损毁的惋惜与无奈背后是对古朴过去的眷念,创作心理又是矛盾、游移的。他的"哀愁"也就产生于这一理想和现实的巨大落差之中。对他而言,田园还是一个有着适合自身存在、相隔于现实的别样世界——"自己的园地"。废名认为,"创作的时候应该是'反刍'。这样才能成为一个梦。是梦,所以与当初的实生活隔了模糊的界。"(《说梦》)显然,这又提供了规避现实和时代要求、向田园靠拢的借口和空间,造成田园向度的摇摆。如果说《浣衣母》中的冲突性是相对显露的,那么《竹林的故事》《桃园》等作品则显然有所淡化,田园的破坏性因素开始潜隐,以较为含蓄或象征的形式呈现出来。《竹林的故事》充满了寂静气息,岁月轻缓流淌。作家竭力维持着这一世界的自足与平衡,以致老程突如其来的死亡所造成的悲恸,在家人"淡漠起来"的策略性遗忘中被人为淡化和掩饰;三姑娘固执地拒绝着集市,内中所含的深深疑惧,也被转换为不忍母亲独自在家的孝心或矜持。外界的喧闹等可能的破坏性力量被拒之门外,只在远处回响。而《桃园》中人物、风景同样优美,文本"悲哀的空气"主要来自杀场的萧索、母亲的逝去、阿毛的病以及玻璃桃子"没有声响地碎了"之间隐喻关系的有所喻示。看似自足的田园似乎永远不乏暗流的涌动,暗示出作家思想的矛盾和"波动"。

废名始终无法摆脱这一冲突。随着自身体验和观念的变化,又以一种近乎极端的方式在强化着矛盾。作为"在幻想里构造一个乌托邦"①的《桥》就具有类似意义。《桥》"充满的是诗境,是画境,是禅趣"②,近乎纯粹的诗意,似乎可以被视为一种典范意义上的田园小说。然而真的就是了无波澜的"世外桃源"吗! 如果真是那样的话,废名的"哀愁"和"眼泪"也就过于"矫情"了。废名是一个忠实于内心的作家,而且,作为一个现代知识分子也不大可能忽视社会的现实体验和要求。1926—1927 年是废名写作《桥》的主要时期,对于"废名"不久的作家来说,内心并不平静。不仅发表了杂感《打狗记》《俄款与国立九校》等"战斗檄文"以及《浪子的笔记》《追悼会》《石勒的杀人》等感世忧愤之作,还创作了诸如《桃园》等并不纯粹的"田园"小说,而且因为反对军阀张作霖取消北京大学,愤而退学。"思想的激烈"决定了《桥》的田园幻境不可能似镜花水月般的飘逸。作家曾指出《桥》中的《杨柳》有自己"眼泪",而对于人们没有看出他文章中"是怎样的用心"而感到失望(《说梦》),也自承"这都表示我的苦闷,我的思想的波动"(《废名小说选·序》),文章"都是睁开眼睛做的"(《古槐梦遇小引》)。在废名的整个创作中,《桥》无疑最为集中地写到了"坟"。一面要营造"桃源",另一面又不厌其烦地触及"坟"这一死亡意象,将"田园"置于虚无暗影之下,而人物、风景作为《桥》的诗意符码,虽然绝美,但又没有多少鲜活的气息! 固然,其中不乏极致的梦境抒写,对艺术理想有所强化,十年造《桥》,欲为世人提供彼岸的"过渡"与现实人生的"上

---

① 灌婴:《桥》,陈振国编:《冯文炳研究资料》,知识产权出版社 2010 年版,第 158 页。
② 朱光潜:《桥》,陈振国编:《冯文炳研究资料》,知识产权出版社 2010 年版,第 179 页。

达",不过那份初始的"哀愁"始终是脱不去的"心结",不仅无法心无旁骛,而且工具性的艺术"药方"也一总不那么灵验,矛盾仍在,而断续"造桥"达十年之久,又何尝不是一厢情愿与勉为其难呢!

《桥》意图强制性弥合田园认同中的矛盾,以致忽视现实、情感、文本跨界转换中的巨大落差,田园的诗意极致不仅意味着艺术梦境的虚浮与现实错位,同时反映出废名审美诉求上的某种偏执,矛盾的难以调和孕育的正是"盛极而衰"的幻灭与失落,"站在毁灭因素的边缘",预示了脱离文学性的虚无主义倾向。《莫须有先生传》的出现,已昭示出这一点,趋于幻灭的作家,无疑走向美学的"偏至"——厌世的虚无。作为取材于乡野卜居生活的作品,《莫须有先生传》是作家人生和观念的一个缩影。虽还名为"田园"小说,但已失去了梦境的意旨,田园只是作家展开多元人生思考的背景,而且由于持续暴露在社会、现实等外力之下,已完全沦落。"好一个桃花源,看来看去怎么正是一个饥寒之窟呢?"虽还存挽救的"寸心",但已失却勇气,只能"先从自己用点苦茶饭试一试"(《月亮已经上来了》)。艺术理想的失落已传染为一种普遍性的人生幻灭,"人活在世上有什么意思?"(《这一章谈到一个聋子》)"人的一生就是这么一个空空洞洞的"(《〈莫须有先生传〉可付丙》)。咀嚼着这份幻灭,废名不仅陷入"这样的可怜"的自怨自艾,而且沉迷于"哲学家"的玄思,充满了偶发性、跳跃性的思绪凌乱而芜杂,晦奥的人生感受也颇多荒诞与怪异,"更转入神秘不可解的一路去了"①,多少反映出此时无所适从的困惑和迷惘。如此的写作还能算得上文学吗?固然"晦涩"可以成为阻挡这一质疑的借口,但并不能解答类似的疑虑。对此,作家本人也无力作答,"我真不晓得,我的世界,是诗人的世界,还是你们各色人等的世界"(《续讲上回的事情》)②。而到

①　《怀废名》,钟叔河编订:《周作人散文全集》第8卷,广西师范大学出版社2009年版,第744页。
②　就废名而言,小说中的主要人物只是一种代言人,其实是作家本人在抒发所感、所思、所言。

了《莫须有先生坐飞机以后》，这种玄思又转向国家、民族、工作、教育等诸多社会问题，文学性显然更弱。这是否意味着离弃了梦境的作家最终陷入难以为继的匮乏，只能继续以此来掩饰自身的困顿。虽说个中思考更为深入，但莫须有先生（废名）显然已勘破红尘，"其实不应该讲道理，应该讲修行……他从二十四年以来习静坐，从此一天一天地懂得道理了"（《莫须有先生动手著论》）。一定意义上，梦境又是废名小说的本体性内容，一旦背离这一领地，"梦中彩笔"必然褪色直至丧失灵性！事实上，自 1947 年废名公开以"厌世诗人"自居后，"除偶见续《莫须有先生传》的一些断片外，再不见废名有什么小说创作了"①。幻灭与虚无属于一种根本性的否定，由那份初始的"哀愁"酝酿出的感伤、悲观情绪，最终导致了"废名创作的终结"②。

厌世是一种激烈的思想变动。悲愁的濡染侵吞了废名的艺术热情，"沉寂"背后潜隐的是文学诉求的悲观与消沉。相当程度上，厌世标示了文学世界的失衡，使其在失却诗意的同时也失去了文学性的支点。对于创作而言，这是一种"致命"的打击，而这无疑源于作家无法调和艺术世界的诸多矛盾与冲突，进而陷入进退失据和两难的意义纠结和表达困境。废名的田园诉求一直处于一种被难以定位的境地，"我常常观察我的思想……一点也不能含糊。我感不到人生如梦的真实，但感到梦的真实与美"（《桥·塔》）。"我不知道这梦是如何做起，我感到不可思议！"（《说梦》）现实和梦境、理智与幻象之间的缝隙割裂着艺术世界，难以适从的困惑和苦闷，制约了主体的审美认同与文学梦境的生长。"著作者当他动笔的时候，是不能料想到他将成功一个什么。字与字，句与句，互相生长，有如梦之不可捉摸。"（《说梦》）"我很踌躇，留在

_____

① 凌宇：《从〈桃园〉看废名艺术风格的得失》，陈振国编：《冯文炳研究资料》，知识产权出版社 2010 年版，第 197 页。

② 虽然新中国成立后作为"冯文炳"的作家仍在写作，但和同时代的其他作家一样融入了政治化的历史之流，"废名"已然为历史与时代所贬谪。废名的小说不多，他的笔墨可能也只适用于"自己的园地"，但显然构成了一个整体，而在互文性的比照阐释中，不难发现其田园表达的所向之处。

世间的还有——笔啊,我把你收藏起来吗?"(《一段记载》)这类摇摆强化了审美选择的不确定性,不仅无法确立梦境在叙事中的主导地位,反而随着意义破/立的失据,在逐步背离乡土诗意的同时,也堵塞了艺术转向的可能。《阿妹》中精灵一样的阿妹死在令我"冷得全身打颤"的淡漠中,《桃园》如玻璃桃子般"碎了",等等。《桥》虽欲确立田园的典范性意义,但挥之不去的质疑与虚无,或隐或现的冲突与纠结,无法将田园作为信靠。而能否将社会性的批判与暴露转化为田园诉求的另质进行处理呢?废名小说也不能提供令人信服的支持。诸如《石勒的杀人》《追悼会》《文学者》《审判》等即时之作虽可视为意图改换笔墨的尝试,但并不可行,在创作中分量极小且缺乏影响。至于《莫须有先生传》等作品的存在恰恰表明了背离田园之后的艺术异变,文学根基上的无所依傍,致使作家陷入玄奥、抽象的哲思呓语。

文学世界的失衡是一种本体性的失衡。废名的问题似乎在于作家的现代意识无法与田园诗意相兼容,而更为内在的原因则在于这一理想对于传统诗性资源的倚重,难以包容现代性的结构冲突。废名不仅要以乡土梦境"普渡众生",表达自己的人生思考,还要为"中国民族和知识分子"寻找某种"出路"①。然而,古朴的田园生存历来就缺乏自我更新和调节的机制,天人合一的文化封闭本然地抗拒着现代意识的介入,殊难为丰富、系统的表达提供充裕空间。在此意义上,田园的文化自足性就将阻滞意义诉求,而意义的重压也将摧毁本已脆弱的文学世界。在多为短制的小说篇章中,尤其是在《桥》以后的小说中,废名总是不由自主地陷入思索,哲思十分普遍,"沉默的世间不则一声,也正是大千世界——灵魂之相,所以各人的沉默实有各人的美丽了"(《桥·水上》);"君子以仁存心,以礼存心,还要自反而中矣,然后则是横逆,我现在常是可怜人类,敬重人类,可怜自己,敬重自己"(《莫须有先生传·这一章说到不可思议》);"他便陷入沉思,他想,这些是抗战最需要的工具了,这

---

① 钱理群编:《〈二十世纪中国小说理论资料〉前言》第四卷,北京大学出版社1997年版,第8页。

些是现代文明,而现代文明在中国是抱残守关的面貌了"(《莫须有先生坐飞机以后·停前看会》);等等。废名中意于这类观念化的小说世界,"从观念出发,每一个观念凝成一个结晶的句子"①,意义诉求芜杂而多向②,"内向"的小说世界沉积了过多"意味",普泛的哲思近乎"一个哲学家"。这远非田园空间所能承担,观念化加重了诗意的破坏,导致更多的游移和疏离,直至意义结构的失衡。由此,当废名小说还"瞩意"于诗化与损毁冲突中的田园抒写时,尚可见乡土田园的诗意及其挣扎的坚韧和困顿,而一旦陷入意义的"过度","适度的哲思"就将从"理趣"异化为"理障",转向艺术的偏执。不妨认为,废名小说从一开始就走向了一条艰难的道路,稍有不慎,也就可能陷入挫败乃至幻灭的境地,更何况置身于现代社会和文学的剧烈转型时期,容忍独立艺术创造的环境也在逐渐消失,故此,滑入无所归属的叙述困境也是一种必然。

显然,个中的意味是丰富的。既不乏传统文人的弱质气度,也包含着现代意识形态的焦虑,更渗透了普世性的生命诗思。这份"繁复"的独特性在于:作为一种乡土诗化观照,并不完全适用于理想主义逻辑,无法兼收传统和现代,此间的传统和现代,不再是各自本身,而且无法真切进入对方;厌世的幻灭出于"哀愁"情绪的弥散,进而向更为消沉的虚无主义情怀的演进,而诗意则源于理想主义消退过程中,审美自足性持留与沦落的挽歌倾向。相当意义上,废名体现的正是面对传统和现代时的深入两难,而以传统和现代相纠缠的面目出现,也就更具普遍意义③。虽然这类二元对立的取舍问题在现代文学中早

① 李健吾:《〈画梦录〉——何其芳先生作》,陈振国编:《冯文炳研究资料》,知识产权出版社 2010 年版,第 176 页。
② 凡此,不仅涉及儒道禅佛、传统伦常、乡间礼俗,而且涉及教育陋习、社会变革、语言文字、人生意义和文明本质等多方面内容,也渗入朋友之道、邻人相处、月夜静坐、牛儿碾米、树下纳凉甚至是如厕时间等几乎所有的乡土人事。
③ 废名是难以在传统或现代意义上被简单定位的,现代意义在摧毁了由田园象征的文学性同时,并没有将文学引向现代性的意义充盈。而"传统中的现代"或"现代中的传统"的归属则更像一种符号性的语言游戏,相对主义的普泛性似乎适于把握一切,显然让我们无法真切介入废名的艺术世界。确切地说,废名更多位于传统和现代之间,模糊性和不确定性不仅是其意义世界的特征,也是文学史身份的特征。

有定论,但事实上,任何作家都不可能简单地归依一方,精神上的疑虑与纠结必将激活叙事空间的模糊性和不确定性,为表现"生活的丰富性"创设条件。无疑,废名小说提供了一种纠缠于新、旧文化冲突之间的独特经验。这多少又意味着,如果诗性作家不能有效调和叙事上的诸多矛盾和冲突,也就可能陷入进退失据的艺术困境,进而背离文学本身乃至时代、社会的价值要求。由之,也不难理解废名何以在文学史上一度屡遭诟病,而在现当代小说进程中也应者不多。

第三节　土气的诗意:以孙犁小说为例

在革命话语的影响下,乡土一般被认为是饱受战争破坏的苦难区域,审美诉求不得不面对与革命话语共存、共生的历史性要求,既要开掘、维持乡土的诗意因素,又要兼顾文学对于民族救亡与阶级解放等社会性主题的表达。不同价值取向之间的艺术表现面临着调和、兼容的难题,审美诉求由此陷入与革命"规训"的冲突之中。这虽有利于拓展乡土话语的文化政治空间,丰富叙事的历史意义,却也孕育出与一体化诉求的深刻对峙,以及背离文学性的危机。综观 20 世纪中国诗性小说,这样的乡土作品并不多,且不为主流所认同,其代表人物恐怕就是孙犁了。孙犁对于革命的暴力因素往往采取淡化的处理方式,战争造成的苦难、侵袭与破坏往往为乡土思维的朴素想象所超越与消融,弱化为背景性的环境因素,从而开掘出乡土人生的诗意[1]。在此意义上,孙犁小说显然不具备通常意义的现代性征,乡土与思想启蒙之间的文化冲突,以及传统文化雅致遭逢现代文明侵袭的那一份感伤和忧愤的矛盾与纠结并未占据叙述空间,文学诗情的语义滞力基本在于战争与革命的暴力所带来的乡土损毁和颓败,"战争和革命,改变了人民的生活",在普遍层面上影响、制约了乡土叙述的诗化进程。孙犁说过,"我的创作,从抗日战争开始,是我个人对这

---

[1]　本节所引的孙犁小说作品均参见《孙犁全集》,人民文学出版社 2004 年版。

一伟大时代、神圣战争,所作的真实记录"①。革命与战争导致了乡土的"创伤记忆",否定性的"现实"呼唤着诗意的回归。

在孙犁小说中,城市文明、商业经济关系以及资本生产方式对于乡土人生的侵袭,甚至乡土本身遗存的封建陋习并不明显,乡土农村的破产主要源自革命战争对日常生存状态的极端破坏,推动了这一世界的急剧坠落:"炮弹炸碎我们的土地,土块飞到半天空,那里面有多少炸碎了的金黄的麦穗"(《麦收》);村民们经历着"残酷的战争,从一个阴暗的黎明开始","……如果是在雨里,人们就把被子披起来,立在那里,身上流着水,打着冷颤,牙齿得得响,像一阵风声"(《"藏"》)。严酷的战争带来的伤害和恐惧远远超过了自然以及其他类型的灾祸,不仅意味着田庐的被毁,也将人们置于苦难的危险境遇,瓦解着农村自足性的经济基础和生存状态,碾碎"农民最后的堡垒与屏障"②。孙犁在《风云初记》里写道,"今年所害怕的,不只是一场狂风,麦子就会躺在地里,几天阴雨,麦粒就会发霉;也不只担心,地里拾掇不清,耽误了晚田的下种。是因为城里有日本,子午镇有张荫梧,他们都是黄昏时候出来的狼,企图抢劫人民辛苦耕种的丰富收成"。战争打破了乡土的伦常,也带来无尽的死亡,又是对人生的完全否定。《碑》里数十个战士战死在冬日寒冷的河水里;《琴和箫》里的父亲牺牲在迎击敌人的河滩上,而她那两个"俊气"的女孩子也在夜间惨死在茫茫的芦苇荡里;《小胜儿》中骑兵连在"天昏地暗"的战斗中打得"道沟里鲜血滴滴";《杀楼》里敌人就在抢秋的大场上"刀砍柳英华年老的父亲,枪挑死他七岁孩子,推进那广场旁边的死水坑里,只剩下孩子的母亲整天在家哭泣"。一带而过的概述淡化了战争的残酷,但无所不在的战争已摧毁了自足与稳定、平和与安宁,乡土在快速破败。

在此背景下,作为现代战争价值理性的革命诉求,虽以其正义立场和解放

---

① 孙犁:《文集自序》,《孙犁全集》第 10 卷,人民文学出版社 2004 年版,第 464 页。
② 张鸣:《乡土心路八十年——中国近代化过程中农民意识的变迁》,上海三联书店 1997 年版,第 170 页。

诉求而被塑造为一种理想主义话语,但也无法掩盖乡土农村所陷入的家仇国恨的暴力循环,同样因其极端性充当了破坏性的"异在"力量:"从这开始,这个十五岁的青年人,就在平原上夜晚行军,黎明作战;在阜平大黑山下砂石滩上艰苦练兵,在孟平听那滹沱河清冷的急促的号叫;在五台雪夜的山林放哨……"(《光荣》)"村里人说自己的丈夫好,许多人找到家里来,问东问西。许多同志、朋友们来说说笑笑,她觉得很荣耀。日本鬼子烧杀,她觉得不打出去也没法子过。"(《丈夫》)"我想起那些死去的同志和死去的那朋友。但是这些回忆抵不过目前的斗争现实。……我们的眼前是敌人又杀死了我们的同志们、朋友们的孩子。我们眼前是一个新局面,我们将从这个局面上,扫除掉一切哀痛的回忆了。"(《琴和箫》)不难看出,革命一直伴随着颠沛流离的居无定所乃至死亡的危险,在寄寓着"新局面"希望的同时,也导致了乡土的极端动荡,虽说小说中的人物对于创痛有点不以为意,但并不能消弭这一过程的惨烈。孙犁说过,"我经历了美好的极致,那就是抗日战争。我看到农民,他们的爱国热情,参战的英勇,深深地感动了我。我的文学创作,就是从这个时候开始的。我的作品,表现了这种善良的东西和美好的东西"①。刻意的回避反映出作家对此的不忍或不愿正视,相对平缓的笔触虽利于战争发生背景性虚化,但仍透露出那个年代的血腥。至于《荷花淀》这一标示"荷花淀派"风格的小说,宁静的水乡风光似乎淡化、掩蔽了革命的危险,然而革命的极端性已在普遍层面上深入乡土世界,丈夫们的离去隐喻着家庭的分裂,虽然作家以浪漫主义笔调在规避这一风险的烈度,但并不能挽救日常伦理颓变的态势,女人们也不得不卷入战争,"配合子弟兵作战,出没在那芦苇的海里"。相当程度上,随着家庭单元革命化的功能转向,战争的残酷其实已不是乡土的稳定性所能抵御,月夜下隐约的战争"远景"最终也转变为直面性的近景,小说后半部显然有着过多战争叙述的意味。

---

① 《文学和生活的路》,《孙犁全集》第5卷,人民文学出版社2004年版,第241页。

　　孙犁小说基本以 20 世纪 30—40 年代的革命战争为背景,革命构成了一种普遍性的语义束缚,而要赋予小说以诗意美学特征,也就需要借助叙述性的意义转化,调适战争等"异在"力量给乡土世界造成的损毁,将其从战争和革命的"异化"中解放出来。在孙犁小说而言,调和战争与革命所导致的语义冲突和矛盾的诗性资源是多样的。这不仅因为作家有着充沛的文人才情,而且还是一位具有浓厚人文情怀的现代知识分子和"土生土长"的革命作家,决定了文学诗情的复杂性。诸如水生嫂等女性的柔美性情、农民汉子邢兰的口琴以至对吴召儿"火红棉袄"的描写等都有着作家文人气的流露,而作家秉持的独立人格操守、道德使命感以及《风云初记》对于李佩钟等一类知识分子的偏爱等也反映出他本人的现代气质,至于革命则构成小说的重要表征,作家的浪漫情怀也渗透着政治化的想象和热情。然而面对"极端性"的乡土境遇,上述精神资源所导致的乡土诗化效果并不突出,孙犁小说似乎又不够传统、现代乃至革命。虽拥有柔美的女性描写以及优美的景物诗意,但却不似传统文人的悠闲和雅致,同样面对乡土的残破和苦难,作家也缺乏"五四"作家那份直面乡土的理性和悲情,而面对革命性的时代要求,现代知识分子的那份个性情怀也少有政治规训中的矛盾和动摇,罕见心理性的精神焦虑和紧张,作家的文人想象和知识分子情怀并未在创作中得到深刻、全面的投射。孙犁小说故事线索简单,人物可爱而扁平,语言清新而朴素,单纯、质朴的美感还散发着淳朴的农村气息。由此,渗透多元文化意味的孙犁小说也就存在着明显的精神缝隙,朴素而直接的诗性体验沟通了乡土民间的生存智慧与精神。

　　在孙犁看来,扎根于"自然土壤"的农村生活"本身就带有浓烈的浪漫主义色彩",是"文学的热土",《荷花淀》等小说只是"发自内心"地"写出所有离家抗日的战士的感情,所有送走自己的儿子、丈夫人们的感情",是"家家户户的平常故事。它不是传奇故事,我是按照生活的顺序写下来的"①。这一意义

---

① 金梅编:《孙犁自叙》,团结出版社 1998 年版,第 127 页。

上的乡土诗化蕴含着面向农村日常的质朴指向。或许,对于乡土人生而言,面对家园的损毁并不需要多少传统或现代甚至社会意识形态的劝诫和指引,而自有其原生性的生存应对智慧,极端性的战争与革命在人们眼中又似乎只是一种生活日常的组成部分,并不具备一般性的严肃、宏大意义:"青年人要去放哨、坐探,小孩子要去送信砍柴,妇女们拆洗伤员的药布衣服,分班做饭。全村每个人都分担了一点责任"(《嵩儿梁》);战士们"一天到晚仰着脖子出来唱,进去唱",闲下来没有事了,就"用白粉子在我家映壁上画上许多圆圈圈,一个一个蹲在院子里,托着枪瞄那个,又唱起来了!"(《荷花淀》)乡村的革命行为呈现为一种琐细状态,生活的凡常分割了革命的沉重和统一,神圣的革命战争就此被转化为一种民间化的伦理生活。这种朴素情态构成了孙犁小说人物的主要面貌,青年、儿童、妇女、老人甚至是还俗的尼姑也无不如此。乡土生存的朴素感性构成对伦常巨变的日常消解和世俗转变,淡化了历史感和现实感的革命战争过程由此掩盖了诸多辛酸乃至鬼魅性的故事,展现出乡土生活自然、和谐的一面。在一定程度上,这种不乏"平和"的精神气度虽属于一种迎对苦难的理想主义情怀,但也反映出困境中的乡土农村一如既往的脚踏实地和安身立命的生存底气。

革命战争成为一种乡土伦常,人们的面对就将变得从容,"骑马挎枪"构成了基本的战争想象而显出诗意。(母亲)"向着那不懂事孩子,诉说着翻来覆去的题目:'你参呢,他到哪里去了? 打鬼子去了……他拿着大枪骑着大马……就要回来了,把宝贝放在马上……多好啊!'"(《嘱咐》)"那是一匹高大的枣红马,马低着头一步一颠地走,像是已经走了很远的路,又像是刚刚经过一阵狂跑。马上一个八路军,大草帽背在后边,有意无意挥动着手里的柳条儿。"(《光荣》)"'谁知道他骑上马没有呢?'三太那大个子大嘴大眼睛便显在她眼前对她笑了。……'多打好仗呀! 就骑大马呀!'风吹窗纸动起来,小人们动起来了。她愿意风把这话吹送到三太的耳鼓里去……"(《女人们·子弟兵之家》)对战争的"浪漫"理解,固然粗糙,但正是乡村思维的实情。在普遍层面上,这份粗糙的想象洗褪了战患的残酷,乡土生活就此染上一股乐观情怀,《女人们·瓜的故事》虽叙述了一个救护伤员的过程,但对于救护似乎并不迫切,相反买瓜的调侃、像战士血迹的"血红的,美丽的"瓜瓤以及斜眼女人和"坏男人嚼舌头"的生活化穿插使得这一过程充满了世俗化的民间趣味;而在村民看来,战争也不乏简单性质,是"打了一个百团大胜仗,选举了区代表、县议员、参议员,打走鬼子的捣乱……就要过年了"(《女人们·子弟兵之家》);妻子对参军丈夫的希望是"好好抗日,不要想家,你抗日有了成绩,我和孩子在家里也光荣",战士把军装和手枪皮带挂在小枣树上,小女孩在够枪玩(《山里的春天》)。显然,这些"乡下人的期待"构成了农村文化度纳、衡量革命与战争的经验框架,欠缺"正统"色彩的胜利过程显得余裕而简捷,也就说明农民有关政治认知的朦胧和含混,乡土政治意识有其"无为"的一面以及土气的民间性。归根结底,此间的诗化又是以农民生存体验为基础的。

无疑,这种思维并不需要什么现代文化知识,也不涉及多少现代意识形态的灌输和说教,看待问题基本依据乡土自身的经验而不以理性为支配,面对革命与战争也无须深思熟虑,而遵循人伦性的真挚情感和日常性的乡土习惯。孙犁笔下的人物多是不识字的乡下人,近乎直觉地看待事物,并不曾深入其间的深层意义和心灵冲突,语言的丰富、心理的复杂乃至行动的强度显然不是他们的特征。夫妻之间是诸如"只要你还在前方,我等你到死"(《嘱咐》),"衣裳不要丢,也不要忘了我们"(《风云初记》)等简单而真挚的嘱咐;父子之间也是"大人孩子我给你照顾,什么也不要惦记"(《荷花淀》)等素朴的告慰。这类允诺反映的是乡土社会的朴实信用,而并非对现代契约的重视,属于"发生于对一种行为的规矩熟悉到不假思索时的可靠性"①。《荷花淀》中妻子对于丈夫的参军几无怨言,显然过于柔顺和贤惠;《嘱咐》中八九年未见的夫妻重逢也无明显情感动荡,生死契阔的夫妻之情同样讷于言表;《光荣》中小五其

---

① 费孝通:《乡土中国》,北京出版社 2005 年版,第 8 页。

实也就是一个因丈夫离家而耐不住寂寞的农村小媳妇而已,秀梅与原生的感情也更多源于青梅竹马的早年经历。孙犁将叙述定位在一种"家家户户的平常故事",这一世界虽有着传统文化礼俗和时代社会精神的影响,但又并非主流的"大传统",主要从属于民间农村的"小传统",质朴而真实。

作为孙犁小说重要诗意表征的景物描写也同样显出土气,存在着民间文化思维的影响。景物构成基本是乡土生活的因素和符号,不仅看不到传统文人所中意的花鸟鱼虫,而且乡土风物的流连也并不那么闲适,"我们又在白洋淀里集合了。已经是秋初,稻子比往年分外好,漫天漫野的沉重低垂的稻穗。在田埂上走过,稻穗扫着我的腿,我就像每逢跳到那些交通沟里一样,觉得振奋了"(《琴和箫》)。透过特定人物视线看到的景物明显客观化,质朴、简洁而缺乏铺展,缺少复杂心理内容的投射。"大道那边是一条不高的平得出奇竟像一带城墙一样的山,而这条谷的北面,便是有名的大黑山,晋察冀一切山峦的祖宗,黑色,锋利的像平放而刃面向上的大铡刀。"(《老胡的事》)"太阳照满了院子,葫芦的枝叶干黄了,一只肥大光亮的葫芦结成了。架下面,一只雪花毛的红冠子大公鸡翻起发光放彩的翎毛,咕咕地叫着,把远处的一只芦花肥母鸡招了来。"(《风云初记》)穿插于革命生活过程的简朴景物流露出人们对于乡土世界的朴素感知,标识出乡土风情的民间意味。

作为一个写"生活"的诗性作家,孙犁的文学观渗透着浓郁的农村文化意识。在他看来,"农村是个神秘的,无所不包容,无所不能创造的天地"(《文学与乡土》),"在农村,是文学,是作家的想象力,最能够自由驰骋的地方。我始终这样相信:在接近自然的地方,在空气清新的地方,人的想象才能发生,才能纯净"(《读铁凝的〈哦,香雪〉》)。朴素的生活观照反映出作家诗化乡土的民间自觉,他追求"真实地朴素地表现某一事物"的"朴实的笔法","忠实于现实的,忠实于人民的,它就有生命力",而并不愿将文学"插进多么华贵的瓶子里"(《谈赵树理》)。这种依托农民大众的现实主义有其朴素、单纯、俗气的文学自足性,引导着革命诉求、现代关怀乃至文人闲情的美学取向,向着作家所期望的"朴素的美,原始的美,单纯的美"转化(《谈简要》),生成"土气"的诗意。革命淡去了宏大的社会历史意义,被转变为一种"顺应自然为主导"的"群众的斗争和生活",因为"政治已经到生活里面去了,你才能有艺术的表现";而作家的人道主义情怀在于"反映现实生活"的"提高或纯净的"的激情,"是作家深刻、广泛地观察了现实,思考了人类生活的现存状态"的"真正的激情"(《文学和生活的路》);至于传统文人的"闲情"虽在文本中有一定流露,但也明显交织着乡土的家常色彩,与民间气质形成了"奇特的不可思议的组合"[1]。此间诗化乡土的质朴形态和内涵并不是所谓传统、现代乃至革命所能提供和涵盖的,正如有的论者曾指出的,孙犁有着"农民特有的气质","这些农民气或乡土气,确实是形成他的作品思想和艺术风貌的一个重要因素"[2]。

质朴的文学美感反映了乡土世界单纯、乐观的生存智慧。虽说现代小说对于乡土中国有着多样意义的统辖和整合,但民间性的生存经验与精神因其农村或农民的大众属性仍然具备普遍合理性,诸如传统、现代以及革命话语的流播都无法否定其人性伦常、生命根性等"土气"的诗性蕴涵。在一定意义上,这类民间智慧"是同老百姓在日常生活中所表现出来的乐观主义和对苦难的深刻理解联系在一起的。是普通人在寻求自由、争取自由过程中所表现开朗、健康、热烈,并富于强烈的生命力冲动"[3],表明农村生活的合法性。因此,即便革命话语的思想汲取有其特定的意识形态旨向,也会在一定程度上兼容这一生存理想,况且,现代革命本身就是一种农村和农民革命。而在语义的诗化逻辑上看待这一问题,农民气或乡土气的文学体验在呈现民间活力的同时,就将模糊传统和现代诗情的自身面目,弱化与革命话语之间的精神冲突与

---

① 杨劼:《赵树理和孙犁——"延安小说"变革的艺术解读》,《文艺理论与批评》2006 年第 2 期。

② 郭志刚:《孙犁创作散论》,山西人民出版社 1986 年版,第 24 页。

③ 陈思和、何清:《理想主义与民间立场》,《中山大学学报》1999 年第 5 期。

矛盾,从而获得诗意生成的丰富空间,形成突破革命规训的意义开放性。一般来说,革命或社会现实主义话语中的民间具有更多的被动性和片面性。由于存在着民粹主义色彩的阶级美化,这样的乡土叙述不仅难以呈现乡土农村本身健康、自然等"真正民间道德"的一面,而且由于革命自身的审美匮乏也难以形成对于传统或现代人文诗情的寄寓,存在着阻滞审美精神资源的趋向。显然,就特定政治语境下的孙犁小说而言,借助民间思想资源有效统合了语义世界的多元矛盾与冲突,形成革命乡土的丰富诗意以及整体诗化品格。由此,作为一种以革命与战争为"异在"参照的诗性叙述,孙犁小说其实有着向民间倾斜的诗学必然性,民间智慧表现出的意义通约性和开放性,说明革命语境下乡土诗性资源的获取与民间生存哲学之间具有某种必然的精神统一性,孙犁小说也由此获得了整体性的美学观照与阐释。

当然,语义的调和并不意味着文学诗情与革命话语之间矛盾的消融,孙犁小说的乡土诗化也并非单纯的意义取舍与缝合,潜在的抗辩与冲突仍具普遍性。《风云初记》中的李佩忠虽然为作家所爱惜,但并不能获取革命话语的认同而凄凉死去;《荷花淀》中那一类飘逸、轻盈的诗意描写与革命语境有着明显的游离;《邢兰》中连饭都吃不上的贫苦农民却花大价钱去买一个口琴,又沾染过重的文人趣味,而"渲染的目的是加强人们的战斗意志""中国的现实主义,伴随中国革命胜利前进"等文学观念的宣讲,也普遍"言不由衷";作家还被称为"革命文学的多余人"。由此,孙犁小说就不会是"革命浪漫主义与革命现实主义两结合"那么简单,也不可能是追求"纯正"传统文人以及现代知识分子趣味那么单纯,而"土气"的诗意也并非完全意义上的"原生态",还与传统、现代以及革命话语有着纠缠迎拒的微妙共生关系。源于语义矛盾的那份调和在小说世界和作家精神结构之间还存在着复杂性与丰富性,这种保持语义矛盾不被简单解决所呈现出来的"亚对话"潜质,最终构成了民间诗情的基本特征。

第四节　生活的深度与广度：
以汪曾祺小说为例

　　把汪曾祺归入"现代派"，或许有点突兀。毕竟，"最后一个士大夫""中国式的古典抒情诗人""儒道互补"等一系列论断已完成了对于汪曾祺"经典性"的塑造。其实这是一种善意的误解，汪曾祺一直关注的并不是所谓传统意义上的文人才情和闲适趣味，而是现代生存的意义问题。他说过，"思想是小说首要的东西……对于生活的思索是非常重要的，要不断的思索，一次比一次更深入的思索"（《却顾所来径，苍苍横翠微——小说回顾》）①。作家要"带着对生活全部感悟，对生活的一角隅、一片段反复审视，从而发现更深邃、更广阔的意义"（《认识到的和没有认识的自己》）。深入、持续的思索使作家切入了人生的本质，奠定出创作的"诗性之思"，也就是面对、超越"日常生活的悲剧性"，使人生获救。汪曾祺形象地称之为"体验由泥淖至清云之间的挣扎"，这样的审美旨趣和现代生命美学如出一辙。

　　汪曾祺说过，"我解放前的小说是苦闷与寂寞的产物"。为什么苦闷，是因为生活的不稳定和贫困，是青春期的生理原因，还是另有怀抱？对于不远千里只身异地的游子来说，物质的贫困是早有准备的，生理原因也有着多种排解方式，根本还在于作为一个文学青年精神世界的困境。对此，作家本人的解释是"我是迷惘的，我的世界观是混乱的，写到后来就写不下去了"（《要有益于世道人心》）。其早期的部分小说就表露出这种精神状态，反映出创作观念由迷惘、混乱到趋于稳定的转变。《复仇》是 1941 年的作品，1944 年又被重写，同是一个"复仇的主题"，前后的不同在于后者淡化了前篇的宝剑、鲜血、"这剑必须饮仇人的血"的人伦意义以及故事的传奇性，强化了"复仇者"在游历

---

　　①　本节所引汪曾祺作品均参见《汪曾祺全集》，北京师范大学出版社 1998 年版。

过程中的情绪性感受,如"我"(更像是作者)对"蜂蜜和尚"不乏调侃的猜想,对长着"乌青头发"母亲的怀想,以及希望有一个妹妹这样的隐隐盼望,将一个"冤冤相报"的杀戮主题变成了一首抒情诗;最终"复仇者"和"被复仇者"不约而同地摒弃敌意,一起进行着凿石的"事业",而"复仇"所引发的矛盾与阻滞一旦消弭,也就意味了向"诗"的迈进,"有一天,两副錾子同时凿在虚空里。第一线由另一面射进来的光"。改写的目的是更贴近作者的思想,从中不难体悟作家世界观、文学观中的诗化逻辑,就是希望"用比较明净的世界观,才能看出过去生活中的美和诗意","把生活中的美好的东西、真实的东西,人的美、人的诗意告诉别人"(《美学感情的需要和社会效果》)。作家的理想在于人生的诗化,寻访现世生活的精神信靠和"上达"出路,正如他所表述的那样,一个小说家"一念红尘,堕落人间,⋯⋯深知人在凡庸,卑微,罪恶之中不死去者,端因还承认有个天上,相信有许多更好的东西不是一句谎话,人所要的,是诗"(《短篇小说的本质》)。

　　这是一种探求者的寻觅与建构。汪曾祺说小说应该是"一种情感状态",是"对生活的思维方式",更应该是"人类智慧的模样"(《短篇小说的本质》)。这种生活与文学的探问,以现代生活的深刻体验与感受为基础,表现出对于实存性的质疑与反抗。作为现代理性的产物,怀疑驱动了诗化人生的精神自觉,也导致了人生认知与文学探求的普遍深入,其主要成功之处就是一种以自由反思为核心的"梦醒"叙事。"抒情诗消失,人的生活越来越散文化,人应当怎样生活下去,这是资本主义席卷世界之后,许多现代作家的探索和苦恼的问题。这是现代文学的压倒性的主题"(《与友人谈沈从文》),而小说家的责任就在于促进散文化生活的诗性转化,"醒了醒了,我把这两个字越念越轻,我知道我的责任未尽"(《醒来》)。"抒情诗"的存在打破了僵化、机械的社会生活,"使人生成为诗"[①],自由的"许诺"彰显出审美解放的现代意旨,"现代性

----

① 刘小枫:《诗化哲学——德国浪漫美学传统》,山东文艺出版社 1986 年版,第 30 页。

是作为一种许诺把人类从愚昧和非理性状态中解放出来的进步力量而进入历史的"①。这是一种超越性的彼岸情怀,连通着存在主义的生存体察。存在主义是资本主义文明走向困境阶段的产物,反映了现代人面对意义丧失的困惑和焦虑,并在这种危机中寻求获救的诗化哲学②。"明净的世界观"奠定了文学世界的存在根基,引导了文学表达在"生活—生命—存在"脉向上的行进。

《鸡鸭名家》中的余老五散漫而不乏庄严,透露着"认真为人"的存在主义意味。这个平时提了把紫砂茶壶,在街上逛来逛去,喝茶,喝酒,聊天,过着平淡无拘的自在生活的人,在"春夏间"却一连数天待在炕房里,进行着孵化鸡鸭的创造生命的工作。"余老五这两天显得可重要极了,尊贵极了,也谨慎极了,还温柔极了。他说话很少,说话声音也是轻轻的。他的神情很奇怪,总像在谛听着什么似的,怕自己的咳嗽也会惊动着声音似的。他聚精会神,身体各部全在一种沉湎,一种兴奋,一种极度的敏感之中。"这种"灵魂的态度"渲染出炕房的圣洁氛围,"暗暗的'暖洋洋的,潮濡濡的,笼罩着一种暧昧、缠绵的含情怀春的异样感觉……(母性!)他体验着一个一个生命正在完成",新生命的孕育过程近乎创世般的虔诚与神圣;而有所自知的"陆鸭"却不积极求变,一次次重蹈覆辙而深陷困顿;两相比照之下,昭示的正是一种存在的理想光辉。《职业》在不长的篇章中,集中于卖糕男孩"椒盐饼子糕"的叫卖声以及周围孩子对此"捏着鼻子吹洋号"的模仿与戏谑。男孩一遍遍地重复着,似乎无动于衷,然而当转入一个无人的巷子时,竟也敞开喉咙喊了一声"捏着鼻子吹洋号"。儿童相的凸显,克服了"此在"的牵制,"职业"的生存异化由此释去,从"生活人"到"生命人"的转向,暗示出现实人生向诗意本源的接近。《艺术

————————

① [美]波林·罗斯诺:《后现代主义与社会科学》,张国清译,上海译文出版社1998年版,第4页。

② 参见解志熙:《生的执著——存在主义与中国现代文学》,人民文学出版社1999年版,第33—37页。

家》近于一次"完全"的"灵魂状态的记录":"我"虽想"发泄,想破坏;最后是一团涣散,一阵空虚掩袭上来"①。难以抗拒的"空虚"隐喻着普遍性的沉沦与个体的无能为力,而哑巴画家的画作却令我幡然"顿悟",感受到"高度自觉之下透出丰满的经历,纯澈的情欲;克己节制中成就了高贵的浪漫情趣",进而克服现实性的焦虑,发现诗意,"树林,小河,蔷薇色的云朵,路上行人轻捷的脚步……一切很美很美",等等。《受戒》《大淖纪事》的大姑娘、小媳妇私奔,"多是自己跑来"的破戒行为,"只有一个标准:情愿";《迟开的玫瑰或曰胡闹》中"宁可精精致致地过几个月,也不愿窝窝囊囊地过几年"的邱韵龙,寻求着生命质量的提升,等等。而作为一篇蕴含至美诗情的小说,《受戒》则近乎一个的"顶点",一方田园人事,清新自然,"生命或生活的愉悦是《受戒》的核"(《读〈萧萧〉》);《大淖纪事》虽有着刘号长的破坏性力量,但随着他的被驱逐,乡土又恢复了平静。

汪曾祺将"清云"般的向往交付于乡土,触及了多层次的"生命愉悦"与"生命样式","用充满温情的眼睛去看人,去发掘普通人身上的美与诗意","要具有充满人道主义的温情"。然而,现代派的"世界观"本就难以"纯净",困厄与沉陷同样也在孕育着诗性的自我否定与质疑,"我是一个中国式的抒情的人道主义者么?"(《人之相知之难也》)"现代性的反思性已延伸到自我的核心部位"②。伴随着个体命运的沉浮,以及生活悲剧性的制约和逼迫,诗情也在为生存的泥淖性所逐渐侵蚀。作家写"内在的欢乐",也写"忧伤","悲欣交集"中渗透出"对命运的无可奈何转化出一种常有苦味的嘲谑",甚至是沉重的悲悯和忧愤,包含着"更多的痛感"的"悲剧性"。汪曾祺说过,"我希望你们能更深刻地看到平淡的,山水一样的生活中的一种悲剧性,让读者产生更多的痛感,在平静的叙述中也不妨有一两声沉重的喊叫"(《读一本新笔记小

① 出于需要,有时涉及的汪曾祺作品并不属于乡土小说。不过这种偶尔"溢出"的对象选择又是必要的,互文性的阐释更利于凸显叙事的诗性结构。
② [英]安东尼·吉登斯:《现代性与自我认同:现代晚期的自我与社会》,赵旭东等译,生活·读书·新知三联书店1998年版,第35页。

说》），"生命是一场悲剧，一场持续不断的挣扎……生命便是矛盾"①。人生的渺小、人际间的攀泊与冷漠、人性的迷失、生死的无奈，生存的晦暗又比比皆是，"此在"的侵蚀性在不断扩散，沉郁的悲情甚至吞没了生命。焦虑不言而喻，注定了"清云"与"泥淖"的相互纠缠。《待车》意绪凌乱飘忽，语言晦涩，诗意只是迷乱中的潜隐暗示；《复仇》中仇恨的消散透露出道德伦理的荒诞，失去伦理基点的生存又近乎一种虚妄与无意义；《磨灭》突出了"泥淖"的日常，"天气真闷"，"他好像不在焦点上……他要一滩滩的落到地上来"，生活的沉沦使他"像一朵花，开始萎了"，"像一只鸭子在泥水里"……这里既有自欺性的沉沦，也有生死遽变的偶然与荒诞，以及日常凡庸对于诗意的消解。《礼拜天的早晨》《落魄》等"从不同角度揭示了人的某些存在体验"，指向普遍的自欺②；《陈小手》中的"尊重"只是生命的蔑视甚至草菅人命的一种假象，悲剧性又岂是一句"团长觉得怪委屈"所能淡化与掩盖；看似从容、自如的戴车匠透出宿命般的平庸，有着"悲惨印象"，"这么些平淡而不免沉闷的琐屑事情，又无起伏波澜，又无熔裁结构，迤迤逦逦，没一个完"（《戴车匠》）。生活在不同的轨迹上滑行，但都面对了现实的威逼，生存的悲剧性是一场无以摆脱的宿命。

事实上，诸如《受戒》一般和谐、纯粹的作品在汪曾祺小说中并不常见。即便是《大淖记事》，抒情氛围也是比较清冷的，乡土人情、人事虽透出诗意，但已退却《受戒》的暖色调，不如意的波折、艰辛与无奈开始浮现，梦境已然破损。"美总是短暂的"，作家晚期的创作更深涉人生的悲情。《岁寒三友》的友情交织着各自命运的穷困潦倒，散发出阵阵"寒意"；《辜家豆腐店的女儿》中的女子为了生计不得已出卖自己，"哭得稀溜稀溜的"，显出无尽辛酸与悲凉；《王四海的黄昏》的王四海看似活滋润了，却"有点惆怅"，连要要的"意兴"都没有了，"漫无目的地走着"，"黄昏"又何尝不是作者的暮年感怀！汪曾祺后

---

① ［西班牙］乌纳穆诺：《生命的悲剧意识》，北方文艺出版社 1987 年版，第 14 页。

② 解志熙：《生的执著——存在主义与中国现代文学》，人民文学出版社 1999 年版，第 126 页。

来的作品大多取材"文革"的创伤性感受、市井平民的日常生活以及乡土的人事、人情。前者已基本和诗性美学无关,而后两者中的诗情也处于弱化乃至被否定的境遇,而且越趋晚境越为明显。在"看破"的极端意义上,死亡叙述逐渐增多,虚无的人生预示了诗情的普遍溃退。《露水》中钻"芦席棚子"的一对苦命人搭伙过日子,然而男人的病故打破了这种"露水夫妻"关系,女人恸哭之后还要生活,相依为命只是走向死亡过程中的短暂慰藉与依靠,无可摆脱的悲剧性谕示了一种底层生存的无望情态。《黄开榜的一家》中黄开榜活的时候"混混闹闹",死了埋到"荒地旁边",无足轻重的生与死,在略带反讽的笔触中,生存就是一种可有可无的状态,荒诞地流动着。谢普天把小娘娘的骨灰"埋得很深,很深",掩埋意味着逃避,但历史之网无处不在,逃亡的"不知所终"仍掩盖不了汹涌的哀伤(《小娘娘》);高雪美得像诗一样,孤高然而寂寞,最终在流俗的生活中郁郁而终,"美总是愁人的"(《徙》)。20 世纪 80 年代中期,特别是 90 年代以后,汪曾祺写了更多的苦难、荒诞与无意义,这都是生存的"一般展开状态",同传统人生标举的自然、散淡、无为相比较,充满了"烦",显然更具现代主义色彩。"死亡阴影笼罩着的汪曾祺步入晚期风格……就连最强大、庸俗的辩证法都无力消弭。"①

　　生存的悲剧性说明了人并不是自由的主体。"人是无保护的",这是一种悖论性的虚无感。正如利奥塔所言,"现代性不管在何时出现,总是伴随着信仰的粉碎"②,"现代性是以无家可归为标志的"③。汪曾祺是个热爱生活的人,面对着生存的荒诞、虚无与无奈,理想主义诗情并不能解决"此在"异化的普遍危机。诗性探求的斑驳表现出"直面中的深刻",却又建立在对真实境遇的理解的基础之上,更多了生命意识的清醒与坦诚。虽不欲进行"陀妥耶夫

---

① 翟业军:《论汪曾祺小说的晚期风格》,《中国现代文学研究丛刊》2011 年第 8 期。

② 参见徐岱:《现代性话语与美学问题——论当代文化批评的思想语境》,《社会科学战线》2002 年第 1 期。

③ 参见[美]大卫·雷·格里芬:《后现代精神》,王成兵译,中央编译出版社 1998 年版,第 13 页。

斯基式的严峻的拷问”或“卡夫卡那样的阴冷的怀疑”(《社会性·小说技巧》),却一直保持着对于“生活的深度和广度掘进和开拓”(《谈谈风俗画》),这使他不断穿越生活和“诗的表面意义”,探入现代生活的“内在”。或许,只有切身经历了人生的起伏沉浮与悲欢离合,只有深入生命的凡庸和荒诞、无常与虚无,才能悟及诗之真义。“这才是真正的‘皮实’,这才是生命的韧性”(《林斤澜的矮凳桥》),又如施塔格尔所言,“一切诗作的根由都将深不可测,都基于各自的‘sunder warumbe’(深处的丰盈)”①。显然,作为一种挣扎在“清云”与“泥淖”之间的生活思索,汪曾祺小说包含着复杂的现代意蕴,突破了相对单一、自足的传统文人诗意,凸显出现代叙事的生活象征意味。就此而言,汪曾祺的诗性表达又是一个动态、变化的过程。20 世纪 40 年代相对芜杂,流露出“青春期”知识分子的那份思想的活跃,感知的敏锐与细腻;80—90年代随着生活阅历的丰富,“看透了,看淡了”世事,诗情明显消退,平添人生晚景的“几许惨恻”。“风格远非一个纯粹的概念:它是一个复合的、含义丰富且含混的复杂概念”,“就像文学、作者、世界、读者等概念一样,风格也曾遭遇一系列冲击”②。总之,以相对单纯的抒情风格指涉汪曾祺小说,显然并不符合诗学实际,“没有跳出那种 1980 年代意义上的审美化实践”③,由此,突出现代意识之于叙事结构的价值与意义,也就大体不谬。

第五节　世俗时代的诗意终结:
以贾平凹小说为例

　　将贾平凹小说归于诗性叙事,基于其创作在 20 世纪 70—80 年代明显的

---

　　① [瑞士]施塔格尔:《诗学的基本概念》,胡其鼎译,中国社会科学出版社 1992 年版,第 43 页。
　　② [法]安托万·孔帕尼翁:《理论的幽灵——文学与常识》,吴泓缈等译,南京大学出版社 2011 年版,第 164 页,第 156 页。
　　③ 屠毅力:《汪曾祺的“灰箱”——从“现实主义”转换看其在 1980 年代文学中的位置》,《中国现代文学研究丛刊》2012 年第 1 期。

诗性特色,"总想使小说有多义性,或者说使现实生活进入诗意"①,"以一种清新、纯朴的笔调,营造出了一个特别具有诗意美感的艺术世界"②。虽说是一个风格多变的高产作家,一直不乏自我转变与超越,但是诗性意识似乎构成了风格流变的某种源起,围绕乡土诗意的认同与困惑、矛盾与冲突、游离与转变,伴生了古朴人伦的怀想、传统文化的启蒙、城乡的冲突与融合、乡土人生的出路以及现代生存、生命哲理的思考与探索等多样化的文学精神,叙事的张力蕴含了"为日益衰败的乡土中国唱一曲挽歌"③、"乡土中国叙事的终结"④以至现实主义甚至自然主义的琐碎、原生态的生活叙事等艺术转变的诸多可能。相当意义上,诗性视域不仅有助于呈现目前语焉不详的贾平凹初期小说的美学特征与意义,也有助于辨析新时期以后城市化、消费性语境挤压下乡土叙事的迅速衰退以及与世俗文化的合流,揭示乡土叙事在世纪末的历史命运与文化归属,进一步深入 20 世纪中国诗性小说叙事传统的美学转折与起止。

　　20 世纪 70—80 年代的贾平凹小说有着一条从诗化乡土经验到乡土生存的记录、审视与反思的精神脉络,诗性叙事的发生与发展,逐渐走向对乡村现实和文化命运的关注与忧虑,表现出由诗意、乐观向客观、冷峻的风格转捩。贾平凹 70 年代的小说散发着比较单纯的诗性色彩,具有一般意义上的田园牧歌品格。《泉》《荷花塘》(1977),《牧羊人》《夏芳儿》《青枝绿叶》(1978),《玉女山下的瀑布》(1979)等一系列小说抒写了淳朴的人伦性情、优美的乡野风物以及乡土民俗⑤,相对舒缓的乡土生活透出一股和谐的意趣。"夏芳儿"类似于孙犁笔下的"吴召儿",热情、淳朴、坚强,不乏意识形态色彩的人物关系

---

　　①　贾平凹:《怀念狼·后记》,长江文艺出版社 2016 年版,第 251 页。
　　②　陈思和:《中国当代文学史教程》,复旦大学出版社 1999 年版,第 285 页。
　　③　谢有顺:《乡土的哀歌——关于〈老生〉及贾平凹的乡土文学精神》,《文学评论》2015 年第 1 期。
　　④　张胜友、雷达等:《〈秦腔〉:乡土中国叙事终结的杰出文本——北京〈秦腔〉研讨会发言摘要》,《当代作家评论》2005 年第 5 期。
　　⑤　本节所引贾平凹中短篇小说均参见《贾平凹中短篇小说年编》,山东人民出版社 2013 年版。

与清新的景物、人情以及理想主义情怀相交织,结构出一曲新时代乡村女性的赞歌;《荷花塘》中的优美月夜构成了理想信念与艺术趣味的诗性背景,"多好的月亮啊! 明晃晃的月光泻在地上,房呀、树呀,全镀上了一层银","轻溜溜的南风从荷花塘吹过来,梨花村飘荡着淡淡的荷花香味"等文字,颇有一丝《荷花淀》的意味。贾平凹说过,对他产生过"极大影响的"起码有两个人,"一个是沈从文,一个就是孙犁"①,在小说《书》中也间接承认自己"爱杨朔的散文",初期创作也不乏杨朔式的风景描写与"卒章显志"的情节设置。1978 年《满月儿》获得了全国优秀短篇小说奖,当时的评论界就认为,小说"着重表现生活美和普通人的心灵美,提炼诗的意境,运用诗的语言,善于摄取生活中的一个断面折射出时代的风貌"②。根植于深切的乡村记忆与日常体验,乡土情结同样构成了一位初入城市的农裔作者的审美起点,贾平凹曾多次述及于此,"为故乡树起一块碑子"③,"太爱我的故乡"④。如果说作家的乡土叙事也曾单纯地关注、表达了审美本身,那么主要存在于这一时段。乌托邦式的文学想象反映了乡土抒写的诗化惯性,不乏片面的乡土诗性,既流露出理想化的个人记忆,也包含着时代热情的引导,虽还不脱政治意识形态色彩,诗艺风格的自我程度也不够高,但已将自身创作引入诗性叙事的轨道。

　　进入 20 世纪 80 年代以后,贾平凹小说开始投向乡土现实境遇的呈现与展示,表现出对于城乡文化冲突与融合的深切感受与思考,情绪上也逐步转入消沉与复杂,诗性叙事趋于裂变。贾平凹的问题在于,乡土情结作为一种文学情怀,并不构成自足性的创作心理支撑,与沈从文等人原乡凝望中的精神固守与拒变的主体自觉性不同的是,贾平凹初期小说的诗意认同并不牢固,伊始就伴随着对于城市文化的向往与渴求。作为叙事的基本结构,对于城乡的双重

① 《孙犁的意义》,《朋友:贾平凹写人散文选》,重庆出版社 2005 年版,第 294 页。
② 王愚、肖云儒:《生活美的追求——贾平凹创作漫评》,梁颖编选:《贾平凹研究资料》,山东文艺出版社 2006 年版,第 39 页。
③ 贾平凹:《〈秦腔〉后记》,作家出版社 2005 年版,第 517 页。
④ 贾平凹:《〈浮躁〉序言之一》,作家出版社 2009 年版,第 1 页。

文化认同,以一种暂时性的调解、融合规约着诗性叙述。《夏芳儿》中的城市为乡下女孩子的"幻想插上五彩的翅膀","就是!我们山上会和城市一样的";《满月儿》中的满儿在电车上也抱着一本《英汉对照小丛书》,如饥似渴地学习现代知识与技术,对未来充满信心;《牧羊人》中的大学毕业生视下乡工作为"一种幸福",而一心要考大学的乡下女孩子对于落榜也不太在意;等等,都包含着城乡之间的精神一致性。城市几如乡土一样积极、正面,即便涉及城乡之间的不一致,往往也能轻易克服。《青枝绿叶》中的姐妹俩虽有着不同的生活观念,但并不影响她们对于城市与知识的认同,出走遇挫的妹妹最终给姐姐带回一本《天文学》,暗示着观念上的弥合;《玉女山下的瀑布》中丈夫进城而导致的隔膜与波折消融于妻子热情、无私的感染,最终丈夫在回忆中重拾自我,得以升华;《回音》中的乡下姑娘与城里的研究员恋人有着身份上的"鸿沟",但依然不失情感的坚贞,拥有报效祖国的共同信念。这类认同有利于维系乃至凸显城市或现代文化的理想主义色彩,"满是现代化的期待和喜悦"①,在一定程度上弱化甚至抹平了城、乡之间的矛盾与冲突,构成对非诗化因素的遮蔽,这也是早期小说虽然存在着城乡二元结构,却仍能显出单纯诗意的主要原因。

　　然而这类调和注定是短暂的。城乡并置也过早地宣示了二者之间的矛盾,作为"他者"的城市文化仍然代表了一种叙事上的"杂音",影响到乡土生活的自足性。《玉女山下的瀑布》中的工程师为了城里的"漂亮脸"曾一度纠结于是否与乡下的孕妻离婚,进城后的身份转换和地位差异俨然成为夫妻间的一道隔阂;《春》里的姑娘对于自己在城里上大学的恋人显然并不自信;《他和她的木耳》中的男青年一度想摆脱贫穷无望的农村生活,到"山外寻好地方去";《丈夫》中的男子进城后也在蜕变,渴望获得"高干女儿的爱情",而伤害了善良、单纯的妻子。这些与诗意的单纯并不谐和的人情世故,虽还不至于成

---

① 韩春燕:《窗子里的风景:中国新文学村庄叙事视角研究》,《扬子江评论》2014年第5期。

为主导叙事的功能性力量,但实用主义的世俗哲学已形成对诗意的侵蚀,且随着时间流逝,将愈加浓烈,终而改变乡土叙事的既有指向。这一类改变表现出向城市靠近的精神态势。城市化的历史进程唤醒了乡土生存的求新吁求,开放的乡土世界开始显露良莠不齐的芜杂形态,城市的现代化魅力也透出物质性、世俗化的冷漠与阴暗、迷离与幽暗,理想主义的审美调和终将滑向非诗化的趋同,又隐含着对于自身文化立场的质疑与矛盾。

不妨把 80 年代初期创作的《老人》《沙地》《鬼城》等作品视为这一转变的开始。这些小说普遍转向了城乡的二元对立,一度潜隐的结构冲突开始浮现。《老人》是 1980 年的短篇,在为数众多的贾平凹小说中并不突出,但却写出了城乡文化的冲突与选择的艰难,孤寡老人的纠结、徘徊指向了去乡的伦理困境。小说中的老人面临着进城与留守的两难选择,进城意味着享受"天伦之乐"的晚年,"去到了城里,去到了有儿有孙的家庭里",而乡下老屋和老树下的留守,则与老无所依的孤独与悲凉相伴。舍弃乡土的晚年"出走"意味着时代性的精神位移与错位、患得患失的犹豫与彷徨,虽还余留着故土难离的传统眷念,却已浸染了失落、幻灭以及不确定的未来生活的顾虑,叶落归根、安土重迁成为"生活的负担",对于传统伦理的否定,所谓固守只是一种徒劳。"我一生还有什么呢","我不死,我就守着这块土。我死了,也就什么都不管了","老人的脸上,泪水纵横了"。文化选择已迫在眉睫,城市/现代化的社会进程打破了乡土的沉寂绵延,将从根本上改写这一世界。1981 年的《沙地》则借助异乡人的一生,渲染了一种"背井离乡"的飘零状态与生存悲情。异乡人是一缕漂泊的"孤魂",从流浪、被收留到被驱逐,从有姓有名到"河南旦"的"鄙夷"泛称,一次次被利用与出卖,乡民的势利、狡猾、自私与阴狠持续冲击着乡土生存的伦理底线,迫使异乡人收束了侠义、能干、坦诚与淳朴的"秉性",在绝望中遗世独居,黯然死去。异乡人的"幽灵"化以及作为他乡世界的列湾村的卑劣化,意味着古朴人性的坍塌以及失乡状态的普遍性与深入性,故乡由此成为一个"回不去"的隐喻。"河南旦"的唯一一次"回河南"不仅去向不明,而且构成了摧毁自身精神的终端力量,返回后"几乎没有了言语,行走,端坐,那眼光终是瓷呆,那么一个时辰,两个时辰,脸上不动一条皱纹,嘴角不肯绽一丝微笑"。小说以"个体—群体""离乡—在乡"在诗与非诗维度上的结构性分裂与对立,反映了乡土伦理在现实侵吞中无可挽回的颓变,而"河南旦"的故事在好事者"观赏""议论"中的"娱乐化"演绎,显然又隐含着商业化语境对于乡土精神的消费。

如果说上述作品尚有几许"向城而生"的犹疑,那么《九叶树》《小月前本》《鸡窝洼人家》和"商州"系列等小说则以现代文化的主动选择逐步深入了现实伦理的审视与表现;"洞开"的城市之门一度构成乡土的希望,却也是一种异质性的"他者"文化,融合的艰难注定了城乡之间的碰撞与纠缠,理性意识趋向深广。小说的一个共同之处在于"田园诗风"中融入了政治、经济"诸方面的变迁",借助山光水色、风俗人情的描述与记录传达社会变革的精神悸动,折射乡土社会的现实境遇,写出"失乡"过程的"痛与思"。小说往往设置了"一女两男"的情感纠葛和"新—旧"的观念结构,以象征性的人物关系和观念冲突喻示变革时代的历史趋势,深入转型期的伤感与阵痛、疾患与警觉。《九叶树》中的兰兰与石根、何文清,《小月前本》中的小月与才才、门门,《鸡窝洼人家》中的烟峰与灰灰、禾禾,分别代表了乡土的传统、落后与城市的现代、进步等不同的生活与文化方式;趋新求变的情感关系、生存诉求往往不容于世俗且历尽波折,兰兰为轻信城里人付出了沉痛代价,门门一度走投无路甚至"铤而走险",禾禾养蚕也曾陷入绝境,然而世事变革中的情感实现与境遇好转最终表明了时代观念的获胜与历史趋势的达成。在贾平凹而言,沉滞的乡土世界不仅蕴含着优美的风土人情与经验记忆,也是一种迫待改变的社会文化形态,有感于"农村的新的变化、新的生活、新的人物"的"迷离而复杂",意欲"体验、研究、分析、解剖中国农村的历史发展、社会变革、生活变化"①,叙事

---

① 贾平凹:《在商州山地——〈小月前本〉跋》,参见《君子赠言重金石——贾平凹散文[卷六]·序跋》,江西教育出版社 2012 年版,第 207 页。

风格发生了大幅转变。

从 1983 年开始发表的《商州三录》《商州》等系列小说①包含了贾平凹"小小的野心",那就是从风土人情到"建国以来各个时期的政治、经济诸方面的变迁在这里的折光"的"记录连续地写下去"②,地域风情与乡村变革的历史化"雄心"决定了乡土叙事对于记忆、现实与文化的"全景"审视和独特建构。《商州三录》以"商州"为中心意象去结构叙述,"散点透视"和片段化的叙述方式突出了乡土的原生态风貌与散文化结构,章节之间在人情世事与地域风光上并不具连续性。作者有意识地将乡土撕碎、重组,在自然与历史、神秘与世俗、明亮与灰暗的"光怪陆离"中构写一个总体性的商州世界。"为商州写书"是此类创作的出发点,《商州三录》等为不断变迁中的商州"保持一个肉身",而有着完整情节结构的《商州》,则近乎为商州"立传"。《商州》中关于一桩案件的追查与侦破成为商州现实境遇与历史命运的缩影,城乡文化的遇合汇聚出一个矛盾的复合体,昭示出乡土转型的迷乱与困顿,以及现代化的焦虑与警醒。小说集结了人物、情节、风俗、传说等众多的商州元素与符码,在探案、情恋、逃亡等事件的时空交错中展开叙事。警察破案的责任感缺乏道德严肃性,秃子对珍子的迷恋完全是一种不可理喻的畸形情感,董三海的自私与偏执对外孙刘成而言就是一场灾难,自然环境的普遍恶化,布满欲望、人心不古的漫川镇,等等,不乏奇观化的城乡生存图景与荒诞化的案情转折、人生变故,表明了商州世界的普遍泥泞化。刘成的逃亡隐含着乡土改造的失败,而对城市心怀向往的珍子也在其中遇挫、幻灭,源于两性相吸的男女之情被附加了更多文化吸引与选择的意义,两人的结合未尝没有失乡后"同病相怜"的因素;公鸡招魂的古老仪式,哀悼的不仅是一种传奇性的爱情与人生样式的死

---

① 《商州三录》可视为一种淡化情节的散文化小说。现代小说的基本特征之一是散文、诗歌与小说之间的跨文体融合,传统意义上的文体界限已不那么重要;诸如郁达夫、废名、萧红、汪曾祺等的很多作品在散文与小说之间也就可以互换。贾平凹的创作显然也不乏这一性征。

② 贾平凹:《商州三录》,陕西旅游出版社 2001 年版,第 118 页。

亡,还是一首古旧文明衰亡的挽歌。近乎诡异的感情形态、怪诞的案情起伏乃至惊险、决绝的殉情以相对极端的方式推动了乡村伦理的衰颓。小说意欲回答"商州何去何从"的问题,"一个是所谓的落后,一个是所谓的文明,那么,历史的进步是否会带来人们道德水准的下降而浮虚之风的繁衍呢? 诚挚的人情是否还适应于闭塞的自然经济环境呢? 社会朝现代的推衍是否会导致古老而美好的伦理观念的解体或趋向实利世风的萌发呢?"(《商州》)答案显然并不如意。乡土陷入变异、颓圮的轨迹,人伦和谐的呼唤、挣扎与生存、人性的贫困、鄙陋与无望、现代文明的向往与质疑、存在的荒诞与虚浮等交相缠织,表现出前所未有的不确定性。相当程度上,这也就是作家以商州为文化底色的作品的一种共性。衰弱的世相人心,无奈的人事代谢与时势转变,尽显传统与现实的变异,自足的伦理与哲学终究经不住理性目光的审视与反思,在与城市的对决中败下阵来,而在日新月异的现代化进程中,自私、贪嗔、人性的"力比多"本能以及人情世态的落后、灰色、"泼烦"的面目也日益凸显、清晰,新旧交替的"商州"构成中国社会的历史发展和生活变革的"一面镜子",呈现出文化碰撞与融合的颓乱与迷思。

显然,贾平凹小说也未能摆脱乡土叙述固有的结构性对立与冲突,相反,从城乡认同、乡土质疑/城市认同到城市纠结/城乡否定的精神演变,最终又表现为城乡文化的双重犹疑与否定。城市化包含着现代性的异化与偏误,却是乡土世界不得不接受的未来与出路,作家在纠结中展示这一进程,虽说情感上立足乡土,理智上却只有向城市靠拢,文化立场上的错位与歧义,呈现出"亦离亦趋"的独特性。田园景象与陈旧、贫瘠、丑陋、阴暗的生存状态形成了紧张的对话关系,"商州"开始成为混乱的现实与人心的某种投射,多方位地介入城乡文化冲突与融合背景下的伦理裂变与转化,预示着精神向度与意义空间的"问题化"嬗变。相当意义上,这种叙事转变与二元并置的城乡文化模式有关。作为一种开放性的叙事构造,现代文化的过早介入,虽然有助于凸显乡土诗性的价值,现代乡土意识历来是由城市的"现代"所照亮的,

"城市的喧嚣凸显了乡村'缓慢'的价值"①,然而乡土与现代的相互凝望,也容易显现客观世界陈腐乃至"藏污纳垢"的灰色生态,而借助乡土的映照,城市也易于暴露物质性发展过程中的精神滑坡、道德失落、欲望奔涌等现代性的精神异化。贾平凹不仅看到了城乡之间的对立,也看到了它们的互补与统一性,两种文化"之间除了具有对峙、超越、分离的性质,还具有持续、互补和整合的性质"②。较之单纯的乡土或城市文化的观照,这种城乡之间的精神辩证法更具文学自由度,诗化的城与乡伊始就孕育着二者之间的精神位移,一旦虚弱的平衡被打破,破损的统一性就将为叙事旨趣的转换、演化提供充分空间。贾平凹的乡土挽歌显然缺乏沈从文那样偏执性的流连,叙事精神的转换意味着城乡之间的深度融合与同构,彰显出诗与非诗、传统与现代等美学精神的多样性与复杂性。在很大程度上,这也就是作家在 20 世纪 80—90 年代能够在诗性精神的起点上不断有所发展、变化与创新的美学基础。

转换包含着文学表达的诸多可能,也为风格变化预设了方向,突破诗性的框置,贾平凹拥有了更多选择。《商州》以后的小说创作在城乡对立与融合的"破""立"之间进行多方的尝试与实践,启蒙、批判和反思意识以及话语范式的强化或创新,标示着叙事转变的进一步展开;持久的创作不仅意味着艺术生命力的解放与高涨,也放大了美学精神的某些变异,对于乡土叙事的影响是深远的。《浮躁》虽沿用了习见的"离乡—进城—返乡"的"乡下人进城"的情节框架,却已是一种历史转型中的当代英雄叙事。"浮躁"不仅意味着急切求变的时代心理,还包含着向精明、圆滑、功利以及随俗、市侩的迅速转变,现实性所指也正是当代精神的一种形象表达,正如陈晓明所指出的,贾平凹"太急于

① 孟繁华:《怎样讲述当下中国的乡村故事——新世纪长篇小说中的乡村变革》,《天津社会科学》2011 年第 5 期。

② 李振声:《商州:贾平凹的小说世界》,郜元宝等编:《贾平凹研究资料》,天津人民出版社2005 年版,第 110 页。

表达他对现实的看法，他过于急切想找到一个时代的总体性标识"①。《土门》在残缺的生存图景中触碰乡村的城市化问题，成义的阴阳手、云林的瘫痪、小梅的尾巴骨，仁厚村的病患与覆灭折射的不仅是城市对于乡村的吞噬，也是生存与文化的残缺与覆灭，现实批判之下寄寓着对于健全文明的呼唤。《高老庄》在时代日常生活中构写一些深具"文化味"的非凡事件和人物冲突，在文化表现中审丑、批判国民劣根性，"意在哀高老庄的不幸，这正是他们的文化僵死、人种退化的环境"②。《怀念狼》的寻狼之旅喻示着人与自然的冲突、家园沦丧与种的退化、现代化得失等问题的思索，"拷问人类的生存意义和精神归属"，"为狼拍照"的失败、灵异的狼皮以及人狼异化等想象隐喻了历史与现实的神秘与迷乱，作为原始乡土的象征，"狼"被赋予丰富的文化含义。至于《废都》这样一部争议性的作品，以一种"反常"的性叙事方式表达关于当代知识分子问题的反思与批判，深入"传统至今的那种文化精神的颓败"③，而《白夜》则关注 20 世纪 90 年代城市变化中一群小人物的生存境遇，夜郎、宽哥、虞白等挣扎于欲望与理性迷网之中的小市民，往往患有不同程度的身心病疾，生活上也深陷矛盾与挣扎、沉闷和压抑，或亲情缺失，或手足相残、爱情幻灭、官场争斗……，绞结着作家"悲哀"和"讽喻"的病态、底层的人事，近乎"一部现代都市精神贫困症的病历"④。《废都》《白夜》虽不属于乡土叙事，但对于城市生存的审视与反思，同样可以在既有的二元结构中获得解释，叙事向城市一极的滑动，深入了转型矛盾更为激烈的城市生活和知识分子、市民阶层。

　　贾平凹要为商州"树传""立碑"，这个世界必然"无所不包"，极尽其能。

---

①　陈晓明：《穿过"废都"，带灯夜行——试论贾平凹的创作历程》，《东吴学术》2013 年第 5 期。

②　贾平凹、穆涛：《写作是我的宿命——关于贾平凹长篇小说新著〈高老庄〉访谈》，《文学报》1998 年 8 月 6 日。

③　陈晓明：《穿过"废都"，带灯夜行——试论贾平凹的创作历程》，《东吴学术》2013 年第 5 期。

④　高春民：《贾平凹小说的精神生态解析》，《小说评论》2015 年第 6 期。

作家曾无数次地奔走于商州的山水沟坎,搜集风情掌故,探究文化隐秘,不仅要使这一世界"丰满"起来,也要让创作"更多混茫,更多蕴藉"①。《五魁》《白朗》的"盗匪"叙述包含着对生命存在困境的追问和表达,拆解宏大叙事,还原生存的偶然与日常,即所谓"尴尬地生存";《佛关》《美穴地》等带有明显的魔幻色彩,现实性、民俗性似乎又沉溺于现代性、神秘性的融合;等等。事实上,即便早在 80 年代前后,贾平凹小说就已表现出这一点,《人极》在"文革"的伤痕中展现个人的无力与微小,冷漠的现实肌理中流动着生命的温情与暖意,透露出对时代人性的深切思索;《黑氏》体现了一种"救赎情怀",简单而复杂的女人的命运渗透着无奈、不自主的宿命与幽暗,两次婚姻中的主动改变,不仅出于自然人性的驱动,也包含着对自由人格的追求;《古堡》是变与不变的永恒冲突,布满血光与魔幻的事件中隐含着对于神秘天道的追寻;《晚唱》以"套中人"般的"疯言疯语"讽喻了一种社会性的人格分裂,现代性的生存反思又透出一股存在主义的意味,已然孕育着题材与内容的多义性与发散性。

在相对自足的逻辑上看待这一转变过程,问题意识和探索视野的强化,转捩的张力被反复审视、不断触探,表现出辽阔、多元的社会与文化承担性,本已失衡的叙事进程终而打破自身的意义框架,凸显乡土精神的碎裂与泛化。在上述小说中,乡土有时只是叙事的一道历史或现实背景,人生世相的沉浮变迁并不体现多少诗意,作为诗性表征的景物、风俗、民情等描写也多不突出。叙事重新在情节脉络上集结,人物关系与命运遭际的"条链"更易于呈现时代性的社会与文化变革,突出叙事的现实取意。贾平凹一直在城乡文化的固有结构中进行着自我探索的文学道路,在长达 40 余年的创作生涯中,几乎每隔一两年就推出一部长篇,中短篇则更为繁多,艺术上的创新与超越在当代作家中几乎无人能及。然而关键在于,这种叙事发展的价值支点是什么,最终建构出了一种什么样的文学图景? 相当意义上,透过叙事理路的过程性梳理,却呈现

---

① 贾平凹:《〈浮躁〉序言之二》,作家出版社 2009 年版,第 3 页。

为一种芜杂、不确定的精神走向。在当代发展的社会语境下,城市/现代文化并没有在乡土的认同或否定中建立起自身的价值支撑,深厚的乡土情结导致了乡土立场上的"藕断丝连",理智上的走向城市又非全身心投入,城乡文化冲突与融合中的艺术心理相互都有所保留与牵制,难以在理想主义层面获得建构。

这种缺乏理想情怀"灌溉"的结构性冲突与矛盾是不可控的。对于贾平凹而言,乡土情怀存在明显分裂,一方面,"我把农民皮剥了",另一方面,"本性依旧是农民,如乌鸡一样,那是乌在了骨头里的"①。心理动摇是本源性的,在逃乡与怀乡、进城与离城之间孕育出的自我否定性,决定了文化立场的妥协、矛盾与摇摆,很难确立稳定的价值旨向。当代中国的文化进程一直在促进城、乡精神的消解与趋同,农村成为"想要挣脱与逃离的生死场,而不是希望的原野;希望的空间、做'人'的空间是城市"②,城市也在"震惊"的眩惑之后,展现出享乐主义、功利主义的"现代性面孔",都不足以提供理想主义的价值支撑。理性意识与精神滑坡洞穿了诗意乃至文学的虚幻氤氲,城乡的相互进入引发了价值空间的模糊不定,似乎已没有什么禁得起推敲或坚守。贾平凹写得太多、太勤了,"一再言说"的背后是难以归属的迷乱与自我超越的艰难,过长的文字篇幅、过杂的题材形式,不仅意味着城、乡理想蕴涵的稀释与消解,更是一种生命激情的耗散,终而导致了一种深深的冷漠,流露出对于乡土以至整个文化的虚无情绪。事实上,这类衰退征候在写作《高老庄》时就已凸显。《高老庄》是一群"社会最基层的卑微的人"的"蝇营狗苟的琐碎小事","丧失了往昔的秀丽和清晰,无序而来,苍茫而去,汤汤水水又黏黏糊糊"③;而失去为理想辩护的热情,城、乡都将陷于无望。子路满怀希望返乡,结果却是一种深深的绝望,"爹,我恐怕再也不回来了!"他和妻子在城里一直生不出孩子,

---

① 贾平凹:《〈秦腔〉后记》,作家出版社2005年版,第514页。
② 严海蓉:《虚空的农村和空虚的主体》,《读书》2005年第7期。
③ 贾平凹:《〈高老庄〉后记》,春风文艺出版社2006年版,第280页。

隐喻了现代城市人"人种退化"和生命力丧失的普遍境遇。以此为标志,贾平凹在一步步"下滑"。《怀念狼》的寻狼之旅始于偶然,又适得其反,看似严肃的生态主题、生存拷问以一种近乎戏谑的方式收场,再次表达了对于人类的幻灭与失望;"带灯"的那点坚持与热情在现实面前是如此的微弱而不堪一击,自我麻木与自暴自弃未尝不是更深的绝望。《秦腔》仍是"一堆鸡零狗碎的泼烦日子"①,混沌的普通岁月颇有一丝"新写实"的味道;近作《山本》②中的革命与战争只是一种临时、偶然的风云际会,家族兴衰、地方传奇与历史生活更多是琐细、密实的原生态记录与想象,所谓"史诗"不过是将商州故事改头换面、重新组合后再讲了一遍,人物、情节与风土人情乃至神秘的佛道文化仍流于表层化,构思多年的"秦岭志"也几乎看不出人道主义精神的深沉,"最关键的是现代人文内涵的丧失问题"③。过多的粗鄙、性事描写,叙事日渐陷入世俗生活的"萎缩性"之中,曾经的城乡诗意开始为形而下的感受与趣味所淹没,已很难体现形上的审美向度,开掘文学生活的丰富性也就愈加不可能;而作品中愈渐增多的素材、细节的重复与惯性,引古、化古等古典文学资源的汲取,与其说是自我超越的某些探索,毋宁说是在困顿中寻找出路,是应对困顿的某种未必有效的方法。对此,作家其实并"不知道该怎么办,是歌颂,还是批判?是光明,还是阴暗?以前的观念没有办法再套用。我并不觉得我能站得更高来俯视生活,解释生活,我完全没有这个能力了","不知道如何处理,确实无能为力"④。贾平凹不得不接受这一现实,"似乎在写最后的乡村"⑤,终于显露出某些力不从心的局促与匮乏。叙事"前景"如何,已是昭然。

---

① 贾平凹:《〈秦腔〉后记》,作家出版社 2005 年版,第 518 页。

② 贾平凹:《山本》,人民文学出版社 2018 年版。

③ 贺仲明:《思想的混乱与自我的复制——对〈山本〉文学价值的重新考量》,《南方文坛》2019 年第 2 期。

④ 贾平凹、郜元宝:《关于〈秦腔〉和乡土文学的对话》,郜元宝等编:《贾平凹研究资料》,天津人民出版社 2005 年版,第 2 页、第 8 页。

⑤ 韩鲁华、许娟丽:《生活叙事与现实还原——关于贾平凹长篇新作〈秦腔〉的几点思考》,《当代作家评论》2005 年第 5 期。

相当程度上,这场由诗性精神演化而至的困局,昭示出当代语境下乡土叙事的命运与走向,如果文化融合并不能留存相对的诗意甚至连一定浓度的理想主义情怀都不能缔结,无疑也就宣示了乡土叙事的终结。诗性叙事对于现实的容纳与文化批判、反思意义的寄寓与表达同样是有边界与限度的。城市化促进了乡土的开放,也加速了文化空间的异化,终而剥离甚至取缔人的自然属性以及与土地、传统伦理的亲密关系,损毁是根本性的。而伴随农民、农村的身份、地位转变,传统乡土已近消失,与土地疏离成为普遍现象,基本体验既已不再,何谈怀乡,"人人都拔了根,挂了空"①。贾平凹小说呼应了这一进程,客观性承担、转化了诗性叙事的理想、虚蹈一面,却又着力过多、陷入过深,现实主义的"泥淖"限制了乡土想象的审美空间,文化转型的困顿与迷茫、失落和幻灭也束缚了艺术精神的升华;颓废、虚无的生活与文化态度,是对无望的时代心理的放大,叙事建构总体上是失败的。如果说曾经的挽歌主要面向过去,是对文化记忆的流逝与远去的感伤和喟悼,那么此时的贾平凹则是直面当下与未来,对乡土命运的不确定性的焦虑,包含着难以兼容、调和的城、乡文化冲突,"故乡将出现另一种形状,我将越来越陌生","越来越成为一种概念"②。即便还余留一定的诗意,但已普遍缺乏审美与文化功能上的建构性,"最根本的是缺乏独立的思想高度和价值立场";贾平凹小说中的主人公"在剧烈的文化转型中往往陷入迷茫,甚至是绝望地无力自拔,他们经常选择借助颓废的文化或生活方式来麻醉自己、逃避现实"③,也就是这一颓异的反映与写照。

乡土终将走向何方,贾平凹小说展示了一幅令人沮丧的前景。而在乡土开始成为"只能想象却不能再经验的所在"④的时代,"挂空"的个体想象是否

---

① 牟宗三:《生命的学问》,广西师范大学出版社 2005 年版,第 2 页。

② 贾平凹:《〈秦腔〉后记》,作家出版社 2005 年版,第 517 页,第 516 页。

③ 贺仲明等:《乡村伦理与乡土书写——20 世纪 90 年代以来的乡土小说研究》,人民出版社 2017 年版,第 329 页,第 48 页。

④ 孟繁华:《怎样讲述当下中国的乡村故事——新世纪长篇小说中的乡村变革》,《天津社会科学》2011 年第 5 期。

能够改变这一点,恐怕也不容乐观。当乡土也成为"任人打扮的小姑娘","闭门造车"不可能造就真正意义上的乡土文学。至少就一些"后生代"的创作来看,固然常弥漫着唯美的氤氲,却多缺少社会与文化的价值承担,且往往匮乏真实的乡村经验与记忆的积淀,也就很难进入诗性小说的乡土叙事谱系。

在 20 世纪的历史背景下审视中国诗性小说乡土叙事的发展与演变,城、乡冲突与融合的结构性变动一直受到历史条件的引导与制约,构成时代精神的某种形象化表达。围绕诗性精神的浓度以及精神演变的指向,乡土叙事也相应表现出"残酷"的诗意、梦境的失落与幻灭、民间诗情以及生存的深度、精神的异变与沉沦等形态,与启蒙主义、现实主义、文人传统、民间文化以及现代主义、世俗主义等文化思潮形成不同程度的互动,在现实与理想的迷网中构建出独特、多样的文学风格;而在现当代文化的持续改写与整合中,乡土叙事的传统蕴意与自我坚持终将逐渐陷于"终结"①。

---

① 在具体叙事理路中,辨析乡土叙事的诗性构型,重评作家作品,对于透视乡土文学的历史进程、深化叙事传统研究具有切实、普遍的意义。

第四章　叙事传统的欲望诗学

　　欲望对于人生向来具有不可或缺的价值,生命灵性的积聚与维系需以身体性的欲望"觉醒"为基础。欲望的生理释放与满足是人性的基本结构,表明了生命的自然属性。然而由于道德伦理、政治意识形态等正统观念的偏见,欲望问题一直处于被贬抑、打压乃至异化之中,往往被视为人性"恶"的本能,或是道德禁忌中的"文化禁区",或是现代生活的一种"娱乐性调料"和"低级趣味",并未得到审美观照的足够重视。在此背景下,20世纪中国诗性小说的欲望叙事对于欲望冲突的诗化调适,不仅有利于彰显人性的自然和本真尺度,也有利于揭示人性构成的复杂性,同样面向"丰满人性"的诗性建构等生命美学问题。这一传统中的欲望表达是丰富的,交织着感性与理性、个体与社会、肉欲与精神等不同层面的语义矛盾与冲突,展现出多样的形态与可能。相当意义上,郁达夫小说的叙述理路在于对身体性欲望的转移和压制,缺乏生命意义的满足效果,"净化"最终站在了道德伦理、家国观念等时代问题的基点上;沈从文小说在城、乡对立背景下的欲望释放保持了灵与肉的相对统一,其间女性被指派为超越性的向度,构成男性乃至城、乡生命力普遍萎缩的对比性力量。《月牙儿》的妓女叙事在女性身心的不自由中突入了女性的精神觉醒与无望抗争;茹志鹃的《百合花》看似单纯的"男女相遇"的结构模式隐含着革命话语对于欲望的压抑与圣化;莫言《红高粱》的生命奇观中流动着欲望的强力意志与自由哲学,反映出民间伦理对于欲望禁忌的某种解禁;等等。欲望为道德伦理、政治文化的压制与转化,虽以弱化乃至取消欲望的生命含量为代价,却表明了欲望向德性层面的转化与升华;灵肉一致的本能释放标举了生命的自然秉性,指向与社会文化属性之间的相对调和;而为现实原则所普遍贬抑的人性紧张与焦虑在"替换性满足"中的不同程度的纾解,则有助于弥补人生世界的残缺,调适文学冲突。当然,在 20 世纪一度政治化、渐至商业化的社会语境中,诗性叙事的欲望美学传统并不突出,始于郁达夫的"性的要求与灵肉冲突"的欲望净化或圣化显然消解了本能性的肉身,沈从文毕竟"曲高和寡",而启蒙叙事、革命叙事等都存在着背离欲望叙述的原动力;在普遍意义上,随着世纪末个人主义的放大与道德精神的滑坡,本能的宣泄与放纵构成了欲望表达的基本形态与趋向,世俗主义的流行预示了这一传统的进一步"衰落"。

第一节　欲望净化的伦理归途:
以郁达夫小说为例

　　20 世纪中国社会化的民族与阶级革命,以及商业化的欲望失范限制了对于欲望的审美观照与表现,欲望表达总是陷入这样那样的意义冲突和矛盾,难以在灵肉之间进行有效的诗性调和,往往陷入某种片面与极端。在此意义上,以"性的要求与灵肉的冲突"为基本特征的郁达夫小说显然代表了欲望诗化叙述的重要走向,欲望的本能释放一直受到现实和理性内容的制约,疏离于生命强力,而"颓废的气息""人性的优美""一点社会主义的色彩"等主题形态的交织和演变就可视为这一理路合乎逻辑的展开,形成自然诗意、道德伦理、家国观念等内容对于欲望的转化和置换。潜隐其间的间隙同时开放着风格衍生的诸多可能,客观上构成了对欲望叙述的多层面演示,成为一种重要"原型"。就郁达夫小说而言,欲望冲突常常以欲望的失败而告终。主体虽有着肉欲本能的强烈冲动,却没有导致欲望的必然实现,相反释放过程每每不能尽兴,难以顺利实施。由性欲的冲动和苦闷、肉体的贫病和伤感等元素构筑起的文本世界并不应和欲望的身体性"快乐"与"满足"原则,明显"中断"了欲望的自然进程。如此一来,叙事的诗意或许就在于对欲望生命意义的向往以及人生波折中的自然诗意凝视,也可能源于欲望与伦理逐步走向和解的平和态势,意味着伦理对于欲望主体人格境界的升华。在一定程度上,这虽有违欲望的自然本义,但作为文明语境中的生命个体,非本能向度上的伦理诉求,也可能导致人格境界上的"诗化"。或许,这更为艰难,个中蕴含的对立冲突也更为多样,郁达夫不仅要克服身体性的内在紧张,还要逐步化解伦理力量强加于欲望的异化和遮蔽,如何使之相谐和并非短期行为所能完成。故此,就需要在一种互文性背景中加以辨识,关联着作家欲望叙事的整体性演变。这一点首先可以从《沉沦》等作品开始得到说明①。

　　作于1921年的《沉沦》是郁达夫最重要的作品之一,对于现代知识青年"性的要求"进行了"大胆的自我暴露"。但是文中欲望主体强烈的情欲诉求并没有造成欲望行为的有效性,相反欲望的实现被"悬置"于一种"幻想"状态:"他觉得身体一天一天的衰弱起来,记忆力也一天一天的减退了。他又渐渐儿的生了一种怕见人面的心,见了妇女的时候,他觉得更加难受……法国自然派的小说和中国那几本有名的诲淫小说,他念了又念,几乎记熟了"。显然,此中人物已无力践行欲望,而"幻想"作为一种虚幻的行为方式,意味着欲望行为的被动和能力的退化。主人公要么只能徘徊于自然环境之中作自怨自艾的心灵忏悔,要么在家国沉思中抱怨命运的不公,而所谓"狎妓"也只是喝醉了酒糊里糊涂地在妓女床上睡了一觉。欲望自然进程的阻断意味着对于欲望"生命能量"含义的背离,由此主人公只能沦为一种丧失主体性的"多余人",在感伤、绝望中选择"投海自杀",以一种极端的方式,最终规避欲望。而这一过程中的性苦闷、自渎乃至意淫的身心反常与颓败虽不乏欲望的感官色彩,但由于没有进入欲望的生命"满足"机制,也就成为一种不完全意义上的欲望形态。同样,这一时期的其他作品也是如此。《茫茫夜》《秋柳》中的于质夫对妓女的要求是"不好看"和"年纪要大一些",而且事后感到"孤独的悲哀,和一种后悔的心思混在一块,笼罩上他的全心",《怀乡病者》中质夫主动躲避了酒馆清秀侍女投怀送抱的挑逗,"连自家的身体都忘记了",对象选择的怪诞和效果的低下使得原该愉悦的释欲过程近乎一种身心折磨,"颓废"所指也无法表现肉体的快乐原则。或许生活中的郁达夫能够特立独行地放纵身心,但笔下的人物却无法做到这一点。显然,作为生活的反映,文本虽然投射出作家的欲望苦闷、生存困境等实际生活内容,但并不构成"自叙传"意义上的欲望实现和满足。比照其间人物欲望诉求的两难,不能不说明郁达夫从一开始就没有将欲望的实现作为叙述的动力,潜伏着背离欲望叙述的深层因素。由此,欲望的"阻断——失败"就成为一种基本理路,在普遍层面上影响着叙述的开始和展开。

诺尔曼·布朗说过,"人的心灵对快乐原则的趋向是无法摧毁的,而本能放弃的道路,则是走向疾病和自我毁灭的道路"①。就郁达夫小说中普遍存在的欲望病态或变态而言,就是一种叙述上的必然。由于主体以一种反常的方式"满足"欲望,无疑致使欲望异变为人性的病态。《沉沦》中主人公除了流于"幻想",还在对房东女儿洗澡、侍女腿肉的偷窥中获取变相的"满足"。《空虚》中的质夫一边在脑里"替她解开衣服来",一边又"把身体横伏在刚才她睡过的地方……四体却感着一种被上留着的她的余温。闭了口用鼻子深深的在被上把她的香气闻吸了一回,他觉得他的肢体都酥软起来了。""偷窥"和"意淫"一样,都是对欲望实际行动能力的取代,作为"想象"欲望的间接实现方式,指向了一种病态的欲望诉求,而质夫若非有着近乎"上刑具被拷问"的克制,简直就是一个变态色情狂。《茫茫夜》中的"他"更在触目惊心的变态自虐

---

① [美]诺尔曼·布朗:《生与死的对抗》,冯川等译,贵州人民出版社 1994 年版,第 61 页。

中觅取满足，"他用那手帕揩了之后，看见镜子里的面上又滚了一颗圆润的血珠出来。对着了镜子里的面上的血珠，看看手帕上的腥红的血迹，闻闻那旧手帕和针子的香味，想想那手帕的主人公的态度，他觉得一种快感，把他的全身都浸遍了"，呈现的又是一种病态的极致。显然，欲望的压抑已在更深层次上导致了欲望形态的异变，主体利用了身体的非欲望器官去获取快感，致使欲望愈加暧昧和含混。如果说艺术的功能在于"解除压抑"，那么病态化的欲望行为显然无法承担。事实上，由于人物深陷生存的困顿、肉体上的病弱、精神上的自尊且自卑以及人格的矛盾、分裂等病变的境地，已无法坦然面对自身的肉欲冲动而只有放任它的受挫，由此引发的性反常凸显了高强度的心理冲突。精神冲突是人类区别于其他生物的本质特征，人类的欲望表达只能在此种"躁动不安的状态"中寻找出路①。郁达夫未能弥合这一点。在《沉沦自序》中他曾说过，在性的要求与灵肉的冲突中，"我的描写是失败了"②。作为"五四"一代的"自我觉醒者"，作家的内心或许过于复杂和激烈，因此即便在文本世界中采取一种妥协的形式，以变相、虚假的"满足"方式勉强支撑人性的欲望内容，仍难以阻止主体陷入欲望困境。在此意义上，文本作为主体性的语言操控，虽有着巨大的想象空间，也无法促成欲望"白日梦"的满足与实现，由此造成的精神痛苦必然影响到叙述进程，进而在病变中逐渐归于失败。

对于文本中所普遍存在的死亡现象，同样也不能视为一种单纯的死亡事件，而是具有象征意义的叙述环节。死亡是人生时间的终止，而生命既已结束，欲望必然终结。郁达夫说过，"性欲和死，是人生的两大根本问题，所以以这两者为材料的作品，其偏爱价值比一般其他的作品更大"③。二者的密切关联，似乎已暗示出这一点。的确，《沉沦》中的"他"在所谓"狎妓"后投海自

---

① ［美］诺尔曼·布朗：《生与死的对抗》，冯川等译，贵州人民出版社 1994 年版，第 92 页。
② 《〈沉沦〉自序》，《郁达夫文集》(7)，花城出版社、生活·读书·新知三联书店香港分店1983 年版，第 149 页。
③ 《文艺赏鉴上之偏爱价值》，《郁达夫文集》(5)，花城出版社、生活·读书·新知三联书店香港分店 1982 年版，第 162 页。

杀,《银灰色的死》中的"他"在"放荡"生活的自我怨艾中暴死街头,《清凉的午后》中的老郑为妓女小天王的赎身和包养导致了最终溺死湖中。而后期代表作《她是一个弱女子》中的漂亮女人郑秀岳惨死于日军的奸杀,欲望受到了死亡的完全碾压。"人之死亡"预示了"欲望的死亡"。这是因为,作为人生根本否定的死亡一旦介入欲望过程,人就不得不在虚无中背弃自身,从而终结欲望进程。而死亡阴影的笼罩且挥之不去,逐渐又强化为一种毁灭性的极端化趋势,最终就将虚无、幻灭的否定性铺染成欲望叙述的基本氛围。小说中的主人公往往在欲望的追逐中陷入绝境,在趋向死亡的过程中或病情加重,或陷入贫困交加,《茫茫夜》《秋柳》《怀乡病者》《空虚》等中"于质夫"在物质和精神上的穷病与变态,《祈愿》中"淫乐"生活导致身体的"倦弱"和精神的"孤独",等等。相当程度上,这种走向欲望终结的"非欲望化"指向,不能不说明欲望诉求过程中的矛盾、游移已经通过死亡的绝对否定得以"消除",凸显了一种欲望失败态势的最终形成。

"非欲望化"意味着改变欲望的自然轨道进而祛除、转化欲望,由此造成欲望的退场以及人生结构的残缺和空白,必然有待其他意义的填补和充实。从整体上看,欲望叙述的理路最终指向了"他者"意义对于身体性本能的内在置换。这主要表现为欲望向诗意自然、道德伦理、家国观念等意义的转移;而由于这些内容更多联系到主体自身的道德感、理性意志以及语义空间的现实内容,又与民族、社会、群体等沉重的历史话语衔接在了一起,在逐步消解欲望的同时,个中的意义缝隙孕育出艺术风格的进一步演变。

鉴于郁达夫小说一直存在着大量的自然景物描写,我们仍可以从此入手来分析这一问题。郁达夫小说的主人公基本上都有着自然情结。按理说,自然是人类欲望的源头,也是欲望的本真状态,置身于自然之中,也容易激发起欲望的生命能量。然而郁达夫小说并不具备这一点。从早期作品来看,欲望主体往往游移在欲望与自然之间:"这晚夏的微风,这初秋的清气,还是你的朋友,还是你的慈母,还是你的情人;你也不必再到世上去与那些轻薄的男女共处去,你就在这大自然的怀里,这纯朴的乡间终老了罢。"(《沉沦》)伊人"想把午前的风景比作患肺病的纯洁的处女,午后的风景比作成熟期以后的嫁过人的丰肥的妇人。……一条初春的海岸上,只有他一个人和他的清瘦的影子在那里动着。"(《南迁》)"他搬上东中野之后,只觉得一天一天的消沉了下去。平时他对于田园清景,是非常爱惜的,每当日出日没的时候,他也着实对了大自然流过几次清泪。"(《空虚》)显然,自然并不构成与欲望精神的同质效果,相反,却每每触发感伤心态。面对自然的陶醉往往是瞬间的,凸现了主体顾影自怜式的徘徊,在欲望的难以割舍中常常陷入无所适从,纠葛着自我、世界和人生处境的焦虑和探求的茫然。诸如《沉沦》中的"我"之所以"不上半年,他竟变成了一个大自然的宠儿,一刻也离不了那天然的野趣了",并不是出于对大自然的真爱,而是现实困境下的无奈逃避和短暂排解。而《空虚》中质夫对于田园清景的"爱惜",既是出于对有着"纤嫩颈项"的邻舍少女欲望诉求受挫后的自怨自艾,还是人生缺乏"引路"的"残虐的运命"中的"自欺自慰"和空虚梦想,等等。

无疑,自然只能作为一种情感的暂时逃避去处,而无法成为精神上的安顿之地。郁达夫说过,"因为对现实感到了不满,才想逃回到大自然的怀中,在这大自然的广漠里徘徊着,又只想飞翔开去;可是到了一处固定的地方之后,心理的变化又是同样地要起来的,所以转转不已……而变作着一个永远的旅人"①。对于自然的背弃,一定意义上也就说明欲望行为的无法"自然",而只能陷入"飞翔开去"的意义转化。不难发现,上述作品往往将狎妓等行为与伦理德性、家国情怀等意义相联系,对妓女等欲望对象的追逐普遍有着非欲望化的附加。这一方面制约着主体对于释欲进程的投入程度,另一方面也使得释欲过程掺杂着道德、社会、人生等意义的内省,常常充斥着社会性的慨叹与怨尤。《沉沦》中"所要求的就是爱情",但一旦知道自己"想女人的肉体的心是

---

① 《忏余独白——〈忏余集〉代序》,《郁达夫文集》(7),花城出版社、生活·读书·新知三联书店香港分店 1983 年版,第 250 页。

真的",又陷入自责,"他切齿的痛骂自己,畜生! 狗贼! 卑怯的人",自责之后,则是"我再也不爱女人了。我就爱我的祖国,我就把我的祖国当作了情人吧"。《青烟》中"就假使我正抱了一个肥白的裸体妇女,在酣饮的时候",也会为亡国和人生遭际而痛哭、忧郁;《秋柳》中的于质夫在对妓女海棠一番同病相怜式的感慨之后,就决定"我要救世人,必须先从救个人入手","觉得海棠的肉体,绝对不像个妓女"了;《十一月初三》中的"我"虽迷恋于狎妓"欢乐的魔醉力",但又不觉发起"反省病","自悼自伤"起来。由此,自然退化为一种背景,那些欲望主体不得不游走在欲望和社会观念的冲突、矛盾的苦闷、焦虑之中。

"转移"意味着主体以一种"代偿"的方式获取满足,由于改变了欲望发展的方向,就会使叙事重心发生位移。欲望诉求和社会观念之间的明显对立,导致欲望肉身意义的转移态势,而随着这一态势的趋于完成,就将改换叙述的意义空间,欲望最终将被外在观念所置换。如果说,在郁达夫早期小说创作中这种转移态势还没有达成置换的效果,那么随着后期主体的明显自觉,欲望就将让位于现实、理性等层面的社会伦理诉求。结合《蜃楼》《迟桂花》等作品,已不难澄清这一轨迹。

《蜃楼》创作于1926年至1931年间,前后耗时近六年。其时正是郁达夫决意转向民主主义道路的时期,"我想一改从前的退避的计划,走上前路去"①,"把满腔热忱,满怀悲愤,都投向革命中去的"②。然而个人主义仍如一条"辫子"拖曳在创作中,反映出作家转变过程的矛盾性和长期性。在某种意义上,《蜃楼》较全面地诠释了这一点,表现出作家在"歧途的迷惘"中的"昂然兴起"③。从主题上看,欲望虽仍是叙事的重点,但已被设置为一次非理性意

---

① 《公开状答日本山口君》,《郁达夫文集》(8),花城出版社、生活·读书·新知三联书店香港分店1983年版,第31页。
② 《〈鸡肋集〉题辞》,《郁达夫文集》(7),花城出版社、生活·读书·新知三联书店香港分店1983年版,第172页。
③ 曾华鹏、范伯群:《郁达夫论》,王自立等编:《郁达夫研究资料》,知识产权出版社2010年版,第419页。

义与主体理性意志之间的对决,矛盾中的人生抉择,虽不乏游移和痛苦,但指向已趋于明朗。小说中"康夫人"等女性肉体的美不断挑拨着欲望的本能神经,而富裕而年轻的异域女郎冶妮更像欲望的终极符号,烂熟的青春肉体散发出浓亵难耐的魔力,但随着陈逸群从意乱情迷中的最终觉醒,"高尚纯洁地在岸边各分了手",象征性地瓦解了非理性本能,彰显了主体意志对于欲望的胜利。究其原因,作为欲望主体的陈逸群"总要寻根究底的解剖起自家过去的生活意思来",面对多年来"恶劣环境的腐蚀"有着"对自己的心理的批评分析"。这使其总能保持一份清醒,"恢复了平时的冷静的头脑,却使他取得了一种对自己的纯客观的批评的态度"。伦理、家国等理性观念占据了主体的思想,影响到欲情的转化。"当他靠贴住冶妮的呼吸起伏得很急的胸腰,在听取她娓娓地劝诱他降服的细语的中间,终于想起了千疮百孔,还终不能和欧美列强处于对等地位的祖国……",终而"分手"。而围绕"自我""中国社会""传统礼教"的一大段自白式的"忏悔",虽有着"终究是一个空"的"最后结论",流露出心态上一度的矛盾游移,但无疑是主体意志对于欲望自我的理性"解剖"。随着对于本能的逐步离弃,欲望化的身心终将走向安宁,"他的在一夜之中为爱欲情愁所搅乱得那么不安的心灵思虑,竟也自然而然地化入了本来无物的菩提妙境,他的欲念,他的小我,都被这清新纯洁的田园朝景吞没下去了"。由此,自然呈现了人生的安抚作用,"面对着这大自然的无私的怀抱,肩背上又满披着了行程刚开始的健全的阳光","眼前的景致,却是和平清静的故国的晴冬"。不难看出,由于理性意志占据上风,精神的分裂开始弥合,肉欲受挫的苦闷和幻灭让位于人格境界的理性升华,指向伦理性的消融,而非极端性的挤压,激发出叙事的和谐与诗意。

　　如果说《蜃楼》还存在明显的二元对立,那么到了《迟桂花》这一点已得以缝合,显示了欲望与伦理的和解。作为郁达夫后期创作的代表作品,《迟桂花》表现出的"欲情净化"色彩,使其被指认为郁达夫"最具诗意的作品",然而这种"净化"恰恰是以压制乃至弃绝自然欲望为代价的,彰显出社会学取向的伦理"诗意"。在友人的邀请下,"我"来到乡间参加婚礼,乡土的风景和人伦情怀让我感佩于一种古朴的"生活秩序";而面对健康鲜活的乡村姑娘"莲",起初的一点"恍恍惚惚,象又回复了青春时代"的邪念也得到了清算,主人公对自己"更下了一个严正的批判","我的心地开朗了,欲情也净化了",在她脸上看出了"满含着未来的希望和信任的圣洁的光耀来……我愈看愈觉得对她生出敬爱的心思来了"。压抑了本能冲动而转向伦理意义的诉求,人物由此具有了"圣洁"向度的精神提升。小说将"莲"作为道德力量的化身,形成对主人公的灵魂拯救,开始褪尽女性作为欲望"本质符号"的代码意义。而友人身染肺病,回家等待死亡,却在自然景物、伦理亲情之中得以痊愈,摆脱死亡的追逐。这种死亡模式的改变也构成某种呼应,预示着本能冲动的终将"沉寂"。"迟桂花"对于欲望的伦理转化是相对节制的,虽然还潜存着欲望的本能冲动,但由于形上力量已能填补净化中的意义空白,转而凸显出自然的优美和人伦人情的高尚,并未导致人性结构上的"失衡"。相当意义上,《迟桂花》成为作家对于欲望的一次告别,在生命向度上,则是不自然的①。

由此可见,欲望的冲动——转移和净化——伦理境界的提升构成了郁达夫小说欲望诗化的内在理路和基本路向。个中的关键在于,以一种有违人性自然规律的压抑方式净化欲望,欲望被处理成伦理人生的对立性力量,造成对本能的压抑,反而忽视了欲望的正常欲求和释放。比照郁达夫的其他小说作品,也构成一种互文性发展和印证。《过去》中的李白时在自批"卑劣"的忏悔后,"很舒畅的默默的直躺到了天明";《迷羊》中的谢月英遁失得不知所终,象征性地放逐了欲望;《她是一个弱女子》中两个漂亮年轻的女人一个投身革命从而离弃欲望,一个张扬欲望却惨死于日军奸杀,对照性的情节同样预示了欲望的转化甚至消亡。郁达夫直承《迷羊》是一篇"忏悔录",也间接说明了这一点。现实主义成分的呈现,无疑凸现出主题的历史化走向,《春风沉醉的晚

---

① 席建彬:《"欲情净化"中的欲望迷失——关于〈迟桂花〉的一种解读》,《名作欣赏》2007年第 11 期。

上》《薄奠》表达了对被压迫的无产阶级劳动者的深切同情；而最后一部小说《出奔》又以大革命为背景，写一个青年革命者被地主腐蚀、收买到觉醒后焚烧地主全家而"出奔"的过程，颇类革命题材的"成长小说"。作家自谓的"一点社会主义的色彩"①终而生长、放大，深入了时代主流叙事。

　　由于欲望释放进程的中断，本能冲动的起点并没有导向欲望的必然实现，导致了道德、伦理等理性意义对于欲望的最终置换；而随着叙述向后者的最终倾斜，欲望之旅也就走到了尽头。毕竟，人都是"身体性的存在"，本能是人性结构的重要内容，有其存在的必要性和合理性。如果缺少了这一点，人生就可能滑向禁欲主义的泥潭，造成人性、人生的分裂。在颓废和净化之间的语义游移，彰显了生命冲动与社会观念诉求之间的矛盾与冲突，与民族、社会、群体等观念之间的纠缠迎拒，多义性的欲望空间形成与"表现半殖民地都市的畸形和病态"等时代话语的沟通，包含着叙述转化的可能。有鉴于此，郁达夫小说可被视为关于现当代欲望叙述变异之路的一次典范性演示。较之鲁迅等同时代作家而言，欲望同样处于社会性的遮蔽与改写之下，只不过鲁迅等人的理性意志是压倒性的。比如《补天》不过是借弗洛伊德的学说，用性的苦闷"来解释创造——人和文学——的缘起"②，《伤逝》涉及性爱问题时，"更注意从启蒙者所深陷的欲望与理性两难的道德困境中来阐释性爱问题的复杂性"③。而郁达夫则是渐进式的，早期过多非理性的纠缠与彷徨，在理性和现实原则的规约中逐步走向后期的沉寂，冲突和消长之中一直不离现实重大问题。这种本质同构说明他们笔下的欲望问题都可归属于某种文化、民族、社会身份的认同和探求，在欲望的伦理转化上具有一致性。在更广泛的层面上，这种"去欲望化"则是 20 世纪主流叙事的基本特征，而在一些被普遍誉为清新、优美的

---

　　①　《〈达夫自选集〉自序》，《郁达夫文集》(7)，花城出版社、生活·读书·新知三联书店香港分店 1983 年版，第 255—256 页。

　　②　《故事新编·序言》，《鲁迅全集》第二卷，人民文学出版社 2005 年版，第 353 页。

　　③　徐仲佳：《性爱问题：1920 年代中国小说的现代性阐释》，社会科学文献出版社 2005 年版，第 95 页。

诗性小说中,欲望也处于潜隐状态。比如说,废名、孙犁、师陀、萧红等作家中意的多是人生的雅致、人性的朴实以及故土生活的回忆,基本不涉及欲望的自然机制,从属于一种"残缺"的无欲人生。当然,这些作家的欲望转化过程都不如郁达夫来得清晰而系统,但透过他们叙述的"非欲望化"方式,折射的正是由郁达夫欲望叙述理路发展、深化而构建出的欲望"效果史"。

作为一种欲望叙述,郁达夫的欲望冲动与颓变还孕育着非理性放纵的可能,影响到"颓废"等文学印象的评述。作为创造社的代表作家,郁达夫"写肉欲,写妓女,写变态性心理,写无赖之情,写狂妄之状,甚至由于要和'上流'对立,便把'下流'抬出来"①,尤其是他的前期作品,有着"大胆的然而是过多的肉与色情的描写"②及至被人骂为"卖淫文学"。无论这些论述是否完全中肯,但有一点可以肯定,就是文学史对于郁达夫小说曾有着明显的非理性定位。事实上,虽然在"性的要求与灵肉冲突"的博战中最终走向了精神性的价值认同进而终结了这一过程,然而内中的本能冲动,仍带给世人一定程度的肉欲刺激。试想,如果不是中断了欲望的自然进程而任其滑行,郁达夫或许就将成为现代"纵欲"一脉文学的中坚。20 世纪中国文学显然不乏这一传统。张资平的性爱小说曾被鲁迅赠以"△"的定性,而新感觉派也有着对都市人欲望"下流趣味"的"同情"和"艳羡",及至 90 年代的"身体写作"甚至"下半身写作",又浮现为时代的主要文化景观而被世人津津乐道。欲望被置于宣泄本能的纵欲、享乐层面。在一定程度上,这也接通了郁达夫欲望叙述所中断的部分,使本能释放未能完成的环节得以继续,由此进入满足的轨道,直至肉身的失范。在此意义上,将其"戴上颓废作家的头衔"虽然不太契合作家的文本实际,但也是一种文学史的必然。

---

① 宋益乔:《一代青年代言者的心声——论前期创造社对批判封建道德斗争的特殊贡献》,《文学评论》1992 年第 6 期。

② 曾华鹏、范伯群:《郁达夫论》,王自立等编:《郁达夫研究资料》,知识产权出版社 2010 年版,第 400 页。

或许欲望就是一种开放性的结构,存在着多种意义生成、"互见"的复杂性。虽然我们判别作家风格可以依托其主导倾向,但并不意味着就此将问题简单化。将郁达夫作为叙事传统的一个典型个案加以分析,并非将其置于完备形态上加以肯定或夸大。郁达夫的欲望叙述一直处于一种"未完成"状态。这不仅体现在对于欲望的社会学转化常常纠缠着非理性色彩,对历史话语的认同和传达还与主流文学存在较大距离,"他的眼睛总是望着革命的海岸,然而他总是不能到达"①;而欲望叙述中的非理性放纵以及自然健康的因素也基本淹没于历史话语之下,未能成长为制约文本的制导性力量,留下巨大的想象张力。或许,这就是"原型"的意义,虽有所奠基却无法完成,只有借助于长时段的文学史建构,方可能彰显价值和意义。当然,不能确定现当代欲望叙述是否都受到了郁达夫的影响,但这并不重要,因为文学史本身就属于一种互文性的网络建构,并不取决于作家人际或观念上的直接交流,而主要以客观文本作为评判依据。

第二节　欲望的力与美:以沈从文小说为例

就沈从文小说而言②,由于立足于自然人性的追求,推崇充满野性和活力的生命个体,肯定人性的原始生命力,欲望与自然构成了明显的同质关系,即直接与本能冲动、心理需求相关的灵肉调和的人性表露。一方面,欲望有着正常的宣泄途径;另一方面,欲望的宣泄和满足又不至于滑入非理性的颓废境地,瓦解生命本能的精神属性,表现出灵肉调和的"相对"分寸感。或许正如康·巴乌斯托夫斯基所言:"最好的风格首先是有分寸"③。这种欲望的调和,

---

①　曾华鹏、范伯群:《郁达夫论》,王自立等编:《郁达夫研究资料》,知识产权出版社 2010 版,第 423 页。

②　本节所引沈从文作品均参见《沈从文全集》,北岳文艺出版社 2002 年版。

③　[俄]康·巴乌斯托夫斯基:《金蔷薇》,李时译,上海译文出版社 1980 年版,第 202 页。

赋予沈从文小说浓厚的生命哲学背景。虽说沈从文并没有能够直接承受老庄的理念和卢梭自然人思想的影响，但他的宇宙观直接滋生于湘西生活的"大书"，自然文化背景与原始而率真的生命本源保持了深层次的沟通与契合。在此意义上，欲望叙事指向了生命力与美的健康状态，感性的生命欲望既获得了合理性的肯定，又被赋予理想人性的文化象征意义，讲述的就是一个欲望本体意域中的"丰满人性"的故事，而力与美等诗性特质的形成也就基于欲望在自然向度上诗化和演进的结果。

和通常意义上的欲望叙述一样，沈从文小说的欲望表现也是从欲望释放开始的，然而不同的是，这一释放具有明显的诗化指向。沈从文认为文学创作要"表现人性最真切的欲望"，把握"不悖于人性的人生形式"，"先要每一个人如一般的生物，尽种族的义务"（《给一个中学教员》），同时要达到"交流的满足"，由满足而产生心智的"愉快"和"启发"，进而形成"向前进取的勇气和信心"（《给志在写作者》）。禁欲不属于沈从文，他认为释欲意味着"快乐和幸福"，"总常常包含了严肃和轻浮"，"两人皆在忘我行为中，失去了一切节制约束行为的能力，各在新的形式下，得到了对方的力，得到了对方的爱，得到了把另一个灵魂互相交换移入自己心中深处的满足"（《月下小景》）。不难看出，欲望释放被视为人性的基本内容和方向，而且由于包含着"严肃和轻浮"的内容，又具有灵肉一致的指向。沈从文认为这属于"诗"，"这本身，这给男子的兴奋，就是诗，就是艺术，就是真理"（《一件心的罪孽》），"一个男子得到她，便同时把诗人的上帝同浪子的上帝全得到了"（《若墨医生》）。显然，沈从文的欲望叙述并不属于欲望的非理性压抑或放纵状态的呈现，而在于欲望宣泄的"诗"意满足，由此也就消解了欲望释放过程中的非理性癫狂甚至病态的精神分裂，显示出欲望释放的诗化轨迹。这在其城市和乡土题材作品中都得到了普遍的表现，从而生成小说整体上的欲望诗化倾向。

就城市题材小说而言，由于现代城市本身就是欲望非理性的象征，欲望主体易陷于城市谋生的艰难和身心病弱的现实困境，而可能阻碍、压抑欲望造成人格扭曲、病态的非理性色彩是现代欲望叙述的普遍形态。这一点在沈从文小说中并没有得到凸显,相反,主体在多数情况下获取了欲望满足的诗意和美感。《晨》《岚生同岚生太太》固然隐含着对于岚生"对无数的尼姑头""烫发的女学生"的晦暗性心理的嘲弄,但关于城市小职员夫妻感情生活的描写仍然透露出对"爱情怒发"的认同;《或人的太太》中漂亮太太感觉到"一个好丈夫以外还应有一个如意情人,故我就让他恋着我了"的想法和实际行为表现了"精致肉体"对一个年轻女子的诗意诱惑;《篁君日记》中"我"享受着菊子和年轻姨奶奶的爱情,体会到的是"一部宝藏,中间藏有全人的美质,天地的灵气,与那人间诗同艺术的源泉,以及爱情的肥料",而最终于一个月夜"被月光诗化了","服从了神的意旨"的主动和热情,"让她在我身上觉悟她是配做一个年轻人妻子和一个年轻人的情人";《十四夜间》中的子高遇到了一个"天真未泯的秘密卖淫人","他觉得,这时有个比处女还洁白的灵魂就在他身边,他把握着了","把子高处置到一个温柔梦里去,让月儿西沉了。"欲望的故事虽然在城市中一次次上演,但并没有被宿命般的肉欲之流湮没,相反,仍然昭示出诗意自然的一面。对于沈从文而言,城市虽有着异化人性的一面,但存留的生命活力仍不失为人性的一种主要形式。以往我们局隅于城乡对立的二元论评价模式,往往将沈从文城市题材小说的欲望形态理解为湘西题材的对立面,也就影响了对其间可能蕴含的生命意识的认识,忽视了此类小说之于沈从文人性世界建构的正面价值。

而在乡土题材中,欲望的释放更成为生命存在的基本法则。欲望在自然背景的衬托下,越发显得优美而健康,彰显出生命的力与美特质。《采蕨》《阿黑小史》中五明与阿黑在山野间恣意地"撒野",《雨后》中的四狗和摘蕨姑娘的"放肆"表现了一种野性自然的两性欲望;《萧萧》中萧萧在懵懂中和花狗做的"糊涂事"一如岁月流逝般的自然,《旅店》中黑猫和大鼻子客人的一次野合,又只是生命"失去的权利"的回归,等等。其间欲望释放的过程和结果显得直接而完美:"她躺在草地上像生了一场大病……她的心,这时去得很远很远,她听得远远的从坳上油坊中送来的轧槌声与歌声"(《采蕨》);"四狗给他一些气力,一些强硬,一些温柔,她用这些东西把自己醉,醉到不知人事"(《雨后》);大鼻子客人对黑猫而言意味着"一种力,一种圆满健全的、而带有顽固的攻击,一种蠢的变动,一种暴风暴雨后的休息"(《旅店》);等等。至于《边城》,翠翠本身就是她的父母冲破"性禁忌"的欲望自然化的产物,而她也依持一种自然节律在生长,"处处俨然一个小兽物";她和傩送的爱情,没有虚假,也没有家长、宗族等的粗暴干涉。虽然最终结局未卜,但也基本处于一种自然状态。作为理想人性的象征,翠翠保持了一种率真的人生状态,而小说中写到的"边地的风俗淳朴,便是做妓女,也永远那么浑厚"等等,也都在印证着沈从文"不悖于人生"的欲望理想。

作为一种自然人性框架中的文学创作,欲望释放的成功和满足,促成了欲望的自由与张扬,昭示出诗性风格的形成。而之所以达成这一点,则主要取决于沈从文小说诗化欲望的特殊主体,即创造性地将女性转化为欲望主体,使得女性成为欲望过程中的诗意主导;女性生命力的提升构成男性生命力萎缩的对比性力量,叙述呈现为女性化的生命力景观,成为沟通欲望诗化的超越之路。而分析这一主体性的性别转换,就将深入作为创作"内核"的文本运行机制之中,辨识湘西题材和城市题材小说中所共存的欲望萎缩和张扬,从性别层面阐释沈从文小说的文化批判意义,进而弥合沈从文研究城、乡对峙的二元论模式所导致的人性观念的歧异,彰显叙事的诗性路径。

欲望的过程总是和女性密切相关,这是因为女性是比男性"更契合大地、更为植物性的生物"①,具有更多的身体性征,其性别角色功能往往影响着欲望表现的具体形态。由于女性曾一度被视为"欲望的哨兵"和本质"符号",不仅被视为欲望释放的唯一对象,更被看作欲望本身,欲望叙述通常就是叙述征服女性肉体的过程。长期导致的后果就是女性主体性地位的丧失和对女性本

---

① 刘小枫:《刺猬的温顺:讲演及其相关论文集》,上海文艺出版社 2002 年版,第 58 页。

源意义的遮蔽，女性被置于一种"弱者"和"物"的地位，异化为欲望非理性的晦暗代码，成为诸多阴暗心理的焦点。这种情况在沈从文小说中得到了根本性的扭转，他笔下的女性不仅成为欲望的主体，同时也是生命"力与美"的符号，获得了"主体性的还原"。相比之下，其间的男性则基本上处于一种附属体的位置，缺少生命的力度和强度。而正是这一性别的结构性逆转，构建了人性的自然、健康和优美状态，客观上使文本焕发出生命"力与美"的诗意色彩。

就沈从文小说中的城市女性而言，不仅走出了欲望非理性的阴影，自身成为力与美的形象载体，而且主动追求着力与美的实现。这些城市女性基本有着美好的身躯，白皙的皮肤，娇好的面容，面对欲望大胆热情，而男性则相对显得病弱无力，往往清瘦忧郁，苍白而多愁善感甚至散发着"呆气"，瞻前顾后，力量弱化。"一切女子的灵魂，皆从一个模子里印就，一切男人的灵魂，又皆从另一个模子里印出，个性特性是不易存在，领袖标准是在共通所理解的榜样中产生的，一切皆显得又庸俗又平凡"（《如蕤》）；"她厌倦那些成为公式的男子，与成为公式的爱情"，渴望着激情甚至是男性的强暴（《月下小景》）。在城市的"欲望之旅"中，主体被置换为了女性，男性只是被动的承受者或逃避者，明显的两性对比结构焕发了女性的诗化色彩，表征了沈从文小说城市人性的"阉嗣性"其实主要在于男性的"雌性化"。篁君是在菊子和年轻姨太太的主动追求下被动承受着女性的爱意（《篁君日记》），《或人的太太》中的丈夫只能"沉闷的度着每一日"；而涣乎先生希望的"又似乎是不要他去爱她也将来纠他缠他，撒赖定要同他好"。《薄寒》中"她只是期望一个顽固的人，用顽固的行为加到她身上，损失的分量是不计较的"，然而面前的男人只是"一个蠢人中的蠢人。一个教物理学从不曾把公式忘记却全不了解女人的汉子"；而子高只是一个哭着的"未经情爱的怯小子"，"本应她凡事由他，事实却是他凡事由她，她凡事做了主"（《十四夜间》）；客人面对情人"你如有胆量就把我带走"的大胆和热情，只是悲伤的逃避了（《一个母亲》）。即便是《绅士的太太》这样一部被认为是较集中地体现了沈从文对于城市人性的批判的作品，所谓绅士也多是一些虚伪、猥琐的"废物",而太太则具有"飘逸""美好"的身姿和面容,在心性上也比绅士高尚得多;至于《八骏图》则近乎一幅表现男性猥琐性冲动的众生图;等等。男性在城市欲望之旅中的疲弱映衬了女性的强势地位,女性成为欲望过程的施动者,制约着欲望的发展方向。

在乡土题材的作品中,这种女性"主体还原"现象更加明显。阿黑、黑猫、巧秀、媚金等等乡野女子都秉承着山野的灵气和野性,健康美丽的身体和容貌,爱情的纯洁和自觉使她们近乎完全意义上的生命力与美的符号。《连长》中的妇人表现出来"神圣的诗质",不仅是美,而且具有"把那军营中火气全化尽,越编越成温柔了"的力量;《神巫之爱》中的花帕族女子的仪容美轮美奂,仅"黑睛白仁像用宝石镶成,才从水中取出安置到眶中,那眼眶,又是庄子一书上的巧匠手工做成的",眼睛看过来,就让"神巫有点迷乱,有点摇动了";《媚金·豹子·与那羊》中媚金的美超越了凡尘和语言的能力,"照到荷仙姑捏塑成就的,人间决不当有这样完全的精致模型",对女性的诗化甚至有了圣化的倾向;即便是《柏子》中的妓女也"帮助这些可怜人,把一切穷苦一切期望从这些人心上挪去。放进的是类乎烟酒的兴奋和醉麻。"而《边城》《长河》中的翠翠、夭夭更因其散发的女性诗意气质重塑了数代受众对于女性的美好想象,其经典性已成为常识。在对待爱情的态度上,她们也是力的化身,或以死殉情,如媚金;或弃家私奔,如巧秀;或愿意和情人相伴天涯,如《连长》中的妇人;等等。欲望一旦被赋予人性的合法性地位,又有什么能让她们放弃呢!

女性以一种对生命强力的唤醒和尊崇推动了自身的主体性回归,恢复为一种真正的性别,成为欲望进程的基本动力。不妨认为,女性才是沈从文建构理想人性世界的主要支撑,至于男性,生命强力的"在"与"不在"则基本是由女性的呼唤才得以激发。正如上文所述,城市男性的"雌性化"已使他们丧失了主体的位置,从而沦为"力与美"的"他者"。至于乡土男性,虽体现出了不同于城市男性的力与美状态,但仍然难以摆脱对女性的依赖,隐现着自身的弱化痕迹。《采蕨》《阿黑小史》中的阿黑在她和五明的关系中一直就是一个掌控者,决定着五明获得快乐和幸福的程度,她可以用"要告五明的爹"让五明不断"茅苞","茅苞是不知措手之谓,到他不知措手时,阿黑自然会笑,用笑把小鬼的心又放下"。及至委身五明,她也可以随自己的意愿让五明"驯服到象一只猫";《媚金·豹子·与那羊》中媚金自杀的原因貌似由于豹子要兑现自己"献一只羊给新妇"的诺言而耽搁了,实则是因为豹子囿于"知识"和习惯的延宕。在一定意义上,这篇作品可以看作一篇寓言,最终受伤的羊隐喻了男性生命品质的残缺,而"豹子"也就在一定程度上被等同于"羊"。《边城》中傩送兄弟在翠翠的爱情面前都以远遁告终,未尝不是对男性生命本质的背叛;同样,《萧萧》中的花狗在得知萧萧怀孕后"全无主意",第二天就"不辞而行",只有萧萧独自面对后果;等等。城市男性的雌性化也已侵蚀了乡土男性的生命力,他们不再是真正意义上的"狮子"或"豹子",或许这就是现代文明的必然后果,沈从文把它赋予了男性,寄寓着自己"满怀偏见"的现代文明的深深忧惧。当然,这并不意味着男性在沈从文小说中的完全贫弱,乡土男性还是存在着一定的力与美品质,毕竟,人性在乡土自然中能够得以相对完好的保存,男性和女性还有着生命本质上的同构意义。

显然,作为欲望释放的主导,女性决定了欲望叙事的诗化状态。她们在城乡境遇中保持的明显一致、健康大胆的欲望热情激发了生命的主体性,焕发出人性自然而诗意的活力。相当意义上,这沟通的就是诗性智慧的女性崇拜母题。珍尼特·海登曾指出:"在最古老的神话里,女性是本,男性则是衍生物。……在母权制社会中,女性具有规范性。"①中国神话里的女性崇拜也包含着复杂的情感,既有当作母亲一样的敬重,又有繁衍生命的赞美,同时还有着世俗性爱的追求。女性的性别意义由此意味着回归主体与回归生命源头的同质性建构,以原始母性的生育本能、性爱本能来拯救沦陷中的业已男性化的现代文明,"用精神分析学家的说法,这也是重返母体和子宫的象征。没有母

---

① 参见方克强:《文学人类学批评》,上海社会科学院出版社1992年版,第146页。

体之中的孕育,自然不会有新生命的诞生"①。其本质在于,"传达了一种回归和向往从本源中吸取力量的鲜明意向"②,"是一种人性的呼喊,它呼唤着应该属于人、而又被人自身忽视的那一切"③。

"扬女抑男"的性别比照,以欲望本能的健康、自然抒发构建出欲望叙事的诗性形态,使得欲望释放摆脱了世俗性的"放肆",而成为一种生命力的"迸发",预示着人性在现代语境中的分裂与统一。这种"自然人性"向度上的欲望诉求构成了沈从文小说人性"牧歌"的核心。相当程度上,也就表明欲望作为人类的本性,在本质上并无害于个体、社会和文明的发展,它的满足与松弛将缓和本能的压抑,提升、重铸人生,渗透着深切的现实、文化关怀。沈从文"在两种文化中取样"与实验,意在借助"野蛮人"亦即"自然人"的血液促使民族的心灵和精神变得年轻与雄强起来,"引燃整个民族青春之焰","好在20世纪舞台上与别个民族争生存权利"④。对于种族、人类命运的思考,在文化层面上的德性建构,赋予灵、肉调和的欲望叙事更为高远的意义。

20 世纪中国文化的变革偏重的是女性的社会解放,女性的主体地位以及欲望诗化问题一直未能得到正统文学的客观对待。丁玲等人笔下的莎菲女士等新女性,由于个性理想的失败,也多是幻灭绝望、颓废直至堕落的弱者形象;而诸如废名、孙犁、汪曾祺等的小说中的女性,虽也有着诗意温情的一面,但基本是模糊的审美符号,不具备主体意识的精神力度;在通俗层面上,欲望遭到了社会正统观念的普遍肢解,又一度退出文学的言说。由此可见,作为欲望的身体向度,女性的主体意义并没有获得适时的观照,现当代文学的演进一直在排斥女性的身体美学意义。人性的启蒙最终却在消解人性最本质的内容,这不能不说是文学发展过程中的一个悖论性问题。就此而言,沈从文小说的欲

---

① 叶舒宪:《中国神话哲学》,中国社会科学出版社 1992 年版,第 104 页。
② 王杰:《审美幻象研究:现代美学导论》,广西师范大学出版社 1995 年版,第 182 页。
③ 刘士林:《中国诗学精神》,海南出版社 2006 年版,108 页。
④ 《沈从文论》,《苏雪林文集》第 3 卷,安徽文艺出版社 1996 年版,第 300—301 页。

望诗化彰显出女性身体在审美体验中不可取代的主导地位,也就不乏这一维向的填补、完善意义。如果说文明的发展扭曲、异化了人性的基本权利,而我们基于道德、政治等理性规训和社会观念的束缚又造成了现代人性与自然本能的冲突和分裂,那么沈从文小说最终将女性作为审美经验和创造的主体,成就了现代个体,尤其是女性的主体性飞跃,也就激发出身体美学的经典性。灵肉冲突的相对调和构成了欲望诗化的理想情态,标识出性别、身体美学的本真向度与限度,必然超越于其他类型的现当代欲望叙述。

第三节　商业化的欲望颓变:以《月牙儿》为例

欲望问题也是一种精神与物质之间的辩证法。一般而言,物质与身心的健全容易造就自然主义的欲望呈现,相反,也就容易陷入不畅,甚至进入异变、扭曲的轨道,从而与自然人性相背离。显然,唤醒欲望需要一定的物质基础,而能否具备这一点,也就成为衡量欲望问题的一个重要前提。相当意义上,《月牙儿》①展现了一种生存困顿对于欲望以及人性的极端性挤压,随着肉身成为谋生的基本途径与手段,欲望也就成为异化的存在,从根本上背离生命的诗性原则。小说以母女俩先后沦为暗娼的遭际展现出生存权对于生命本质的异化,在底层女性生存出路的探究、控诉中寄寓着生命哲学的思索,洞入了现代商业化生存的本相,展示出文学人生的深度分裂。

作为一篇诗性小说,《月牙儿》的独特之处在于以"月牙儿"为中心意象去结构叙事,每一次对于"月牙儿"的凝望与感触,都与贫困对于生存与人性的挤压相关,难以调和的生存对立与矛盾,引导着人生的沦陷。肉身的出卖往往表明生活的走投无路,不得不以灵与肉的泯灭去换取基本生活所需,而与金钱多寡的直接关联也就意味着对于世界的绝望。这是一个逐步沦落的过程,人

① 《月牙儿》,《老舍文集》第八卷,人民文学出版社1985年版。

物将一步步堵塞自我拯救的可能,终而陷落于肉体与精神的双重困顿。就此而言,叙事深入了人物的心灵挣扎与精神焦虑,即便归于失败的命运,仍闪现出身心上的不屈与抗争,点"亮"被商业化原则所异化的肉身。

小说在一种倒叙的方式中展开,记忆的"碧云"与带着"寒气"的月牙儿以一种明显的情调对立为叙事进程铺染出感伤的基本氛围,月牙儿的孤独与凄寒象征了人生宿命般的悲凉,预示出命运的下滑与沦落。这一过程始于父亲的病亡,又扩展到养父的不告而别及至母亲的弃"我"而去,最终沉陷于金钱的罗网之中。一定意义上,父亲的死就是一个不乏象征意义的事件,不仅表明家庭生活失去依靠,也意味着伦理温情的消逝,伦理支柱的崩坍,将弱女子的命运暴露于无可依靠的境地,"那木匣是深深地埋在地里,我明知在城外哪个地方埋着他,可它又像落在地上的一个雨点,似乎永难找到"。作为父亲、"养父"的男人以及作为母亲的女人一度是温暖的符号,然而却以近乎一致的方式"抛弃"了作为女儿的"我",对于父性与母性的背弃表明了家庭伦理作为一种诗性力量的退场,男性与女性也将转化为一种异化力量,而月牙儿也相应焕发出与悲情同构的意义,成为晦暗命运的投射与隐喻,"这次的月牙儿比哪一回都清楚、都可怕,我要离开这住惯的小屋了","我心中的苦处假若可以用个形状比喻起来,必是个月牙儿形。它无依无靠的在灰蓝的天上挂着,光儿微弱,不大会儿便被黑暗包住","这回只有黑暗,连点萤火的光也没有。母亲就在暗中像个活鬼似的走了"。贫困碾碎了传统意义的家庭单位,生无所依成为一种生活常态,基本生存权的丧失成为活下去的根本阻碍,在如此极端的困顿之中,每一次挣扎似乎都苍白无力。

较之母亲借助于典当、帮佣以及改嫁等谋取"苟活"的生存方式,"我"的选择显然具有个性色彩与自尊意义,意图通过上学改变命运为底层女性设定的"唯一的路",摆脱那个"让我哆嗦"的"挣钱方法",不乏追求经济独立的现代意味,然而当活下去都成了问题,这就是一种奢望。而"俭省"与打打零工,显然也不可行,否则,母亲也不致弃"我"而去,生活似乎堵塞了弱女子的生存之路,一切都如宿命般难以摆脱。在此状况下,女性身体的觉醒不可能获取诗性的品格与意义,沿着身心下滑的叙事态势,欲望将不得不破除自然属性,以融入商业化语境,成为一种商品存在。如果说小说的前半部"我"还在竭力挣扎,意图摆脱这一态势的裹挟,那么后半部经过短暂而迅速的精神转换,商业化原则开始完全主导叙事的意义进程,生活在金钱与肉身的交换中越发彰显出世俗化的颓异面相。

真正的转变是从"出去找事"开始的,一旦意识到命运难以抗拒,"正视"未尝不是一种有效的办法,"我出去找事了。不找妈妈,不依赖任何人,我要自己挣饭吃","我要活着。我年轻,我好看,我要活着"。精神上的自觉意味着从被动到主动的转变,自食其力、有尊严地活着在商业化的冰冷与坚硬面前显然不堪一击,"没有事情给我做"的无助与失望颠覆了"我"曾经的虚妄的坚持,"我这才真明白了妈妈,真原谅了妈妈","妈妈所走的路是惟一的。学校里教给我的本事与道德都是笑话,都是吃饱了没事时的玩意"。对于母亲"所走的路"的认同首先清除了主人公的精神障碍,将女性置于商业化的轨道之上,而从肉体上加以"清障"将使肉体的出卖变得更加"顺理成章",由此,对于肉身的唤醒并不在于呈现女性身体的美妙,而在于突出一种虚幻意识的破灭,女子在与年轻男子的邂逅中被骗失身,完成了商业化原则对于女性肉体的第一次"始乱终弃"。这一事件突出了一种身体与观念上的解缚,欺骗表明了肉身欲望的非正常释放,改写了欲望的自然法则,为女性肉身的商业化进一步贯穿了通路。作家用诗意的暗示来叙写女性身体意识的这一转变,似乎也不忍过于直白地道破美好事物的毁灭,"小蒲公英在潮暖的地上生长。什么都在融化着春的力量,然后放出一些香味来",然而却更加令人伤怀,又一个美好的肉体与灵魂即将湮没于商业化的幽暗与阴冷之中,"我失去了那个月牙儿自己,我和妈妈一样了!"在一定意义上,短暂的"第二号女招待"的生活选择可以看作商业化精神对"我"的进一步"开蒙",解禁的肉体仍然不可能被迅速商业化,尤其是一个被欺骗的单纯女子,还缺乏切实的感受与驱动。"第一号女招待"成为"我"事实上的导师,不仅身体力行地为"我"展现了女性该如何在男人间"自如"穿行,同时也将现实的欲望面目与商业化的肉体关系展露无余。显然,经历了设身处地的"感同身受"之后,即便心存不愿,但"自食其力,用我的劳力自己挣饭吃"的最后幻想已被击破。"最后的黑影又向我迈了一步。为躲它,就更走近了它","自从那回事儿,我很明白了些男女之间的关系。女人把自己放松一些,男人闻着味儿就来了"。而从"卖给一个人"到"卖给大家"的观念转变,在肉体利益的最大化过程中,彰显出欲望关系的商业化本质。商业化的欲望关系在于一种买与卖之间的交换,以对女人肉体的消费为特征,女性成为一种真正意义上的商品,"卖给一个男人,还可以说些天上的话;卖给大家,连这些也没法说了","女人得承认自己是女人,得卖肉","文明人知道了我是卖,他们是买,就肯来了"。

相对于"待价而沽"之间相对优越的卖方地位,作为底层女性的"我"不得不出卖,以致廉价出卖意味着自我的"完全"放弃,开始主动寻找"买方",表明主人公已被塑造为商品买卖链条上一个"心甘情愿"的"构件"。"一个多月,我找不到事做","我还是不大明白事故。男人并不像我想的那么容易勾引。……人家不上那个当","要卖,得痛痛快快的","有钱才能活着,先吃饱再说吧","什么母女不母女的,什么体面不体面,钱是无情的"。随着被商业化原则的"收编",曾经的隐喻关系转变为一种触手可及的现实力量,男人成为肉体消费的买方,而亲情也被商业关系完全置换,被异化的性别与伦理表明了生命沦落的普遍与深入,"月牙儿"也由此隐没;城市化的黑暗"完全"吞噬了一个弱女子,月牙的微光并不足以穿透这一暗影重重的迷雾。显然,这构成自我迷失的又一种隐喻,此时真的只有"看见了钱还能发点光","人老心也跟着老,渐渐老得和钱一样的硬"。在《月牙儿》的构思中,老舍的初衷是要描写"性欲与贫困的两重压迫"[①]。当欲望的存在成为一种非人性的谋生方式,也

---

① 《我怎样写〈大明湖〉》,曾广灿等编:《老舍研究资料》(上),知识产权出版社 2010 年版,第 462 页。

就构成生命本质的侵夺，"我根本已忘了什么是爱。我爱的是我自己，及至我已爱不了自己"，"我的妈妈是我的影子，我至好不过将来变成她那样，卖了一辈子肉，剩下的只是一些白头发与抽皱的黑皮。这就是生命"。相当程度上，这是一种更为根本的欲望压迫，与贫困"如影随形"，将生命置于无以拯救的下滑态势与境遇之中。

表面看来，叙事的发展以一种近乎顺畅的方式"实现"了母女俩相继沦为暗娼的命运转变，反映出物质性的外在力量对于人性与肉身的根本性蚕食以及叙事的非诗化向度。然而问题是，在不得不沦落的过程中，"我"却一直保持着清醒，对于自身的每一次下滑都有着相对清晰的自省与反思。这种理性意识的渗透表明了精神上的某种主体性，赋予自我意识上的不甘与抗争，不仅包含着主人公对于无望命运的预知与感喟，也更多暴露出商业化原则的实质，为持续下滑中的叙事进程制造出"抗辩"的声音，由此，又改变着叙事发展的既定态势，使其在外在沦落与内在坚持之间形成一定程度的错位，进而延缓甚至改观人生结构的根本性颓异，释放出叙事肌理的某些复杂性。

《月牙儿》艺术上的成功经验，就是主观的抒情性，富有个性深度与心理内容的感受与想象极大地改变了叙述的客观性，更易于显示人物的精神世界，展现不乏先验意味的命运感知、深刻的生命体悟以及对自我的怜惜。当"月牙儿"第一次照到"我"的世界，我"不过是七岁"的小姑娘，却已感受到"自己的凄惨，我冷、饿，没人理我"，"一直的我立到月牙儿落下去。什么也没有了，我不能不哭"。与年龄不符的敏感与悲伤冲击着月牙儿的"一钩儿浅金"，"酸苦"的生命体验反映了一种深切的生存洞察力；而哭坟、母亲改嫁以及典当、求学的生存变故，也同样伴随着个性主义的沉思，呓语式的自我独白、第一人称的心灵视点不仅反映出主人公对于自身境遇持续恶化的清晰感受，也展露出一个无助灵魂的孤独、自傲以及情绪的波折与焦虑。"我心中明白，妈和我现在是有吃有喝的，都因为有这个爸，我明白。""我不肯学她。我仿佛看得很清楚：有朝一日，我得比她还开通，才能挣上饭吃。可是那得到了山穷水尽的时候;'万不得已'老在那儿等我们女人,我只能叫它多等几天。""我在他们的眼中是解馋的,我看出来。在很短的期间,我忽然明白了许多事。""我的心就这么忽冷忽热,像冬天的风,休息一会儿,刮得更要猛。"如果说早先(转变之前)"清醒"的主人公流露的还主要是一种面对宿命的恐惧与逃避因无望而引发的生命悲感,那么,在肉身被唤醒之后,主体意识显然得到了进一步强化,也有着更加明确的现实针对性,开始走向对于不公命运的质疑与嘲弄。由此,小说前、后部分之间的叙事基调并不一致,精神上的"抗辩"也逐渐凸显为显在的精神力量。"醒过来,不过是一个梦、一些空虚。""看她那个样儿,我以为她是缺个心眼,她似乎什么也不懂,只知道要她的丈夫","我觉得我比她们聪明","我比她们明白一些,实际一些","我那点经验叫我明白了些,什么爱不爱的,反正男人可怕"。而从游离到深入,从逃避到"力行",叙事声音也将更为多样,在生命的悲感之外,是对于现实"丑陋"本相的揭示。生存的自欺、放弃与自省、追问等交相掺杂,不乏嘲弄的叙述深入了文明生活的纵欲与萎软、虚伪与溃烂,叙事所指表现出相反相成的主题意义。"世界就是狼吞虎咽的世界,谁坏谁就占便宜","钱比人更厉害,人若是兽,钱就是兽的胆子","好吧,我伺候他,我把病尽力地传给他。我不觉得这对不起人,这根本不是我的过错","这个世界不是个梦,是真的地狱","狱里是个好地方,他使人坚信人类的没有起色;在我做梦的时候都见不到这样丑陋的玩意儿"。显然,这在肉身的事实性出卖与人性的不甘沉沦之间制造出一种精神性的冲突,昭示出叙事"言非所指"的反讽性肌理与效果。"以调侃和故作轻松的口吻讲述感伤或沉痛的故事"①,借助于语义的错位,展露出底层女性的悲苦命运,以及对社会的无奈与绝望,语调性的反讽、冷静超脱的叙事态度表明主人公的精神世界并没有陷入真正意义上的麻木。其诗化张力在于,生存的感受、想象与沉思构成了颓异叙事的某种转化,生命哲学意蕴成为叙事的另一侧重,贫病的重压与肉

---

① 郑戗:《论反讽的几种形式》,参见百度文库:https://wenku.baidu.com/view/9e5faefed15abe23492f4d00.html。

身的沉落背后是一颗不屈的心灵、一种精神的闪光、一种现实的反诘。

而以"月牙儿"这一核心意象去引导叙事的发展,一切将被赋予形象诗学的意味,"月牙儿"成为小说的诗性之"眼",提升了叙事的审美品质。作为一种生命喻象,"月牙儿"既是女性命运的悲观符码,是不圆满生命的"象征"①,也包含着穿透黑暗的精神之光,在昭示出绝对性的黑暗的同时,构成命运的诗性烛照。"月牙儿"提供出触发情感、开启想象、凝聚情思的审美契机,冲淡了相对客观的社会化主题,使主人公的生存感受与情怀得到含蓄而形象的表达。"爸死时那个月牙儿"是孤独、凄寒的,哭坟的夜晚是冷漠的,典当无门的夜晚是怜惜的,母亲改嫁时是可怕的,对生活有所希望时显出"清亮而温柔",而绝望时则是"黑暗的","一点云便能把月牙儿遮住"……伴随着情态的变化,适时闪现的"月牙儿",喻示着人生沉落过程中的一个个节点,不仅成为透视主体心境、命运沉浮的一种镜像,也切割了故事的时间性链条,导致故事情节的碎裂,使叙事呈现为一种散文化的结构。而每一次叙事上的聚焦,"月牙儿"也在触发、唤起主人公的自我意识,像暗夜里的一抹微光,引导了精神上的自省与反思,表现出超越性的美学功能。"它唤醒了我的记忆,像一阵晚风吹破一朵欲睡的花","因为看着它,使我心中痛快一点","我又老没看月牙儿了,不敢去看,虽然想看","月牙儿! 多久没见着它了! 妈妈在干什么呢? 我想起来一切"。在更内在的意义上,月牙儿的微弱与绝对性的黑暗也构成一种社会性的隐喻,无所不在的黑暗与月牙儿的孤寂、冷清交相呈现,生存的事实性下滑纠缠着生命的自由联想,以一种抽象的诗学方式演绎了生命的现实性挤压与异化。在一次次月牙儿的"微光"与无边的"黑暗"的意义比照与衍生中,意义在不断发散,叙事层发生了分裂,催生了叙事的生命哲学背景与意味。

"月牙儿"以意象化的艺术运思改造了叙事肌理,生命哲学意蕴与社会化主题相生相成,叙事的"抗辩"性,将现实人生的物质性下滑与困顿转变为一

---

① 范亦豪:《论〈月牙儿〉及其在老舍创作史中的地位》,《文学评论》1984 年第 4 期。

种诗性话语。肉身在商业化原则下的"沉沦",反映了现代语境对于欲望关系的基本设定,欲望成为谋生的工具与手段,以一种普遍性的分裂形成对于生命本义的"置换",而隐微的抗争与渺茫的希望像精神夜幕上的一道"月牙儿",即便微弱,却饱含着个体生命的精神闪光。在此意义上,《月牙儿》才构成了"诗意与残酷的对立统一",谱写出"市民社会中被抛到生活最黑暗底层的受损害者受侮辱者的一曲悲剧抒情诗"①。

第四节　欲情的隐匿与建构：以《百合花》为例

将《百合花》归入欲望叙事②,基于叙事与欲望主题之间"模糊暧昧"的关联,表现了"那个年轻通讯员与那两位年轻女性之间构成的那种纯洁、美好而又微妙、含蓄的关系"③,"它的内部有一个关于'身体和性的隐喻'"④,提供出一种蕴含欲望气息的人性美与人情美。一定意义上,"被遮蔽"的肉身游离于政治意识形态的精神设定,与历史必然性或道德合法性之间的龃龉,生成微妙的心理冲突与情感交织,孕育出战争小说的内在张力,使叙事富于生命深度。毕竟,文学是一种人学,"这也是这些小说,虽然其外表的时代社会性主题在今天已经成为过去,并且这些时代社会性主题不再为今天的读者感兴趣后,仍然为今天及今后的读者所喜爱的原因所在"⑤。开掘人性的自然悸动,不仅有助于打破"窄化"的既定阐释空间,理廓《百合花》"模糊的、多义的、深层的、带着情感色彩的"思想内涵⑥,也将进一步呈现欲望叙事在"十七年"语境中的

———————

① 杨义:《中国现代小说史》第二卷,人民文学出版社 1986 年版,第 195 页。

② 《百合花》,《茹志鹃小说选》,江苏文艺出版社 2009 年版。

③ 段崇轩:《青春与生命的挽歌——重读茹志鹃的〈百合花〉》,《名作欣赏》1989 年第 1 期。

④ 张清华:《探查"潜结构":三个红色文本的精神分析》,《上海文化》2011 年第 5 期。

⑤ 傅书华:《蓦然回首——从"个体生命"视角重读"十七年"小说》,河南大学 2004 年博士学位论文,第 103 页。

⑥ 段崇轩:《青春与生命的挽歌——重读茹志鹃的〈百合花〉》,《名作欣赏》1989 年第 1 期。

历史形态与审美价值。

　　作为一篇"战争小说的纯美绝唱",《百合花》的战争背景与集体诉求之下隐现着身体性的微妙情感,欲望表达与政治规约相反相成,在小通信员"身上","自然人性与生物本能同来自外部的道德压制之间发生了强烈的冲突"①,"军民关系与男女朴素美好情愫互为表里的交替叙述,仿佛成了一条缀合小说思想政治与故事需求的感情'拉链'"②。一定意义上,本能的悸动成为构建美好情愫的思想前提,而作为"十七年"时期一个经典的诗性文本,则表明小说在政治正确与正常性情两难之间的"修辞处理"存在着审美调和的走势与意旨,有效地弥补了政治意识形态在人性表达上的某些局限。具体而言,小说在乡土远景、女性意识、崇高的奉献以及隐喻的"百合花"等叙事环节之间演绎出了复杂的诗化关联,看似浅白的英雄叙事隐含了更为内在的欲望冲动及至转化的理路,引导着"战士的崇高品质""军民的鱼水关系"等时代文学主题的审美衍变,进而为所谓"战争小说"保有一份独特的文学诗情。

　　应该说,欲望与革命战争的关系在左翼文学传统中早就得以确定,作为一种非理性的肉身冲动,欲望是革命话语所拒斥的对象,不可调和的对峙与冲突,是一种基本状态。然而就《百合花》而言,随着战争的背景化,话语空间发生了明显松动,形成结构性调和的可能。小说对于战争的描述一开始就透出某种不经意,"这天打海岸的部队决定晚上总攻",敌人的冷炮"在间歇地盲目地轰响着",印象化的概述虚化了战争的迫近与沉重,战争被处理成一种相对虚远的背景。从对我"抓了半天后脑勺"的工作分派,到装点着树枝的步枪,"响的稀落"的"前面的枪声",直至对于小通信员壮举的简短转述,战争一直

---

　　①　张清华:《作为身体隐喻的献祭仪式的〈百合花〉》,《小说评论》2009 年第 2 期。
　　②　傅修海:《现代左翼抒情传统的当代演绎与变迁——〈百合花〉文学史意义新论》,《文学评论》2016 年第 6 期。

出脱于叙事眼光,缺乏聚焦①。关于战争的叙述角度单一,缺乏场景呈现的战争显得笼统而简单,散落的战事提点着故事的时代背景,伴随情节参与功能的弱化,战争不再是遮蔽日常人情、制约叙事进程的直接、极端力量。相当程度上,《百合花》之所以能够在战争叙事中酝酿出微妙的欲望冲动,首先源于这种结构性变动所导致的欲望与革命之间对峙关系的松弛,为审美调适提供出诗学空间。

围绕着生命意识的开显,小说在多方面表现出了战争叙事的诗性转化,欲望气息的流露不仅改观了战争年代的人际关系,也为左翼文学传统提供了一份现实性与超越性的审美参照,拓展了叙事的空间与意旨。如果说战争的背景化还只是一种简单的艺术处理,那么,欲望表达与革命历史诉求的交相共生、融汇转化就是一种更为内在的诗学行为,也将决定着战争叙事的精神走向。显然,我们并不能将《百合花》视为一种显在的欲望叙事,即便不时透出欲望的气息,最终仍受制于革命道德等"社会的权威性禁止",由此,欲望色调也就不那么突出,不仅笼罩着背景化的战争迷雾,还与政治文化心理、观念乃至思维样式相纠缠,生成一种能够兼容政治意识与欲望气息的审美空间。就此而言,战争叙事有必要转向日常处境,战争在远处进行,生活却在日常中流动,是一种更加真实、经常的结构。或许,只有在日常意义上,人们才会以朴素、自然的方式对待生活,才易于摆脱战争的束缚,唤醒异性之间的美妙情感。小说伊始,"我"在通信员的护送下去前沿包扎所"帮助工作",然而"我"的战争意识透着一股随性,态度似乎并不"端正","包扎所就包扎所吧! 反正不叫我进保险箱就行","大概因为我是个女同志吧",让我对于自身的边缘化并不

① 近年来,关于《百合花》的政治阐释框架一直受到研究界的质疑。洪子诚将《百合花》定位为革命历史的"另一种记忆",期待发掘人物之间被遮蔽了的"模糊暧昧的情感"(《中国当代文学史》,北京大学出版社 1999 年版,第 117 页)。陈思和认为小说"专注于战争中人与人之间的情感碰撞与交流",战争"只是为了烘托小通讯员与新媳妇之间诗意化的'没有爱情的爱情牧歌'"(《中国当代文学史教程》,复旦大学出版社 1999 年版,第 68 页)。另外,张清华、段崇轩、傅修海等都曾撰文讨论过这一问题。

反感；小通信员除了"步枪"这一战士的标识，也缺乏革命色彩，"噔噔噔""摇摇摆摆"的步履散发出一丝少年的游戏、玩闹心态，唯缺乏英雄战士的那一份庄重；而男女"单独面对"更提供了一种日常性、私人化的际遇，小通信员的"张皇起来"、"局促不安"、出汗、忸怩等神态包含着明显的欲望无意识，很难不令人多想。作为一个十九岁的少年，性意识已经成熟，自然会对异性有着正常的向往情绪，而面对异性的种种不自然既有着身心上的"迟钝"与"不成熟"，也包含着革命道德规约下的心理惯性，当然，还透着一个"年轻的，尚未涉足爱情的小战士"的淳朴可爱。而"我"作为一位女文工团员，又显得有些虚弱、娇气且任性，对于通信员的态度不似革命同志之间的战友情，倒像一个撒娇的小姑娘，从"怎么也赶不上他"的胆怯、"生起气来"到赌气"坐下来"，直至"越加亲热起来"的情绪变化同样包含着性心理的微妙波动与暗示。相对轻松的际遇放松了对于欲望的钳制，两个革命色彩并不突出的战士此时更像一对小儿女，流露出只有年轻异性之间才有的"微妙"情愫。茹志鹃说过，"要让'我'对通讯员建立起一种比同志、比同乡更为亲切的感情"[1]，显然也包含了这一意义。

日常化的话语空间为欲望人情的自然流露提供了便利，欲望得以跨越政治意识形态的藩篱，而一种相对隐约的叙述，也兼顾了政治与文学之间的两难，欲望更像一股心理与情感的潜流，朴实、模糊的倾向并不至于破坏战士与革命者"纯洁或高尚的品质"，反映出欲望表现上某些不得不顾及的要求。茹志鹃说，"它实实在在是一篇没有爱情的爱情牧歌"[2]。没有爱情指向了无欲的革命人生，而爱情牧歌，又难免涉入人性、人情的自然品性。一定意义上，欲望气息的流露扭转了关于革命者的某些刻板印象，改写着战争叙事的脉相，然

---

[1]　茹志鹃：《我写〈百合花〉的经过》，《漫谈我的创作经历》，湖南人民出版社1983年版，第45页。

[2]　茹志鹃：《我写〈百合花〉的经过》，《漫谈我的创作经历》，湖南人民出版社1983年版，第49页。

而也反映出时代性的文学局限,隐微的欲望让人物在生命风景线上露出复杂的一面,却并没有因此变得更为丰满。这类欲望气息在过程感、曲折感以及个性程度上仍停留在一个相对平实、客观的层面,缺乏对人物及其心理、情感的深入展示(暗示);而叙述者也一直保持着某种俯视的理性眼光,似乎有意让叙事的笔致不至于进一步越轨,显出某些刻意与观念化的痕迹,诸如路上小雨后的风景,以及故乡的回望等场景、环节的设置上并不够自然、妥帖。作家曾说过,"真正和人命运关连的事,你日日夜夜都在思考,都在想"①,(小通信员)"他还只刚刚开始生活,还没有涉足过爱情的幸福"②,表明了这一方面的某种"执念",然而,特殊的个人境遇与历史语境却又多有限制。写作小说时作家的丈夫在"反右运动"中受到冲击,本人也处于"匝匝忧虑之中",显然要顾虑到小说主题与艺术风格的敏感性。由此,与其说这种"微妙而美好的情愫"意味着一种美学上的"节制",倒不如说还包含着不得已而为之的因素,是否真的就能达到"一首气韵饱满的叙事诗,像春天的原野一样生机盎然"的艺术高度③,也不尽然。

或许是为了现实性的考量,或许是为了在叙事上合乎逻辑,作家有意将这种欲望心理的萌动加以隐微处理,不至于过于外露,相当意义上,将"单独面对"的男女("我"与通信员)归属于一种乡土观念与同乡之谊,也反映了这一点。作家试图为欲望的表现添置一件不那么"刺眼"的"外衣",在"我"与通信员的交际陷入困境时适时引入一种同乡情谊,"原来他还是我的同乡呢","这是我多么熟悉的故乡生活啊"。同乡之间的天然纽带关系有助于化解异性言行上的某些尴尬与不自然,改善、延续"一男一女"的交谈境遇,为"我"与通信员之间不同寻常的儿女情态以及"亲热起来"的情绪转变提供了伦理学

---

① 茹志鹃:《漫谈我的创作经历》,《漫谈我的创作经历》,湖南人民出版社 1983 年版,第22 页。

② 茹志鹃:《我写〈百合花〉的经过》,《漫谈我的创作经历》,湖南人民出版社 1983 年版,第44 页。

③ 李建军:《〈百合花〉的来路》,《小说评论》2009 年第 1 期。

意义的借口。由于"我"占据了主导地位，让关于小通信员的家庭、"娶媳妇"等私密问题的询问更像一种同乡之间的闲聊，而作为一个年纪稍长的女性，也让这场交谈有了一些姐弟乃至母性的意味。不难看出，乡土视野的引入，使得隐微的欲望表达转向一种普泛性的乡情记忆，欲情得到了掩饰。相当程度上，以较为含蓄、隐喻的方式表现欲望，意味着人性表达与政治话语之间微妙、互动的结构关系，觅求诗性情怀与政治意识的结合点，成了《百合花》在艺术上的某种历史旨归。

不难发现，话语空间的转换酝酿出语义的内在变化，改变了战争叙事的既定脉相，但在一个革命化的时代，这类调和显然并不现实。就文本自身而言，即便"清新、俊逸"已被指称为小说的基本风格，也不意味着结构性语义矛盾的消除，革命与人性之间的冲突本然且难以跨越，必然以或显或微的方式存在，对叙事发挥作用。事实上，"我"与通信员之间的交流最终未能摆脱困境，通信员一直处于出汗、讷讷的局促之中，乡土文化的纽带也未能消除我们之间的"隔膜"，"这都是我的不是，人家走路都没出一滴汗，为了我跟他说话，却害他出了这一头大汗，这都怪我了"。异性之"大防"一直都在，虽不乏陌生男女之间的不适，但更透出政治道德意识的内在影响，边缘化的革命者（"我"）最终还是革命者，政治身份仍是一种基本人格属性。革命并不接受这类暧昧、模糊的行为，不可能让这种令人浮想的场景"顺畅"持续，随着"我们到包扎所"，行程的结束也意味着欲望与革命者之间这场短暂"遇合"的终止。就后续叙事来看，"我"对通信员的态度逐步恢复到一般革命者的常态，主动讨了向老百姓"借棉絮"的差事，"怕来不及就顺便也请了我那位同乡"，对其借被受挫，直接将之归于态度的不当，"估计一定是他说话不对，说崩了。借不到被子事小，得罪了老百姓影响可不好"。在革命者而言，同乡情谊如何敌得过革命身份意识的要求，何况这种意识又为异性之间短暂、尴尬的"微妙"境遇所唤醒，本身就不牢固也不被允许。"我"与通信员之间的关系主要是在政治意义上被描述的，即便声言"已从心底爱上了这个傻乎乎的小同乡"，可当战士死去，却又阻止新媳妇缝补其肩上的"那个破洞",因为医生已经宣告了他的死亡,"过去一摸,果然手都冰冷了",这一行为已无必要。而新媳妇对我那"异样"的"一眼",未尝不包含着不解与不满,暗示出"我"情感上的某些"冷漠"。显然,类似的行为最终击破了"我"对于通信员的那一抹"浪漫"怀想,形成了从女儿性乃至隐在的妻性向革命性的精神转换。相当意义上,革命战争仍一如既往地坚硬与冰冷,恰如那两个已"干硬的馒头",是时代生活的日常构成与必须面对。

与此相一致的是,欲望气息在小说后半部也已深隐并将逐步走向终结。由于"我"的"革命意识"的恢复,显然不可能再着落在"我"的身上,如果说欲望气息仍有所存在,那么只能在"新媳妇"那里隐约闪露。一定意义上,"新媳妇"填补了转向革命之后的语义空缺,"老百姓"的身份,与"我"这样的革命者构成了一种异质性,即便在"借被子"这一事件上,表现出了奉献的品质,仍不能摆脱民间人格属性。借被子起初是不肯,来包扎所帮忙时又"不好意思","做这种工作,我当然没什么,可那些妇女又羞又怕,就是放不开手来,大家都要抢着去烧锅,特别是那新媳妇。我跟她说了半天,她才红了脸,同意了。不过只答应做我的下手"。这种近乎普通人的精神反应,包含着乡下人的淳朴感受与认知,与"我""医生"等一类理性革命者并不一致。新媳妇与通信员之间是平等的,也缺乏"我"的那份主导性与优越感,趋同的身份将二者置于普通民间男女的地位。按理而言,这有利于欲望气息的滋生与散发,然而,通信员"借被子"事件却有着较大的"留白",在对待死去的通信员的言行上,却更多细节性的描绘,有意无意地突出了"新媳妇"情绪上的某些"反常",叙事上的"异常"联系着革命话语的理性运思,终而将一切收束于政治伦理的规约之下。

通信员与新媳妇的初次"相遇"显然更为私密化,这样的"单独面对",对于普通男女也更为尴尬,何况"这个媳妇长得很好看,高高的鼻梁,弯弯的眉,额前一溜蓬松松的刘海",而"新媳妇"这一称谓本身就是一个关于婚姻和性的记忆与经验的符号。不难想象,当一个身份、年龄相仿,还带着新鲜欲望气息的女性出现在通信员面前,通信员的那份欲望无意识又会如何暗涌。同样是几句借被子的话何以经由"我"这一革命者之口就顺利借得了被子,而在通信员那里却变成了对"老百姓死封建"的"不服气"与"委屈",显然不取决于言语本身,而在于说话者的表达时空。年轻异性之间的"忸怩羞涩"隐含着难以掩蔽的心理紧张与精神障碍,缺乏描述的场景意味着语言上的某种策略性匮乏,作者也无法在特殊的时代语境中自如呈现而不至于令人猜忌,"留白"是一种较为妥当的方式,只让欲望的气息在那一方"缺失"的时空中隐秘发酵。

"留白"既回避了男女言行与情感上可能的"越轨",也意味着日常性话语空间的某种中断,而通信员的"牺牲"将进一步纾解直至消除这一隐在的冲突,明显的不可持续性表明了这一际遇的困顿,终而堵塞"一男一女"这一叙事模式的欲望含义。由此,围绕牺牲的通信员的细致描写,昭示出革命意识对于叙事的主导,绣着"百合花"的"新婚的被子"也将淡去自身的欲望气息,从一种美满婚姻与性关系的民间隐喻转向政治范畴的象征形式,与革命伦理保持了精神上的某些统一。

一定意义上,"新婚的被子"作为床笫之物,隐喻了一对新人之间隐秘的性关系,象征着"百年好合"的"百合花"也寓意着"男欢女爱"的和谐与美满。在新媳妇而言,这是一种只能从属于她和新婚丈夫的隐秘记忆、经验与承诺,不可能轻易让渡和赠予,如今却一反常态,奉献于一个陌生的战士,喻示着二者之间的某种同构性。小说并没有相对直接的表述,关于新媳妇的描写主要集中在从"忸怩羞涩"到"脸发白""狠狠地""气汹汹"的情绪变化,以及为通信员冷静地擦拭身体和缝补衣服的细节,同样是面对战士的"牺牲",与"我"相对平稳的情绪形成一种对照关系。如果说"我"的那一丝冷漠多少包含着对于战争伤亡的司空见惯甚至麻木,那么新媳妇的情绪"突变"则包含着对于死亡的巨大悲恸与震惊,对于其他伤员的不关心反映了这种情感的专一性,小说隐去了新媳妇的丈夫,也让这一切变得顺理成章。不妨认为,新媳妇的新婚丈夫极可能就是"同志弟"这样的人,他的死未尝不影射了丈夫的结局,隐含着新媳妇对丈夫也可能遭遇不测的焦虑甚至"想当然",某种程度上,通信员与新婚的丈夫一样,也和她"休戚相关",而承载了那么多的欲望无意识,或许只有妻性才能更好解释这一"反常"的"微妙"之处。

不过,由于革命理性意识的趋于主导,叙事显然无意突出这一点。作为革命者的现实感知,使"我"不得不无视其间的欲望气息,"我想拉开她,我想推开这沉重的氛围……但我无意中碰到了身边一个什么东西。伸手一摸,是他给我开的饭,两个干硬的馒头……"将"我"从一种恍惚、虚幻的情绪中拉回现实。战争已在普遍层面上驱散了虚泛的诗意,回复革命理性的"我"只能相对坦然地面对这一切,"卫生员让人抬了一口棺材来,动手揭开他的被子,要把他放进棺材去"。"我"(作者)此时选择了一种外在的叙述方式,似乎已置身事外,冷静地"打量"着行为反常的"新媳妇",她"这时脸发白,劈手夺过被子,恨恨地瞪了他们一眼","她气汹汹地嚷了半句"。然而这种"反常"是否就是出于某种崇高的革命情怀,显然并不确定。作为一种不乏精神分析学意味的言行"倒错",必然有其游离、模糊之处,似乎并不想让读者看出"端倪"(微妙的心理与情绪"异动"),寥寥几句、一带而过之后,就匆忙转向了革命主题的呈现。"在月光下,我看见她眼里晶莹发亮,我也看见那条枣红底色上洒满白色百合花的被子,这象征纯洁与感情的花,盖上了这位平常的、拖毛竹的青年人的脸"。由此,一度意味深长的死亡与献祭被凸显为一种英雄的"牺牲"与无私奉献,新媳妇的"反常"反映了鱼水般的军民深情,包含着"人民爱护解放军的真诚"①,"这里'百年好合'的民间伦理与'新婚欢爱'的人伦隐喻,被自然地提升为'军民鱼水情'的政治伦理"②。不难发现,小说结尾近乎生硬地阻断了"一男一女"乃至"一男两女"的际遇所可能引发的心理与情感歧义,一

---

① 《谈最近的短篇小说》,《茅盾全集》第 25 卷,人民文学出版社 1984 年版,第 281 页。
② 张清华:《作为身体隐喻的献祭仪式的〈百合花〉》,《小说评论》2009 年第 2 期。

个政治化的献祭仪式(百合花)以精神境界的伦理升华强制性地缝合了"留白"与"反常"背后的某些精神"异样"。相当意义上,这就表征了欲望的隐退,在与革命道德的冲突之中,欲望表达又被归附于左翼文学传统。当然,在象征性的"百合花"的掩映下,叙事并没有落入那种激烈对峙的革命"窠臼",伦理提升取代了极端性的政治规训与简化,以一种蕴藉性的意象昭示出政治意识的"胜利"。作为一种形象化的转喻,"百合花"修缮了革命性"牺牲"的暴力、僵硬面相,死亡的呈现被转化为一种政治伦理意义的感召与体察,而一个富有张力的意象,显然存在着意义上的"溢出现象",在政治上有所限定的同时又有着多方面的勾连,在很大程度上,环绕着"百合花"的欲望与政治的意义交织与转化也正与此相关。

将欲望伦理化是中国文学的一个悠远传统,不论是传统文学的诗礼教化,还是现当代文学的政治规约,都存在着欲望叙述的伦理转向。如果说传统的欲望禁忌意味着对于肉身本能的全面压制与异化,漠视了自然人性的存在,那么现当代文学尤其是诗性小说显然是在觉醒与发现的意义上转化、表现欲望的,只不过出于一些特定的主客观原因和具体的艺术追求,不一定就指向生命能量的积极、自由释放。通常意义上,欲望的伦理化存在着自然审美、精神提升两个基本路向,前者在于以自然审美意义的表现来填补欲望隐退后的叙事空间,恰如郁达夫的《迟桂花》,后者则多将革命道德等形上意义的人生导引,诉诸于精神境界的提升,在当代诗性小说中,又以《百合花》为代表。较之20世纪50—70年代革命战争叙事中普遍沉寂的欲望气息,《百合花》的"模糊暧昧"隐含着作家的审美旨趣与艺术建构,在乡土想象、女性意识以及政治伦理等之间的叙事演进,展现了政治叙事的话语缝隙与诗化理路,而最终走向政治伦理意义的提升,昭示的就是时代精神对于文学的深刻影响与独特要求。相当意义上,这类隐约的欲望存在折射出生命的不屈精神,显示出政治话语中的某些文学可能性。或许只有深涉其中,才可能真正突破业已"窄化"的政治或其他阐释框架,揭示《百合花》乃至其他"十七年"小说经典的丰富性与复杂性。

第五节　粗野冲动的生命异彩：
以《红高粱》为例

相当意义上，《红高粱》①的生命叙事突出了一种原始粗野的欲望精神，虽说包含着粗鄙的一面，却也以肉身本能的张扬点燃了生命的自由意志，成为"灼热的精神和流动的气韵贯穿着的抒情型作品"②。蓬勃的肉身昭示出欲望的粗犷诗意，表明了民间大地以及与此相关联的历史叙述的审美可能性与自足性，如果说生命叙事在消费主义的当代语境中已普遍陷于疲弱与异化，那么小说对于这类趋势显然有所反转，体现出当代欲望叙事尚存的生命活力，从而汇入诗性传统③。作为一种业已远逝的生命力量与历史记忆，粗野的欲望冲动及其实现隐含着对于人性退化、现实匮乏的不满与反驳，建构出自身的文化批判意向，而一种粗粝的欲望诗化形态也就在个人化的生命叙事中觅得了栖身之所。

《红高粱》的欲望诗化肌理同样在于一种本能冲动的释放与满足，只不过以宣泄的方式奔涌而出，对于精神矛盾的克服表现出更为直接的行动性，原始生命力的燃烧渲染出欲望的澎湃状态，将生命强力推进到一种激进不羁的境地，叙事也由此更富张力。作为莫言发表于 1986 年的一部中篇小说，《红高粱》叙写了一场草莽式的对日伏击战，随意的战事组织与近乎"乌合之众"的

---

① 莫言：《红高粱》，《人民文学》1986 年第 3 期。

② 张志忠：《"高粱"为什么这样红——〈红高粱〉的叙事艺术》，《名作欣赏》2018 年第 11 期。

③ 视《红高粱》为生命叙事，基此透视对于既有历史观的反动，以及个性主义、酒神精神、民间意识等问题，是近年来莫言研究的一种倾向。研究突出了生命叙述与生命强力、原始欲望的关联，然而隔于具体视野的限制，多偏于新历史主义的反思与重建、西方生命文学精神的影响和转化、民间文化传统的接续及其活力等方面的观照，并不看重诗性特质的精神辨识与叙事清理，不仅难以彰显生命叙事之于《红高粱》乃至莫言小说的本体价值与意义，也影响到了对其"力"之文学精神谱系的归理。

人员构成表明了战争与历史态度上的不够"庄重",而感官化、碎片化、率性切刈的叙事方法也营造了一种非情节化的抒情氛围。一定意义上,战争也只是一种相对表层的叙事行为,生命意志才是更为内在、本质的叙事力量,欲望的原始诗意在大地上流溢,已变为"横流直泄"的生命狂欢。王德威说过,"过去与未来,欲望与狂想,一下子在莫言小说中,化为血肉凝成的风景"①,而"我们阅读红高粱系列小说,最需要感受体会的正是这种精神的洋溢和流贯,而不是仇杀和血战的热闹故事,因为这种精神才是小说中的诗"②。

显然,小说中"野合"的场景集中凸显了这一意义,流露出厚重、典型的隐喻意味。"野合"属于一种异于常态的欲望实现方式,超越道德伦理、社会规范的本能释放意味着摈弃传统禁忌的束缚,直达生命本质的深处;而当这一过程始于暴力,却又以原始本能的爱欲融合为底色,生命叙事也就呈现为自由本我的强力状态。发生在高粱地里的"野合"是"我奶奶"弥留之际最重要的记忆,这一近乎强奸的欲望际遇从根本上改变了她的人生历程,使欲望的本能力量得以充分激发。在"麻风病"夫家的三天是一种噩梦般的经历,不幸的婚姻安排开始唤醒生命的本然意志,"在三天中参透了人生禅机",即便途中劫持的男人不是余占鳌,也将陷入欲望实现的历程,只不过"露出了真像"的男人恰好"是他",吻合了送亲过程中与"我奶奶"的情感铺垫,叙事上的暗合让劫持变得"顺理成章",也排除了由暴力与陌生所带来的欲望对立与隔膜。暴力成为生命意志的表现,涂染出欲望过程的粗野与狂放,虚化了欲望主体的精神焦虑,化解了本能冲动的色欲气息以及心理不适等叙事矛盾,将"野合"尽可能推向"原始快乐",高扬的生命哲学使欲望从贫乏中滑脱而去,创造出一种高度陌生化、震惊的欲望体验。

---

① 王德威:《千言万语　何若莫言——莫言论》,《当代小说二十家》,生活·读书·新知三联书店 2006 年版,第 218 页。
② 张志忠:《"高粱"为什么这样红——〈红高粱〉的叙事艺术》,《名作欣赏》2018 年第31 期。

  余占鳌把大蓑衣脱下来,用脚踩断了数十棵高粱,在高粱的尸体上铺上了蓑衣。……奶奶神魂出舍,望着他脱裸的胸膛,仿佛看到强劲剽悍的血液在他黝黑的皮肤下串流不息。高粱梢头,薄气袅袅,四面八方响着高粱生长的声音。风平,浪静,一道道炽目的潮湿阳光,在高粱缝隙里交叉扫射。奶奶心头撞鹿,潜藏了十六年的情欲,迸然炸裂。……余占鳌一截截地矮,双膝啪哒落下,他跪在奶奶身边,奶奶浑身发抖,一团黄色的、浓香的火苗,在她面上哔哔剥剥地燃烧。余占鳌粗鲁地撕开我奶奶的胸衣,……在他的刚劲动作下,尖刻锐利的痛楚和幸福磨砺着奶奶的神经……

“踩断”“神魂出舍”“强劲剽悍”“串流不息”“炸裂”“燃烧”“刚劲”“磨砺”等一系列富有力度与动作性的词汇密切交织,营造出急促的语速与炽烈的语义流,语词的韵律不再是意味的悠长,而转变为灵魂鼓点的撞击,悠远的生命意蕴被充分压缩,堆积出“一种摧枯拉朽的势能”,“高粱”“尸体”“胸膛”“黝黑”“阳光”“火苗”等一系列密集、跳动的意象交织出狂欢化、奇观化的欲望场景,丰富、狂乱的艺术感觉将原始冲动的粗犷与迷醉表现得酣畅淋漓。作为文本中唯一的欲望化场景,欲望也被赋予了神圣意味,当余占鳌跪倒在女性的肉身之前,借助于“不会腐朽”的仪式化象征,透露出女性崇拜与神性赐予双重内涵。“奶奶和爷爷在生机勃勃的高粱地里相亲相爱,两颗蔑视人间法规的不羁心灵,比他们彼此愉悦的肉体贴得还紧。他们在高粱地里耕云播雨,为我们高密东北乡丰富多彩的历史上,抹了一道酥红。”从某种意义上说,这种由欲望而关联历史的隐喻意味也是明显的,高粱地里的“生机勃勃”折射出对生命自然律动的深度贯通,“引向人与自然、生命与地域的重叠、合影、浑一的魂归自然和宇宙之故乡的境界”①,成为最为动人的历史品质;而由生命本能延向历史乃至现实,生命强力的“形而上”转化,反拨了生命力度的匮乏,喻

---

  ① 雷达:《历史的灵魂与灵魂的历史——论红高粱系列小说的艺术独创性》,杨扬编:《莫言研究资料》,天津人民出版社 2005 年版,第 146 页。

示了历史的本相及其现实反叛意义。"野合"的意蕴是丰富的,既有生命本体的、哲学精神的,也有伦理道德的,作为一种与人性、大地、现实密切耦合的生命美学现象,辐射了人类学、宗教学、社会学等多重文化蕴含。说到底,"叙述者赞扬这种野合的崇高、美丽,赞扬生命的自由和强力"①。在莫言看来,"性是自然的行为,也是健康的行为,而自然和健康正是真美的摇篮"②。

　　围绕着"我奶奶"这一回溯性的"记忆","野合"也构成凝聚叙事高潮的关键节点,整合了伏击战、"我爷爷奶奶"的情事传奇等故事线,将叙事引向"高峰体验"。在这一部分,欲望的宣泄与战争的惨烈、死亡的思情意绪交相缠结、重叠,生命叙事在暴力与牺牲的仪式化意义上进一步升腾。就此而言,如果说"野合"的暴力性质表明了原始生命力的某种自由极致,那么战争对于生命体的死亡摧毁,又从另一种暴力的极端性上演绎了生命的终极境遇。在墨水河大桥一战导致的普遍死亡的背景下,战争的极度暴力并没有带来不忍直睹的恐惧和难以承受的创痛,相反,一次次壮观的死亡似乎促成了生命能量酣畅淋漓的释放,死亡不再是虚无主义的生命幻灭,而是一种激发生命意志的终极力量。毫无疑问,奶奶的死是其间最为"壮丽"的一幕。当奶奶重伤躺倒在高粱地里,伴随着生命能量的流逝,生命意绪的漫漶浸透了神圣意味,圣洁的死亡阻挡了暴力的非理性蔓延,使得死亡趋向神圣,进一步张扬了生命的自由意指:

　　　　奶奶三十年的历史,正由她自己写着最后的一笔,过去的一切,像一颗颗香气馥郁的果子,箭矢般坠落在地,而未来的一切,奶奶只能模模糊糊地看到一些稍纵即逝的光圈。……我该做的都做了,该干的都干了,我什么都不怕。……奶奶听到了宇宙的声音,那声音来自一株株红高粱。……奶奶完成了自己的解放,她跟着鸽子飞着,她

---

①　曹书文:《论 20 世纪 80 年代家族小说的叙事时空》,《安徽大学学报》2009 年第 5 期。

②　莫言:《〈丰乳肥臀〉解》,杨扬编:《莫言研究资料》,天津人民出版社 2005 年版,第48 页。

的缩得只如一只拳头那么大的思维空间里,盛着满溢的快乐、宁静、温暖、舒适、和谐。

肉身的死亡并不意味着精神的委顿,相反,正是奶奶"牺牲"般的死去,完成了一种近乎献祭般的意义,进一步洞开了生命叙述的诗意空间。战争也未能改变生命强力的指向,仍然在审美意义上强化着自身的建构。一般意义上,死亡意味着"投降与屈服","本身也成了一种压抑的工具"①,此处无疑有所超越,死亡传达了"生"所无法表现的意义,以极端性的身体毁灭昭示出本能冲动的精神升华。相当程度上,暴力与死亡成为展现生命自由意志的重要符码和途径,在形式和意义之间保持了高度的协调。

在《红高粱》中,莫言似乎在不遗余力地推进这一风格,"所赞赏的只有农民的自发性和生命力,以及他们从土地获取的激情本能和大胆行为"②。"野合"中的欲望释放与满足宣示了生命强力的某类极致性境遇,"我奶奶"和余占鳌之间的这场欲望的"身心交融"已成为身体解缚的一种标志,在普遍意义上,生命力也构成了人物与景物的精神底色。余占鳌近乎草菅人命地杀死了单家父子以及与寡妇母亲私通的和尚,杀戮的冲动与快意恩仇的背后其实是过量"力比多"的本能驱使,前者显然可以从"野合"行为中找到答案,而后者则隐含着"杀父娶母"的集体无意识动机,透出浓重的精神分析意味;因强奸民女被枪毙的余大牙一度猥琐不堪,"在临死前却表现出了应有的英雄气概",引得人们热血沸腾;罗汉大爷对于骡子不计后果的仇恨直至被剥皮时的无所畏惧;其他一干小人物也都有着不同程度的豪气、侠气;等等。这一世界的其他生物也一应如此,墨水河中翻滚的白鳝鱼、那无所不在浓烈挺拔的红高粱,都"充满生命的狂气","显露着不可驯服的生命意志"。景物描写不再是

---

① [美]马尔库塞:《爱欲与文明:对弗洛伊德思想的哲学探究》,黄勇等译,上海译文出版社 2005 年版,第 183 页。

② 孔海立:《端木蕻良和莫言小说中的"乡土"精神》,范晓郁译,《当代作家评论》2013 年第 6 期。

一般意义上文人化的闲逸心境下的风景流连,而是一种生命意志的自由挥洒与表现,"以充分表现和突出人物的心灵世界"①。在谈及《丰乳肥臀》时,莫言曾说过,民间"有健康的,也有猥亵的,但朴素的庄严与庄严的朴素至此已几乎丧失得干干净净了。……我之所以将小说命名为《丰乳肥臀》就是为了重新寻找这庄严的朴素,就是为了追寻一下人类的根本"②。这个"根本"就是一种粗野的生命意志。

丰盈的感觉不仅是生命强力的本质性投射,也意味着强烈、激扬的感官刺激,遥契了原始欲望的野性思维,在更为本质的层面,这也是现实表达的需要。马克思说过,感觉能力的丧失,是资本主义畸形生产造成的异化的一种表征,人以其全部的感觉感知世界,全面感觉能力的恢复和张扬,则是人的解放的一种标志③;马尔库塞也曾指出发达工业社会对于人内心的否定性、批判性与超越性向度的压制,以及"单向度的人"的自由与创造力的解放问题④。在此意义上,隐喻性的感觉主义凸显为生命叙事的基本模式,展现出叙事的高自由度,"叙事以自身的桀骜不驯的分裂、反抗并势将取代已没有现实基础的绝对统一的世界模式"⑤。《红高粱》的这一特征似乎无须赘述,莫言一度被誉为"出色的感觉描写家",开创了新时期小说"对感觉的注重"⑥,而上文关于"野合"场景的分析也已突出这一点。张扬的艺术感觉是生命强力意志的外化,其"自身的'综合'能力"是对叙事时空的"延长"与强化,调节了叙事的线性与平面,进而趋向隐喻。就"红高粱"这一主体意象来看,不仅是生命强力精

---

①　陈国伟:《表现民族性格的力与美——读莫言的〈红高粱〉札记》,《江西教育学院学报》1992年第1期。

②　莫言:《〈丰乳肥臀〉解》,杨扬编:《莫言研究资料》,天津人民出版社2005年版,第48页。

③　参见张志忠:《"高粱"为什么这样红——〈红高粱〉的叙事艺术》,《名作欣赏》2018年第31期。

④　[美]马尔库塞:《单向度的人——发达工业社会意识形态研究》,刘继译,上海译文出版社2006年版,第205—224页。

⑤　孟悦:《历史与叙述》,陕西人民教育出版社1998年版,第34页。

⑥　孟悦:《荒野弃儿的归属——重读〈红高粱家族〉》,《当代作家评论》1990年第3期。

神的高度聚合,而且成为一种理想化的"红高粱精神",融合了人性、自然、大地、故乡、历史、民族等多重意蕴①。隐喻是带有浓厚主观色彩的艺术想象与象征的产物,增加了叙事的神秘性、象征性与不确定性,丰盈的张力为力与美的浪漫主义、象征主义的生命表达奠定了美学基础。"所有的美都是隐喻。那最高的,正因为它是不可言传的,只能隐喻地说出来"②,在相当程度上,《红高粱》也就是这一观念的诗性赋形。感觉的张扬包含着一定程度的零散化与无序化,然而作为主体性的美学选择,更多是自由、狂放的艺术精神取向。就小说的非情节化而言,有着过多的偶然、随性的中断与拼缀,也体现出生命强力的还原意义。一方面,"我父亲""我""我奶奶"等多重人物的主、客观视角将一场故事时间只有半天的伏击战分割成了多个片段,文本时间被延宕为以"我奶奶""我爷爷""我父亲"为主体的诸多人物长短不一的人生历程,故事线、生存状态也相应表现出一种枝杈交织的繁复与互缠、错落与合并。尤其是"我父亲"豆官的在场、回忆与评述,儿童视角惯有的不定向性与浮光掠影式的印象化,不仅调节、转化了战争的凝重,因童心而生成诗意、谐趣,也在近乎随性地切割、拼贴叙事时间,使叙事变得更加率性、生动,投射出自由自在的意味。尼采曾描述过这种活力迸发的感觉主义状态,这一时刻时间感和空间感改变了,以感觉为向导,自由穿梭、驰骋,"……人生的所有这些高潮时刻相互激励;这一时刻的形象世界和想象世界化作提示满足着另一时刻:就这样,那些原本也许有理由互不相闻的种种状态终于并生互绕、相互合并"③。

蓬勃的肉身展现出欲望的原始诗意,寄寓着作者对于现实问题的深度思考。对于莫言来说,反思当代语境下"种的退化"现象是创作的初衷。莫言说

---

① 雷达:《历史的灵魂与灵魂的历史——论红高粱系列小说的艺术独创性》,杨扬编:《莫言研究资料》,天津人民出版社 2005 年版,第 142 页。
② 参见刘小枫主编:《人类困境中的审美精神——哲人、诗人论美文选》,魏育青等译,东方出版中心 1994 年版,第 100 页。
③ 〔德〕尼采:《悲剧的诞生:尼采美学文选》,周国平译,生活·读书·新知三联书店 1986 年版,第 350 页。

过，"对这种传奇式的祖辈英雄人物的赞美和欣赏，实际上就是对现实生活中人性的懦弱、人的晦暗感到不满的一种反射"①；相关研究也表明，《红高粱》从"种的退化"角度出发，表现祖辈快意淋漓的人生，表达个人的英雄情结以及对现代文明萎缩生命力的批判②。生命的原始强力不仅构成一种理想化的人类品性和行为，也表明了一种蕴含丰富的社会文化存在，由此，意识形态上的结构性对立也就构成叙事的语义学基础，而作为推动本文的内在动力，必然呈现出相谐和的诗艺运思。不妨认为，以生命的原始诗意为主导，小说有效地调和了叙事的历时性与共时性的矛盾，一场历史性的战争事件被改造成一次自由生命的诗性旅程，欲望冲动与自由意志，个性解放与历史重建，现实反思与文化批判、艺术创新得以形象而生动的融合与呈现。在很大程度上，这也是对力与美的诗化欲望主题的延承，莫言显然与沈从文一道，共同构建了诗性小说的这一脉络。沈从文是在湘西边城诗化着原始的生命形态，莫言则以高密东北乡的红高粱"寓言化"地诗化欲望，二者既保持了力与美的一致性取向，又在具体风格上有所不同，对于欲望原始诗意的表现存在着雅、俗程度的差异化。

　　相较而言，沈从文在人性的"庙宇"中小心翼翼地"供奉"理想化的生命存在，更像在呵护一株弱小的生命幼芽，风格相对清新、典雅，更多关联着文人化的美好情愫，由此，原始生命倾向于顺应无为、清静平和，审美风度偏于古典主义的明净和谐、隽永淡远。而莫言的生命形态则像一株扎根于北方大地上的红高粱，坚韧挺拔、不屈生长，粗犷豪放的精神个性源自民间文化的滋养，更多农民式的朴实与粗野，艺术风格则趋于杂色、浓烈与奔放。很大程度上，沈从文一直致力于弱化、规避社会文化力量对于自身诗情的侵袭，结构性的审美冲突往往表现为对于文化记忆与艺术想象的片面性的诗意守护，而莫言则有着较为彻底、包容的民间文化立场，在民间的芜杂、世俗中追求生命诗情的升腾，生命力是这一世界至为醒目的品格，"始终被突现出来的是一种生机勃勃的

---

① 莫言、王尧：《莫言王尧对话录》，苏州大学出版社2003年版，第295页。
② 季红真：《忧郁的土地，不屈的精魂——莫言散论之一》，《文学评论》1987年第6期。

民间激情,它包容了对性爱与暴力的迷醉,以狂野不羁的野性生命力为其根本"①;一个温婉、含蓄,一个躁动、震颤,而这或许也就是他们或被誉为田园牧歌,或被认作"农民血气"或"民间想象"的分歧所在。相当意义上,《红高粱》的生命叙事是粗粝的,无所拘束的生命本能冲破了意识形态戒律,破决了灵肉分离、对立的诸多不自由,在激进的感性诉求中恢复着欲望的原始诗意。

生命哲学的张扬使得《红高粱》成为莫言小说浪漫主义诗学的一个高峰,也造就了欲望美学在新时期文学中的一次"高调"出场。正如一位评论者所指出的,"说实在,我至今没有见到一部小说,能像《红高粱》这样以抗战为背景,而且以这样经济、这样充满诗意的独特叙述语言,经由意象与具象互相补充的艺术途径,把我们这个民族的精神方式与行为面貌展现得如此准确、如此丰厚、如此富有社会人性力量与悠长的历史色彩"②。然而在世纪末文学人生普遍颓异的背景下,理想化的生命叙事显然也不可能获取多少主体性与现实性的回应,原因自然是复杂的。就莫言自身而言,《红高粱》式的生命叙事在其后的创作中也陷入了衰减,所营造的"一个久远的梦境""一种伤感的情绪""一种精神的寄托"和"一个逃避现实生活的巢穴"注定只是一个特定时期的"特定时空"③。莫言曾说过,"准备做十年高粱梦",却"在不到十年的时间内,就把我的高密东北乡变成了一个非常现代的城市"④,显然包含着这一变化下的无奈感喟。

在《红蝗》《欢乐》《丰乳肥臀》等小说中,隐含的"种的退化"主题被演绎、突出为普遍的现实境遇,那种耀眼的诗性光泽消失了,代之以晦暗、怪异的生存画面与沉重的失落与悲凉,生命不再是强力的舒张,而是滑向焦虑、卑下乃至扭曲与病态。《红蝗》展现了一个淫逸的世界,"淫风炽烈,扒灰盗嫂、父子

① 陈思和:《中国当代文学史教程》,复旦大学出版社 1999 年版,第 317 页。
② 周政保:《〈红高粱〉的意味与创造性》,《小说评论》1986 年第 6 期。
③ 莫言:《我的故乡与我的小说》,《当代作家评论》1993 年 2 期。
④ 莫言:《什么气味最美好》,南海出版公司 2002 年版,第 215 页。

聚麀、兄弟阋墙、妇姑勃谿"，人类陷于欲望（尤其是性欲）的迷乱而无力自拔；而《欢乐》写了高考落榜者的精神分裂，赤裸裸的描写，荒诞不经的想象，病态恶心的人事，充分展现了生命主题的异化；至于《丰乳肥臀》，生存已蜕变为对于一种女性器官的病态迷恋，上官金童这个一辈子也离不开乳房的时代"巨婴"，根本就是一个"废物"，而作品中过多的女性符号、性虐描写也表明了刚性文化、生命诗意的匮乏。随着生命强力的极度衰变，叙事也显出凌乱与错异，给人以失重感。过多的心理揉搓，庞杂的内容，难以猜测的象征，粗俗的用语，艺术感觉从一般的"陌生化"与"震惊"转向怪异、"恶心"，愈加背离正常审美心理。莫言说过，"美是生机勃勃的，恰如江南的小白菜，淋上些屎汤子会更加生机勃勃，看了我的文章恶心，吃小白菜时恶心吗？"①辩解本身就表明了作家的清醒意识。事实上，这一点在《红高粱家族》中就已得到呈现，豆官丢了一个蛋蛋，隐喻了生命力的丧失，遍野的杂种高粱也完成了对于"种的退化"趋势及其结果的演示，"爷爷"余占鳌——"父亲"豆官——"我"这一"族系链"也表现为"力的衰减"②。生命强力只能保留在《红高粱》的记忆深处。作为长篇小说《红高粱家族》的第一章③，它停留在一个起点的位置，成为被参照与消解的对象，在"长度"中彰显出与《狗道》《高粱殡》《奇死》等章节之间的叙事裂隙。情事已从"野合"的强力坠落为偷情的"苟合"（余占鳌与恋儿、刘氏）、荒诞的人狗大战、丑陋的死亡与诡异的疯癫等等意味着屠弱、猜忌、偏执、可怜的"杂种高粱"对于生命本真的吞没，再不见粗犷、雄强的生命活力，那"一株纯种的红高粱"注定属于一种超越了"荆棘丛生、虎狼横行的世界"、逝去的图腾与象征。"人是历史性存在"，莫言也不得不顺应"历史潜文本"的表达，一定意义上，这既是不得已而为之，也是高度自觉的艺术尝试与创新。

---

①　莫言：《弃婴·人有时是极难理喻的》，《中篇小说选刊》1987年第3期。
②　张闳：《莫言小说的基本主题与文体特征》，《当代作家评论》1999年第5期。
③　《红高粱》最初发表于《人民文学》1986年第3期，后被《解放军文艺》1986年第7期转发，1987年作者将其与《高粱酒》《狗道》《高粱殡》《奇死》等其他4部中篇合并为长篇《红高粱家族》，由解放军文艺出版社出版。

　　不难发现,在一个以"人的觉醒"为起点的历时性进程中,被唤醒的肉身却未能焕发出多少本然的生命强力。相反,在城市化、政治化以至世俗化的历史之旅中,欲望成为人性异化的"焦点",更多是或放纵、或压抑的文学"偏至"。由此,灵肉调和的欲望理想,注定是一种边缘化的文学存在,在普遍意义上,欲望的生命感性只能在"他者"话语的侵袭、整合中有所喻示与呈现,以并不醒目乃至变形的方式标示自身。相对而言,在"沈从文—莫言"这一线上,欲望的诗意主要出于一种普泛意义上的生命与文明演进冲突之中的自我保持与精神反抗,表现出对于民族退化、种的退化等文明危机的警醒与反思;"郁达夫—茹志鹃"一脉透露的更多是社会、政治意识形态对于人的欲望本性的改写,人性的认同最终未能抗拒德性的疑虑与审视,终而转向欲望的转化与压制;而《月牙儿》则预示了欲望在城市语境下的商业化道路,女性自我的坚守其实又不过是一种精神上的无谓挣扎,终将无以摆脱市场化的身心扭曲。凡此,欲望的诗意交织着下滑、沦落的态势,汇聚出欲望叙事在一个漫长时段中的大致趋向。在此意义上,对于欲望叙事的诗性理路的辨析,揭示的不仅是叙事本身的诗意精神及其内在逻辑,还包含着不同诗性形态之间的"互文见义",又是关于 20 世纪中国诗性小说欲望诗学的历史性、流动性的整体观照。

第五章　叙事传统的神性诗学

　　20 世纪中国诗性小说的宗教色彩是明显的,宗教文化构成叙事传统的又一源泉。这不仅在于审美人生总与神圣世界密切关联,本然地蕴含着终极关怀的意义,而且近、现代文学发生语境的浓厚宗教色彩也在激活着文学的神性意味,奠定了诗性小说与宗教文化的历史性联系。具体而言,基督教的"爱和美"为现世人生提供出彼岸性的图景参照与超越路径,成为冰心、许地山、王统照以至"信徒"北村等小说创作的重要思想资源①;宗教存在主义面向生存的"疏远化病症",抽象、神秘的意义求索源于现代人的命运焦虑与存在困惑,构筑起冯至、史铁生小说精神形上、先验的"高点";张承志在民间宗教的寻访与信靠中重塑人生格局,以"哲合忍耶"的皈依收获宁静与充实,写作的信仰化宣示了一种激情化的理想主义信念。这一传统中的乐园向往、抽象沉思以及安身立命的生存哲学与宗教情怀虽并不总是那么诗意和神秘,有时甚至不大契合惯常的"有形"宗教的文化教义,但并不会影响之于现实生存的救赎意义。宗教"使经此过程的一切,都成为宗教的领域"②。相当意义上,这类叙

---

　　① 事实上,诗性小说家中具有宗教色彩的不在少数,又如废名、沈从文、迟子建、贾平凹、何立伟,等等,由于叙事类别的划分以及行文、篇幅的限制,不可能面面俱到,而只能就作家创作的某一层面加以展开。诗性叙事是开放的,意义是丰富的,作家与类别自身也不是封闭的。这种复杂性是经典性的必然体现,既是深入研究的基础,也是一种挑战。

　　② 〔德〕西美尔:《〈现代人与宗教〉编者导言》,曹卫东等译,中国人民大学出版社 2005 年版,第 21 页。

事的诗性肌理也就在于,借助于对现代人生处境、个体感受和生命体验的形上思考和表达,宗教情怀为审美意义的充分生长创设了空间,昭示出叙事传统的终极限度。显然,宗教关怀表明了诗性叙事的神性视野,"以'更高'为取向"①的宗教所指深入人生意义的具体表达,激活了诗性小说参与现实、承担历史、感悟人生、创造自我、文化建构的形上可能,成为一种最具深意的文学景观。

第一节　爱与美的祝福:以冰心、许地山、
王统照小说为例

就基督教而言,"爱"无疑是最为深广、持久的内容,"在神性的本质中构成了最终的本质核心"②。在现代文学起源的"基督教的文化背景"上③,冰心、许地山、王统照、叶圣陶等的小说创作都与"爱的宗教"意义相关联④,固然包含着"问题小说"的不同程度的社会功利性,而且常常混合了一些幻灭、痛苦甚至虚无情绪,但置身于神圣的"爱的律法"之中,宗教之爱又多表现出与诗性之美的相对统一,精神皈依中的神圣愿景喻示着对生存困境的救助以及超验的意义转化,彼岸的诗意成为一种普遍的叙事基调。

冰心小说有着"一个道德的基本,一个和平的欲求。……使作者端庄,避开悲愤,成为十分温柔的调子了"⑤。而这个"道德的基本"其实就是融合了儿童、母亲与自然之爱的"爱的哲学"。基督教认为圣洁的童心通向超越性的

---

①　[德]舍勒:《死·永生·上帝》,孙周兴译,中国人民大学出版社 2003 年版,第 166 页。

②　[德]舍勒:《爱的秩序》,林克等译,生活·读书·新知三联书店 1995 年版,第 25 页。

③　谭桂林:《百年文学与宗教》,湖南教育出版社 2002 年版,第 8 页。

④　本节所引冰心、王统照、苏雪林、叶圣陶小说分别参见《冰心全集》第一卷(海峡文艺出版社 1994 年版)、《王统照文集》第一卷(山东人民出版社 1980 年版)、《苏雪林文集》(北京燕山出版社 1998 年版)、《叶圣陶集》第一卷(江苏教育出版社 1987 年版)。

⑤　沈从文:《论冰心的创作》,范伯群编:《冰心研究资料》,知识产权出版社 2009 年版,第 177 页。

天堂,人们要学效小孩的样式,才能得进天国;母爱以其圣母般的宽厚温情普照世俗,引导着芸芸众生超越历史性时间的压制;而自然不仅是诗意情感的原生地,也是宗教的原初形态,"印欧民族最初的宗教直觉基本上是自然神论的,但这是一种深邃而道德的自然神论,是人对大自然热烈的拥抱,是一首对无限充满了深情的精美诗歌"①。"爱的惠临"孕育出创造性的生命感觉,成就了一种皈依之前的痛苦、冰冷和皈依后的温暖、宁静之间比照、转化的叙事模式,前者构成现实困境、不幸命运的缩影和写照,而一旦皈依了宗教,就将消退前时的晦暗、焦虑、创痛等"边缘情绪",获取身心的超脱与上升。《超人》中的何彬一度对"凡带一点生气的东西,他都不爱;屋里连一朵花,一根草,都没有,冷阴阴的如同山洞一般",而当领悟到上帝之爱,一切就将散发诗意,"风大了,那壁厢放起光明。繁星历乱的飞舞进来。星光中间,缓缓的走进一个白衣的妇女,右手撩着裙子,左手按着额前。走近了,清香随将过来;渐渐的俯下身来看着,静穆不动的看着,——目光里充满了爱"。《最后的安息》中的童养媳身世凄惨,但一旦意识到"爱",也就进入获救过程,"心中更渐渐的从黑暗趋到光明,她觉得世上不是只有悲苦恐怖,和鞭笞冻饿,虽然她妈依旧的打骂磨折她,她心中的苦乐,和从前却不大相同了";神圣之爱虽无法改变个体人生的现实处境,却能引导心灵趋往神性世界,"灿烂的朝阳,穿进黑暗的窗棂,正照在她的脸上,好像接她去到极乐世界";"向死而生"的"最后的安息",表明了皈依性的灵魂安居。《烦闷》中的"他"从"虚伪痛苦的世界中"回到家中,在近乎"圣母颂"的回忆中体悟到圣洁母爱;悲苦至于蹈海的凌瑜,由于天使般孩子的劝解,决意去寻找光和爱(《世界上有的是快乐……光明》);《一个军官的笔记》中的"我要往一个新境界去了,那地方只有'和平'、'怜悯'和'爱',一天的愁烦,都撇下我去了"。神性的获救意味着终极性的超越和安宁,用西美尔的话说,"灵魂获救绝不仅仅指某种超越死亡的状态;

① 刘小枫:《圣灵降临的叙事》,生活·读书·新知三联书店2003年版,第20页。

而是指灵魂的终极追求获得满足,灵魂只与自己及其上帝商定的内在完善得以实现"①。凡此表明,冰心的"问题"叙事虽有着较为明显的社会针对性,但"爱和美"的"药方"却形成对于苦难现实的弥合与补偿,引导了"问题小说"的诗性品格生成。一定意义上,这表明了一种生命的乐园图式,宗教的"在世的同情心"惠临众生,促进了人性与神性的融合。而前人论及冰心小说的一个突出印象——"没有爱的生活→过去的追忆→爱的实现"②,也就说明了"因爱获救"的宗教美学特征。

"爱的哲学"是"五四"时期"问题小说"一种普遍的精神底色,类似的还有许地山、王统照等的小说。许地山"尽心尽意地构写爱的篇章,无论是描写宽恕他人的爱,还是描写牺牲自我的爱,抑或描写爱人如己的爱,都充满着一种基督教的色彩"③。《缀网劳珠》中的尚洁"无论什么事情上头都用一种宗教的精神去安排",这是"上天所赋的"的"慈悲心情",促使她悲悯地同情、爱人,爱自然,救助和宽恕一切;《东野先生》中的东野以一种近乎受难的方式宽宥着世事炎凉,对妻子、孩子、朋友的爱和同情使他近乎圣洁的"救世者";《醍醐天女》在弥漫的爱意中营造出近乎伊甸园式的宗教"理想国";《黄昏后》描写了一个鳏夫对死去亲人的深情爱恋,不乏启示性的人生感怀流露出深沉的宗教情思;《玉官》中玉官入了教,成为"圣经女人",不仅自身获救,也在兵乱中"传经布道",相对具体的人物言行和故事情节又具有较为系统的宗教建制形式。基督教的博爱、宽容引导着人生的达观和超脱,超越了私人性的自怡其乐,成为圣恩惠临的"大爱"。许地山小说要"于人生究应怎样的问题,以正确

① [德]西美尔:《现代人与宗教》,曹卫东等译,中国人民大学出版社 2005 年版,第141 页。
② 成仿吾:《评冰心女士的〈超人〉》,范伯群编:《冰心研究资料》,知识产权出版社 2009 年版,第 297 页。
③ 杨剑龙:《旷野的呼声——中国现代作家与基督教文化》,上海教育出版社 1998 年版,第60 页。

完满的解答"①,更深地介入生存的现世性之中,而在尚洁、玉官等信众的坚忍和安稳之中,还透出一丝佛教的空观与苦谛意味,宗教思想又显出驳杂的一面。许地山是一个具有深厚佛学修养的作家,基督教并不是他为社会问题开出的唯一"药方"。沈从文称之为"调和","所指的是把基督教的爱欲,佛教的明慧,近代文明与古旧情绪揉合在一处,毫不牵强的融成一片"②,也就指出了这一点。

相对而言,王统照进入"爱的宗教"要早一些,早期的《沉思》可以视为这类小说的开源之作。小说叙述了一个叫琼逸的模特,作为"美"与"爱"的化身,不仅为"表现人生真美"的画家所误解,同时还受到作为"功利"和"权势"等化身的"五十多岁的官吏"的威逼,人性的隔阂和冷漠使她只好"在春日的黄昏,一个人跑出城外,在暖雾幕住的亭子里,独自沉思"。作者借助于"爱"与"美"的力量,试图为"烦闷混扰"的人类作"乐其生"而"得正当之归宿"的理想提升,流露出浓厚诗意③。"爱和美的实现"为困顿人生展现出一幅"理想的生活"图景,社会问题的解决被付诸于一种超越现实的诗性愿景,叙事也就成为一种转化生活客观性的审美话语。《微笑》中的年轻女犯在善良女医生"爱"的感召下,融化了自身的"恨"意,而她的偶然一笑又感化了凶悍的小偷,小说近乎爱的"感恩";《醉后》中自暴自弃的青年也因母爱的感化而发生了身心改变;《湖畔耳语》中勤劳、慈爱的母亲一旦逝去,家庭与孩子也就坠入惨境;等等。《一叶》的天根深感身世的痛苦和追求的幻灭,却仍将"爱"视为"人间可宝贵而稀有的东西","确信'爱'为人间最大的补剂了",是"现在人类的全体,尚可以有连合之一点的",为漂泊如"一叶"般的浮萍人生寻获了救助的根本;《十五年后》的逸云由于皈依上帝而排解了"多年的沉滞下的忧

---

① 方兴:《〈商人妇〉〈缀网劳蛛〉的批评》,《小说月报》第13卷第9号。
② 沈从文:《论落华生》,《沈从文全集》第16卷,北岳文艺出版社2002年版,第161页。
③ 茅盾:《〈中国新文学大系·小说一集〉导言》(影印本),上海文艺出版社2003年版,第23—24页。

郁",收束起狂热、迷惘的心境,获救过程颇有一股末世拯救的意味,"风浪凶涌,我溺于海,终乃被一大船的救生艇所救起。……由此得遇一位美国老年的牧师",成为"永为献身于宗教事业的人",进入"以日日与自然,及真诚的人民天真的儿童相接触,亦没有何等惨厉之刺戟……"的"寂静的生活"。在王统照看来,"爱"和"美"的"交相融而交相成"才是人生的要义,"爱而无美,则其弊为干枯为焦萎,将有凋落之虞"①,虽然意识到"痛苦与'爱',是并行的",且常"渗入辛涩的味道"与幻灭的意味,但仍竭力而行,在苦难的面对与克服中,进行着小说创作的诗性建构。

母爱、童心、自然"三位一体"的宗教美学呈现了一种令人困惑而又充满诱人魅力,几乎难以名状的神性情感,焕发了"爱的宗教"的彼岸意义。"问题小说"的宗教"药方"带有明显的虚幻性和超现实性,其"内里"仍是"五四"一代飘零的人生体验的"心理代偿"。相当意义上,"问题小说"其实只是个性化的文学想象与表达的"别致"说法而已,所谓"问题"往往反映了一些泛义性、抽象性的人生、文化命题,而不一定就是具体的时效性、现实性问题。作为一种内在于人生、文学的本然精神,宗教关怀包含着一时代的社会集体心理,审美趣味也在其他作家那里引起了一定程度的共鸣和回应。

苏雪林在《棘心》中"完成"了对基督教的皈依,"她觉得神将爱怜的眼光注视着她,披露一片慈心,张开一双手臂,欢迎着她,……一身像沐浴于神的恩宠之中,换了一个新人格,过去的罪恶,已给圣水洗涤干净……她恍惚看见天堂之门大开";《绿天》描写了一对厌弃尘世的夫妇对水木清华的清静之地的向往,构建了绿草、古木繁茂、和爱融融的地上乐园图景。爱的理想也是叶圣陶初期小说的一块"基石",《潜隐的爱》就是代表。一个孤独、"丑陋愚蠢"的乡下妇人用她全部的心力,偷偷去爱邻家的一个孩子,终在母爱中觅取了生活和心灵的归宿,"这一刻才尝到世间真实的快乐,觉得生活有浓厚的滋味。伊

---

① 瞿世英:《〈春雨之夜〉序》,冯光廉等编:《王统照研究资料》,知识产权出版社 2010 年版,第 137 页。

的生命里有一种新生的势力剧烈地燃烧着,'现在自己的归宿是什么?'此刻是不成问题了","这就是所谓'爱',自己也曾亲切地尝过的。更看四围,何等地光明,何等地洁净,而己身就在这光明和洁净里"。爱的皈依近乎彻底地改变了"伊"原本近乎绝望的生活,之前"冷寂阴暗"的生活色调也为"难以描绘的美画"所取代,比照中的获救人生展现出令人迷醉的魅力:"遨游于别一个新的世界","看青苍的天上浮着些小绵羊似的云,小鸟飞来飞去好象有人在那里掷小砖块,'居即'一声,就不见了;……又看数十条麦陇一顺地弯曲,直到河岸,都似乎突突地浮动。河中小船经过,不见船身,只见几个船夫在麦陇尽处移动"。

又如沈从文,一直就喜欢阅读《圣经》,1922年只身去北京时,随身带的两本书中就有一本是《圣经》。20世纪40年代他的书单中也有与基督教文化有关的书,而且明白宣称要走"一条从幻想中达到人与爱与美的接触的路"(《阿丽思中国游记·第一卷后序》),构建"美和爱的新宗教"。《龙朱》《媚金·豹子·与那羊》《神巫之爱》等小说中野性的爱情有着浓郁的宗教氛围,《边城》《三三》《连长》等作品中的浪漫"田园"也渗透了博爱的宗教情怀。沈从文说过,"不管它是咸味的海水,还是带苦味的人生,我要沉到底为止。这才是生活,是生命。我需要的就是绝对皈依,从皈依中见到神"(《水云》),对生命的敬虔情感近乎一种"宗教虔信"。在一些具有宗教意味的湘西题材作品中,叙写主人公的"美"与"爱"等特质时,也不忘突出他(她)们作为"地上之神"的"神性"品质。沈从文认为"爱"的美善能够打破人世间的隔阂,促进生命力与美的建构,在一定意义上,又使其溢出了基督教的范畴,走向泛义论的宗教关怀。

"爱的宗教"能否激发出人生的诗意取决于个体的精神"皈依",信靠是现世人生得以宗教诗化的基本前提,只有在虔信的向度上,方能"洞入"神性之美。换言之,"爱而不美"是无法显出诗意的,文学性的信靠是实现宗教之美的必要条件。上述作家的创作正是借此弱化"他者"力量的异化,深入宗教文化的诗性意域,而一旦背离这一逻辑,也就意味着诗化进程的中断,"爱的宗教"表达就可能游离于神圣诗意。事实上,这种情况在"五四"时期小说中比较普遍,表明"爱的宗教"与诗性风格之间并不存在必然的因果关联。诸如庐隐的《余泪》、郁达夫的《南迁》、张资平的《约檀河之水》、郭沫若的《圣者》与《落叶》等作品中"爱的宗教"信靠往往并不坚定与彻底,理性评判与情绪纠结中的有所保留,宗教皈依显出牵强。在相当程度上,诗性文学意域中的宗教信靠更应该是一种理想化的"愿意相信"①,似乎容不得精神上的质疑与游移,一旦信靠,也就意味着"无条件"的顺服,反之,宗教关怀就可能显出游移不定,削减甚至阻滞了向理想层面的转化与提升,文学人生也就可能沉陷于此在性的现世,诗性意味就会淡薄许多,有时甚至可能几近于无。

　　庐隐虽然很早就皈依了基督教,然而并未就此走向宗教生存的诗化叙写,为数不多的宗教叙事未曾突破"此在"的重负,现实苦难和情感悲愁的过度纠缠阻断了文学人生的诗化之路,每每导致宗教之美的无以实现。《余泪》的"负罪之人"在"纯洁天使"面前请求赦免,深陷"越想越苦痛"的赎罪焦虑,爱的拯救止步于"罪人"的心灵忏悔,构不成净化与超越。而《或人的悲哀》中的病人一度对宗教"有些相信了",却只是一种暂时的错觉,最终陷入了身心无助,自杀而死,皈依也无从谈起。庐隐的文学情怀过于悲观,淹没于愁苦困境中的人生虽从宗教中看到了"彼岸"的希望,然而由于灰色情绪的过多牵制,难以走向心灵的宁静和文学的诗意。同样情况也发生在郁达夫的小说《南迁》中。敏感而自卑的留日学生伊人贫病交加,性的苦闷焦虑、家国积弱与被鄙视的烦恼痛苦是他"半生的哀史的证明",与 O 姓女生同病相怜却又遭诋毁与攻击,虽欲以耶稣之爱来摆脱尘世的烦恼痛苦,但却不曾摆脱现实的羁绊,处于自怨自艾和神经质冲动中的"伊人"也缺乏宗教的虔信,最终在孤独与冷漠中死去,宗教的皈依也就不了了之。张资平《约檀河之水》里的一对恋人为

---

　　① 　参见[西班牙]乌纳穆诺:《生命的悲剧意识》,北方文艺出版社 1987 年版,第 68 页。

情欲而自觉罪孽深重，最终欲以信靠上帝来割断情丝，在爱的福音中祈求赦免，然而"只要我们能悔罪，能改过"的结局虽点出宗教皈依取向，却也不曾进入诗意的超越环节，缺乏美学意蕴的开掘与呈现。《圣者》中的爱牟具有一定的宗教情怀，然而国人的"乞丐生活"、都市的漂泊与受难直至自己孩子的伤痛等等现实的"不幸"，作为普遍性的生存负累制约了这一情怀的滋长，对于天国明显存疑，"假使有能说这儿并不是天国的人，纵有天国，恐怕孩儿们也不愿意进去的呢"，一直难以进入皈依进程。《落叶》中深陷困顿的男女青年虽成为宗教徒，感到"精神的向上力"和"爱的不可思议的力量"，但对于"上帝的恩惠""华美的王宫"的"超越的情怀"却又深感幻灭与虚无，"到了现在是什么也不成功了。认真想起来，世上的一切真没有一样不是梦影呢"，"一切都成了灰烬，一切都成了梦影！空漠的客厅之中，空漠的世界之中，只剩我这架孤影悄然的残骸，我还要写些什么呢?"缺乏对宗教的虔信，皈依的召唤在受难者的眼中，往往只是"想象的欺骗"和背离本意的虚假形式，怀疑和幻灭突出了一种虚无主义的文学态度，由于缺乏理想主义的文学情怀，也就不可能生成主体性的审美自觉与"自由"。宗教叙事的诗性肌理主要在于摆脱现实的钳制，趋往彼岸境界，如果无法信靠并在其中洞见人生诗化之境，即便涉及了"爱的宗教"的精神表达，仍可能深陷现实泥潭的挣扎，难以摆脱困境而无法承纳神性之思。

　　"五四"时期小说与基督教的这一"遇合"并不偶然，基督教文化的救世和自救、信仰与反叛、人性和神性相统一等思想传统迎合了现代社会启蒙和精神解放的历史需要。恩格斯说过，基督教"最初是奴隶和被释放的奴隶、穷人和无权者、被罗马征服或驱散的人们的宗教。……宣传将来会解脱奴役和贫困；基督教是在死后的彼岸生活中，在天国寻求这种解脱"①。这种底层阶级寻求解脱的革命性，无疑应和了"五四"时期呼求社会变革的时代精神，而神性与

---

　　①　恩格斯：《论早期基督教的历史》，《马克思恩格斯全集》第二十二卷，人民出版社 1965 年版，第 525 页。

人性相统一的人文精神成为"人之觉醒"的思想资源也是一个重要因素。周作人曾指出,"要一新中国的人心,基督教实在是很适宜的"①,西方"现代文学上的人道主义思想,差不多也都从基督教精神出来","神性便是理想的充实的人生"②。至于更为内在的原因,则在于主体性的自我情感体认和艺术选择。虽然除了冰心、许地山等少数作家是宗教徒,其他作家"少有真实的个人信仰",但往往能够基于自我的生命体验来看待宗教,而并不寻求"对基督教神学做全面的理解"③。或许,面对缺少了历史基础的中国神学传统,现代思想启蒙并不需要建立自身的反神学目标,他们对于基督教的接受又有着发自内心的一面。当然,"问题小说"的社会学动机,也在制约宗教美学意义的开掘,而且初涉宗教的现代小说家对于宗教精神的"双重摆荡"并不十分适应,还难以形成对于宗教美学精神的价值内化。由于时代语境的变化和主体情怀的局限性,这类作家在"五四"中后期也普遍转向,缺乏美学风格凝定的历时性和稳定性,也影响到自身的经典化。

不难发现,"爱的宗教"在叙事传统中将逐步走向衰落,上述沈从文在 20 世纪 40 年代的小说显然只是个案。随着"五四"后期更多将宗教的虚伪性、殖民性作为社会文化批判的资源与对象,宗教与文学的关系趋于复杂化,博爱精神在社会化、革命化和阶级化的现实变革需要面前显然"落伍"了,宗教叙事已不大可能再有规模化的创作收获了。这一态势将在 20 世纪后半期得到长时间的强化与巩固,即便新时期文学发生了人道主义的重大转向,似乎有所改变,但基本也只能在北村的信徒写作中重新领略到这类救赎叙事的诗性意味,且不可避免地趋于稀薄。

---

① 《山中杂信六》,钟叔河编订:《周作人散文全集》第 2 卷,广西师范大学出版社 2009 年版,第 354 页。

② 《圣书与中国文学》,钟叔河编订:《周作人散文全集》第 2 卷,广西师范大学出版社 2009 年版,第 304 页。

③ 王本朝:《20 世纪中国文学与基督教文化》,安徽教育出版社 2000 年版,第 37 页。

第二节　存在主义的迷思：以《伍子胥》为例

作为冯至唯一的小说之作，《伍子胥》①有着浓厚的存在主义色彩，对于"决断"观念的演绎，表现出一个现代知识分子对于生存问题的深思。伍子胥的人生游历是在自然、伦理、宗教等"存在状态和意义"中的不断"决断"与转换，但作者并没有把人生的存在意义固着在其中的某一类形态上，反而不同的存在状态不过构成了人生探求过程中的一次次短暂"停留"，"终点"又预示着"起点"。"决断"是存在主义的重要思想，主要指个体对自身存在状态和意义的自由选择与决定，"本然的自我存在只有通过自由的、无条件的决定才能实现"②。故此，一个古老复仇故事的传奇和惊险最终也就转化为一种终极关怀意义上的生存价值探求过程，表现出存在的哲思。

小说取材于春秋时期"伍子胥复仇"的历史事件，是对一个古老复仇主题的现代生发。小说一开始就描述了伍子胥对边城如同"死蛇一般"生存状况的"焦躁与忍耐"，"三年来无人过问，自己也仿佛失却了重心，无时不刻不在空中飘浮着……他们有如一团渐渐干松了的泥土"，"焦躁与忍耐在他的身内交战"。显然，此处伍子胥的焦躁来自对生存状况日渐分裂、沉沦的体察，正如解志熙所言，"'焦躁'不是一般的情绪骚动，而是生命失重、存在无意义的根本性焦虑"③。由此，沉沦中的边城也就成为现代人生"自在状态"的一种表征，有待于通过"决断"来唤醒人生的"自为"意义。"在这不实在的，恍恍惚惚的城里，人人都在思念故乡，不想住下去"，"只等着一阵狂风，把它们吹

---

① 《伍子胥》，《冯至全集》第三卷，河北教育出版社 1999 年版。
② ［德］施太格缪勒：《当代哲学主流》（上），王炳文等译，商务印书馆 1986 年版，第232 页。
③ 解志熙：《生的执著——存在主义与中国现代文学》，人民文学出版社 1999 年版，第189 页。

散"。"故乡"近乎"安息"的魅力,构成了"自为人生"的神秘招引,因此,即便没有后来故事中楚国使者阴谋"诱杀"这一外在契机,伍子胥也可能会在其他因素的触发下展开人生的"决断"。他"面前对着一个严肃的问题,要他们决断……他觉得三年的日出日落都聚集在这一瞬间,他不能把这瞬间放过,他要在这瞬间作一个重要的决定。"显然,此时伍子胥面对的已不是所谓"复仇"的道德伦理问题,而是人生意义的"自由选择与决定"。相对于兄长伍尚为了父子的伦理人情冒死去郢城的"决定",伍子胥则要"走出去,远远地走去,为了将来有回来的一天"。这样父兄的死对于伍子胥而言,"就是一个大的重量,一个沉的负担落在你身上,使你感到真实,感到生命的分量,——你还要一步步地前进"。生和死在此构成了人生的两个极端,也就具有了"先行到死"和"向死而在"的意义。人生的伦理意义一旦被转化为存在的勇气,也就促生了"决断"的意义转向,"他们怀念着故乡的景色,故乡的神祇,伍尚要回到那里去,随着它们一起收敛起来,子胥却要走到远方,为了再回来,好把那幅已经卷起来的美丽的画图又重新展开"。生存意义从伦理向审美的这一转换,意味着伍子胥名义上的为父兄"复仇",实际上却是自觉谋求对现实困境的改变和摆脱,而文本之所以从伦理意义展开人生的"决断",不仅是因为作为一个特定历史事件的当事人,伍子胥必然要负载伦理的意义,而且还因为伍子胥的"复仇行动"构成了小说展开的叙事学背景,引导着叙事行为的开始。

审美意义上的存在思考和表现首先是从楚狂夫妇隐居"林泽"的自然生存开始的。林泽的原野风情孕育着大地自然化的诗意,"像是置身于江南的故乡,有浓碧的树林,变幻的云彩……",近乎一片桃源幻境。然而人世的现实侵袭却是生存难以回避的宿命,楚狂夫妇的隐居虽有着"与雉鸡麋鹿同群,比跟人周旋舒适得多"的好处,但是这种审美化的自然"安息"采取了一种"逃于天地之间"的原始方式不仅悖于时代,更缺乏对存在的"已经在世"的现实承担和"认真为人"的积极生命态度。"离弃了现世"也就意味着背离了"存在"的根基,"存在"意义的缺乏注定了这一方式的不可取,沦为"幻境"最终就是一种必然。于是,在伍子胥眼中,楚狂夫妇"嘻笑中含满了辛酸,使人有天下虽大,无处容身之感","眼前只不过是一片美好的梦境,它终于会幻灭的"。接下来的"洧滨""宛丘"等章节中展现的生存状态显然将这一侵袭审美意义的现实因素作了进一步的铺展。太子建等人的生存图景是阴暗的,平庸、自私、奸诈的堕落意味着现实生存的"去道德化"与"非本真状态",而对此的"不自知"显然又是一种"自欺",意味着类似的"沉沦"已成为一种普遍的生存状态和文化现象。而"宛丘"讲述的则是一个远古圣地的沦落。太昊、伏羲氏、神农氏等故地的废墟化,意味着古老"神明"的丧失,与此形成对比的则是现实中司巫人格上的卑劣,以及贫穷酸儒不满、牢骚中的如"火星""雨露一般"短暂而苍白的"衡门栖迟"般的精神告慰。古老的神性业已沦为一种暂时的缅怀,在寒夜的饥寒交迫中不可避免地隐入了历史深处。显然,对道德和古老神性的双重背弃最终宣示了实存中精神向度的失却,注定世人只能在"沉沦"中承受生命"灵性"丧失的后果。

相较之下,小说后文"延陵"一节生存状态展现出的礼乐交融、人伦和谐的乐园图景近乎一次"灵性"的复归。"这些地方使他觉得宇宙不完全是城父和昭关那样沉闷、荒凉,人间也不都是太子建家里和宛丘下那样地卑污、凶险。虽然寥若晨星,到底还是有可爱的人在这茫茫的人海里生存着。"作为人生游历过程的一个节点,"延陵"的意义在于对实存中的"沉沦"进行了一次集中的拯救,使得伍子胥的"决断"得以暂时摆脱现实的钳制,进入生存的另一高蹈境界。而文中伍子胥抵达"延陵"这一获救意义的"节点"则是通过三次象征性的过渡环节达到的,其间又涉及了宗教意义等生存思考的神圣限度。

首先是"昭关"。一定意义上,这不仅是伍子胥"复仇"行为的现实阻碍,也是妨碍生存意义转化、提升的现实因素的凝结点。迈过它,就意味着人生的伦理、自然意义将得以充分诗化,而且也将接近某种意义的"永恒"之境,"他想像树林的外边,山的那边,会是一个新鲜的自由世界,一旦他若能够走出树林,越过高山,就无异从他的身上脱去了一层沉重的皮","以一个再生的身体走出昭关"。于是,"迈过昭关"也就具有了重生的象征意义,对于"新鲜的自由世界"的渴望不仅沟通着"天堂的盼望",而且也蕴含着"奔向应许之地"的宗教返乡意义,而对昭关士兵死亡的所思,还使伍子胥的出关行为浸染出一丝"向死而生"的意味,"子胥的心境与死者已经化合为一,到了最阴沉最阴沉的深处","好像自然在他身上显了一些奇迹,预示给他也可以把一些眼前还视为不可能的事实现在人间"。显然,随着意义的叠加、增值,此处子胥的"反思"和"渴望"也就进入到宗教的意域。

其次是"江上"。对于伍子胥而言,走出昭关后的"一个鸟影,一阵风声,都会增加他的疑惑","只有任凭他的想像把他全生命的饥渴扩张到还一眼望不见的大江以南去",于是"疏散于清淡的云水之乡"的船夫对伍子胥的摆渡简直就是一次精神上的解脱和神秘的引渡,在形式和内蕴上都蕴含着宗教的神圣意义。在子胥,"却觉得这渔夫是他流亡以来所遇到的惟一的恩人,关于子胥,他虽一无所知,可是这引渡的恩惠有多么博大……他享受到一些从来不曾体验过的柔情。往日的心总是箭一般地急,这时却唯恐把这段江水渡完,希望能多么久便多么久与渔夫共同领会这美好的时刻"。引渡指向了一种神秘的安息之境,只要归属它就足以平复躁动的心灵,使人格得以净化,"你渡我过了江,同时也渡过了我的仇恨","他再一看他手中的剑,觉得这剑已经不是他自己的了"。近乎皈依的精神告白传达了对于一种超验性情感的眷念和渴望,宣示了宗教对于生存意义的永恒魅力。

而"溧水"一节中浣衣少女与伍子胥的遇合则颇似一个"信徒"的"受洗"场景,又以近乎宗教的仪式将这一意义加以完成和凝定,"这是一幅万古常新的画图:在原野的中央,一个女性的身体像是从绿草里生长出来的一般,聚精会神地捧着一钵雪白的米饭,跪在一个生疏的男子的面前。……也许是一个战士,也许是一个圣者。这钵饭吃入他的体内,正如一粒粒的种子种在土地里了,将来会生长成凌空的树木。……它却永久留在人类的原野里,成为人类史上重要的一章"。村姑的"米饭"与"施与"使人想起基督教观念体系中的圣母、圣餐以及相应的宗教仪式,而"把一钵米饭捧给一个从西方来的饥饿的行人","泰伯从西方来"等又从方位上进一步强化了读者对于西方基督教意义的联想。这一系列形象化的场景再一次昭示了神性意义的惠临和闪耀。

然而对于"探求者"伍子胥而言,这一切是否就此凝定,人生之旅是否也就此停步了呢? 显然不是,一切仍然"是一个反省、一个停留、一个休息"。作为一个现实的个体,它不得不受制于"处境"的影响而有所停留,而后方可能通过一次次"决断"继续前行。或许一切早已注定,伍子胥只能从属于一种"在路上"的意义探求,不断前行是他作为"过客"的宿命。"延陵"中的乐园之境,虽然可以视为上述"昭关"等三次象征性环节的一种必然结果,然而同样也逃不脱被离弃的命运。由此可见,"延陵"展现的宗教意义在此并没有成为终点,相反,"终极"的"永恒"其实更多意味着无限与超越。受存在主义的影响,冯至总是在人生的"自在"和"自为"状态的对照、共生中表现"存在之思",这不仅有着类似于尼采"生活在险境中"的人生沉沦的警示,也包含着对于人生存在意义的矛盾性和过程性的深刻体认,终而指向一种不倦前行与探求的"无休止"过程。

"延陵"一节中伍子胥想到季札时"精神恍惚了许久","他知道往前走的终点是吴国的国都,在那里他要……早日实现他复仇的愿望。……若是说他复仇的志愿,又何必到季札这里来? 若是叙述他仰慕的心,走出季札的门,又何必还望东去呢?"伍子胥的矛盾其实就是停留抑或前行的矛盾,前者意味着人生意义的终结和凝定,人生也将就此堕入"安于现状"的沉沦,后者则意味着意义追寻的进一步历险,充满了挑战和不确定的艰难。而一旦停留,人不仅会在有限性中"穷尽自身",而且又将背弃自身的责任。考虑到终极意义的"无限性"状态,此处作为探求者的伍子胥必然又将背弃这一"现状",继续选择前行! 尼采说过,"对于这个生存之谜,我们必须选择一条大胆的不顾危险的路来解开它"[①]。此时的伍子胥只能再次"决断","他加紧脚步,忍着痛苦

---

① 参见解志熙:《生的执著——存在主义与中国现代文学》,人民文学出版社1999年版,第18页。

离开延陵"。然而在已然经历了人生意义的三次"洞察"之后,人生的基本意义已得到较为"充分"的展现,如此"决断"后又将面向何方? 虽说意义不可能被穷尽,但作者此时显然已难以提供其他的答案。于是,"人的憎恶者"专诸对母亲的"孝道",宁静而质朴的女性,礼乐、林泽田野,等等,又再次成为伍子胥(其实是作者)追问的对象,伦理、自然等审美意义在"吴市"一章中以一种"集体"的面目再次闪现。既有意义和形态的汇聚指向了生存思考的局限性,显出了这一方面的某些"苍白"或无力,然而同时也让我们领悟到人之存在意义的多元与丛生,杂多与变动,抽象和无限。毕竟,人之生存不是单纯的生或死,也不是简单地回归自然、信靠宗教或伦理完善,它指向一种开放性和无限性。由于复仇者最终离开了安宁和诗意,"忍着痛苦离开延陵","沉浸在雪地仇恨里",成为一个世人眼中的"畸人"。伍子胥的追求也就具有了疏隔于现实人群的形上向度,成为一种不为现实、俗世所认同的边缘精神和生命状态。其间的冲突和分裂又多少意味着人的自由仍是"在处境中的自由"。这或许说明,存在的"自为"拯救往往充满了矛盾和悖论,又可能受到"此在"无所不在的暗算,必将伴随着现实的隔膜,以及肉体和精神上的苦行和艰难而嬗变。生存本然的局限性无情地制约了人们的选择。小说结尾的"司市"面对子胥,"他没有旁的办法,只好把这事禀告吴王"。结尾的戛然而止,把这一点留在了文外,余味的悠长仍在说明,意义的探求本身就没有终点,而只是一个不断寻求与"眺望"的动态精神历程。

在存在主义思想的启发下,冯至对传统题材作了一次现代意义上的翻新,"二千年前的一段逃亡故事变成一个含有现代色彩的'奥地赛'了"。其意义在于,反映"一些现代人的、尤其是近年来中国人的痛苦"①,并在"危机"中寻找生路。由此可见,《伍子胥》凝聚着冯至对现代人生存处境的深刻反思,不可不谓 20 世纪中国文学史上一份独特的诗性文学经典。

---

① 《伍子胥·后记》,《冯至全集》第三卷,河北教育出版社 1999 年版,第 427 页。

第三节　救赎与诗意的消解：
以《施洗的河》为例

　　在本就匮乏基督教文化的当代文学语境中寻访诗性传统的历史性存在，北村无疑构成了重要参照。作为一个"基督徒作家"，浓厚、虔诚的救赎意识是其小说创作的基本背景与主题，以《施洗的河》①为代表的作品散发出一定程度的神性诗意，却也显示出神圣皈依对于诗性精神的某些排斥与否定，生成与诗性叙事的独特关联。相当意义上，现实的荒芜与神的引领，为《施洗的河》建立起一种极端、片面的意义指向，过于晦暗、残酷的人性与生存，喻示着在世精神的普遍溃败，"被'逼'向信仰"作为叙事的先行主题与最终目的，意味着信仰的专制，反而忽视了文学性的综合建构，神圣向度又是以传统、伦理、艺术与道德的解构为前提的。北村一面以小说的方式证明自身的教徒身份，一面又探求着存在、信仰与文学的精神关联，艺术触角也涉入了诗性精神的现实性、当代性问题。

　　作为北村神性写作的代表作，《施洗的河》是其转向福音传播的重要标志。小说借助于刘浪的一系列恶行揭示出现实的荒诞、残酷以及"罪性"之人的无力自拔，地狱化的现世向彼岸化乐园的持续迈进表征了神圣救赎的终极、永恒意义，宣告了现实与人性的破产以至神性的惠临。这一神性图式对于现代人生存与心灵的象喻意义已无须重复，自1993年小说问世以来，已得到了充分解读。问题是，"也面临着如何处理启示和审美、信仰和叙事的关系问题"这一"包含在神性写作内部的艺术难题"②，未能规避信仰与文学的分裂，而处理不好与文学逻辑的融合问题，也就难以澄清小说本身的模式化、观念化与说教化等方面的缺陷，禁锢神性叙事的文学功能。说到底，文学的重点不是

---

①　北村：《施洗的河》，花城出版社1996年版。
②　荆亚平：《神性写作：意义及其困境》，《文艺研究》2005年第10期。

教人遁入宗教的安息,而在于促进生活的感动与热爱,将神性企望引入文学框架最终也应指向现世的诗意探求,"真正意义的小说就是以审美的方式帮助人们真正认识生活,认识生命本身,在享受一种美感之中也体验到一种心灵的震颤"①。《施洗的河》以否定现世生存为特征,将文学精神混同于信与不信的二元对立,要么获救后陷入沉寂,要么沦落坠亡而无以获救,"信"神成为对生活的超脱与弃离,而非自由的精神超越,并未在文学世界孕育出绚烂的生命之花,笼罩于文本的怀疑主义氛围颇有一丝看破红尘的意味,表明了一种与审美精神的普遍矛盾与错位。个人化的信仰偏执、先锋作家的末世意识,消解着文学精神以及诗学技艺的开放性,这或许包含着作家的故意为之,但也影响到历史意义的建构。

主人公刘浪是一次强暴行为的产物,这个未来的医科大学生将在灵魂觉醒之前历尽俗世的罪孽。当刘成业在遍布粪肥的臭菜地里强奸了陈阿娇,一切就已注定,强奸与粪便将刘浪的诞生与罪恶、污秽紧密相连,根源上的污秽隐喻了与生俱来的罪性,暗示了他一生的阴暗光景。悲剧性的开端使他对家庭充满仇恨,进而无家可归。作为生存的基本结构单位,家意味着安全与稳定、温暖与归宿的和谐人伦;在中国传统文化中,充满人情味的家庭伦理是维系家族、种族、民族与国家的基本原则与纽带,构成文化的"精髓";而家园主题也是文学叙述的永恒母题,是传统人文精神的主要景观,虽然包含着封建文化的"糟粕",但也凝聚了美好人情、田园风俗、和谐人伦、良善德性等诸多优美的生命体验与想象,而否定这一切,也就意味着诗情画意的祛除,阻断文学的诗意生成。

小说中刘浪从孕育到降生是一次漫长的、令人毛骨悚然的"恶鬼投胎"般的折磨,毫无家族添丁、生命延续的喜悦可言,而其怪异的性情与言行在阴森的生存氛围中也被放大为一种诡异的存在,对父亲曾两次扣动扳机,将弟弟刘

---

① 洪治纲:《现代灵魂的深层忏悔与启示——北村〈施洗的河〉的纯主题学阐释》,《浙江广播电视高等专科学校学报》1995 年第 5 期。

荡推入河中,对母亲的"爱"也只是一种恋乳症的病态迷恋,一次次颇具精神分析意味的身心异常与怪诞将血缘关系推向解体、恐怖的顶点,传统家庭伦理被消解殆尽。显然,刘浪不可能在家文化中获取人生价值与意义的依托,而伴随着血亲关系的坍塌,也根绝了他与传统、土地、自然等建立亲密关系的可能。一旦家与故土不再成为获取温情的源泉,逃离故乡、堕落恶行也许就是一种必然,反映到叙事上,就将导致空间上的黑暗与结构关系上的紧张。肉欲的沉溺、贩毒、凶杀、恐惧、绝望、死亡、无意义,构成价值虚空之下的普遍真实,刘浪、唐松、董云等一干人物只能随波逐流,丑恶与怪诞成为日常性的真相。北村说,"我只是在用一个基督徒的目光打量这个堕落的世界而已"①,这种主观上的自觉充分放大了生存与意义的匮乏,致使生命的诗意无处安身。霍童菜地里的荸荠和黄花菜虽然"亮得晃眼",却无从照亮"刘浪的童年",而马大的客家山歌在梦游症发作之后戛然而止,成为在世的最后一抹诗情;终其一生,刘浪都未能摆脱对家庭的仇恨,唯一的还乡(为母奔丧)也只是一次虚假的回归,只是加速了对于乡土的绝望。"只赶上了一次混乱、荒唐、令人窒息的出殡。想到过去自己竟然产生隐居故乡的念头,刘浪只觉得好笑,这种不可靠的怪诞想法只有在樟坂极端无聊时才会冒出来。现在他只有一个念头:尽快地回到樟坂。"小说将这一章命名为"田园",显然也包含一定的反讽寓意。摇曳生姿的田园诗意一度是审美叙事的基本内容,然而却完全沦为一种生存的乱象与精神上的绝望,而刘浪与马大的黑帮巢穴又分别名为"云骧阁""彩玉楼",命名上的超越能指与事实上的堕落、荒诞同样带来了话语上的反讽效果,将生活与诗的精神分裂置于叙事的撕裂与颓异之中。

在世的家园是人类的一种根本依靠,但在北村笔下,却沦落为一种地狱般的存在。北村说过,要"把小说打扫干净,因为有更重要的东西要进去"②,一定意义上,对家的否定也就是一种本源处的"打扫",将断绝主人公与在世温

① 北村:《我与文学的冲突》,《当代作家评论》1995年第4期。
② 北村:《爱能遮掩许多的罪》,《钟山》1993年第6期。

情的联系,为神性的永恒入驻,清腾空间。围绕着刘浪等一干人物的持续为恶,对于现实家园的"打扫"被编织成一长串的因果关系。刘浪从霍童流落到樟坂成为黑帮老大,完全弃家而去,刘荡也因作恶离家逃亡,即使是刘成业的回家养老,也不过是绝望的逃避。刘浪对于马大老母的劫夺与恭顺本身就是一种脱离血缘、"十分怪诞"的虚假关系,刘荡最终死在哥哥的默许之下,而刘浪将自己的儿子叫作刘荡,隐约的负罪也在儿子"我不给你吃"、将糖棒插入母亲如玉的眼中时充分发酵。家庭伦理的破散是先验、遗传与持续的,这个现实的世界将永远没有指望地沉沦下去,医科优等生刘浪既不能救人,也不能自救。小说中刘浪曾一度迷恋于诗歌、音乐、阅读,也曾尝试从他人、宠物、子嗣等处获得安慰,甚至想到一处僻静的地方过安静日子,同样可视为从传统精神中寻求生存依据,但被抽空了温情的艺术与人生已然预设了诗化努力的徒劳无功,进一步印证了失家、失诗之后黑暗状态的普遍与深入。

小说在观念化的救赎指向中展开叙事,污浊、荒诞的现实生存意味着救赎的必然性。北村说,"我是神的管道,……神给我的是看人和世界的眼睛,他给我光"①。一定意义上,这正是以对传统家园伦理的消解为基点,进而达到对在世精神的全面否定。就本质而言,无论是文学的诗意栖居,还是宗教的灵魂安息,都与家园的想象与建构相关,归家意味着美与温暖,通联着生命的美好情怀,皈依则是对家园伦理的又一次置换,在世家园的消解表明了一种根本的诗性否定,也将影响到彼岸乐园的诗意建构。

刘浪在走投无路、求告无门时忽然皈依宗教,虽有所突兀,但"简明的形式"并不背离神性皈依的"奇迹"原则,无数个难以获救的死亡事件与刘浪濒死之际的获救之间的互文与比照,赋予救赎"向死而生"的终极意义,信仰上帝成为拯救现实的唯一路径,宣示了皈依后的福祉,由此构建的乐园图景,无疑是小说中最为集中、突出的诗性叙述:

① 郭素平:《写作是生命的流淌——北村访谈录》,北村:《〈施洗的河〉附录》,花城出版社 2016 年版,第 345 页。

　　早晨,万物都在阳光中显出它们本来的面貌。河水在光斑中流动,这是一种不间歇的流动,当黑夜暂时覆盖它时,仍能听到河水清晰的流声,预备着迎接晨光的显现。阳光又临到狐山和山上的树木,那里的紫荆和杨木郁郁葱葱,那是因为承受了阳光的缘故,若不是阳光的辨别,它们不会显出本色。就是这样,一切都在太阳逐渐升起的时候再现出来,那河边的房屋、草地和觅食的牛羊,树梢栖息和飞动的鸟,羽毛在闪烁光辉。而且还有田野的绿色,被笔直的田埂所分割,并在阳光中显现出秩序。

世间万物在洗脱了罪性的刘浪眼中,第一次散发出清新、明亮的色泽,这一切当然不是出于浪漫的心境,而是因为皈依,驱散了曾经的黑暗;遍在的阳光象征了神性的朗照,一切都在绝对与永恒中得以重生,"刘浪恢复信仰所带来的救赎情怀的实现,使北村的小说在后面几节里,崛现出了明亮的抒情性与精神向度,从而迅速地向终极飞升"①。自然的诗意被圣光所唤醒,皈依也似乎完成了一次从人性、现实直至审美精神的全面救赎。然而这里的问题在于,"景语"的文学功能并不突出。作为神格的仪式化投射与呈现,程式化的描写透出图解创世秘密的痕迹,取消了审美感性的鲜活与生动,限制了"抒情性与精神向度"的张力,并不属于生命意志的外化,亦即"人的感觉能力的回复与张扬"的"本质对象化"。就此而言,北村似乎在努力避免描写背后的复杂性与多义性,而只是近乎单纯的列举景物,在太阳、阳光、光辉、光斑、晨曦等同义词的循环往复中,揭示出上帝之于万物的赐予与承纳、光明与黑暗、神圣与世俗的绝对关系,而简单、明朗的景物构图有利于"封堵"景语的歧义,将描写限定在皈依之后的纯粹之中。皈依"寄希望于一个绝对的乌托邦"②,意味着放弃自我,"只要你开口,以后就不是你的事了"。由此,景物描写并不需要深入

① 谢有顺:《先锋性的萎缩与深度重建——兼谈北村〈施洗的河〉》,《当代作家评论》1993年第5期。

② [德]马克斯·韦伯:《儒教与道教》,洪天富译,江苏人民出版社1995年版,第171页。

微妙的个体感受,对于神性图式的强化,凸显了一种全身心投入的绝对顺服。

抑或超验性的彼岸图景本就只对神圣意志负责,却又不得不借助于语言的诗意加以呈现,而随着小说对于在世精神的根本否定,神性已成为超脱现实的绝对之物,对于宗教的皈依,又是以对生命精神与审美维度的消解为内里的。相当意义上,这构成了一种深入的矛盾与冲突。皈依后的刘浪似乎并不需要借重审美表现,对于家园的仇恨已使其无法领受现实的温情,从皈依到天国秘密的洞悉也几无过渡,程式化的彼岸表明这一世界已不允许"他者"声音的存在,反映出信仰的专断与排他性。对于一个信徒而言,这无可厚非,然而作为文学,程式化与专断意味着封闭、说教、观念化与模式化,包含着文学性的极大挫伤,当景语不再属于"情语",如何能够提供温情的精神慰藉,又如何洞开文学话语丰富、复杂的意义张力,而放弃了在世精神,"取消了'人'的存在",又怎能指望虚幻的神性能够维系"重申灵魂叙事,重塑健全的精神视野和心灵刻度"①的意义。按理而言,作为"爱的宗教",基督教的皈依本然地倾向于幸福与温馨的浸洗,即便不一定构成叙事的主调,也不至于滑入情感的冷漠与匮乏。北村的皈依与言说无疑是真诚的,然而当其完全否定了在世的精神,而把罪与罚作为推动皈依的情节要素时,也就割裂了"爱"的联系,神圣的皈依转变为赎罪之旅,而非爱与美的感召与引领,"你必须皈依基督,否则你将难逃惩罚"的律令已让福音失效。由此,一旦"逼"向皈依的目的达成,乐园图景的建构也就不那么重要了,况且,随着福音的消解,乐园图景的诗意(爱与美)支撑已被抽离,也已匮缺了审美的资源与意向。文学家园从来也不由单一的形上神意所支撑,而是融"天、地、神、人"于一体,包含着心理、道德与美学等多元意义的精神现象与诗学存在,一旦背离了综合性的审美原则,也就意味着文学性的片面与贫乏。事实上,小说也确未对"景语"多有着力,上述文字仅限于此,乐园似乎刚一呈现,就在"一切都是和谐的"概述与断语中,匆匆收

① 谢有顺:《尊灵魂的写作时代已经来临——谈新世纪小说》,《文艺争鸣》2008年第2期。

尾。这一现象在北村小说中也比较普遍。诗人孙权在堕落与厌倦中过着麻木生活,"人没法与一条狗不同",一旦皈依,神圣秩序就让一切改观(《孙权的故事》);孔成困顿于杜村,他的现世之路在他怪异的"楼房"倒塌之后也走到尽头,皈依成为唯一的出路(《孔成的生活》);张生碌碌于生活,在即将结婚之际被抛弃,只能靠信神拯救(《张生的婚姻》);等等。北村以一系列的绝望堵死了对于人性、艺术与爱情等在世的美好幻想,诠释了"人的尽头,神的抬头"这一不乏极端的神性理念,然而又常止步于皈依之后。缺乏展开与深入的皈依突出了一种仪式化与姿态化的神圣行为,却也隐喻了彼岸的虚幻与无力,彼岸又似乎遥不可及,固然其中有着信仰难以言说的因素,却也透出某些精神上的偏向。

　　《施洗的河》在现世的荒原上着力过多,缺乏爱意的叙述,生存态度的蒙昧,人物关系的符号化,主体色调过于黯淡,一直未能化解信仰与文学、救赎与审美的紧张关系,建立起真正"明亮""充盈"的精神旨向。"逼"向信仰在圣徒北村而言只是一项庄严的"神学工作",而对于文学,则意味着单调、枯燥的体验与感知,现实的衰败"成功"地演绎了"人性在圣化过程中的所有难度"①,类型化、程式化的彼岸图景乃至直接的传教、布道也近乎一种"纯粹"的宗教性宣示,"仅仅将小说作为福音传播的工具"②,正如其所言,这就是"精神的报告文学"。"独尊"信仰的"中心和意义",在超验的皈依与丰富的文学之间设置了机械化的对立与分隔,宗教与文学相互否定与消解,上帝旨意的"传声筒"侵夺了文学的鲜活感性,荒芜的文学也将宗教置于冷漠、虚幻之中。事实上,二者之间并非不可调和,"文学永远是以审美为前提的,所以文学只能以审美的方式去履践神圣价值关怀"③,"艺术的最高点与宗教相接近,艺术乃是一种精神的宗教,而宗教乃是一门精神的艺术"④。问题的"症结"

① 北村:《文学的"假死"与"复活"》,《愤怒》,上海三联书店2010年版,第3页。
② 南帆:《先锋的皈依——论北村的小说》,《当代作家评论》1995年第4期。
③ 荆亚平:《神性写作:意义及其困境》,《文艺研究》2005年第10期。
④ 何云波:《终极价值的寻求——文学与宗教精神之一》,《艺海》1996年第3期。

不在于各自本身,而在于缺乏一种精神上的开放、融通与建构,拒绝了文学性的自足,陷入神性观念的缠绕及其强行、简单的归理之中。北村并不认同美与救赎有着必然联系,"事实上美是从来不对真和善负责任,更不对艺术家本人的生命负责任"①,"在一种终极价值到实践文本之间,不存在美学的层次"②,"你不是作神的抄写员,就是当魔鬼的秘书"③,神性被视为至真、至善的终极存在,隔绝、凌驾于审美意志之上。"保留它的纯粹"成为作家对于这类作品的一种标榜,即便声言"人与神的紧张关系""需要和解"④,仍然掩饰不了"明朗和简单"的"工具化"特性,"我的主人公被'逼'向信仰是一种必然结果","信主是一个事实,我不过是记录了它而已"⑤。然而小说又"必须接受文学尺度的检验",如果局限于信仰宣传的功用,必然引发意义与价值的衰竭。在《施洗的河》的后记中他曾写道,"起先写作是一种享受,后来渐渐变成一种苦役,到了末了他近乎绝望了,他被带到一个地步,似乎一下笔立刻有可能写出一通谎言;他不想说谎,但他无法不说谎,因为他不知道什么是真的,他对一切无法肯定,也不敢否定,这种彻底的痛苦立刻把他送上了一个被放逐的地位,灵魂开始在这个地上漂泊"⑥。相当意义上,将宗教直接作为文学的本体,引发了文学世界的倾斜与撕裂,专断的皈依拒绝了生存的多维价值与意义,阻断了宗教美学意义的生成,"近乎绝望"不仅成为面对现实和文学的双重梦魇,也将皈依推入枯竭的境地。显然,这道出了小说诗意消退、匮乏的基本原因。

当代社会的一个重大问题就是信仰危机,北村以信仰叙事的方式进入当代性的意义困境,同样无力他救和自救,"人类从来没有像今天这样绝望"⑦。

---

① 北村:《活着与写作》,《大家》1995 年第 1 期。
② 北村:《神格的获得与终极价值》,《文学自由谈》1990 年第 2 期。
③ 北村:《爱能遮掩许多的罪》,《钟山》1993 年第 6 期。
④ 北村:《活着与写作》,《大家》1995 年第 1 期。
⑤ 林舟:《苦难的书写与意义的探询——对北村的书面访谈》,《花城》1996 年第 6 期。
⑥ 北村:《我的大腿窝被摸了一下(创作谈)》,《施洗的河》,花城出版社 1993 年版,第 257 页。
⑦ 林舟:《苦难的书写与意义的探询——对北村的书面访谈》,《花城》1996 年第 6 期。

刘浪的皈依源于一种理念化的"终极操作",现实之恶与罪性之人喻示了失乐园的人类"背逆","罪恶—挣扎—绝望—信神—乐园"构成了一个"完整"的救赎图式,大量引征《圣经》原文、意象与典故也成为小说的突出标记。然而,当作家如此模式化地"操作"信仰问题,已禁不住追问与深究,以一种强制方式"'逼'向皈依"。一位信徒的"执念"在漫长、阴暗的现实与仓促、观念化的获救之间制造出结构性的精神错位与失衡,皈依终究只是一种文学想象与语言修辞,未曾脱离一"纸"叙事学的编构。北村说,"我的写作皆来自启示和试炼,它与我个人寻找终极价值的道路紧密相随,以至于它成了我的个人史"①;如此"偏执"的"个人"叙述,未尝又不是一种现实的绝望和逃避,包含着自我的封闭与社会性的乏力。这自然也妨碍了宗教诗意的构建,流于自娱的皈依在消解一切意义,既然信仰都不可靠,都难以把握,他物又如何可能,"我只好相信我的疑心了"。对于一个"追问存在的意义"的重要作家而言,怀疑是一种基本素质,"在聒噪中,一切都被我相对化了,在这场大规模的语言动乱中,我作为写作者是混乱的、迷惘的,得不到任何统一性的东西,我在那时耿耿于怀的终极价值,也在聒噪中变得遥不可及。语言在我的笔下,已经无法把握任何确定性、真理性的东西。我成了一个自言自语的人"②。而刘浪也始终未能摆脱自己的"疑心",面对传道人的开示,突然发问,"他真能救我","那为什么他不救被日本人杀掉的中国人";虽说这一点在传道人的"悖逆"声中被强制逐离,但并不能真正消解疑虑,进而影响到皈依的虔敬。相较而言,"五四"作家往往能够从现实、此岸的角度去理解、表现宗教的多维价值与意义,相对无碍地穿行于文学与宗教、现世与彼岸、神性与审美、苦难与天国之间。作家之"信"源于宗教与文学所维系的理想主义情怀,作为"经世致用"的精神资源与形式路径,救赎源于社会不公与现实的苦难与创伤,而不是所谓先验性"原罪","仍然与从传统架构崩溃后而留存的传统文化成分有千丝万缕的

① 北村:《文学的"假死"与"复活"》,《愤怒》,上海三联书店 2010 年版,第 3 页。
② 北村:《今时代神圣启示的来临》,《作家》1996 年第 1 期。

关系"①。故此,冰心等一辈营造出救赎的融合性诗意,虽缺少信徒式的精神标记,却更具宗教诗学的审美质感。在相当程度上,《施洗的河》以自身的独特性、边缘性建构出一种与此不同的诗学形态。在"爱的宗教"中皈依,却又否弃爱与美的温情,既透出现实失序的隐喻意义,也反映出一贯的冷漠笔触与先锋性的悲剧意识,昭示出"爱的宗教"在当代文学中的诗性消解境遇。

当然,《施洗的河》毕竟只是北村神性写作的转向之作,还预示着诸多可能,作为一个"真正的先锋派",北村是一个不断有所突破的作家,"他的探索表明了当代小说所达到的可能性、复杂性和危险性"②。多年来,从宗教到文学,从形式到意义,从神性到人性,也在实现着这类"当代小说"所可能达到的复杂性与丰富性,展现出一条从否定到信仰(如《最后的艺术家》《者说》系列),到迷茫与思考(如《周渔的喊叫》《老木的琴》),直至回归人性探索(如《愤怒》《安慰书》)的大致脉络。《施洗的河》是进入这一历程的节点之作,在建构出神性意向的同时,也暴露出信仰与存在、文学的纠缠、冲突、偏向乃至"迷津",提供了进一步探索以及被进一步阐释的空间。北村属于有着"劈面与这个时代一批最为重要的问题相遇"意义、可以通过作品"谈论一个时代"的"重要的作家"③,《施洗的河》的发表被视为"一个文学事件"④,这也是加以诗性观照的依据。

第四节　理想主义者的"精神档案":
以《金牧场》为例

在诗性传统中,张承志是一个"异数"。从世俗权威、生命意志、民间立场

---

① 林毓生:《二十世纪中国的反传统思潮与中式乌托邦主义》,许纪霖编:《二十世纪中国思想史论》(上),东方出版中心 2000 年版,第 464 页。
② 陈晓明:《北村的迷津》,《当代作家评论》1992 年第 1 期。
③ 南帆:《先锋的皈依——论北村的小说》,《当代作家评论》1995 年第 4 期。
④ 南帆:《沉沦与救赎——读北村〈施洗的河〉》,《当代作家评论》1993 年第 5 期。

直至哲合忍耶教"终旅"的精神轨迹,不仅将一个理想主义者的信仰之路展示得如此彻底而深入,也宣示了个性化的诗性精神在多层面、多阶段的持续生成与演变,昭显了一种激越甚至极端的信仰叙事。作为一个宣称皈依的新时期作家,张承志的信仰之路沿着一条寻找、皈依的曲线"螺旋"前行:红卫兵时期的热烈奠定了一种世俗权威,蒙古草原的知青生活又打通了民间主义的生命情怀,将信仰和自然、历史风土密切相连,而新疆大陆与黄土高原的多年放浪,充分唤醒了自身的回族血统,神圣的膜拜,真主的皈依,终将信仰长旅推入一神教的"终极"。生命的诗情是这一过程的内里与底色,也是信仰寻求的精神和逻辑基点,"从草原和黄土地生活中汲取激情,对青春岁月保留着铭心刻骨的记忆,永不疲倦地寻找着精神家园,不断地超越自我,走向无限的理想主义",张承志成为"最具有浪漫气质、作品的浪漫主义特点最为鲜明"的新时期作家①。

相当意义上,以"蒙古草原、回民的黄土高原、文明的新疆""三块大陆"为地理版图的张承志小说昭示了信仰意旨的多样性与复杂性。由于多种文化的撞遇与耦合,诗性叙事也必然在相合相离中谋求理想与现实、神圣与世俗、庸碌与高蹈、苦难与超越等固有矛盾与冲突的调适,进而营造出自身的美学韵味与风格。作为一种复杂的艺术运思,信仰与张承志小说的关联显然不限于一种或隐或显的文学背景或精神底色,还是一种驱动叙事,影响精神塑造与小说构型的内在力量。张承志无疑是一位高产且具有高度互文性的作家,他的小说往往将不同阶段的经历、体验与感悟混融其中,生成明显的复调特征。如果说早期的作品还相对单纯,那么《北方的河》《金牧场》《黑山羊谣》《海骚》《错开的花》等小说则多如此②,而"作为一部'青春的总结',《金牧场》试图融入

---

① 陈国恩:《浪漫主义与20世纪中国文学》,安徽教育出版社2000年版,第298页。
② 本节所引的张承志作品(《心灵史》除外)均参见《张承志文集》,上海文艺出版社2015年版。

作者对于生活的全部探索寻求"①，多声部的话语空间，还包含着未来走向的
预示，叙事的"节点"价值与意义又构成透视《黑骏马》《心灵史》等作品的重
要参照或"关口"。在很大程度上，《金牧场》标识出张承志小说的"复杂层
次"，即便张承志一度声言这是"一本被我写坏了的作品"，也无所妨碍，何况
事实并非如此，小说仍被视为一部"很重要"的作品，"或可视为张承志创作中
的一个很关键的转折"，"放在整个文革后中国文学的发展背景上看，亦有其
特殊的价值"②，"唱出了'真正的我自己的生命之歌'"③，"可以说是神秘诗
学的重要代表"④。联结着历史与未来、生命与信仰，《金牧场》构筑了一个往
返回复的叙述框架与意义视界，精神的漫游既斑驳又复杂，既模糊又清晰，既
意味着自由与放纵又体现出限度与规约，将生命与宗教意义的探险置于一种
别样的状态与高度。

《金牧场》是作家一次全面、系统的"倾诉"，"倾诉在本质上只能是诗"
（《错开的花·自序》）。作为一种"情感旅程"的诗意记录，发端于生命崇拜
的本质性积压与喷发，流露出"余债应当清理"的"总结"与"告别"青春的写
作心理，自我、意义以及叙事的纠缠、互动既孕育出诗性精神的分裂、矛盾与冲
突，也酝酿出信仰取向与结构的重新建构，张承志又在"寻找一种方式"，探寻
"今后存在的形式"⑤。这首先可以从小说中"黑体字"的"楔语"部分得到说
明与启发。

《金牧场》的每一章都包含一段"黑体字"的篇幅，有点类似于传统小说的
"楔子"，然而又不限于此。这些凝练、激扬的文字主要是小说主题寓意的凝
练抒发，在引领、承接行文的同时，又将叙事导向精神性的高蹈，思想性的生命

---

① 陈慧：《张承志：浪漫主义的极致和终结》，《云南师范大学学报》1996 年第 2 期。
② 许子东：《当代小说阅读笔记》，华东师范大学出版社 1997 年版，第 3 页。
③ 李今：《张承志的"金牧场"》，《文学自由谈》1987 年第 6 期。
④ 颜水生：《论张承志的风景话语及意义》，《文学评论》2016 年第 5 期。
⑤ 赵园：《张承志的自由长旅》，《当代作家评论》1991 年第 4 期。

诗思发挥着引导、深化叙事进程与话语张力的结构性功能。这类"楔语"共有十处,大致可分四类:第一,生命的崇拜与感悟,从不同层面诠释了生命的强力意志。"黑马驹的诞生"突出了神圣、高贵的生命源起(第一章),"梵高的向日葵"构成一个总体性的生命意象与象征(第六章),江河与崇山峻岭的比拟则宣示了作家追求生命理想的勇气与信念(第八章)。第二,大陆的信仰启示,走进黄土高原、新疆大地成为一条通往信仰的觉醒之路。大陆是一种召唤信仰的"雄浑深厚的母体"(第二章),苦难的本质性"质问"是对信仰"道路"的启示与催促(第三章),走进大陆意味着信仰的觉醒,"把生命交付给了道路"(第五章)。第三,神圣与现实的象喻,构成具象化的生命与信仰表达。一种风景化的神圣膜拜之路(第四章)与荒诞、虚妄的"小乐园国"(第七章)形成明显对比,在世俗的映托之下,神圣之路愈加显出神秘、无限的终极意义。第四,青春记忆的告别(第九章)与太阳下的新生(第十章),"滑动"的信仰所指终于"找到了终极的真理"——"真正高尚的生命""秘密","九死不悔地追寻着自己的金牧场",记忆将被珍藏,信仰已然展露魅力与权威。

这些灵性的"倾诉",仍然延续了张承志浪漫主义、英雄主义的价值立场与文学路向,突出了主体勇敢、决绝的精神姿态与道德人格。一般而言,散文诗般的篇章并不适用于结构主义的分析,飘忽的抒情性增添了结构分析的难度,况且张承志小说又常是一种"有强度的呐喊",过于肆意奔放。然而就《金牧场》而言,却无须多虑,"楔语"的作用在引导行文、深化与抽象意义的"点睛"作用之外,其实又隐含着一条以"生命—信仰"为中心的意义嬗变与收敛的结构主线,草原、大陆、现实、青春记忆等世俗意蕴在这一条线上得以聚合,沿着神性向度发生"质的蜕变",信仰构成了收拢多维意义的扭结。不难发现,"楔语"主要涉及生命叙事的四类话语,草原是青春与记忆的"摇篮",大陆是信仰的依据与"母体","小乐园国"寄寓着对现实、城市的反讽与鄙视,而"挣扎着热情和痛苦"的向日葵与神秘、漫长的朝圣之路又包含着生命的力量与躁动、净化与再生,以及理想的不屈求索等方面的寓意。显然,这构成了"楔语"的多义性与丰富性,虽说还基本停留在情感、思想层面,但已成就一种复调特征。

《金牧场》包含着张承志的结构主义"设计","楔语"的这一特征,意味着在小说的起始处就达到了预期,形成对叙事结构的基本预设。如果说小说结构也是一个有机、自足的整体,那么这些"楔语"显然为形象化的叙事演绎提供出一种"元结构"。关于《金牧场》的结构问题,在现实与记忆、过去与现在的交叉、比照中,揭示蒙古草原的情愫、身为红卫兵的革命冲动、日本一年的访学、大陆高原的田野调查与神秘启示的"分流并趋",已是一种共识,"两个主要叙事单元所包含的四个主要情境、时态,形成交叉的分流,又都呈现着奔向一个目标的旅途"①。相当意义上,这就是一种更深层次上的"引领",并非传统小说的"楔子"所能负担,《金牧场》也就据此"腾挪",繁复交错、互动循环的"方位"与"圆环"结构,表明了不同叙事线之间的缠绕交织,既是叙事张力的体现,也投射着自我的压力与焦虑、困惑与矛盾,又在多种意义的驳诘交融中显露、确立信仰自身,审美的诗意也就沿着叙事幅线跳动闪露,或浓或淡,或显或隐,生成自身的历史与将来。

与一般作家的宗教言说不同,张承志是在对于既往经验、选择的否定性继承中展开信仰之路的。他说自己,"我是一名从未向潮流投降的作家。我是一名至多两年就超越一次自己的作家。我是一名无法克制自己渴求创造的血性的作家"②,并为"独自一人远离群队开创的这个世界沾沾自喜"。这导致了生命旅途上过多的停留与开始,他是草原的养子,"黄土高原的儿子","新疆至死不渝的恋人",哲合忍耶的信徒,一个"风景画家"、曾经的红卫兵与历史学者,多重身份与文化认同微妙地统一在他的身上,文学创作必然"表现他的生活经验和他对生活的总的观念"③。在此意义上,《金牧场》构成一种综

---

① 吴方:《〈金牧场〉评说——兼及对小说文体的简单思考》,《文艺评论》1987 年第 6 期。
② 《荒芜英雄路·清洁的精神》,《张承志文集》,上海文艺出版社 2015 年版,第 51 页。
③ [美]勒内·韦勒克、奥斯汀·沃伦:《文学理论》,刘象愚等译,江苏教育出版社 2005 年版,第 101 页。

合性的艺术反映,"那漫漫二十年生活之旅的探讨、漫漫二十年思想之路的追索,那一切都写得那么动人心魄又揪人情肠"①,成为作家对于生命体验相对彻底的审视、清理以及再一次选择。一神教的信靠不可避免地带有权威主义与神圣主义的排他性与唯一性,由于张承志最终在哲合忍耶教的皈依中完成了生命与信仰的"终旅",这一过程显然指向一种绝对性的"终极"。按他本人的说法,《心灵史》"站在人生的分水岭上。也许,此刻我面临的是最后一次选择"(《心灵史·前言》),之前的创作是"一连串深浅蹄印,以及它们通向的信仰"(《错开的花·自序》)。如果张承志注定要言说宗教的皈依,那必须要摆脱某些"业障",对自身的语义世界有所"清理",而这无疑是通过《金牧场》来"集中"进行的。

《金牧场》在四条纬线的交叉、互动中展开叙事,在不同维度上呈现、演绎作家的际遇与"心史"。相较而言,知青、红卫兵时期的青春体验与记忆由于和草原、山川等风土景致的密切关联,往往焕发出自然牧歌与生命意志的浪漫光彩,现代化的异国生活又突出了一种现实主义的生存方式,以夏目真弓为诗意符号的异国风情也无法填充、抚慰世俗泥淖中的迷茫心灵,而大地高原上的游历与信仰觉醒则以一种苦难的坚忍与神圣的启示,展现出困境中的人性与神性光辉。在信仰的参与下,纬线上的诗意各有不同且有程度的差异。

在张承志看来,"草原,以及极其神秘的游牧生活方式、骑马生活方式——这是一种非常彻底的美"(《〈美丽的瞬间〉自序》)。在草原的"倾诉"中,"对生命终极目的的求索",穿过了自然风景、放马纵怀等表层诗性,为"青春期"的草原注入了神秘主义意蕴。小说初始就将此暴露在诗意的高光之中,小遐在"浩荡的绿色"中的舞姿与释放着"野性与欲望"的骏马有着本质性的统一,是青春情怀的仪式化象喻,隐喻了民间大地自由自在的生命精神与力量。这是大地的"符咒"和精灵,一切都源于那无法形容的神秘,"我凝视着

---

① 参见容本镇:《〈金牧场〉:文学高原上雄奇的雪峰——张承志小说论之五》,《广西民族学院学报》2000 年第 6 期。

它,突然间失去了语言的能力","草原母亲原来就是以这样的方式,猝然在我二十岁的身心里埋进了一个幽灵"。青春时代的张承志是自由的,信仰还是一些不具制度形式、宽泛的"个人的宗教"情怀,"这里所说的宗教,指的是对人生的态度,在这种意义上鼓舞人们战胜人生中各种艰难的信念"①,触及的是"关于生命存在的处境问题,特别是关于生命、处境与美的问题"(《荒芜英雄路》)。这是一种神秘、幽深的人生共质,不仅包含着化苦为乐、圣化苦难的生存态度,也透出生命的原始崇拜,更泅漫着宿命般的"前定"意味。当额吉以瘦弱的肩膀和博大的胸襟撑起家庭、坦然面对"铁灾"的残酷、身心的折磨而始终不减归乡的信念,当绵延曲折的勒勒车队在空旷萧森的雪原上缓慢、坚韧地蠕动,当"像一道穿破浓云的霞光"的星,忽伦奋力冲破禁锢,当生命的激情在青春的舞姿与群马奔腾的壮阔画面中流淌、燃烧,……苦难成为人生的试炼,生命的前行散发出坚忍、高贵、骄傲、圣洁的光辉,不乏在仪式化的神秘主义氛围中升腾起受难、图腾、美神等一系列宗教意象。

神秘主义是泛神宗教的基本特征,表明了对于自然、生命、历史与神圣价值的敬畏与感动,"神秘在其彻底的本质中是最朴素的"②,"除了神秘的事物外,再没有什么美丽、动人、伟大的东西了"③。神秘的感知是对深度的渴望,过于虚蹈的代偿性想象包含着灼热的青春情怀,然而当生命的源起与高峰被归于一种不可知的神秘,先验性的"命定"也在唤起人性向神性的蜕变,物质的生命自身不得不另寻精神依托,"纷繁的激情需要一个凝聚点和生动的象征,才能无限地趋向崇高,于是产生了偶像崇拜"④。信仰意志让一切变得如此激荡人心,却又容易在遇挫、幻灭中生发出长久、蚀骨的感伤与悲壮,最终,一切又难逃"命定","暗自挟带着一种命定的声调和血色",朝向"金色的家

---

① [日]池田大作、[英]阿·汤因比:《展望二十一世纪——汤因比与池田大作对话录》,荀春生等译,国际文化出版公司 1985 年版,第 363 页。

② 张承志:《学科的黄土与科学的金子》,《读书》1988 年第 4 期。

③ 参见陈国恩:《浪漫主义与 20 世纪中国文学》,安徽教育出版社 2000 年版,第 286 页。

④ 陈国恩:《张承志的文学和宗教》,《文学评论》1995 年第 5 期。

乡"的长旅注定无望,骏马在疾风般的灾难中衰弱不前,残疾的小遹在绝望中离开,"青春……原来她这么艰难、贫穷、寂寞又充满不安宁的颠簸"。生存艰难而荒诞,激情也难长久,"青春的祭奠"终将刺破"青春"略显"幼稚简单偏激不深刻的理想",确立起叙事的挽歌基调,宿命意味的扩散俨然"已道破天机,具有神谕的品质"(《灵魂的声音》)。

神秘主义的漫浸,为"青春的总结"与"告别"涂抹出神圣、决绝的色彩,生命叙事开始从浪漫的激情中退却,逐步转向超验精神与力量的体悟与表现,"从此我永别了太长的青春。从此我踏上了我生命的终旅。我等待着启示。我结合着自然。我心连着大陆。"较之《黑骏马》简约的信仰意味,《金牧场》显然更为婉转、丰富。《黑骏马》的诗意还是传统意义上的,白音宝力格与草原文化有着明显的隔膜与冲突,一旦遭遇现实"重击"(索米娅被强奸、怀孕)也就抽身而去,这妨碍了对于民间大地的神秘感知。诗意只是"他者"想象中的异域风情,美好情感与生命的失落被编织成一曲悠长的"古歌",反映了异质文化之间的暂时"和解",信仰色彩不明显,宿命也只是一种生存与生命轮回的永恒感喟。而《金牧场》的草原叙事,由于主体性的情感、精神认同,成为一种"沉入生命"的青春话语,以漫长、动荡的大迁徙为背景去演绎、展开草原生存的苦难、坚忍、不屈的生命意志,突出了以额吉、"我"为核心线索的信仰诉求,风景与生命常为神秘的灵性所充盈、感动,投射出"彻底的美"。青春的"告别"是张承志信仰之路上不可或缺的"成人仪式",不跨出这一步,永远不可能接近神秘、无限的宗教信靠。在一定意义上,审美也是青春的"同义词",信仰的表达又包含着浪漫诗情的耗散乃至陷落。

在四条纬线上,草原叙述无疑是最具诗意的。虽说红卫兵体验也是一种青春叙事,但其特有的政治忠诚、非理性化的情感、精神躁动等特征,很难兼容诗意,即便《金牧场》这一诗性小说也未能改变这一点。如若存在,也主要在于"重走长征路"上,红卫兵视线凝视下的理想山河,由于与青春肌体的相连,有着一定程度的生命意志的激情移入与投射。红卫兵的精神之旅主要昭示了一种人生起点意义上的信仰姿态,虽涉及众多的历史事件与个人境遇,然而政治化信仰注定与诗性相克,审美意味也就趋于隐微。相对而言,由于在异国文化境遇中展开,"日本访学"纬线上的信仰表达显得比较开放且富动感,至少悬挂着为大汤常喜、周教授等人所标记的市侩世俗,平田英男与"我"译注《黄金牧地》,"我"对小林一雄音乐的痴迷以及以夏目真弓为基本符码的异国风情等线索,对抗冲突、呼应递接的结构关系突出了信仰与自由对于堕落的人性、庸碌的现实、迷离的现代文明等层面的批判与否定,为诗性精神的滋生、表现提供了可能。不难理解,译注《黄金牧地》是世俗社会中信仰追求的一种理想主义象征,平田与"我"的投入、虔敬与执迷构成了"黄金勇士"天国之旅这一古典、神圣精神的现实抑或现代的承继与发扬,深刻诠释了"不甘于失败,九死不悔地追寻着自己的金牧场"的人类神圣"血脉"。如果说"青春"叙述意味着记忆与历史的一种"清理",那么这又表明了"我"(或作者)在现实、现代迷网中的"上下求索",而置身生活与日常,所面对的不仅是此在的泥淖,还有在世的诗意邂逅与诱惑,也在不断遭遇主体选择的焦虑。张承志的小说中总有一个"风尘仆仆"的探寻者,理想、孤独的生命个体总会有意无意地眷顾诗意,这既是一种精神需要,也可能是主体人格和现实经验的反映和投影;无疑,以夏目真弓、小林为标记的异国风情就是如此,相对复杂、丰富的美感,构成了一种很难割舍的现实安慰和心理超越。

真弓是一个精灵般的美丽女性,不仅那么温婉与善解人意,还是一位怀有浓重受难意识的基督徒,既象征了人性与欲望的美妙,也透出圣洁的高贵色彩。她的到来,打开了异国风情的美,"一种捉摸不透的含蓄,一种宛如童话的真纯,一种用微笑和柔美掩饰装扮了的银白的美,静静地涌进了他内心的世界"。小林的歌声中既有着"抒情风景",也透出自由、神圣的祈念,让"他觉得自己就要迫近一个中核,他觉得这小河正引导他逼近一个神圣辉煌的核心",而且,"只要一唱到日本的风景和自然,那歌声就柔和了"。歌声的存在还构成某种"中间物",既模糊、淡化了"我"和真弓之间可能的"暧昧",又使"我"

保持了精神的信仰姿态。借助于真弓、小林的象征，诗性精神与信仰生成一种微妙的融合，"我"也得以在皈依之前"享受"一段短暂的诗性"时光"。这构成了"访学"话语中最具诗意的内容。然而并不足以牵绊、化解"我"的信仰追求，选择固然不易，但也是一种必需的"功课"，"我"对真弓的拒绝，以及以一篇"泣血"般的论文完成了向小林的致敬，意味着一种诗意的"告别"，"我不能迷醉在这美的抚慰里"，"让我射向我的迢迢家路，为了寻找天国"，"我独往独来地欢乐地走在我的流浪路上。……于是我追逐着一次又一次地启程了"。在繁复的叙事线索背后，起主导作用的仍是一种信仰逻辑，沿着内在而稳定的"精神一致性"，皈依之路已"昭然若揭"。

　　黄土高原的调查游历无疑是叙事的"皈依"之线。信仰寻求在此获得了明确的宗教形式与信徒自觉，"我大步走近了它。我应当记住：是我本人大步走近了它；是我本人踏进了一个无人知晓的谜底。""我"已张开双臂，履行着"皈依"的仪式。早在20世纪80年代初期，张承志就已认识到自身的这一"天命"，"在一九八四年冬日的西海固深处，我远远离开了中国文人的团伙。他们在跳舞，我们在上坟"，"我已经在西海固的赤裸荒山里反叛入伙"（《离别西海固》）。至此，信仰展现了抵达"终点"的神圣姿态，"我踏进了谜底"，"在这哀乐和古兰经流畅的诉说中，他的心和第一次跪屈的膝一起抽搐，他恐怖地感到自己在这一刻里的蜕变"。显然，不同于其他幅线上的信仰"波折"，皈依已形成叙事的收束和"归一"，不过，这类"制度"宗教的表达相对偏少，且主要停留在一种信仰宣示上，缺乏展开，这就打通了去往《心灵史》的"关口"，将由此走向它"全美"的"命定"。在此意义上，信仰之路上的不悔攀登仍是幅线上的主要内容，"大阪"似乎成了一道"关隘"，跨越"大阪"不仅是对天堑、绝地的征服，还意味着伦理亲情的考验，"我"在赶赴妻子分娩的焦虑中迈过"大阪"，包含着自然和人伦的双重跨越；新生婴儿的夭折近乎一种生命的"献祭"，也将"我"的心路置于愧疚、诘问和冲突的复杂性之中，"我要大醉一场，我今夜要喝个酩酊大醉，为了牺牲的儿子，也为了这第一座大阪"。信仰寻求包含过多的舍弃与牺牲,对于"我"(作者)而言,又何尝不是如此。或许是宗教权威的确立,这一部分的风景随"心"赋形,投射着信仰寻找中的精神"微澜","荒凉贫瘠的黄土山地一动不动地凝固着。火烫的太阳和这片赤裸的土地上下相视,像是一对不怕任何苦难旱渴的兄弟","黄黄的荒山炫耀地反射着夕阳,村庄和山野在暮色中已经沉寂了。他感动地凝望着黄沌沌的世界,舔了舔焦裂的嘴唇","山谷里静得惊人,四面都是薄薄带着一层雪白冰碴的铁色山坡。……为我晴朗吧,为我展开你襟麓下的世界吧! 就在这时他登上了坂顶,一眼看见了茫茫的南疆。"在信仰的凝注下,景物成为"神圣的风景"①,隐喻着苦难与绝地的净化与圣化,一定程度上,这就表明,生命的本真将愈益为宗教意旨所包裹。

相当意义上,《心灵史》"全美了它"。作为一部闪耀"人的光辉"的"心灵之作","站在"信徒立场上,颂扬一种"牺牲之美",如果说这也属于诗意,显然不能以田园、牧歌、浪漫等通常的诗性标准去衡量,这是一种"异端之美"。在一种"信史"形式中书写一个种族的受难,以苦难的默守与牺牲的神圣为特质的"宗教人格与宗教精神"是"一种创造性的贡献"②,其诗性品质在于一种崇拜苦难的生命美学。用张承志的话说,"这条路通向一种比考据更真实、比诗篇更动情、比黄土更朴实、比权威更深刻的人生"(《路上更觉故乡遥远》),"这里拥有着一切可能的苦难与烈性,然而悄然静寂的风景"(《北庄的雪景》)。小说在哲合忍耶七个"门"的苦难境遇、慨然殉教中娓娓道来,是又一次高强度的"倾诉","他忍不住对此发出由衷的赞美。正是这种抒情性,才使得哲合忍耶二百余年的血泪史成了一支有血有肉的生命之歌"③。由此也引发了小说文体"混合"、极端的蜕变,"它本质上是诗,但采取的是一种历史的形式。它既是个人的,又是民族的。它既是叙事,又是抒

① [美]米切尔编:《风景与权力》,杨丽等译,译林出版社 2014 年版,第 284 页。
② 谭桂林、龚敏律:《当代中国文学与宗教文化》,岳麓书社 2006 年版,第 66 页。
③ 王锋:《读张承志的〈心灵史〉》,《民族文学研究》1993 年第 3 期。

情,既是历史,又是文学,同时也是宗教和哲学"①。张承志"有意模糊文体边界、进行混合写作尝试",为一个宗教教派的"心灵史"创制出散文诗化的文体样式。如果说《金牧场》就已显露这一倾向,那么《心灵史》已达到"最高峰","形式,我个人作为一支笔的形式,已经决定了我这部作品的形式"。而若要在二者之间再"架起"一些过渡,诸如《黑山羊谣》《海骚》《错开的花》等"神示的诗篇",也可以视为"进入《心灵史》写作的前奏"②,然而又不能相提并论,由于远达不到《金牧场》的长度、广度与深度,只能是二者之间的某种"中间物"。

不难发现,《金牧场》的结构"设计"弥合了青春与记忆、历史和现实、审美与信仰的界限,在多元话语之间构建出一种对抗、谐振的互文性,成为生命与信仰体验的一次"全景性"展示。信仰深化了诗意,诗意又造就出苦难、泛化信仰及至一神教的审美意味与生命感动,如果说张承志小说是一种"交响诗"或"镶嵌式的油画",那么生命、信仰与诗意的往返互动就是其中最炫人耳目的声部与构图。在一种整体视野中,《金牧场》与张承志小说有着普遍、内在的通联,《金牧场》曾被改写成"以'自由'为主旋律,生命意识与自由意识紧密相联"的《金草地》③;《北方的河》"对大河的征服是青春的赞颂","表现了对于大地、历史和人生的沉思,以及知青一代的奋斗、挫折、思索和选择"④;《九座宫殿》《黄泥小屋》《残月》等"逐渐倾向信仰叙事,并最终在长篇小说《心灵史》中达到了文学路向的转变"⑤。在新时期作家中,似乎还没有哪一位能像张承志一样"富有"诗意:草原是一种美丽的牧歌和青春的浪漫,红卫兵是一

---

① 旷新年:《张承志:鲁迅之后的一位作家》,《读书》2006 年第 11 期。

② 张桃洲:《宗教因素在 20 世纪中国文学中的三种表现形态——以许地山、无名氏和张承志作品为中心》,《社会科学研究》2004 年第 3 期。

③ 顾广梅:《朝圣之旅中的浪漫迷途——论张承志精神与文本的三种困境》,《小说评论》1998 年第 3 期。

④ 旷新年:《张承志:鲁迅之后的一个作家》,《读书》2006 年第 11 期。

⑤ 马梅萍、黄发有:《张承志文学年谱》(修订稿),《东吴学术》2015 年第 4 期。

种理想的燃烧和征服,黄土高原是一种艰难跋涉中的生命意志,皈依是一种以苦为乐、崇拜苦难的生命美学、"全美"意义的"人道主义和心灵自由"。《金牧场》以一部作品"平衡"了这一切,也使张承志小说成为诗性作家谱系中独特而"异端"的"那一个"。

第五节 形象的"思辨":以《务虚笔记》为例①

如果仅就叙事的诗意而言,《我的遥远的清平湾》《插队的故事》等小说并不具有多少特色和高度。固然这类小说都可归入诗性叙事,但"理想化的过去"并没有出脱于记忆性的田园牧歌,难以凸显史铁生小说在内容、体式上的创新与追求,展现诗性传统的流动性与丰富性。史铁生是一位思想者,被誉为"我们时代的思索者"②,"哲学素养最高"的当代作家③,小说创作也存在一条从童年、插队、残疾的生活"自传"逐步转向哲理思考的精神路径,最终着落于泛宗教意义的生命关怀和永恒思考。从《山顶上的传说》《命若琴弦》《我之舞》《礼拜日》直至《务虚笔记》《我的丁一之旅》等都流露出浓厚的哲思意味,"在自己的'写作之夜',史铁生用残缺的身体,说出了最为健全而丰满的思想","他睿智的言辞,照亮的反而是我们日益幽暗的内心"④。相当意义上,持续、深远、系统的思想蕴涵构成了史铁生小说的"写作母题",不仅是其宗教写作的基本内容和特征,也密切关联着创作的诗性意旨与"规范"。

史铁生的这类写作属于一缕"心魂"之下的"超验之问","去看一个亘古不变的题目:我们心灵的前途,和我们生命的价值,终归是什么? 这样的发现,是对人独特存在的发现,同时是对神的独特存在的发现"(《记忆迷宫》),"使

---

① 本节所引史铁生作品除《务虚笔记》(人民文学出版社 2007 年版)外,均参见《史铁生作品全编》,人民文学出版社 2017 年版。

② 赵毅衡:《神性的证明:面对史铁生》,《花城》2001 年第 1 期。

③ 邓晓芒:《灵魂之旅:九十年代文学的生存境界》,湖北人民出版社 1998 年版,第 158 页。

④ 谢有顺:《史铁生:一个尊灵魂的人》,《当代作家评论》2011 年第 2 期。

我们能够从真实的苦役中解脱出来,重返梦境"(《〈务虚笔记〉备忘》),由此,后来越发看重生存困境的反思、洞察与终极关怀问题,以至成为"中国当代最关注内心的磨难,进而到达了一种深渊境遇的作家"①。很大程度上,写作成为一种人生意义的无限探问,苦难、困顿的现实世界是通向可能世界的有限性存在,可能世界则意味着无限的敞开,史铁生"是在可能世界中寻找自我"②,"他的探求显示出了极大的开放性"③。显然,作为一种徘徊在理想与现实、唯心与唯实、彼岸与此岸之间的诗性表达,哲思的光照成为萦绕在结构经纬上的主要内容,多数情况下,浓厚的抽象性使得审美超越近似于某种形而上学,就此凸显为一种"形象的哲学"。在一定意义上,这就昭示出叙事的哲理性结构问题,表明了诗性叙事的独特形态,以及史铁生小说对于诗性传统的某些继承与创造。

哲理性结构是一种以叙述的思辨性与意义的深刻性、抽象性为诗学特征的结构体式。作为一种诗性结构,普遍性的生存困境仍是有待改写、提升的现实境遇,然而超越性的一极已不限于彼岸性的诗意探求与图景呈现,而转向对于生命意义的诘问与演绎,彰显出文学与哲学的同构关系。意义的探问成为叙事时空的重点,诗性叙事的"规范"移位愈加趋向变形与繁复,甚至"混沌不清"而难以理解,凸显玄奥色彩。诚如有的论者所言,"史铁生的个体生命体验的关键部位,就是如何能获得在更高的意义上率先观察自己内在生命的能力,其中包括方式、形式、方法和支点"④。相对而言,《命若琴弦》《山顶上的传说》《礼拜日》等小说在这一意义上还不十分突出。《命若琴弦》对于目的论的消解,体现了"过程即意义"的建构,流露出明显的存在主义、唯意志论的色彩,还只是其"哲思"文学的"开山之作"⑤,《山顶上的传说》的哲理性、象征化

---

①　谢有顺:《史铁生:一个尊灵魂的人》,《当代作家评论》2011 年第 2 期。

②　邓晓芒:《灵魂之旅:九十年代文学的生存境界》,湖北人民出版社 1998 年版,第 164 页。

③　樊星:《叩问宗教——试论当代中国作家的宗教观》,《文艺评论》1993 年第 1 期。

④　高晖:《史铁生的意义》,《当代作家评论》2011 年第 2 期。

⑤　汪雨萌:《史铁生文学年谱》,《东吴学术》2013 年第 3 期。

也处于从写实风格向哲思风格转变的伊始阶段,而《礼拜日》也只是开始了存在主义的自为思想与宗教情怀的汇合,等等,都不构成体现哲思性结构的典型作品。事实上,在史铁生转向哲思写作的过程中,发表于 1996 年的第一部长篇小说《务虚笔记》才是这类表达的"完美"代表。小说是史铁生"梦想中的长篇",赵毅衡称之为"中国文学中,第一部真正的宗教哲理小说","当代中国文化史思想史上最重要的著作之一"①,更有论者认为,"当代一切寻根文学的总和也抵不上一部《务虚笔记》"②。作为一部"集成性"的作品,"史铁生所有的哲学都在这里";在一种"完全哲理化和意向化了"的氤氲与氛围中,史铁生"完全走进了玄学的孤境里"③。小说在自身的"寻找和创造"中将当代宗教诗学推入思辨、形上的诗性之境,进而构成释读史铁生小说之于诗性传统价值意义的重要文本。

《务虚笔记》在主题学上的诗性指向是显而易见的。多年的研究已对生与死、残疾与爱情、宿命与困境、原罪与救赎、差别与平等、忠诚与背叛、恐惧与忏悔等诸般"问题"进行了比较全面、深入的寻绎与诠释,作品的"心灵地图"俨然"全息化";哲理小说、"思索的小说"、"'人类的'小说"等文体定位,肯定了关于人生种种现实或可能境遇的"形而上的思索","务虚"成为"一种通向自由境界的方法"④,已然"敞开"了诗性精神的普遍性与丰富性,"不再仅仅是一部现代小说,它同时还是一首精美的诗或旋律优美的音乐,更是一部具有突出的宗教精神与明显的存在主义印痕的现代人心灵的启示录"⑤。问题是,作为一种系统性、立体化的形上表达,是如何达到文学与宗教哲学的融合,从而在审美维度上表现自身的存在之思,而不致将文学混同于哲学,消解文学的

---

① 赵毅衡:《神性的证明:面对史铁生》,《花城》2001 年第 1 期。
② 邓晓芒:《灵魂之旅:90 年代文学的生存境界》,湖北人民出版社 1998 年版,第 198 页。
③ 孙郁:《通往哲学的路——读史铁生》,《当代作家评论》1998 年第 2 期。
④ 张柠:《史铁生的文字般若——论〈务虚笔记〉》,《当代作家评论》1997 年第 3 期。
⑤ 王高林、王春林:《〈务虚笔记〉:对"不确定性"的沉思与表达》,《名作欣赏》1999 年第 2 期。

形象思维,沦为哲学的"注脚"。"哲学的起点便是文学的核心"①,但绝不是目的,只有在二者之间建立一种"分寸感"的美学辩证法,才可能展现哲学的文学诗性之维。

无疑,《务虚笔记》到达了这一高度。思辨性的凸显反映了艺术思维的心智特性,"与其说史铁生在构筑一个形象的世界,不如说他在建造一个理性的王国","他那睿智的大脑太善长一种抽象的思考"②。文学的"超验之问"注定幽暗难明,只有进入思辨的抽象才可能有所洞见,然而由于文学的含蕴性与哲理的逻辑性之间的巨大矛盾与落差,"形象世界"的思辨又常是一种哲理的涌动和流淌,要借助个体经验和叙事时空元素的拆解与重组,以诗学形态的变动不居、驳杂深邃来投射、隐喻终极思考过程中的愉悦、困惑、迷惘与悖论的复杂与深邃。叙事在诗性经纬上的交织、映照、混淆、缠绕,进一步解放了文学话语的诗性空间,激发感悟、想象、隐喻、象征等艺术思维的自由与活力,深入存在哲学、人类学、宗教学等意义表达。就此而言,符号性、"迷宫"般的人物与情节关系,虚拟、独白的语言方式,意象的运思以及风景的穿插等的互文性展开和"增值",都构成对生存哲思的文学"编码"。意义探问的"说出"修辞取径于形象的文学"装置",以"不说出"的悟道智慧改观了哲学观念、概念的干枯与冷硬,既规避了哲学思想的"理论压迫",又赢得灵动、丰腴的艺术感性与生命气息;"越界"的写作思路在"务虚"的"自由境界"中开阖收放、互文见义,"想象力和思辨力一再刷新当代精神的高度"③。

在本质上,《务虚笔记》作为一种"人类存在之谜"的整体、深入思考④,仍离不开"困境与爱的救赎"的"宗教的存在主义"的元命题,只不过这个本源性

---

① 《闻一多全集·庄子编》(9),湖北人民出版社1993年版,第10页。
② 石杰:《史铁生小说中的宗教精神》,《中国人民大学学报》1994年第1期。
③ 林建法主编:《永远的史铁生》,华夏出版社2011年版,第175页。
④ 王高林、王春林:《〈务虚笔记〉:对"不确定性"的沉思与表达》,《名作欣赏》1999年第2期。

的存在被置于符号性的人物与情节关系之中,叙事线索的驳杂,引发了抽象乃至迷乱的艺术后果,宗教精神已不限于一个单纯"获救"的故事。小说情节主线上的人物大致包括 C/X、WR/Z/O、F/N 以及诗人 L 和他的恋人(们),副线则涉及 O 的前夫、Z 的异性姐姐 M、弟弟 HJ/T 夫妇,WR 或 Z 的叔叔与葵林中的女人,以及可能是 WR 也可能是 Z 的母亲,可能是 O 也可能是 N 的父母等各色人物。人物的符号(字母)化既是一种现象学意义上的抽象,也是一种通向整体性的方法,正如鲁迅"杂取种种人,合成一个"的阿 Q,构成一种总体性的象征,"在探索一条属于全人类的路"(《答自己问》)。符号是"思想的工具"①,C、Z、F 等一类表音字母本为"空洞"的能指,然而一旦成为文学人物的代称和存在的符码,也就形成所指的"植入",媒介、意义的"征用"及其关联上的不确定性,字母文字"没有具体针对某个个人说话,却同时针对所有人说话"②,"加深了符号的文化哲学内涵"③。这些符号性的人物又非独立,往往相互纠缠,可以重叠、互换,部分人物的身份与命运也可相互混淆,甚至可以视为同"一个人",而且面目不清,背景、性格模糊,"他们相互随机地连接、重叠、混淆,之间没有清晰的界限"(《务虚笔记·136》),预示着存在之谜的多元施动者与接受者,也投射出生命真实的"纷纷纭纭"以及艺术之思的延展与多变,"真实便随着你的追寻在你的前面破碎、分解、融化、重组"(《务虚笔记·7》)艾柯说过,"每一个符号都同另一个符号相联系,都同其他符号相联系才能形成它的完整面貌,它自己的语义是含糊的。每一项语义都不能不是在同其他语义相联系时才可以被理解"④。符号(字母)成为存在的某种"密码",作家在试图破译的同时,也在进行一系列"编码",而一个"站满"符号的文学

---

① 参见黄应全:《苏珊·朗格的"现代模仿说":艺术是人类情感的象形符号》,《首都师范大学学报》2018 年第 5 期。

② 尚杰:《关于"内心独白"的哲学——从德里达的思考出发》,《学海》2017 年第 3 期。

③ 赵谦:《米兰·昆德拉小说中符号意象的隐喻智慧》,《外国文学动态研究》2017 年第 2 期。

④ [意]安伯托·艾柯:《开放的作品》,刘儒庭译,新星出版社 2005 年版,第 50 页。

世界,显然在"拒绝"表层、常态的阅读与认知,挑战着人们的心智,不仅表明了作家思辨性的存在思考与叙事运思,也意味着一座符码的"迷宫",将叙事与阅读导入"抽象领域"。

在叙事维线上,小说有着多层面的"设置",将一系列的人事关联编织进一个总体性的背景之中,反映出对于存在种种可能性的思考与演绎。一系列悲欢离合的"虚拟情境"看似驳杂,其实不过是人生境遇的具体面孔和不同版本,一切都是有限"人生"的"唯心"泛化或幻化。在几条维线上,每一个人的困境都不尽相同,但却无一例外地陷入了爱情的失败和无以摆脱的"泥淖"。史铁生无意去重复那个"因爱得救"的宗教式故事,他不是一个宗教徒,所思考的并非彼岸性的皈依问题,而是人类在普遍困境中能否得救的可能性,探问的是存在的真相,"不单是死亡与结束,更是生存与开始"(《务虚笔记·4》),"究竟什么是真实?"(《务虚笔记·7》)。有人说他"有强烈宗教情怀,甚至精深的宗教哲学,却没有宗教"①,也就表明了这一点。事实上,"爱"并不能改变生存的困境本质,尤其对于以生病为"职业"的史铁生而言,不过是一种"绝望者的美丽遁词"②,他能抓住的或许只有自我的虚拟"冥想","空冥的猜想可以负载任意的梦景,而实在的答案便会限定出真确的痛苦"(《务虚笔记·35》)。将《务虚笔记》视为"爱情小说"或过于看重"爱的救赎"问题都不大符合实际,既是一种对于宗教拯救的理想化与简单化,也包含着生命无意识的诗化惯性,反映出研究上的"情不自禁",以及趋易就简等拘限。

宗教哲思所凭依的"爱的理想",并不意味着"目的性"的直接实现,爱情的溃败,昭示出人生的普遍困境,在一定程度上祛除了宗教理想主义的某些虚幻,坚定了作家"出路在精神"的信念,"有了一种精神应对苦难时,你

---

① 赵毅衡:《神性的证明:面对史铁生》,《花城》2001年第1期。
② 吴俊:《大彻大悟:绝望者的美丽遁词——关于史铁生的小说》,《文学自由谈》1989年第4期。

就复活了"①。由此,"爱的拯救"也就突破了教义性的单向要求,成为通向生命哲学的一个入口和钥匙、一种精神资源和基本思路,"让爱来激活'心魂'的漫游,再让'心魂'去拯救人生的困境"②,超越作为"对现实的把握",意味着"更大、更深、更广的现实"(《随想与反省》)。这无疑有利于文学视界的延伸,拓展、开放叙事空间,正如小说中所追问的,一切都需要一个"位置","必不能是一个心血枯焦却被轻描淡写的位置"(《务虚笔记·36》)。不同维线的叙事就是具体"位置"上的意义演绎,形成存在的多重"声部","一个真实的存在必是多维的"(《务虚笔记·208》)。

C 与 X 的情感叙事可谓史铁生个人心路的一种转化,病残的身体暴露在世俗的偏见之下,身心俱疲的爱情际遇交织着过多的病残体验与隐喻,展现出一个残疾人自尊、自卑、自强的灵魂挣扎。"残疾"是史铁生写作的根本"原因"(《写作的事》),"C"的符号性抽空了其中的个人标记,使之转向一般与抽象,一个人的残疾就在一种符号学的"运动"中走向人类性的残疾,迈入普泛的社会冲突和精神症候的隐喻和象征空间。在"写作之夜",小说从 C/X 的情感纠结"开始"叙事,并以"残疾与爱情"作为"起点","是啊,是残疾也是爱情",而在《病隙碎笔》中,更是直言这是"上帝为人性所写下的最本质的两条密码"。C 与 X 的意义在于这类体验的个人性与日常性,更贴近普通人的境遇,固然因"残疾"而显出某些极端性,但这种底层生存由于脆弱、渺小、无助的本性,更易于沟通孤独、痛苦、恐惧等人性、人生的世俗本相,显出意味深长。如果说 C 的残疾还主要是肉体上的,那么,F、Z、WR、L 等则更多指向社会与精神、灵魂上的"残疾"或异变,进入人性与存在的多层面探问,将"那些必要的物质纳入一种适当的序列,灵魂的秘密就要泄露了"(《务虚笔记·33》)。

---

① 史铁生、王尧:《有了一种精神应对苦难时,你就复活了》,《当代作家评论》2003 年第 1 期。

② 洪治纲:《"心魂"之思与想象之舞——史铁生后期小说论》,《南方文坛》2007 年第 5 期。

作为时代压制下的底层个体,画家Z、政治家WR在改变"低贱"身份与处境的执迷中"沉沦",他们的挣扎往往反映出历史、现实和人性等诸多局限,不合时宜的个人奋斗对于爱情的消解,流露出特殊年代的政治关系对于生命本真、理想的普遍压制和戕虐,被侮辱、被损害者的精神异变,联系着政治原罪、地位差别、青春记忆、性与爱情、虚无与真实等一系列命题的思虑。Z的世故、冷漠与自私可以追溯到童年那个"冬天的下午"阴影般的潜意识重压,那"无从想象"的N(也可以是O或T)的高贵门第中流露出的傲慢与"寒冷",已堵上"童年之门";WR那不甘卑贱的自我奋斗则为阶级血统论所不容,感情的背叛和对权力的妥协,反映出自尊心灵的扭曲,以及个人理想主义的时代性遇挫。而O近乎神秘的自杀行为,在爱情、婚姻的疑虑与否定的背后,还暗含着一种人生虚无的宿命般的喟叹,O无法认真、清晰地面对自己的两任丈夫,由Z带来的稳定生活、热烈性爱、震颤灵魂的画作并不能改变孤寂和痛苦,WR早让她"心如死灰",失却对自己和这个世界的信心,"她不愿意承认她为之付出全部心血的爱情不过是自己的虚拟","她孤独的心一无所依"(《务虚笔记·213》)。

医生F与导演N演绎了一场门当户对与青梅竹马的爱情在政治运动冲击下的无常与不测。他们的"不自由"在于功利、世俗观念对于自由爱情的冲击与侵夺,爱情的"誓约"一旦影响到世俗性的地位与前途,也就可能受到胁迫,"信誓旦旦,恰恰说明危险无时不在"。当N的父亲被流放,F的父母以死相逼,F/N的爱情已远非相爱本身,"你的骨头,从来不是个男人",不过是人性难以承受天堂的一种有限性。在诸条维线上,F与N突出了一种对于自由爱情的寻找与坚守,F的一夜白头,晚年的"悄然"追随,在弥留之际还在追索爱的"答案",悲凉的相爱与悖论般的分离,心灵契约隐含着灵与肉、理想和现实、自由与局限、活着与受难、施咒与解咒等多方面的精神辩证法,"所谓最美丽的位置,F医生以为,并不一定是指最快乐的位置,最痛苦的位置也行,最忧伤最煎熬的位置也可以"(《务虚笔记·35》)。诗人L进一步延续了"爱情是什么"主题的思索,不过同样没有答案,当热烈的情书被张贴在布告栏上,已注定了爱情的失落,在爱情与女人之间放逐,一直处于精神的流浪与迷惘之中,"每次的追问也都是结束于这样的糊涂之中"(《务虚笔记·116》)。

在更普遍的层面上,Z 的高干叔叔与葵林中的"叛徒"女人在多年等待之后终于相聚,又与好人/坏人、英雄/叛徒、革命的牺牲与悔罪等思考纠结在一起;恢复政策后的 N(也可能是 O)的父亲只有在谁也看不懂的童话书写中才显出"正常",才能活下去;Z(也可能是 WR)的母亲明知对于杳无音讯的丈夫的等待与寻找是虚妄的,却仍一往无前,HJ 和 T 的结合以及对于在西方世界"乐此不疲"的生活方式;等等,都包含着不同层面的存在互文性与总体性。上述维线都涉及爱情主题的演绎,神圣之爱、精神之爱、世俗之爱、诗性之爱,展现出"爱情"的多义性,沿着这一线索,在"无穷多"的可能性上,生存的真实与虚无、抽象与悖论、自由与不自由等人的历史性、现实性也得到了充分表现,终而接通了存在的"无限可能域"("无极之维")。

史铁生说,"写作从来就是去探问一个谜团"(《地坛与往事》)。《务虚笔记》试图剖解这一"谜团",在不同维线及其互文性中进行的存在标记和编码,隐含着"谜底"探问的逻辑思路;既是一种不乏方法论意义的理性行为,也是一种抽象哲理的形象赋形,"绘就"了一幅存在的精神图谱,有限的文学与玄奥哲理之间的有效融合,凸显出形上思辨在生命探寻和诗学建构上的美学功能,演化出"复杂的网络体系"。卡尔维诺曾肯定过这一现象,"文学的巨大挑战,是要有能力把各种知识分支、各种'密码'组合成多层次和多层面的视域,并以这视域来看世界"①。相当意义上,思辨性的意义构架和思路也就属于这一"视域",为史铁生打开了一个幽秘、混沌的意义世界,成为迎对生存困境的理论资源和精神渊薮,赋予"残疾"人生以意义的"丰盈"与无限,在一定程度上,这也就构成对于史铁生小说诗性精神的根本性考量。

---

① [意]卡尔维诺:《新千年文学备忘录》,黄灿然译,译林出版社 2009 年版,第 112 页。

哲学和文学的诗化融合属于一种理性观念的美学化过程,意味着逻辑思维与形象思维的和谐统一,在审美意域中建立出与文学的同构精神和路径。通常情况下,形象的隐喻与投射就能满足一般性的哲理表现,然而当哲理被体系化,开始成为诗学行为的主题或主导,为了适应哲理性的过度介入,含蕴性的文学思维就会发生相应转化。毕竟,哲思还从属于世界观和人生观的理性认知,过重的哲理性必然要借助于一定程度的思辨性的"说出"方式,才不至于被诗学行为"完全"同化,进而消解自身的理论属性。由此,哲理的文学性"说出"就成为一种"理性"的形象表现,提升了小说修辞的哲理性与审美效果,虽还有着明显的理性色彩,但已不属于客观、可靠、明确的理论话语,细密的思索、内在的审视、精神的漫游、心灵感性的张扬彰显了叙事的心智特性,也就是"一种深深内省的思维路径"①。固然有所"极端",但也恰是《务虚笔记》标识"独特"诗性特征的一种方式。

就此而言,诗化的话语既"说出"哲理又避免了表达方式的固化,既对存在进行本质性的追问与思索,又超脱于结论性的、本质主义的说教和凝定,在二者的缝隙和张力之中焕发出思辨色彩。《务虚笔记》的意义探问显然不在于确切"谜底"的获取,一方面生命本就晦暗不明,有限的心智和语言不可能洞穿存在的本质;另一方面,即便找到了答案,也不能改变什么,"从本质上,依然如故"(《病隙碎笔》)。写作首先是"为了生命的重量,不被轻轻抹去","为了活着"(《宿命与反抗》)。作为一种生存方式,突出了精神和行为的需要,写作成为一种精神的探险与形式的演绎,"你写作之夜的每一个角色,有谁愿意永远来玩这个游戏吗?"(《务虚笔记·225》)确切的结尾、结论其实并不必要。小说往往为不同维线上的人物或命运设置了多种结局和可能,展现出人物以及叙述本身以及与存在本义之间不确定的"意指关系",暗示了意义探问的多重思路;而作者或叙述者也常在这一过程中直接"现身",引导着这

---

① 胡书庆:《史铁生的宗教"表情"再观察——以其未竟集〈昼信基督夜信佛〉为主的阐说》,《当代作家评论》2015 年第 3 期。

些选项上的意义思考和探讨,透出明显的元叙事色彩。在话语方式上,过多的"如果""假如",过多的"问"而不答,或答而不定,"二元对立的各种概念"普遍处于虚拟与无解之中,"没有回答……没有回答……。没有回答,仿佛没有必要回答"(《务虚笔记·120》),"世间的话不都是为了说的"《务虚笔记·40》,"一个试图知道全体的部分,不可能逃出自我指称的限制"(《务虚笔记·41》),"我们的生命有很大一部分,必不可免是在设想中走过的"(《务虚笔记·62》)。"如果""设想"暴露了"探问"的虚幻,哲思的"说出"过程其实又存在着过多的"说不清"与"道不明"。

独白在文本中也有着较大的占比。相较而言,独白有着"说出"施为的直接性,对于信息的传递、交流具有较大的自主性和开放性,有利于"说出"过于幽微、混沌的意义觉悟,然而史铁生似乎并不愿意明晰"道破",又保持了对于绝对理性的"警醒",话语包含着过多的"歧义性联想"。有时是隐含作者、叙述者或人物的自言自语,有时是人物自我不同位置和"角色"上的"对话",有时是自我的持续追问,有时是对可能的分解和情境虚拟;时而拉长,时而简短;喜欢用平行、交错的单句、句组,句式常见重复,多有问答的循环、语义的中断和转向,打破了对确定性的依赖。一方面构成所涉"概念"以及相关情境的"点题",在语言的"直接性"中"点出"哲理,提示困境;另一方面又每每制造出模糊、歧义等语义"效果关系",构成对理解和表达哲理的某些"阻隔",意义在清晰与混沌、理性与感性、抽象与形象之间收放、增值,表现为"说出"和"说不出"之间的微妙分寸和尺度。在此意义上,一种"繁复"的独白语体也就成为哲思表现的重要方式。如果说多维、互文的叙事"网络"反映了哲思的结构主义运动,那么这种一己心性中的哲思流露则表明了内在感性的灵动状态。这样的"独白"布满"迹象"与"征兆",近乎一种感受"新奇"与"陌生"的"精神催产术",是孤独灵魂的"自由"舒展,心智触角的四下伸延;"独白"也是一种"对话",不过更多是内在、隐秘的自我精神交互,表现为一己心性的"无尽边沿"和难以捉摸的存在偶然与神秘的内在同构。相当程度上,《务虚笔记》

突出了史铁生小说的"独自冥想的方式"①,结构的脉动和形式的赋形受到心灵美学的制约,超越了对象化世界的理性把握,这不仅是存在谜底"秘而不宣"的一个原因,也是作家揭秘"热气腾腾、变幻莫测的心灵漩涡"(《信与问》)的一种方法和路径。虚拟和独白的话语方式促进了一系列意义"迷宫"的建构,乃至对于不同文体元素的"融会与整合",昭示出作家对于小说叙事行为的某些理性"操控",既推动了对于存在之谜的思辨,也引导了追问及其可能的"答案"在更广、更深意域上的展开,形成对哲理的"有效"言说。

还需指出的是,众多风景与意象的穿插与营造对于叙事的思辨色彩也起到了重要作用,促进了文本诗性表征的直接生成。风景与意象是诗性叙事的必要元素,反映出隐喻、象征思维对于文学表象、具象空间不同程度的诗化突破。不同于通常风景的清新优美,审美意象的含蓄回味,《务虚笔记》显然更看重一种抽象、系统的诗学氛围与效果,风景转向存在之谜的自然图示和重构,同样流连于存在的迷雾与神秘之中;而一系列隐秘的意象则近乎一座意象的"幽暗森林",又似对于困境与迷途的系统"返魅",有效地串联起相对零散、驳杂的情节、印象与思绪,以至"写作之夜"那"如烟如尘,如梦如幻"的"意义和梦想",把文学的含蕴性推向"极致"。《务虚笔记》同样"在叙述的间隙里加入适当的诗意的抒情状物和写景",不过这类穿插并不限于一种"恰如其分的装饰音"②。作为叙事的一个重要环节和诗学标记,生命被置于一种自然、永恒的"位置"之上,又是泛神论意义上的诗化演绎。诸如"迁徙的鹿群"场景包含着生命的永恒力量与形式的寓意,"我又听见了那些美丽动物亘古不变的消息"(《务虚笔记·180》),而幽静的古园中、坍塌的"古祭坛近旁"的审美静观则每每透出终极启示的神性意味,葵林的灿烂、喧腾流露出生命、欲望的迷醉,扩散着生命最本真的信息,等等。众多的景物穿插改变了抽象叙事的节奏,充分提升了哲思表达的感性质地,和人类境遇探问的交相比照与辉映,又

---

①　陈顺馨:《论史铁生创作的精神历程》,《文学评论》1994 年第 2 期。

②　汪政、晓华:《试说史铁生》,《读书》1993 年第 7 期。

生成生命"复调"的又一个"声部"。白色鸟、南方、羽毛、楼房、门、葵林、位置、一万本书等意象在叙事中反复出现,作为"理智和情感的复杂混合物",则构成一系列更为细微、具象的存在标识。白色鸟总是盘旋在爱情的天空,美好温婉的情感被赋予了南方,Z 对于一根羽毛的迷恋,美好楼房里那数不清的门,葵林隐含着爱与性、英雄和叛徒的统一与悖论,位置似乎是结束也是开始,一万本书隐喻着对精神、知识的探求,却也暗示了"读取"的艰难……作为隐秘的喻示,意象以象喻的方式演绎着存在之谜,投射出存在"无极之维",繁复、幽微的哲思又一次被形象"说出"和"展开"。风景与意象的运思是一种艺术感性对于抽象理念的浸润和同化,借助于诗意物象的形象转化,哲思愈益成为生命和存在本身,走向哲学与文学更深刻、和谐的交融,"向来一切伟大的文学和伟大的哲学是不分彼此的"①。

系统、玄奥的哲思导致了诗性叙事"规范"与形式的进一步变幻,一系列存在的困境与超越的形上思索,彰显出诗性叙事的"抽象"思路,且有着"极致"的演化。在史铁生的小说创作中,这构成了对于《命若琴弦》《山顶上的传说》《礼拜日》《我之舞》等一系列哲思小说的一次系统性"综合"和升华,表明作家在这一向度上的趋于"成熟",而其后的《老屋小记》《病隙碎笔》《我的丁一之旅》等小说创作也未能超越于此。在诗性传统中看待史铁生的这一创造,似乎可归入废名"观念的结晶"、沈从文"抽象的抒情"等一路。不难发现,他们都有着对于抽象的某些偏好,然而史铁生却要抽象、系统得多,王安忆说他"会进入一个玄思的世界,因为他是没有什么外部生活的"②,周国平认为"最有灵魂"③。相对而言,废名的"抽象"是一种碎片,散落、跳动,缺乏逻辑性,是偶然印象和心绪的触动;沈从文的"抽象"常常是心绪的放任与延伸,多

① 《闻一多全集·庄子编》(9),湖北人民出版社 1993 年版,第 10 页。
② 于新超、王军:《王安忆眼中的当代作家》,《当代作家评论》2007 年第 4 期。
③ 周国平:《中国最有灵魂的作家》,"写作之夜"丛书编委会:《生命:民间记忆史铁生》,中国对外翻译出版有限公司 2012 年版,第 312 页。

发自我与人类的幽情。当然,诗性小说并不乏抽象意味,比如汪曾祺,比如冯至,但没有哪一位能像史铁生一样如此深入、系统地耽于冥想,并予以结构性的演绎与赋形,"敢于将长篇小说发展为结构复杂的'往事与随想'"①。史铁生小说属于一种"混沌美学",就诗性意义而言,已达到这一境界。

　　20世纪中国诗性小说的宗教叙事涉入了基督教、伊斯兰教等教义上的生存拯救,以及泛义的宗教存在主义的意义勘探,持续性的"神性的冲动"表明了叙事传统在超验、形上的终极关怀之域所能抵达的精神高度。对于宗教文化资源的汲取与表现,在展露神圣诗意的过程中,也切中了一个日渐颓变的世纪从物质到精神的深渊与救赎问题。如果说冰心等人多看重苦难的救助,抱有深切的现世同情和关怀,那么北村、张承志则强调了皈依的重要性,对现实充满绝望。这一变化的"内里"是对日益深入的现代化或后现代化的精神困境、文明危机的警醒与反思,伴随着理性批判意识的强化,则是文学诗意的大幅消退;冯至、史铁生的存在主义探索表明了宗教叙事的哲学化意旨,在一个被抛、沉沦的时代,又不断穿透世俗与庸常,赋予普遍失衡的文学人生以意义之维。与宗教精神的多方位"遇合",表明了诗性叙事向终极之域的趋至。相当意义上,这已不仅是一种个体生命的完善问题,也是人类共同的生存母题;而在一个忽视"深渊境遇"的时代,对于生存困境的指认,对于内心磨难的关注,对于人性与现实、历史与文化等的追问与应答,又意味着对于诗性精神至广、至深境界的开掘。

---

① 李建军:《论史铁生的文学心魄与精神持念》,《小说评论》2012年第2期。

第六章　叙事传统的反思

在 20 世纪的文学语境中考察中国诗性小说的叙事传统,追求的是叙事研究的文学史视野。叙事的结构分析突破了相对泛化的诗情画意,力求以流动、活跃的文本细读去激活结构的思想与审美张力,将虚幻、飘忽的文学体验带入内在的结构动力、意义关系之中;系统的历史观照指向叙事的精神变迁、审美脉络以及历史品格的分析与阐释,建立起诗性话语的上下文关系以及独特的语境关联,在更为开阔的时空参照下,揭示诗性小说的叙事转型及其作为一种文学传统的发生、发展与流变。从文本的微观分析到创作精神的变迁史、发展史的宏观辨识,从个体到群体的诗学风格、历史态势的归理与研判,一系列鲜活的、具有典范意义的作家作品的文化审美阐释,不仅深入经典文本个案以及具体作家诗性写作的"细微"肌理,也揭示出诗性小说寻求自我更新与突破的可能性、复杂性乃至未完成性。相当意义上,在一种互文性、整体性的贯通与融合中,诗性小说构成了一类充满蕴味的叙事学研究对象;在结构的张力、历史的观察之间,探求诗性小说研究的叙事学方法与途径,不仅有助于摆脱抒情诗学、印象批评、经典效应等理论观念、研究方式的拘限,确立叙事研究的"诠释的界限",也进一步提升了诗性小说研究的历史品格和学术价值。

第一节　突破与重建

在相当长的时期内,关于诗性小说叙事问题的处理显得有点简单了。叙事往往被视为一种抒情范畴,在印象批评、研究的格局中被不断回味与欣赏,成为一种抒情的同义词或泛化的抒情表述,而缺乏自我规范的构建。关于20世纪中国诗性小说的叙事问题虽一直为学术界所注意,但基本上还停留在20世纪80—90年代的抒情诗学研究视野中,多年来并没有取得多少进展①。应当承认,传统的情节观念并不足以释读这样的对象,而当下流行的情境、意象、氛围、写意等范畴也同样存在阐释乏力的问题。由于抒情诗学研究的体验性和艺术感知的不确定性,相关阅读与传播往往成为某种追寻缥缈和高蹈之境的"艰难的感悟"。固然,关于诗性经典的阐释本来就具有一种趋于无限意味的特征,但如果缺乏叙事研究的学理规约,也就可能沦为某种"玄学"而难以承载基本的叙事所指②。抒情诗学的研究、批评往往有着印象化、情绪化的倾向,容易将对象单纯化与理想化,相对自足的文本分析常会在艺术风格与经典作品之间"画等号",进而忽视风格生成的复杂性、流动性与持续性。而将一般意义上的抒情诗学范畴直接作为叙事学范畴去使用,在说明抒情诗学之于诗性小说研究的强势和屏蔽的同时,也多少表明了这一理论资源的某些局限。

---

① 目前流行的意境叙事、意象叙事、写意叙事等观点的形成背景主要是对20世纪80年代以来学术界对于抒情小说意境化、意象化、写意化等美学特征的确认。如"意境叙事"就受到凌宇、方锡德等关于"意境"成为现代小说家的"自觉的创造"和现代小说"重要范畴""审美追求目标"等论述的影响(参见凌宇《从边城走向世界——对作为文学家的沈从文的研究》,生活·读书·新知三联书店1985年版;方锡德《中国现代小说与文学传统》,北京大学出版社1992年版),而其他观点也多由此衍生。

② "抒情"也可以是"叙事"。王德威也曾说过,"抒情也可以扩展为叙事以及话语言说模式的一种"(《抒情传统与中国现代性:在北大的八堂课》,生活·读书·新知三联书店2010年版,第71页)。通常的抒情诗学理论过于空泛,印象化的批评话语缺乏深入阐释诗性小说叙事的针对性,而本书的叙事转变与拓展的研究思路有助于弥补这一点。

抒情诗学的流行有着感性论与生命哲学的理论背景,突出了诗性小说研究在审美体验方面的收获①。问题在于,飘忽、灵动的个性体验是如何成为一种叙事"实体"的,即作为一种文学故事被组织、安排的。感性体验是生命的基础,但要成为叙事表现的主题,显然需被纳入一种相对稳定、常态的框架之中,借助叙事的逻辑性将生活体验联结起来,生成一个被称为"故事"的整体。通常意义上,我们看待诗性小说的风格多是一些语焉不详的清新、优美、感伤、沉郁等结果性、概述性的判断,而对于这类"诗性"风格生成的路径、肌理并不在意。正如让·贝西埃等人所言,是"朦胧"或"谜语般的","暗示性的"或"神秘的","它是无法描述的,无法界定的"②;"在审美的超越前提下,……预设了一个无限推演出一个只能意会、不能言传的精妙存在"③。固然,这反映出了阐释方面的艰难,然而若止步于此,是否也表明了研究上的某种困局,是不是有可能使一种与生命同质的复杂、丰富的文学现象被简化和概念化? 在一定程度上,诗性小说研究的止步不前也就与此相关。不妨认为,关于诗性小说的印象批评和阐释已经很难再有所作为了,先有沈从文、李健吾、朱光潜等老一辈学人灵动、幽眇的感知,再有司马长风、杨义、钱理群等一批当代学者的将个体印象向相对稳定的文学史知识的持续"转化",研究已然陷入抒情感悟的模式、格局而难以自拔。或许,这也是钱理群先生在"诗化小说研究书系"编撰过程中所感慨的"力不从心"的深层次原因④。

诗性风格的生成并非随意、虚泛的精神漫溉,作家的创作也并非一成不

① 偏于印象化与体验性,看重抽象的文学感受性是此类研究的一个特点。方锡德认为现代抒情小说是"对诗意诗境的追求"(《文学变革与文学传统》,北京大学出版社 2003 年版,第 351 页);杨联芬认为是"'小说性'丢失较多、距离小说最远的那部分'不大像'小说的小说"(《中国现代小说的抒情倾向》,北京师范大学出版社 1996 年版,第 6 页)。相关观点多淡化"叙事",轻视甚至否定抒情小说的"叙事"性。

② [法]让·贝西埃等:《诗学史》(下),史忠义译,百花文艺出版社 2002 年版,第 533—534 页。

③ 王德威:《抒情传统与中国现代性:在北大的八堂课》,生活·读书·新知三联书店 2010 年版,第 349 页。

④ 钱理群:《文学本体与本性的召唤》,《涪陵师范学院学报》2001 年第 4 期。

变,个体风格的形成是动态、变化的。创作过程中的局部变迁与差异、创作意图的错落与冲突、文学体验的起伏波动以及美学赋形的艰难、困惑等等的互动、共生,才是熔铸艺术风格的生动、鲜活元素,也是构建独特艺术价值的"丰满"所在。一直以来,由于对作家风格的论断多依赖于少量特定时段的"经典"或代表性文本的阅读,容易以点代面、以偏概全,简化或固化作家的艺术风格,不乏"理想化"的结论往往具有一定的局限性①。事实上,任何诗性表达都不是宽泛和笼统的,往往隐含着独特的运思方式,而且"经典"文本也只是暂时或少数,且多是作家风格发展或趋向成熟过程的某些重要"节点",并不足以展现作家创作体验的过程性与复杂性。"风格远非一个纯粹的概念:它是一个复合的、含义丰富且含混的复杂概念","就像文学、作者、世界、读者等概念一样,风格也曾遭遇一系列冲击"②,而按照普利高全的理论,任何一个有序系统都处于"涨落"之中,"逐渐远离平衡状态达到一个临界时或分叉点"③,文学风格的生成也不乏此意。相当程度上,只有将"经典"置于流动状态中加以整体、系统观照,才能突出"经典"风格的"高峰"与"标杆"价值与意义,彰显艺术追求的丰富性与建构性。我们的文学研究应致力于这类过程性与差异性,充分深入文学风格的"有机"构成,这样的作家论研究才更有利于与文学史研究相对接,真正展现"效果史"的本体魅力。

显然,欲呈现这样的逻辑秩序,就要打破作家作品研究的自我封闭性,深入创作的矛盾性、互文性和整体性;而提出"叙事传统"的问题,也就旨在通过对外在的"诗情画意"的内在理路与演变轨迹的辨析,揭示审美精神的自我

---

①　事实上,郁达夫的小说存在着"颓废的气息""人性的优美""一点社会主义的色彩"等主题形态的交织和演变;沈从文的城乡对立也包含着城乡的统一;汪曾祺的文学精神处于开裂与波动之中,"和谐"只存在于极少如《受戒》的作品之中,早期的世界观是"混乱的""迷惘的",晚年则普遍触及现实生存的冷寂与虚无;等等,都与文学史叙述有所错落或背离。相关作家作品在上文中都有专论。

②　[法]安托万·孔帕尼翁:《理论的幽灵——文学与常识》,吴泓缈等译,南京大学出版社2011年版,第164页,第156页。

③　参见徐岱:《小说叙事学》,商务印书馆2010年版,第251页。

"变奏",廓清其间多元话语交互共生的大致脉搏;只有如此,方能将飘忽、幻变的抒情体验相对类型化,赋予研究自身以叙事学的规范与旨趣。这类观照中的作家作品首先是一个个为诸多文学因素所纠缠、作用的意义世界,结构的存在构成了一种语义的幅线,吸纳、承载着文学自身以及社会、历史等话语的诸多信息与力量,勾勒出叙事时空震荡起伏的运动轨迹。借此,"文学本体研究"也就进入了一种细微、生动的路径,诗性小说的独特创造及其精神谱系将被不同程度地重读与重建。诚如前文所分析的那样,诸多作家作品得到了进一步的阐释:

或被"重新"定位。如"五四"时期"爱的宗教"的问题小说,完全可以在宗教美学的意义上被重新理解,打破"开药方"的社会学功能的束缚;废名从感伤到悲愁、幻灭直至厌世主义的精神流变,击碎的是田园诗意的幻影;沈从文在性别意义上的"区别对待",表明了所谓城、乡二元对立的研究模式又是对于其间内在统一现象的忽视乃至偏误。或得到了意义的深刻揭示。如郁达夫小说存在着欲望的压抑与净化的理路,从颓废到革命叙事的转变其实是这一理路的逻辑性发展;《月牙儿》展现了商业化倾轧下女性命运的悲凉,清醒与抗争中的生命哲学才是诗意的基本;而现代主义的生存思索一直是汪曾祺小说的核心意识,纯美的《受戒》其实只是作家思考长旅中的某个"片段";《伍子胥》的"复仇叙述"是一次存在主义的探险;孙犁小说的革命诗意包含着农民文化的本真意识,是造成与革命话语有所疏离的重要原因;贾平凹小说在诗性起点上的演变,表现出与时代话语亦离亦趋的密切关系,构成当代乡土精神演进的一个突出范本,或使繁复、混沌的叙事精神得到相当程度的澄清。如《施洗的河》的宗教皈依包含着对文学诗意的普遍消解;以《金牧场》与《务虚笔记》为代表,张承志小说与史铁生小说的复调色彩都透出信仰诉求的某种"全息性",只是前者过于偏向生命、信仰与诗意之间的碰撞与融合,后者则看重存在意义的抽象叩问;等等。凡此,围绕着叙事的结构性侧重,文学的审美吁求与多元文学话语的交互关联终以一种"此起彼伏"的意义消长影响、制约了小说风格的生成;布满缝隙的诗性话语空间,为作家作品的创造性阅读孕育出更多可能,将上述作家从一些"陈说""常识"中解脱出来,客观上还原了创作的本真意义。

　　一种文学传统的形成,表明了若干"个人风格"的历史趋同与合成;缺乏了个人风格的具体揭示,不可能构建出真正意义上的文学史视野。借助于结构的逻辑赋形,一度飘忽的文学诗意显露出内在的理路,诗性风格的诸多"面孔"获得了相对"清晰"的揭示与呈现。具有典范意义的不同作家作品"个案"的释读,展现出各自"不安分"的精神世界与独特文学贡献,构成了叙事传统的重要环节,也成为观照"叙述传统"的基本依据。相对于氤氲的氛围、"形神统一,情理统一""深远的、气韵生动"的真实境界①等相对虚泛、笼统的表述,这种活跃、丰满的结构主义辨析,或许才是冲破抒情诗学等理论束缚、深入诗性小说阐释的有效方式与途径。然而作为一种"文学共同体",文学传统又不局限于个人风格的"叠合",从个体到文学史的转变还意味着一系列相对稳定的精神理念、价值理想与文体形式等"规范性的和范导性的"生成②。传统"像一条绵延的河流"③,虽不断流淌、变化,但仍有着"某些共同的主题,共同的渊源,相近的表现方式和出发点"④。黑格尔认为"传统"正是"通过一切变化的因而过去了的东西,结成一条神圣的链子,把前代的创获给我们保存下来,并传给我们"⑤。较之古典小说以人物、情节为中心的"叙事传统"的源远流长,诗性叙事在不到百年的时间内完成了自身的"传统"性质与功能的历史性建构;自足、开放的理论、范式与框架为诗性小说乃至现当代小说的诗学研究提供了一种本体意义的角度,联动着文学话语的整体阐释。

---

　　① 杨义:《中国现代小说史》第一卷,人民文学出版社 1986 年版,第 149 页。

　　② 李伟:《叙事:因素抑或传统——评董乃斌主编〈中国文学叙事传统研究〉》,《文艺研究》2016 年第 4 期。

　　③ 周旻:《重探"抒情传统"的定义》,《汉语言文学研究》2017 年第 3 期。

　　④ [美]E.希尔斯:《〈论传统〉译序》,傅铿等译,上海人民出版社 1991 年版,第 3 页。

　　⑤ [德]黑格尔:《哲学史讲演录》第一卷,贺麟等译,商务印书馆 1983 年版,第 8 页。

这类意义,大致有三。首先,叙事传统以自主心灵的审美追求,穿透了文学人生的多义性迷误,昭示出现代叙事的生命转型及其本质维度。"文学史,即是一个时代的心灵史"①。面对无比芜乱与善变的文学心灵,叙事传统以一种多维度的历史建构昭示出文学"心灵史"的精神之维;叙事的结构性起伏与变奏,正是这一诗性精神范型的复杂"震荡",不仅是作家主体心灵际遇的投射,也是时代话语脉搏的颤动。结构主义的功能分析深入了这类流变,有助于更真切地感知作家在文学坚守过程中的彷徨、犹疑、奋起、沉沦等纷繁心态,触碰、体悟"生命的学问"的细微波动、深层感动以及幽深与抽象。个中的矛盾与纠缠、困惑与选择意味着主体意志在结构维极上的侧重与趋势,引导着我们对于文本世界的多元话语"合力"作用机制以及诗性限度的认知。在此意义上,不仅诸多作家作品得到了不同程度的"新解",而且文学史上的片段的诗性、浅薄的诗意乃至虚假的诗性等写作现象也将显露本相,使得关于诗性小说的外延、内涵、历史意义的重审、重绘成为现实或可能。

其次,叙事传统在不同主题上的诗性演绎,也从本体意义上构建出现当代小说的主题学谱系,而文体形式的诗性特征,同样提供了透视现当代小说体式问题的本质尺度。显然,在前者意义上,"人的文学"内容的变革将得到本体性的指认,而后者则有助于将盘绕在形式问题上的诸多歧异加以消除,展现形式要素的诗性肌理及其流变。就小说主题而言,乡土、欲望和宗教多是某种泛义化的精神资源,成为阐释作家作品,抑或统摄某种文学思潮的理论视野,整体研究往往并不涉及相关主题的本体性与历史性的归理与深入。故此,这类批评、研究多淹没在浪漫主义、欲望叙述、宗教文化等特定的评价尺度和框架内,并不提供本体意义上的主题学"整合"。有鉴于此,叙事传统深入诗性小说的本体意域,在具体创作的内在理路中洞察诗性主题的分化、断裂与变异,在多元话语的交互与"增值"中"统合"纯文学精神的脉相与走向,在"个

---

① 参见贺仲明:《八十年代作家文化心态研究》,《当代作家评论》2001 年第 1 期。

体——文学史"的维度上观照现当代小说精神的变革,增加了"靠近"诗性小说乃至 20 世纪中国小说本体精神的可能性与可行性。文学是"人生的反映","文学史,就其最深刻的意义来说,是一种心理学,研究人的灵魂,是灵魂的历史"①。透过 20 世纪中国诗性小说"叙事传统"这一生命的镜像世界,我们见证了这一执着的悠远延传。借用陈世骧的话来说,"文学作为对抗黑暗之光"②。

　　而就小说体式来看,人物、风景、场景、情调、氛围等叙事质素的结构性移位与变化有利于弱化叙事话语的现实指称功能,诱导、催化文本的"召唤性"和"可写性",为容纳自由度更高的生活体验、文化诉求创造空间。这不仅是拓展叙事文化兼容性的诗学基础,也是反映创作主体性与矛盾性、构建经典性"影响与误读"空间的必然前提。不妨指出,与其说叙事的语义况味是在情境、意象、语言等抒情"媒介"中被"觉悟"的,倒不如说是通过结构性的叙述行为被"组织""生产"出来的。至于语言问题,也远非形式修辞所能涵盖。从语言之于叙事意义的承载方式和途径上,去辨识语言风格的生成,这一过程也与叙事结构密切关联。原本抒情诗学视野下的语言分析多较空泛,过于看重诗歌语言对于小说形式的跨文体影响,有着过多关于文辞的非陈述结构、音乐化、意境化的情景交融等方面的考量③,印象性的语言感悟,助长了抒情诗学的灵动和主体差异。固然对于认识语言的诗语品质和深化文化阐释较少羁绊,但也容易造成对于语言内在动力机制等问题的认识不足。在此意义上,"叙事传统"对目前诗性小说研究中存在的诸如抒情、诗体、写意、诗化等概念也有着"说出本质性的词语"④的整合作用,有助于促进形式研究与人文研究

---

　　① 　[丹麦]勃兰兑斯:《〈十九世纪文学主流〉引言》第一分册,张道真译,人民文学出版社1997 年版,第 2 页。

　　② 　参见许建业:《陈国球:文学作为对抗黑暗之光》,《名作欣赏》2018 年第 10 期。

　　③ 　参见杨联芬:《中国现代小说中的抒情倾向》,北京师范大学出版社 1996 年版,第 135—169 页。

　　④ 　[德]海德格尔:《荷尔德林诗的阐释》,孙周兴译,商务印书馆 2014 年版,第 44 页。

的沟通,提升文体研究的理论深度。

最后,叙事传统从审美体验出发,对 20 世纪中国诗性小说创作的历史形态、话语构成以及诗学实践等进行了系统的辨识与清理,重读与反思又是对于具体文本与创作、文学话语与文学场的整体观照,文学史空间是立体与丰满的。一方面,将叙事传统置于普遍的互文性之中,"任何一篇文本都吸收和转换了别的文本","每一篇文本都联系着若干篇文本"①。借助于作家自我风格的嬗变、不同作家作品、不同主题创作之间的互文阐释,前提性的定义、构想得到了充分的文本化处理。另一方面,在不同历史时期寻找、辨识传统的延传与流变,个人风格、主题形态又在回应、标记着传统,宛如一部诗性小说史,又似一部主体存在的心灵史、精神史、际遇史,历史河流中的诗性叙事又将被充分历史化,"将文学和社会、政治、历史实践以及其他话语重新联系起来"②。

叙事传统实际上是诗性叙事的历史化的"逻辑后效"。而成为文学传统,也就意味着一种精神范型的"代代相传",结成某种稳定、神圣的"延传变体链",确立出自身的历史品格和学术价值。新时期以来,关于文学传统的话题变得"热闹"了起来,一时间似乎大多数的文学现象、文学思潮都可以获得"传统"的整合。这固然与既往大一统文学格局的解构有关,松动的文学权力关系为言说"传统"提供了"自由",学术界对于传统标准的坚持、大众对于文学趣味的参与又有力推进了这一过程。然而这样的"整合"是否真的自成传统,是否存在着对于"文学传统"的观念误置? 显然,在这类"大判断"的背后,掩映的恰恰是关于"传统"认知与归属上的某些"轻率"。事实上,文类、文学现象与文学思潮往往只是文学传统的外在表征,是否构成文学传统,需要更深入、本质的考量,重点在于是否存在着规范性的精神"范型"及其长时段的"延传"。这就是韦伯所言的"传统"的"克瑞斯玛"特质,也就是一套稳定、"神

---

① 参见[法]蒂费纳·萨莫瓦约:《互文性研究》,邵炜译,天津人民出版社 2003 年版,第 4 页,第 5 页。

② 旷新年:《文学史视阈的转换》,北京大学出版社 2013 年版,第 11 页。

圣"的精神观念、价值理想与思维习惯，以及一系列借以识别的经典著述、行为方式或潜意识；也是希尔斯所言及的，"代代相传的人类行为、思想和想象的产物，既包括物质实体，也涵盖惯例、范型、信仰和制度"①。

　　相当意义上，叙事传统的存在，表明诗性结构及其诗学张力已成为相关创作、现象或思潮在文学精神、体式与文类等方面的内在规范，而不是对某些"叙事元素"功能与外延的无限放大，抑或将一种有着"群体性倾向"的文类或潮流直接指认为"传统"。这不仅从本体意义上抉出了 20 世纪中国诗性小说的叙事传统，也使得"纯文学传统"的独特"动力、策略、机制和效果"②在"叙事"这一小说本体意域中获得了"澄清"。"纯文学"的本质在于"审美"的"文学性"，总是于对立的关系中显示意义。然而这一问题同样"模糊不清"。南帆认为"纯文学"就是一种"空洞的理念"与"文学理想"③；陈国恩说，"人们很难为它确立一个明晰的边界，赋予它明确的意义"，"其内涵总是在具体的历史语境中被赋予的"④；等等。有鉴于此，在叙事传统的视野中，可以相对清晰地辨识诗性小说这一"纯文学传统"的相对性，理解"纯"与"不纯"之间的侵入与抗争、对立与融合、排异与转化等互动、共生的关系，探知"纯文学"精神运行的具体、内在的诗学路径，深化对于这一类"大问题和大判断"的认知与反思。研究受到了文化诗学、"新批评"等理论的影响，但对内部研究与外部研究的"割裂"又有所警觉与"规避"，力求"自我逻辑的真正把握"。由此，以诗性结构为"方法论依据"的叙事传统研究，延伸至了"'历史深处'的'力的关系'"⑤，也就是"回到历史深处去揭示它们的生产机制和意义架构，去暴露

---

　　①　参见李伟：《叙事：因素抑或传统——评董乃斌主编〈中国文学叙事传统研究〉》，《文艺研究》2016 年第 4 期。

　　②　张均：《当代文学研究中的"纯文学"问题》，《首都师范大学学报》2017 年第 2 期。

　　③　南帆：《空洞的理念——"纯文学"之辩》，《上海文学》2001 年第 6 期。

　　④　陈国恩：《纯文学究竟是什么？》，《学术月刊》2008 年第 9 期。

　　⑤　张均：《当代文学研究中的"纯文学"问题》，《首都师范大学学报》2017 年第 2 期。

现存文本中被遗忘、被遮掩、被涂饰的历史多元复杂性"①,呈现诗性话语的
"纯"之"不纯"的丰富性。在一个"非文学的世纪"中,这昭示出"人的文学"
的要义所在。或许,这也就是钱理群等人无比推崇这一类小说创作的最重要
缘由。

　　总之,20 世纪中国诗性小说的叙事传统是开放、复杂与丰富的。叙事的
诗性生成有其自身的逻辑依据与价值标准,作为传统,也有着发展、演变的独
特轨迹与脉络;诗性风格的起伏消长,反映了主体的审美吁求,文学的补偿心
理,艺术形式的修辞效果,与社会、文化的现实性、反思性与批判性等之间谐
振、统一乃至异变的结构关系,从根本上说是个体、文学与社会、历史需要的复
合、持续运动的结果。"纯文学"意域中的历史建构,使得"叙事传统"成为一
种审视中国小说现代转型、变革的本体范畴,审美之维联系着关于文学自身以
及人生、社会、历史的多维视界与价值参照。相当意义上,由于完善、深化了叙
事理论以及研究视野的"介入"品质,处于一种大文学史观的观照之下,"叙事
传统"成为一个极具阐释能效的命题。

第二节　发现与误区

　　探讨"20 世纪中国诗性小说的叙事传统"这样的宏大命题,关于叙事理论
的调整、结构分析与话语张力的融合、思想主题与历史谱系的延展等一些不乏
新意的尝试,隐含着理论与对象、文本与历史、个性与共性、微观与宏观等之间
微妙的对接问题。固然,"无缝对接"实属奢望,但尽量减少、弥补其间的错
位,则大为可能。由此,就某些问题进行反思和澄清,以强化研究的自足性与
学理性,就很有必要。这类"补白"或"余论"的重点在于诗性机制的阐释限
度,作家作品的诗性差异与择取标准,以及叙事传统的变异、遗绪等方面的问

---

① 黄子平:《〈"灰阑"中的叙述〉前言》,上海文艺出版社 2001 年版,第 3 页。

题。相对而言,阐明这些问题,对于消弭理论视野的理想化、避免文本选择与分析的封闭与固化、呈现纯文学传统的自我品格,等等,都是大有助益的。

首先,诗性机制的"自足性"问题。诗性叙事并不局限于一种具体的叙事行为逻辑,结构上的非诗性阻碍或在于"可见"的现实力量,或在于意义提升的缺乏或不够高蹈,抑或兼而有之,表现出结构肌理上的现实性或精神性侧重;有时相对实化,有时又过于虚玄,有时诗意较为突出浓郁,有时又相对幽微薄弱,还往往牵系着复杂的文本内、外因素,又是一种相对宽泛、理想主义色彩的诗学、美学乃至文化现象。研究充分关注了其中的起伏、波动与开裂,相关主题、文本与现象的阐释、归理是在并不纯粹的诗性意义上进行的。开放的自足性意味着诗性机制将更富弹性,更富吸附力,文化信息的容纳度也将更高。以往的诗性批评过于趋尚诗意,背后其实是关于诗意"自足性"的过于"自信"与坚持,对于困惑、消沉乃至悲剧性等非诗化因素多是零星、点缀式的扫描和评述,常常遮蔽了非诗化品格与诗性建构之间的必然联系。适度处理这一问题,有助于恢复、还原业已过度"和谐化"的诗性小说的本真面貌,构建出诗性机制的包容性与丰富性。

这给研究带来更大的不确定性,也使这一过程更具张力。文学生活的分裂与统一,不同主题自身以及相互之间的差别与纠缠,作家心灵与文学、文本的错位与统一,美学风格与文体形式的变化、突破,以及历史需要对于文学的刺激、影响与改写,等等"多元复杂性",都有待深入观照。由此,叙事传统的"整合"强化了一种系统、深入的互文见义与互相阐释的关系与效果,致力于开掘不同时期、不同文本的诗性表达的历史性、特殊性与整体性,更为细微地洞入了诗性"文本构成"和"意义生产",将对象与"生命的学问"具体、紧密地融合起来;历史考察是一种大致脉络的总体勾画与定位;叙事的生命伦理指向诗性精神的本质内容,话语构成联系着叙事传统的总体语境中的"文化生产关系",而在具体的诗学形态上,则以众多各具创造"个性"的作家作品为历史支点,去透视小说叙事的诗性转型与发展、变迁,揭示出 20 世纪中国诗性小说叙事传统的细微与宏大。

其次,作家作品的择取、重读与整体反思的问题。对于诗性小说而言,繁复、丰富的作家作品显然构成了判断叙事传统是否存在,揭示其诗学内涵、历史品格以及价值意义的重要实体和基本依据。为了实现这一预期,本书阐释作家作品的总体原则仍是矛盾性、互文性的整体观照:侧重于在诗性结构的波动中"打开"文本,以作品带问题,从作品进入文学话语①,在诗性小说内容、形式的细微变化中把握"纯文学"生产的复杂关系及其大致脉搏与走向。以具体作家或具体文本"为例"的方式去归理、区分诗性叙事的内在理路与诗学形态,这使得结构成为"激活思想的触媒",有利于摆脱结构主义方法的固化倾向,提升叙事学研究的文化张力。对于单个作家而言,往往是对其诗性写作总体脉络的清理与考察;对于单篇作品,则基本是在文本内部理路的辨识中,揭示文本自身及其之于作家诗性小说写作的节点和典型意义。这类由点到面或由面到点的作家论研究,编绘的不仅是诗性小说创作的结构、心灵和风格的"图谱",也是叙事传统的总体"构图"。

这里有诗性特征比较集中、明显的作家作品,比如孙犁、废名、沈从文、萧红、师陀,冯至的《伍子胥》、张承志的《金牧场》、史铁生的《务虚笔记》;也有转向过程中阶段性的诗性"眷顾",比如鲁迅、冰心、贾平凹、王统照,老舍的《月牙儿》、莫言的《红高粱》;也有着诗性色彩并不突出,却有着重要参照意义的文本,比如北村的《施洗的河》②;等等。在类别和形态上,又有着理想文本与复杂文本、典型文本与边缘文本、外在的诗意与内在的诗核等方面的差异,

---

① 以"作品带问题"的文学史研究,容易导致史料观照的不足。然而本书主要是一种叙事学研究,似乎又只能以文本阐释为中心。由此,研究只是兼顾于论题的某些史料问题,力求二者的统一。对于可能存在的史料学缺憾,在今后的研究中将逐步加以充实、完善。

② 北村的《施洗的河》至少包含宗教皈依的三重否定,对家园、在世的否定,对文学/审美的否定,以及对人性的否定。既损害了信仰自身,也暴露出其间的悖论,相对性裂隙的存在,隐含着诗性叙事进一步裂变、异变的信息。北村不属于诗性作家,却以《施洗的河》表现出与诗性传统的独特关联,隐喻了宗教诗性的当代境遇。

虽各有侧重,却又相对统一。在主题上,还存在着多元、多义乃至相互间的交织、纠缠,蕴含了结构机制、思想内容与文学魅力的多维阐释的可能。比如沈从文的城乡世界,还是欲望的时空,欲望美学的阐释并不意味着就此轻忽了其间的乡土、宗教美学的意义;又如汪曾祺,对乡土记忆背景上的诗性精神的开掘、辨析,也并非没有注意到生活思考与表现的存在主义的深度模式;再如废名小说的禅意也是一个意味悠长的话题,隐含着农禅与文禅的交织、转化乃至理趣、理障的异变理路,又完全可以在神性诗学的分类中获得阐发①;等等。由于文章框架的设置与行文的需要,只是选择在某一主题类别中加以阐释,往往"只见其一"而"未及其他"。这样的安排虽说有利于与既有研究相区别,突出作家作品的重读意义,但也有着难以周全、不尽如人意的遗憾。诗性小说的叙事传统无疑是繁复的,有其开放、自由乃至混沌、模糊的一面;不同作家、不同主题之间的纠缠,作家本身不同时段、不同作品的主题与风格的演变,以及同一作品中的结构裂隙,等等,都是对此特性的投射与印证。

当然,即便涉及如此众多的作家作品,也未"尽收"诗性小说谱系的所有"成员",比如对于艾芜、何立伟的诗性小说就缺乏观照;又如,对于张炜的诗性小说写作也未能详加探讨;等等。凡此,在体例、篇幅等原因之外,多少又因为 20 世纪中国诗性小说的叙事传统作为一种本体意义的精神性存在,本身就富有发散性,可能涉及的作家作品及其丰富意涵很难被一种"有限的批评"所清理和涵盖;另外,也受限于研究者的学识、水平等因素,有待在今后的研究中进一步提高与完善。在一定意义上,这也是经典作家作品永恒魅力的所在。所谓"影响在于误读",经典的文学传统必然包括一个个充满主体性、历史性或多样性的"误读"空间,关于经典的判断本身也包含了诸多的相对性与差异性。相当程度上,这就是重读、反思诗性小说的一个理论基础,"去重新激活批评与文学史之间的思想张力"②。当然,面对如此充满"不确定性"的

---

① 参见席建彬:《禅意的"反刍"——废名小说精神再探》,《文学评论》2017 年第 6 期。

② 杨晓帆:《经典重读与八九十年代的转型问题》,《名作欣赏》2014 年第 4 期。

重读与阐释、评价与批判,如何避免理想化的理论视野、阅读预期与作家作品实际之间可能的错位、游离,规避过度阐释,尽量做到客观、中肯,才是最关键的。

再次,诗性美学的"变体"以及在新世纪的传统演变问题。观照 20 世纪中国诗性小说的叙事问题,"谱系之外"的小说中相对松散与隐约的诗意因素,甚至一些有所关联的文学形态也构成了某种互文性存在。它们虽不属于一般意义上的诗性叙事,却有助于展现诗性美学与他类小说创作之间的交互作用,进一步"显豁"诗性精神在"他者"境遇中的断续与更变,深化叙事传统的阐释。具体而言,以悲惨、灰暗为基调的"五四"乡土小说也多有着自然风景、乡土伦理的诗意闪露,即便像蹇先艾、王鲁彦这样致力于揭露、批判乡土疾苦与病态的作家笔下也不乏优美风情的描写;创造社作家的艺术灵性与才情也常伴随了自然的欣赏与理想的憧憬,虽常湮没于个体与时代的"感伤"情绪之中,但仍透出隐约的诗意。诗性精神是抒情文学的内在质素,一旦陷入非诗意义的压制,诗性结构就可能塌陷。在一定意义上,失落了整体性的诗意只能成为碎片化的存在,甚至隐匿、消散。同样,革命化的"红色经典"也是如此,比如《太阳照在桑干河上》中果树园的自然风光;周立波小说"暗含"的自然情结,有着"优美自然风光的诗意穿插"[①];《林海雪原》的传奇叙事也掺杂着雪域风光以及优美人性、人情的描写;《青春之歌》《红旗谱》《创业史》《小城春秋》等革命叙事的"一体化"也不乏自然风景、民俗风情等"集体无意识"元素。而这或许也是此类作品能够雅俗共赏、广受欢迎的另一重要原因。当然,这一切已不可能成为叙述的重点,政治意识形态的规训虽未完全"消除"诗性的光亮,但由于缺乏超越政治革命诉求的意义优先性,相对分散和零碎的风景与人生体悟终究无法构建出适度的审美自足性与整体性,诗意普遍被"移出"叙事结构。

---

① 王光东:《民间理念与当代情感——中国现当代文学解读》,广西师范大学出版社 2003 年版,第 70 页。

新时期的寻根小说在将目光投向传统和民间文化的同时,也触及了过去与乡野的迷人风情;方方等人在走向琐碎、庸常的"新写实"过程中又何尝没有《祖父在父亲心中》的"老屋汪村"一类乌托邦式的家园存在,文化与风景的"装置"也隐含着浪漫抒情的因子。在某种程度上,此间的诗意更多受制于寻根的功利主义或新写实的"零度写作"的日常消解,即便无法抗衡非文学化的主体诉求,却也构成某些牵制,拓展出叙事的张力。如果说上述创作中的诗性质素还主要在于主题、思想上的"隐微"意味,那么,先锋小说则在一定程度上将形式诗学推向极致,不论是叙事的"圈套"与"迷宫",还是形式的"能指的舞蹈",布满空白、省略的叙事空间乃至缺乏内在意义统摄的迷乱形式都足以呈现诗化形式上的某种偏执。相当意义上,不论是乡土小说、"红色经典"中的诗意碎片,还是寻根的文化超越、先锋的形式超越,等等,都可能与诗性叙事有所勾连,成就某些特异的诗性表现。审美是文学的本然因素,即便时代语境并不总是那么宽松,但似乎总能与诗性元素"不期而遇"。当然,这并不意味着对诗性范式的过于泛化,只是表明,即便受到"他者"的强势遮蔽,本体性的文学诗意也能在间隙中"存活",昭示文学性的不可或缺。

在"碎片化与泛一体化"的境遇中看待"叙事传统"在世纪之交的延传,正如前文所述,欲望与宗教的诗性美学已处于深度的衰微状态,相对明显的诗意仍集中于乡土小说创作。虽说伴随着城市化进程的展开,人们已逐渐远离乡土,但并不浓厚的经验与记忆仍然酝酿出一股相对唯美的诗性表达。诸如魏微、鲁敏、徐则臣等一批"70后"作家,将个人经验的追忆与怀旧的感伤融于一体,展现了十分个人化的乡土诗性书写。较之前代作家,他们更少了思想与文化的沉重,少了对宏大的政治与文化的追问,少了对神圣的大概念和问题的投入;以敏感多情的笔调构筑起自我心目与想象中的乡土世界,多了对乡村情趣的描述,多了对和煦伦理和传统美德的期望,单纯而坦率,个人色彩更加突出。这一代人的乡土经验显然不那么艰难与沉郁,他们拥有乡土记忆的年代多是20世纪80—90年代,那时的乡土还是缓慢、宁静与温情的;虽说还包含着"先赋身份"的被动与无奈,急于改变是一种普遍诉求,但乡土仍是成年以后最重要的精神资源。对于他们而言,融入城市是对生活物质属性的掌控,而回忆、叙写乡土又意味着某种精神寄托与慰藉,得以沟通生命意识、人文关怀等文学本体意义。较之于那些以私欲、身体与琐细的"生活流"等为主题的自我叙事,他们更愿意在鲜活、扎实的乡土叙事中表达自我。乡土愈加成为一种遥远、虚幻的情感与记忆,而成为作家挥洒个性、构建自我文学话语的审美领域。相当意义上,这将淡化叙述的外在功能和正统性,更易贴近个体心灵与生命感悟,情感表现也将更为真实可感。或许,这也就是后现代叙事的"强烈的方法论上的个人主义倾向"[1],"讲述我们自己的故事,选择能表现我们特性的事件,并按叙事的形式原则将它们组织起来,以仿佛在跟他人说话的方式将我们自己外化,从而达到自我表现的目的","从外部,从别的故事,尤其是通过与别的人物融为一体的过程进行自我叙述"[2]。其独特性在于,既非在现实面前"粉饰太平",也非保守主义的逃离;而是以自己的方式表达对当下生存的体验与思考,对于乡土诗意的构筑,包容着乡土社会现实与发展的困境,也浸透着个人的精神躁动;既是一种自我的情感抚慰,也是一种精神与文化的救助。这些作家也抒写乡土的挽歌,只不过少了个体生命与历史、文化矛盾的显在冲突与理性深沉;乡土叙述往往伤郁舒缓,乡土人性的退化与生存境遇的颓散,是日常生活中的细微觉察;今昔比照的感怀之中,扩散出诗意的淡淡哀伤与悲叹。虽说并不一定就是对诗性文学传统的有意承传,但从游子返乡、童年记忆、土地情结等角度来看,也包含着叙事主题与风格的内容,而由于融入世纪末的历史变革与多元体验,乡土感悟有时又过于情绪化,叙事空间也趋于细琐、错杂与繁复。

　　对于诗性小说的叙事传统而言,21 世纪以来普遍出现了弱化和式微,然

----

　　① [美]阿里夫·德里克:《后现代主义、后殖民主义和全球化:当代马克思主义所面临的挑战》,王瑾译,《当代世界与社会主义》2007 年第 2 期。

　　② [英]马里·柯里:《后现代叙事理论》,宁一中译,北京大学出版社 2003 年版,第 21 页。

而随着新的历史时空序列的到来,又可能充满机遇。正如有的论者所言,"世纪之交以来,文学观念是在多元化与碎片化的层积基础上泛一体化的重新形成,其中隐含的现实信息与文化体验,给新世纪文学带来了新活力"①。"新世纪"还是一个包含诸多"未知"的时代,叙事传统能在多大程度上延传、变化,还留待于岁月的累积与检验。对本书的论题来说,这将是另一个论域,也超出了20世纪的时间跨度。

最后,与"抒情传统"的关联问题。作为一种文学传统,20世纪中国诗性小说的叙事传统与近年来每每被论及的抒情传统也有着一定程度的联系与区别。"中国文学传统从整体而言就是一个抒情传统"②,已为海内外学界所认同。就此而言,抒情传统主要是从抒情诗学的角度对中国文学作出的总体判断,关于叙事问题基本是一些体裁、艺术手法以及"细枝末节"上的观照,并没有回答中国文学中的叙事传统问题③。当然,我们可以把诗性小说归属为一种"抒情传统",然而仅仅如此,并不会改变由此引发的研究"瓶颈",相反,恰恰是抒情规范优先的"观念误置"才是造成这一类问题的学理症结。由此,有必要进行从抒情到叙事的角度调整。对于叙事规范的抬升,更看重叙事"精神、观念、意识或模式"④,首先是叙事与人生的本质关联的确认,其次则是结构主义的诗学模式和文学话语中的整体观照,至于作为体裁、艺术手法的叙事关注似乎并不紧要。在此意义上,本书的"叙事传统"指向了"20世纪中国诗性小说"这一具体文类,虽说面向了一种抒情传统,但显然已摆脱后者的束

① 陈进武:《断裂语境中的碎片化与泛一体化——新世纪文学与批评的人性话语考察》,《中国文学研究》2018年第4期。

② 《论中国抒情传统》,张晖编:《中国文学的抒情传统:陈世骧古典文学论集》,生活·读书·新知三联书店2015年版,第6页。

③ 关于这一问题,可具体参见陈国球、王德威编:《〈抒情之现代性:"抒情传统"论述与中国文学研究〉导论》(生活·读书·新知三联书店2014年版),宗白华:《中国文化的美丽精神往哪里去?》(《宗白华全集》第二卷,安徽教育出版社1994年版),方锡德:《中国现代小说与文学传统》(北京大学出版社1992年版),刘士林:《〈中国诗哲论〉绪论》(济南出版社1992年版),等。

④ 李伟:《叙事:因素抑或传统——评董乃斌主编〈中国文学叙事传统研究〉》,《文艺研究》2016年第4期。

缚,"抒情传统"主要是在对象意义上被关注的。就其结果来看,已然指认出一种叙事传统的生成,提供了一系列可资核验的特征和形态。近年来,"中国文学史里的叙事传统"话题已引起了学界的兴趣,"抒情传统已经论述得那么多了,放眼当今学界,也还是走在这条路上的人居多,是否也该好好地论一论中国文学的叙事传统了?"①。本书的探讨虽然受此影响,但在理论视域、对象选择以及结构主义的方法论等方面,已形成了自身的特点。相当程度,这虽是一种"小"叙事传统,但恰恰也正是支撑"中国文学的叙事传统"这样宏大论题的坚实基础。

　　"一切话语都是叙事性的"②。在一种整体、互文的视野中,叙事传统不仅是一种精神与诗艺的影响与继承,还是一种泛义的精神性存在;对于繁杂的作家作品、文学现象与思潮的结构性整合,既构成一种理论视野与研究方法,也标明了某种文学观与世界观的确立。诗性小说的叙事体态表现出明显的意蕴化旨向,为包容多种人生体验和意义开辟了广阔空间,也提出了重新认识叙事的要求。固然,意蕴在抒情文本中是普遍的,但能否构成之于创作和阅读的规范性功能才是我们认识诗性叙事的出发点。本书从结构主义的角度出发,对以超越性的审美诉求为内核的意蕴叙事进行了功能性聚焦与辨释,诗性结构的顺应、游移之间的意义开裂和缝隙,构成了20世纪中国诗性小说叙事的根本标志。叙事传统标识了一种本体意义上的叙事演进,构建出诗性小说研究的结构诗学、文化诗学与文学史视域,叙事"涵盖了一个很大的范畴,包括符号现象、行为现象以及广义的文化现象"③。由此,对既有观念、视野有所调整、拓展,寻求诗性小说研究的叙事学旨趣,就不失为一种深化相关研究的具体、有效途径。当然,任何研究都有其相对性和局限性,本书撷取20世纪中国

　　① 董乃斌主编:《中国文学叙事传统研究》,中华书局2012年版,第5页。
　　② 参见[美]道格拉斯·凯尔纳、斯蒂文·贝斯特:《后现代理论:批判性的质疑》,张志斌译,中央编译出版社1999年版,第185页。
　　③ 参见尚必武、胡全生:《经典、后经典、后经典之后——试论叙事学的范畴与走向》,《当代外国文学》2007年第3期。

诗性小说为研究对象,抉出叙事传统的存在,也不乏以有限性的观照去唤起对叙事理论与方法的重视,以期为诗性小说研究觅取一条能够有所发现与突破的"通路"的意图。

主要参考文献

［古希腊］亚里士多德、贺拉斯：《诗学·诗艺》，罗念生等译，人民文学出版社1962年版。

［德］《马克思恩格斯全集》第22卷，人民出版社1965年版。

［德］黑格尔：《哲学史讲演录》第一卷，贺麟等译，商务印书馆1959年版。

［德］黑格尔：《美学》第1卷，朱光潜译，商务印书馆1979年版。

［德］席勒：《古典文艺理论译丛》第五册，曹葆华等译，人民文学出版社1963年版。

［美］乔治·桑塔耶纳：《美感——美学大纲》，缪灵珠译，中国社会科学出版社1952年版。

［俄］康·巴乌斯托夫斯基：《金蔷薇》，李时译，上海译文出版社1980年版。

［日］增田涉：《鲁迅的印象》，钟敬文译，湖南人民出版社1980年版。

［英］爱·摩·福斯特：《小说面面观》，苏炳文译，花城出版社1984年版。

［法］狄德罗：《狄德罗美学论文选》，张冠尧等译，人民文学出版社1984年版。

［英］阿·汤因比、［日］池田大作：《展望二十一世纪——汤因比与池田大作对话录》，荀春生等译，国际文化出版公司1985年版。

［德］恩斯特·卡西尔：《人论》，甘阳译，上海译文出版社1985年版。

［德］施太格缪勒：《当代哲学主流》，王炳文等译，商务印书馆1986年版。

［意］维柯《新科学》，朱光潜译，人民文学出版社1986年版。

［德］尼采：《悲剧的诞生》，周国平译，生活·读书·新知三联书店1986年版。

［德］尼采：《查拉图斯特拉如是说》，尹溟译，文化艺术出版社1987年版。

［美］罗洛梅：《爱与意志》，蔡伸章译，甘肃人民出版社1987年版。

［美］马斯洛：《人性能达到的境界》，林方译，云南人民出版社1987年版。

[美]阿伯拉姆：《简明外国文学词典》，曾忠禄等译，湖南人民出版社1987年版。

[美]马尔库塞：《爱欲与文明》，赵林译，农村读物出版社1987年版。

[美]塞米利安：《现代小说美学》，宋协立译，陕西人民出版社1987年版。

[西班牙]乌纳穆诺：《生命的悲剧意识》，北方文艺出版社1987年版。

[瑞士]荣格：《探索心灵奥秘的现代人》，黄奇铭译，社会科学文献出版社1987年版。

[瑞士]荣格：《心理学与文学》，冯川等译，生活·读书·新知三联书店1987年版。

[法]罗兰·巴尔特：《符号学原理：结构主义文学理论文选》，李幼蒸译，生活·读书·新知三联书店1988年版。

[美]乔纳森·卡勒：《结构主义诗学》，盛宁译，中国社会科学出版社1991年版。

[美]E.希尔斯：《论传统》，傅铿等译，上海人民出版社1991年版。

[法]雅克·马利坦：《艺术与诗中的创造性直觉》，刘有元等译，生活·读书·新知三联书店1991年版。

[瑞士]施塔格尔：《诗学的基本概念》，胡其鼎译，中国社会科学出版社1992年版。

[美]伊恩·P·瓦特：《小说的兴起》，高原等译，生活·读书·新知三联书店1992年版。

[美]诺尔曼·布朗：《生与死的对抗》，冯川等译，贵阳人民出版社1994年版。

[德]马克斯·韦伯：《儒教与道教》，洪天富译，江苏人民出版社1995年版。

[德]舍勒：《爱的秩序》，林克等译，生活·读书·新知三联书店1995年版。

[德]叔本华：《爱与生的苦恼》，金玲译，华龄出版社1996年版。

[古希腊]亚里士多德：《诗学》，陈中梅译注，商务印书馆1996年版。

[英]阿伦·布洛克：《西方人文主义传统》，董乐山译，生活·读书·新知三联书店1997年版。

[丹麦]勃兰兑斯：《十九世纪文学主流》第一分册，张道真译，人民文学出版社1997年版。

[美]大卫·雷·格里芬：《后现代精神》，王成兵译，中央编译出版社1998年版。

[加]诺思洛普·弗莱：《批评之路》，王逢振等译，北京大学出版社1998年版。

[美]波林·罗斯诺：《后现代主义与社会科学》，张国清译，上海译文出版社1998年版。

[英]安东尼·吉登斯：《现代性与自我认同：晚期现代中的自我与社会》，赵旭东、方文译，生活·读书·新知三联书店1998年版。

[法]加尔文：《基督教要义》，基督教文艺出版社1998年版。

［英］乔·艾略特等:《小说的艺术》,张玲等译,社会科学文献出版社 1999 年版。

［德］西美尔:《金钱、性别、现代生活风格》,顾仁明译,学林出版社 2000 年版。

［德］海德格尔:《荷尔德林诗的阐释》,孙周兴译,商务印书馆 2000 年版。

［美］罗伯特·麦基:《故事:材质、结构、风格和银幕剧作的原理》,周铁东译,天津人民出版社 2016 年版。

［美］赫伯特·马尔库塞:《审美之维》,李小兵译,广西师范大学出版社 2001 年版。

［德］马丁·海德格尔:《尼采》,孙周兴译,商务印书馆 2002 年版。

［德］马克思:《1844 年经济学哲学手稿》,人民出版社 2002 年版。

［法］让·贝西埃等:《诗学史》,史忠义译,百花文艺出版社 2002 年版。

［德］莱辛:《汉堡剧评》,张黎译,上海译文出版社 2002 年版。

［英］弗格森:《幸福的终结》,徐志跃译,中国人民大学出版社 2003 年版。

［法］蒂费纳·萨莫瓦约:《互文性研究》,邵炜译,天津人民出版社 2003 年版。

［德］尼采:《尼采美学文选:作为艺术的强力意志》,周国平译,北岳文艺出版社 2004 年版。

［捷克］米兰·昆德拉:《小说的艺术》,董强译,上海译文出版社 2004 年版。

［美］保罗·尼特:《宗教对话模式》,王志成译,中国人民大学出版社 2004 年版。

［美］华莱士·马丁:《当代叙事学》,伍晓明译,北京大学出版社 2005 年版。

［法］薇依:《重负与神恩》,顾嘉琛等译,中国人民大学出版社 2005 年版。

［德］西美尔:《现代人与宗教》,曹卫东译,中国人民大学出版社 2005 年版。

［美］勒内·韦勒克、奥斯汀·沃伦:《文学理论》,刘象愚等译,江苏教育出版社 2005 年版。

［美］马尔库塞:《单向度的人》,刘继译,上海译文出版社 2006 年版。

［英］安德鲁·本尼特、尼古拉·罗伊尔:《关键词:文学、批评与理论导论》,汪正龙、李永新译,广西师范大学出版社 2007 年版。

［美］米尔恰·伊利亚德:《神圣的存在——比较宗教的范型》,晏可佳等译,广西师范大学出版社 2008 年版。

［英］弗格森:《幸福的终结》,徐志跃译,中国人民大学出版社 2009 年版。

［美］华莱士·史蒂文斯:《最高虚构笔记:史蒂文斯诗文集》,陈东飚等译,华东师范大学出版社 2009 年版。

［德］舍勒:《死·永生·上帝》,孙周兴译,中国人民大学出版社 2010 年版。

［德］托马斯·卢克曼:《无形的宗教》,覃方明译,中国人民大学出版社 2010 年版。

［意］安伯托·艾柯:《开放的作品》,刘儒庭译,新星出版社 2010 年版。

［法］安托万·孔帕尼翁:《理论的幽灵——文学与常识》,吴泓缈等译,南京大学出版社 2011 年版。

［意］卡尔维诺:《新千年文学备忘录》,黄灿然译,译林出版社 2012 年版。

［美］米切尔编:《风景与权力》,杨丽等译,译林出版社 2014 年版。

许金声:《走向人格新大陆——健康人格探索》,工人出版社 1988 年版。

赵恒毅:《文学符号学》,中国文联出版公司 1990 年版。

方克强:《文学人类学批评》,上海社会科学院出版社 1992 年版。

王国维:《宋元戏曲史》,华东师范大学出版社 1995 年版。

宗白华:《美学与意境》,人民出版社 1987 年版。

叶舒宪:《中国神话哲学》,中国社会科学出版社 1992 年版。

陶东风:《文体演变及其文化意味》,云南人民出版社 1994 年版。

饶芃子等:《中西小说比较》,安徽教育出版社 1994 年版。

刘小枫:《诗化哲学——德国浪漫美学传统》,山东文艺出版社 1986 年版。

刘小枫主编:《基督教文化评论》第 8 卷,贵州人民出版社 1998 年版。

申丹:《叙述学与小说文体学研究》,北京大学出版社 1998 年版。

徐岱:《小说叙事学》,商务印书馆 2010 年版。

杨义:《中国叙事学》,人民出版社 1997 年版。

罗钢:《叙事学导论》,云南人民出版社 1994 年版。

谭君强:《叙事理论与审美文化》,中国社会科学出版社 2002 年版。

耿占春:《叙事美学:探索一种百科全书式的小说》,郑州大学出版社 2002 年版。

尚杰:《归隐之路——20 世纪法国哲学的踪迹》,江苏人民出版社 2002 年版。

格非:《小说叙事研究》,清华大学出版社 2002 年版。

周策纵等:《五四与中国》,时报文化出版事业有限公司 1979 年版。

孟悦:《历史与叙述》,陕西人民教育出版社 1998 年版。

王瑶:《在东西古今的碰撞中——对"五四"新文学的文化反思》,河北教育出版社 1989 年版。

周宪:《世纪之交的文化景观——中国当代审美文化的多元透视》,上海远东出版社 1998 年版。

赵园:《艰难的选择》,上海文艺出版社 1986 年版。

杨义:《中国现代小说史》第一卷,人民文学出版社 1986 年版。

杨义:《中国现代小说史》第二卷,人民文学出版社 1988 年版。

王杰:《审美幻象研究:现代美学导论》,广西师范大学出版社 1995 年版。

方锡德:《中国现代小说与文学传统》,北京大学出版社 1992 年版。

许道明:《京派文学的世界》,复旦大学出版社 1994 年版。

杨联芬:《中国现代小说中的抒情倾向》北京师范大学出版社 1996 年版。

程文超:《1903:前夜的涌动》,山东教育出版社 1998 年版。

程文超:《意义的诱惑——中国文学批评话语的当代转型》,时代文艺出版社 1993 年版。

张鸣:《乡土心路八十年——中国近代化过程中农民意识的变迁》,上海三联书店 1997 年版。

朱寨、张炯:《当代文学新潮》,人民文学出版社 1997 年版。

许子东:《当代小说阅读笔记》,华东师范大学出版社 1997 年版。

邓晓芒:《灵魂之旅:90 年代文学的生存境界》,湖北人民出版社 1998 年版。

杨剑龙:《旷野的呼声——中国现代作家与基督教文化》,上海教育出版社 1998 年版。

洪子诚:《中国当代文学史》,北京大学出版社 1999 年版。

解志熙:《生的执著——存在主义与中国现代文学》,人民文学出版社 1999 年版。

刘士林:《中国诗性文化》,江苏人民出版社 1999 年版。

封孝伦:《人类生命系统中的美学》,安徽教育出版社 1999 年版。

王学谦:《自然文化与 20 世纪中国文学》,吉林大学出版社 1999 年版。

刘小枫:《拯救与逍遥》,上海三联书店 2001 年版。

刘小枫:《刺猬的温顺:讲演及其相关论文集》,上海文艺出版社 2002 年版。

谭桂林:《百年文学与宗教》,湖南教育出版社 2002 年版。

尚学峰:《中国古典文学接受史》,山东教育出版社 2000 年版。

陈国恩:《浪漫主义与 20 世纪中国文学》,安徽教育出版社 2000 年版。

吴晓东:《象征主义与中国现代文学》,安徽教育出版社 2000 年版。

陈徒手:《人有病天知否——1949 年后中国文坛纪实》,人民文学出版社 2000 年版。

王珉:《终极关怀——蒂里希思想引论》,新华出版社 2000 年版。

王本朝:《20 世纪中国文学与基督教文化》,安徽教育出版社 2000 年版。

黄子平:《"灰阑"中的叙述》,上海文艺出版社 2001 年版。

王尧、林建法主编:《莫言王尧对话录》,苏州大学出版社 2003 年版。

李长之:《鲁迅批判》,北京出版社 2003 年版。

王光东:《民间理念与当代情感》,广西师范大学出版社 2003 年版。

李杨:《50—70 年代中国文学经典再解读》,山东教育出版社 2003 年版。

刘洪涛:《〈边城〉:牧歌与中国形象》,广西教育出版社 2003 年版。

谢昭新:《中国现代小说理论史》,安徽大学出版社 2003 年版。

吴晓东:《镜花水月的世界》,广西教育出版社 2003 年版。

陈平原:《中国小说叙事模式的转变》,北京大学出版社 2003 年版。

杨联芬:《晚清至五四:中国文学现代性的发生》,北京大学出版社 2003 年版。

李咏吟:《诗学解释学》,上海人民出版社 2003 年版。

高力克:《五四的思想世界》,学林出版社 2003 年版。

刘小枫:《圣灵降临的叙事》,生活·读书·新知三联书店 2003 年版。

刘小枫:《沉重的肉身——现代性伦理的叙事纬语》,华夏出版社 2004 年版。

马克锋:《文化思潮与近代中国》,光明日报出版社 2004 年版。

汪民安主编:《身体的文化政治学》,河南大学出版社 2004 年版。

李扬:《现代性视野中的曹禺》,人民文学出版社 2004 年版。

朱晓进等:《非文学的世纪——20 世纪中国文学与政治文化关系史论》,南京师范大学出版社 2004 年版。

牟宗三:《生命的学问》,广西师范大学出版社 2005 年版。

李欧梵:《中国现代作家的浪漫一代》,王宏志等译,新星出版社 2005 年版。

夏志清:《新文学的传统》,新星出版社 2005 年版。

高小康:《中国古代叙事观念与意识形态》,北京大学出版社 2005 年版。

申丹等:《英美小说叙事理论研究》,北京大学出版社 2005 年版。

马大康:《诗性语言研究》,中国社会科学出版社 2005 年版。

旷新年:《文学史视阀的转换》,北京大学出版社 2013 年版。

董乃斌:《中国文学叙事传统论稿》,东方出版中心 2017 年版。

王轻鸿:《汉语语境中的原型阐释》,中国社会科学出版社 2005 年版。

萧兵、周俐:《古代小说与神话宗教》,山西人民出版社 2005 年版。

程文超等:《欲望的重新叙述——20 世纪中国的文学叙事与文艺精神》,广西师范大学出版社 2005 年版。

刘进才:《京派小说诗学研究》,河南大学出版社 2005 年版。

谭桂林、龚敏律:《当代中国文学与宗教文化》,岳麓书社 2006 年版。

王德威:《当代小说二十家》,生活·读书·新知三联书店 2006 年版。

费孝通:《乡土中国》,上海人民出版社 2006 年版。

丁帆:《中国乡土小说史》,北京大学出版社 2007 年版。

陈平原:《小说史:理论与实践》,北京大学出版社 2010 年版。

陈晓明:《穿过本土,越过"废都"——贾平凹创作的历史语义学》,安徽文艺出版社 2010 年版。

王德威:《抒情传统与中国现代性:在北大的八堂课》,生活·读书·新知三联书店 2010 年版。

徐向昱:《未完成的审美现代性——新时期文论审美问题研究》,中国社会科学出版社 2015 年版。

郝敬波:《中国新时期短篇小说论稿》,生活·读书·新知三联书店 2016 年版。

洪子诚:《材料与注释》,北京大学出版社 2016 年版。

贺仲明等:《乡村伦理与乡土书写——20 世纪 90 年代以来的乡土小说研究》,人民出版社 2017 年版。

俞兆平:《浪漫主义在中国的四种范式》,广西师范大学出版社 2011 年版。

廖高会:《诗意的招魂——中国当代诗化小说研究》,学苑出版社 2011 年版。

老舍:《老舍论创作》,上海文艺出版社 1982 年版。

郭沫若:《郭沫若论创作》,上海文艺出版社 1983 年版。

凌宇:《从边城走向世界》,生活·读书·新知三联书店 1985 年版。

郭志刚:《孙犁创作散论》,山西人民出版社 1986 年版。

吴福辉、钱理群主编:《萧红自传》,江苏文艺出版社 1996 年版。

季红真:《萧红传》,北京十月文艺出版社 2000 年版。

茹志鹃:《漫谈我的创作经历》,湖南人民出版社 1983 年版。

郑恩波:《刘绍棠传》,社会科学文献出版社 1995 年版。

金梅编:《孙犁自叙》,团结出版社 1998 年版。

陈思和主编:《中国当代文学史教程》,复旦大学出版社 1999 年版。

许纪霖编:《二十世纪中国思想史论》,东方出版中心 2000 年版。

王晓明编:《人文精神寻思录》,文汇出版社 1996 年版。

林贤治编:《文化随笔——精神游牧者的世界》,花城出版社 2012 年版。

张晖编:《中国文学的抒情传统:陈世骧古典文学论集》,生活·读书·新知三联书店 2015 年版。

"写作之夜"丛书编委会:《生命:民间记忆史铁生》,中国对外翻译出版公司 2012 年版。

林建法主编:《永远的史铁生》,华夏出版社 2011 年版。

董乃斌主编:《中国文学叙事传统研究》,中华书局 2012 年版。

贺雪峰主编:《回乡记:我们所看到的乡土中国》,东方出版社 2014 年版。

王泰来等编译:《叙事美学》,重庆出版社 1987 年版。

陈光孚选编:《拉丁美洲当代文学评论》,漓江出版社 1988 年版。

刘小枫主编:《人类困境中的审美精神——哲人、诗人论美文选》,魏育青等译,东方出版中心 1994 年版。

陈国球、王德威编:《抒情之现代性:"抒情传统"论述与中国文学研究》,生活·读书·新知三联书店 2014 年版。

[美]威·赖特:《西部片的结构》,齐洪译,《世界电影》1984 年第 6 期。

梁实秋:《现代中国文学之浪漫的趋势》,《晨报副镌》1926 年 3 月 25 日。

方兴:《〈商人妇〉〈缀网劳珠〉的批评》,《小说月报》第 13 卷第 9 期。

郭沫若:《斥反动文艺》,《大众文艺》1948 年第 1 期。

茅盾:《谈最近的短篇小说》,《人民文学》1958 年第 6 期。

茹志鹃:《我写〈百合花〉的经过》,《青春》1980 年第 11 期。

王愚、肖云儒:《生活美的追求——贾平凹创作漫评》,《文艺报》1981 年第 12 期。

刘绍棠等:《刘绍棠、陆文夫、张弦谈创作》,《长春》1981 年第 10 期。

丁帆:《试论刘绍棠近年来作品的美学追求》,《文学评论》1982 年第 5 期。

范亦豪:《论〈月牙儿〉及其在老舍创作史中的地位》,《文学评论》1984 年第 4 期。

孟悦:《视角与"五四"小说的现代化》,《文学评论》1985 年第 5 期。

莫言:《红高粱》,《人民文学》1986 年第 3 期。

周政保:《〈红高粱〉的意味与创造性》,《小说评论》1986 年第 6 期。

季红真:《忧郁的土地,不屈的精魂——莫言散论之一》,《文学评论》1987 年第 6 期。

莫言:《人有时是极难理喻的》,《中篇小说选刊》1987 年第 3 期。

陈思和:《中国新文学发展中的浪漫主义》,《学术月刊》1987 年第 10 期。

李今:《张承志的"金牧场"》,《文学自由谈》1987 年第 6 期。

吴方:《〈金牧场〉评说——兼及对小说文体的简单思考》,《文艺评论》1987 年第 6 期。

邹午蓉:《新时期萧红研究述评》,《文学评论》1988 年第 4 期。

林斤澜:《沈先生的寂寞》,《人民文学》1988 年第 7 期。

段崇轩:《青春与生命的挽歌——重读茹志鹃的〈百合花〉》,《名作欣赏》1989 年第 1 期。

钱理群:《试论五四时期"人的觉醒"》,《文学评论》1989 年第 3 期。

孟悦:《荒野弃儿的归属——重读〈红高粱家族〉》,《当代作家评论》1990 年第 3 期。

杨剑龙:《寂寞的诗神:何立伟、废名小说之比较——中国现当代作家比较之一》,《中国现代文学研究丛刊》1990 年第 4 期。

北村:《神格的获得与终极价值》,《文学自由谈》1990 年第 2 期。

赵园:《张承志的自由长旅》,《当代作家评论》1991 年第 4 期。

陈晓明:《北村的迷津》,《当代作家评论》1992 年第 1 期。

宋益乔:《一代青年代言者的心声——论前期创造社对批判封建道德斗争的特殊贡献》,《文学评论》1992 年第 6 期。

莫言:《我的故乡与我的小说》,《当代作家评论》1993 年第 2 期。

樊星:《叩问宗教——试论当代中国作家的宗教观》,《文艺评论》1993 年第 1 期。

王锋:《读张承志的〈心灵史〉》,《民族文学研究》1993 年第 6 期。

汪政、晓华:《试说史铁生》,《读书》1993 年第 7 期。

陈顺馨:《论史铁生创作的精神历程》,《文学评论》1994 年第 2 期。

石杰:《史铁生小说中的宗教精神》,《中国人民大学学报》1994 年第 1 期。

南帆:《沉沦与救赎——读北村〈施洗的河〉》,《当代作家评论》1993 年第 5 期。

谢有顺:《先锋性的萎缩与深度重建——兼谈北村〈施洗的河〉》,《当代作家评论》1993 年第 5 期。

洪治纲:《现代灵魂的深层忏悔与启示——北村〈施洗的河〉的纯主题学阐释》,《浙江广播电视高等专科学校学报》1995 年第 5 期。

南帆:《先锋的皈依——论北村的小说》,《当代作家评论》1995 年第 4 期。

范培松:《论京派散文》,《文学评论》1995 年第 3 期。

陈国恩:《张承志的文学与宗教》,《文学评论》1995 年第 5 期。

陈慧:《张承志浪漫主义的极致和终结》,《云南师范大学学报》1996 年第 2 期。

北村:《今时代神圣启示的来临》,《作家》1996 年第 1 期。

林舟:《苦难的书写与意义的探询——对北村的书面访谈》,《花城》1996 年第 6 期。

何云波:《终极价值的寻求——文学与宗教精神之一》,《艺海》1996 年第 3 期。

木弓:《关于浩然的一点随想》,《新闻与写作》1997 年第 10 期。

解志熙:《美文的兴起——从纯文学化到唯美化》,《文学评论》1997 年第 5 期。

张柠:《史铁生的文字般若——论〈务虚笔记〉》,《当代作家评论》1997 年第 3 期。

孙郁:《通往哲学的路——读史铁生》,《当代作家评论》1998 年第 2 期。

杨联芬:《孙犁:革命文学中的"多余人"》,《中国现代文学研究丛刊》1998年第4期。

贾平凹、穆涛:《写作是我的宿命——关于贾平凹长篇小说新著〈高老庄〉访谈》,《文学报》1998年8月6日。

陈思和、何清:《理想主义与民间立场》,《中山大学学报》1999年第5期。

刘锋杰:《"人的文学"发生研究刍议——从〈中国现代文学批评发生史〉谈起》,《文艺理论研究》1999年第2期。

张闳:《莫言小说的基本主题与文体特征》,《当代作家评论》1999年第5期。

容本镇:《〈金牧场〉:文学高原上雄奇的雪峰——张承志小说论之五》,《广西民族学院学报》2000年第6期。

朱晓进:《政治文化心理与三十年代文学》,《文学评论》2000年第1期。

南帆:《空洞的理念——"纯文学"之辩》,《上海文学》2001年第6期。

贺仲明:《八十年代作家文化心态研究》,《当代作家评论》2001年第1期。

钱理群:《文学本体与本性的召唤》,《涪陵师范学院学报》2001年第4期。

赵毅衡:《神性的证明:面对史铁生》,《花城》2001年第1期。

徐岱:《现代性话语与美学问题——论当代文化批评的思想语境》,《社会科学战线》2002年第1期。

冯季庆:《二元对立形式与福克纳的〈我弥留之际〉》,《外国文学评论》2002年第3期。

张新颖:《现代困境中的语言经验》,《上海文学》2002年第8期。

洪子诚:《我们为何犹豫不决》,《南方文坛》2002年第4期。

梁鸿:《论师陀作品的诗性思维——兼论中国现代乡土文学的两种诗性品格》,《中州学刊》2002年第4期。

史铁生、王尧:《有了一种精神应对苦难,你就复活了》,《当代作家评论》2003年第1期。

樊星:《超越虚无主义的尝试》,《华中科技大学学报》2003年第5期。

阎浩岗:《生命感伤体验的诗化表达——王统照、郁达夫、废名小说合论》,《天津师范大学学报》2003年第1期。

唐伟胜:《国外叙事学研究范式的转移——兼评国内叙事学研究现状》,《四川外语学院学报》2003年第2期。

杨洪承:《政治文化理念与现代文体的生成取向——20年代中国文学创作的一种文化解读》,《齐鲁学刊》2003年第5期。

傅书华:《蓦然回首——从"个体生命"视角重读"十七年"小说》,河南大学 2004 年博士论文。

张桃洲:《宗教因素在 20 世纪中国文学中的三种表现形态——以许地山、无名氏和张承志作品为中心》,《社会科学研究》2004 年第 3 期。

朱寿桐:《心态、姿态与情态——略论中国现代浪漫主义文学的基本形态与发展状态》,《文学评论》2005 年第 3 期。

严海蓉:《虚空的农村和空虚的主体》,《读书》2005 年第 7 期。

荆亚平:《神性写作:意义及其困境》,《文艺研究》2005 年第 10 期。

旷新年:《张承志:鲁迅之后的又一个作家》,《读书》2006 年第 11 期。

徐岱:《故事的诗学》,《江汉论坛》2006 年第 10 期。

于新超、王军:《王安忆眼中的当代作家》,《当代作家评论》2007 年第 4 期。

程光炜:《新世纪文学"建构"所隐含的诸多问题》,《文艺争鸣》2007 年第 2 期。

朱晓进:《略论 30 年代文学的社会科学化倾向》,《文学评论》2007 年第 1 期。

吴义勤:《自由与局限——中国"新生代"小说家论》,《文学评论》2007 年第 5 期。

洪治纲:《"心魂"之思与想象之舞——史铁生后期小说论》,《南方文坛》2007 年第 5 期。

尚必武:《异质叙事与同质叙事的分野:嵌入叙事的二分法研究论略》,《西安外国语大学学报》2008 年第 2 期。

费多益:《认知研究的解释学之维》,《哲学研究》2008 年第 5 期。

迟子建、郭力:《迟子建与新时期文学——现代文明的伤怀者》,《南方文坛》2008 年第 1 期。

谢有顺:《尊灵魂的写作时代已经来临——谈新世纪小说》,《文艺争鸣》2008 年第 2 期。

陈国恩:《纯文学究竟是什么?》,《学术月刊》2008 年第 9 期。

黄曼君:《中国现代文学语境与古代文学资源》,《中国社会科学》2009 年第 4 期。

张清华:《作为身体隐喻的献祭仪式的〈百合花〉》,《小说评论》2009 年第 2 期。

李建军:《〈百合花〉的来路》,《小说评论》2009 年第 1 期。

汪花荣:《章回小说景物描写及其转变》,《重庆社会科学》2009 年第 2 期。

毛凌滢:《冲突的张力——〈红字〉的二元对立叙事》,《国外文学》2010 年第 4 期。

王彬彬:《"十七年文学"中的汪曾祺》,《文学评论》2010 年第 1 期。

北村:《文学的"假死"与"复活"》,《厦门文学》2010 年第 7 期。

张清华:《探查"潜结构":三个红色文本的精神分析》,《上海文化》2011 年第 5 期。

翟业军:《论汪曾祺小说的晚期风格》,《中国现代文学研究丛刊》2011 年第 8 期。

孟繁华:《怎样讲述当下中国的乡村故事——新世纪长篇小说中的乡村变革》,《天津社会科学》2011 年第 5 期。

高晖:《史铁生的意义》,《当代作家评论》2011 年第 2 期。

李建军:《论史铁生的文学心魄与精神持念》,《小说评论》2012 年第 2 期。

王伟:《意义生产、文学话语及历史结构》,《江苏大学学报》2013 年第 4 期。

汪雨萌:《史铁生文学年谱》,《东吴学术》2013 年第 3 期。

黄发有:《跨越与融合:张承志的小说美学》,《创作与评论》2014 年第 22 期。

乔以钢、宋声泉:《近代中国小说兴起新论》,《中国社会科学》2015 年第 2 期。

徐杰:《空间的逻辑——文学语境空间层域的内部关系》,《文艺理论研究》2015 年第 1 期。

谢有顺:《乡土的哀歌——关于〈老生〉及贾平凹的乡土文学精神》,《文学评论》2015 年第 1 期。

马梅萍、黄发有:《张承志文学年谱》(修订稿),《东吴学术》2015 年第 4 期。

胡书庆:《史铁生的宗教“表情”再观察——以其未竟集〈昼信基督夜信佛〉为主的阐说》,《当代作家评论》2015 年第 3 期。

傅修海:《现代左翼抒情传统的当代演绎与变迁——〈百合花〉文学史意义新论》,《文学评论》2016 年第 6 期。

欧阳光明:《从“残疾的人”到“人的残疾”——论史铁生创作的精神嬗变》,《中国现代文学研究丛刊》2016 年第 12 期。

张均:《当代文学研究中的“纯文学”问题》,《首都师范大学学报》2017 年第 2 期。

王汶成:《文学话语的文体类型研究中的几个理论问题》,《杭州师范大学学报》2017 年第 6 期。

尚杰:《关于“内心独白”的哲学——从德里达的思考出发》,《学海》2017 年第 3 期。

周旻:《重探“抒情传统”的定义》,《汉语言文学研究》2017 年第 3 期。

黄应全:《苏珊·朗格的“现代模仿说”:艺术是人类情感的象形符号》,《首都师范大学学报》2018 年第 5 期。

陈平原、夏晓虹编:《二十世纪中国小说理论资料》第一卷,北京大学出版社 1997 年版。

严家炎编:《二十世纪中国小说理论资料》第二卷,北京大学出版社 1997 年版。

吴福辉编:《二十世纪中国小说理论资料》第三卷,北京大学出版社 1997 年版。

钱理群编:《二十世纪中国小说理论资料》第四卷,北京大学出版社 1997 年版。

刘德隆、朱禧等编:《刘鹗及老残游记资料》,四川人民出版社 1985 年版。

贾植芳等编:《文学研究会资料》(上),河南人民出版社 1985 年版。

王自立、陈子善编:《郁达夫研究资料》,知识产权出版社 2010 年版。

陈振国编:《冯文炳研究资料》,知识产权出版社 2010 年版。

冯光廉、刘增人编:《王统照研究资料》,知识产权出版社 2010 年版。

范伯群编:《冰心研究资料》,知识产权出版社 2009 年版。

曾广灿、吴怀斌编:《老舍研究资料》,知识产权出版社 2010 年版。

邵华强:《沈从文研究资料》,知识产权出版社 2011 年版。

商金林编:《朱光潜批评文集》,珠海出版社 1998 年版。

徐静波:《梁实秋批评文集》,珠海出版社 1998 年版。

郭宏安编:《李健吾批评文集》,珠海出版社 1998 年版。

杨扬编:《莫言研究资料》,天津人民出版社 2005 年版。

郜元宝、张冉冉编:《贾平凹研究资料》,天津人民出版社 2005 年版。

柳亚子编:《苏曼殊全集》第五卷,北京市中国书店 1985 年版。

钟叔河编订:《周作人散文全集》,广西师范大学出版社 2009 年版。

《鲁迅全集》,人民文学出版社 2005 年版。

《郁达夫文集》,花城出版社、生活·读书·新知三联书店香港分店 1982 年版。

《茅盾全集》第 18 卷,人民文学出版社 1989 年版。

《郭沫若全集》第 15 卷,人民文学出版社 1990 年版。

《闻一多全集》第 2 卷,湖北人民出版社 1993 年版。

《朱光潜全集》第二卷,安徽教育出版社 1996 年版。

《苏雪林文集》,安徽文艺出版社 1996 年版。

《萧红文集·中短篇小说集》,安徽文艺出版社 1997 年版。

《冯至全集》第三卷,河北教育出版社 1999 年版。

《老舍文集》,人民文学出版社 1986 年版。

《沈从文全集》,北岳文艺出版社 2002 年版。

《王统照全集》,中国工人出版社 2009 年版。

《师陀全集》,河南大学出版社 2004 年版。

《废名集》,北京大学出版社 2009 年版。

邓九平编:《汪曾祺全集》,北京师范大学出版社 1998 年版。

《孙犁全集》,人民文学出版社 2004 年版。

《茹志鹃小说选》,江苏文艺出版社 2009 年版。

《贾平凹作品　高老庄　怀念狼》,上海三联书店 2012 年版。

《贾平凹中短篇小说年编》,山东人民出版社 2013 年版。

《张承志文集》,上海文艺出版社 2015 年版。

《史铁生作品全编》,人民文学出版社 2017 年版。

后　记

　　对于"20世纪中国诗性小说"的关注要从硕士时期算起,那时以"汪曾祺"这样一位高邮作家的作家论作为毕业论文,并没有意识到其中的谱系意义,直到后来读了博士,再一次面临毕业论文的选题,众多类似风格的作家作品才进入视野之中。最初主要是现代小说的诗性传统研究,侧重于文学思潮的历史梳理与文本审美特征的辨析,作了一些初步的整合。毕业后进入高校从事专业教研工作,在此基础上确立了研究方向,从文本细读,到叙事诗学的理论清理,直至本书"叙事传统"视域的形成,逐步由点到面,由微观到宏观,拓展至一种世纪文学思潮的整体研究。

　　回顾这一过程,既有着求学际遇中的现实触动与需要,也包含着自身阅读、研究的兴趣。对于文学审美兴味的偏好是少年时就有的一种习惯,从小学时《聊斋志异》《杨朔散文选》中一缕文学性的隐约启蒙,到师范学校时文学社团的青春记忆,及至自考时选择了汉语言文学专业并以南唐李煜词为本科论文的选题,一步步接近了诗性文学,领悟了中国文学的诗情画意。而近年来也一直致力于这一研究方向的开掘,又是一种自我阅读、研习的理论提升与学术实践。或许,这就是文学对于生活的加持,职业选择伴随着主体自觉,当文学成为一种生活日常,枯燥、单调的重复也就递变为温度的触碰与意义的传递,唤醒了生存自为的形上品质。

　　本书在国家社科基金成果的基础上充实而成,在保持成果基本面貌的同时,也吸收了一些新的思路与收获,比如"代序"关于中国诗性小说批评方法问题的思考,是对于抒情小说批评、诠释界限的反思;关于《红高粱》的"粗野冲动的生命异彩"(第四章第五节),以及作为"理想主义者的'精神档案'"的《金牧场》(第五章第四节)等内容又是与马炜博士共同主持的2021年江苏省重点教改课题"'课程思政'背景下文学评论与写作课程体系构建研究"(2021JSJG137)的阶段性成果。在成书过程中,传统诗学的现代转型问题也逐渐引起了我的兴趣,废名、史铁生等的文学禅意也已成为近年研究的重点;意图在古今对话的本体论思路中开掘其中的中华美学精神,凸显审美与宗教、本土与外来、传统与现代之间的文化会通,深入中国现代诗学的本土路径建构等问题。

　　对于中国诗性小说(文学)的关注伴随了我的学术道路,在此期间,也从一个中学教师、一个公务员转变成了一个现当代文学专业的研究生和从教人员;回首这一系列人生道路上的抉择,无比感恩于我的硕士导师山东师范大学的王万森教授,博士导师南京师范大学的杨洪承教授,以及海南师范大学的毕光明教授、房福贤教授等学界前辈,是他们给予了我职业生涯重新选择的机会,使我获得了进一步成长、发展的机遇与空间;也要感谢徐仲佳、温潘亚、季桂起、范卫东、王力、方维保、赵普光等同门师兄弟的陪伴与帮助。

　　而今,随着书稿的付印,关于"20世纪中国诗性小说"的话题已告一段落,寻求突破又将成为个人今后学术生活的重心,研究处在了一个新的起点上。就此而言,这一选题仍然具有新的可能性。

　　是为记。

席建彬

2023年岁末于金陵江北寓

责任编辑：宰艳红
封面设计：石笑梦
版式设计：胡欣欣

图书在版编目（CIP）数据

20世纪中国诗性小说的叙事传统研究/席建彬 著. —北京：人民出版社，2024.3
ISBN 978－7－01－026315－1

Ⅰ.①2… Ⅱ.①席… Ⅲ.①小说研究-中国-20世纪 Ⅳ.①I207.42

中国国家版本馆 CIP 数据核字（2024）第 026916 号

20世纪中国诗性小说的叙事传统研究

20 SHIJI ZHONGGUO SHIXING XIAOSHUO DE XUSHI CHUANTONG YANJIU

席建彬 著

人 民 出 版 社 出版发行
（100706 北京市东城区隆福寺街 99 号）

环球东方（北京）印务有限公司印刷 新华书店经销

2024 年 3 月第 1 版 2024 年 3 月北京第 1 次印刷
开本：710 毫米×1000 毫米 1/16 印张：19.25
字数：263 千字

ISBN 978－7－01－026315－1 定价：78.00 元

邮购地址 100706 北京市东城区隆福寺街 99 号
人民东方图书销售中心 电话 （010）65250042 65289539